[法]克里斯蒂安·雅克 著

Christian JACQ

颜湘如 译

谋杀金字塔

LA PYRAMIDE ASSASSINÉE

重庆出版集团 重庆出版社

LA PYRAMIDE ASSASSINÉE © PLON, un département de Place des Éditeurs, 1993
Simplified Chinese language edition published by arrangement with Plon, through The Grayhawk Agency.
Simplified Chinese edition copyright ©2024 Beijing Alpha Books. CO., INC
ALL RIGHTS RESERVED.
版贸核渝字（2023）第177号

图书在版编目（CIP）数据

谋杀金字塔 /（法）克里斯蒂安·雅克著 ; 颜湘如译. -- 重庆 : 重庆出版社, 2025. 3. -- ISBN 978-7-229-18892-4

Ⅰ. I565.45

中国国家版本馆CIP数据核字第20244TR948号

谋杀金字塔

MOUSHA JINZITA

[法] 克里斯蒂安·雅克 著 颜湘如 译

出　品： 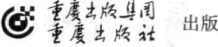 华章同人
出版监制：徐宪江　连　果
责任编辑：朱　姝
特约编辑：陈　汐
营销编辑：史青苗　刘晓艳　冯思佳
责任校对：王晓芹
责任印制：梁善池
装帧设计：SOBERswing
书名字体设计：刘钊工作室 LIUZHAO STUDIO 张辰明

重庆出版集团
重庆出版社　出版
（重庆市南岸区南滨路162号1幢）
北 京 华 联 印 刷 有 限 公 司　印刷
重庆出版集团图书发行有限公司　发行
邮购电话：010-85869375
全国新华书店经销

开本：880mm×1230mm　1/32　印张：12.125　字数：310千
2025年3月第1版　2025年3月第1次印刷
定价：58.00元

如有印装质量问题，请致电023-61520678

版权所有，侵权必究

目 录

致中文版读者序　III

主要人物介绍　V

第 一 幕

楔子　2

第 1 章　8

第 2 章　16

第 3 章　22

第 4 章　27

第 5 章　33

第 6 章　40

第 7 章　45

第 8 章　54

第 9 章　63

第 10 章　69

第 二 幕

第 11 章　78

第 12 章　89

第 13 章　98

第 14 章　108

第 15 章　116

第 16 章　122

第 17 章　　　131

第 18 章　　　143

第 19 章　　　154

第 20 章　　　167

第 三 幕

第 21 章　　　176

第 22 章　　　186

第 23 章　　　196

第 24 章　　　204

第 25 章　　　214

第 26 章　　　224

第 27 章　　　235

第 28 章　　　244

第 29 章　　　256

第 30 章　　　266

第 四 幕

第 31 章　　　280

第 32 章　　　290

第 33 章　　　299

第 34 章　　　308

第 35 章　　　319

第 36 章　　　328

第 37 章　　　336

第 38 章　　　346

第 39 章　　　356

第 40 章　　　365

第 41 章　　　371

致中文版读者序

这部小说是以拉美西斯二世时期（这也是埃及历史上最光辉灿烂的时期之一）为背景创作的。埃及既为世界文明之灯塔，自然拥有极为可观的资源，历代以来更是留下了许多伟大的建筑，卡纳克神庙的大柱厅，或是位于努比亚，为了纪念法老与王后奈菲尔塔莉的结合所建造的阿布辛伯双重神庙，都是最佳例证。埃及无论是精神上或物质上的蓬勃发展，皆源自对玛特的尊敬。玛特不仅是女神，也是一个概念，这个概念阐述了宇宙永恒的和谐、不分贫贱富贵的司法正义，还有每个人必须秉持正直不变的原则，方能掌稳人生的舵桨渡过生命之河。金字塔文献中写道："天上的光因法老而呈现和谐，而为法老带来和谐的则是玛特，它是法老眼中所见、耳中所闻。"拉美西斯的父亲塞提一世所建的卡纳克神庙中，有一句铭文是这么写的："司法正义是法老的力量。"事实上，在埃及人民的眼中，社会和谐、民生乐利都建筑在最宝贵的司法之上，然而这项为人民求福祉的制度却十分脆弱，因为总有一些人为达目的不择手段，不惜以贪婪的欲望、野心与谎言而戕害司法。

"埃及三部曲"所描述的便是一个乡下小法官的故事。他接受任命前往三角洲地区的大城市孟斐斯，却不料从此一步步走向一个欲将埃及推向险恶深渊的阴谋的核心。

由于不愿向强权低头，也不愿违背自己的理想，这名年轻的法官将被卷入一场风暴之中，并在忠诚的朋友与心爱的妻子——一名天赋异禀的医生——的支持下奋战不懈。

透过这部小说，读者将了解埃及司法的运作、法老的某些医疗秘密，以及埃及文化的多种风貌，想必也会因其中部分风貌的现代化程度而咂舌吧。

"罪恶永远无法获得善终。"先哲普塔赫如是说。书中的埃及法官也正是为了这个信念，而不畏强敌环伺，勇往直前追求真理。

主要人物介绍

帕扎尔 ｜ 一名来自底比斯的地方法官，后因升迁到了孟斐斯

奈菲莉 ｜ 一名才貌双全、医术高超的医生

苏提 ｜ 帕扎尔的儿时好友

凯姆 ｜ 帕扎尔到孟斐斯后为他效力的警察

布拉尼尔 ｜ 帕扎尔和奈菲莉的老师，原本是一名医生

豹子 ｜ 利比亚人，苏提的情人

阿舍 ｜ 埃及军队的高级将领

巴吉 ｜ 帕扎尔任孟斐斯法官时的埃及首相

内巴蒙 ｜ 帕扎尔任孟斐斯法官时的御医总管

孟莫斯 ｜ 帕扎尔任孟斐斯法官时的警察局长

卡达什 ｜ 一名在孟斐斯颇受欢迎的牙医

谢奇 ｜ 贝都因人，化学家、冶金专家

卡尼 | 原本是农民，后获得了自由

亚洛 | 帕扎尔任孟斐斯法官时，在他手下工作的书记官

莎芭布 | 一个啤酒店老板

德内斯 | 孟斐斯的一名运输商

涅诺法 | 德内斯的妻子

贝尔·特兰 | 一名来自底比斯的莎草纸供应商，后移居孟斐斯

西尔基斯 | 贝尔·特兰的妻子

拉美西斯二世 | 古埃及第十九王朝的第三位法老

图雅 | 拉美西斯二世的母亲

哈图莎 | 与拉美西斯二世进行政治联姻的赫梯公主

朱伊 | 一名木乃伊工匠

勇士 | 帕扎尔的爱犬

北风 | 帕扎尔的驴子

杀手 | 狒狒警察，凯姆的助手

小淘气 | 一只绿猴，是奈菲莉的爱宠

看啊，先人的预言应验了：罪行随处可见，人们心中充满暴力，举国上下灾祸连连，血光之灾频频出现，盗贼日益增多，人民的脸上不见了笑容，秘密大白于天下，树木被连根拔起，金字塔遭恶人入侵。世风日下，以致有小人当道，法官被流放驱逐。

　　然而，不要忘记遵从律法，不要忘记那些循规蹈矩的日子，不要忘记先人建筑金字塔、让众神的庭园繁茂兴荣的那段快乐的时光，也不要忘记神祇当初降临的日子，一张简简单单的席子，便能使人知足常乐。

第一幕

预言的阴影笼罩大地，
罪行与暴力将成为时代之语，
切记要秉承初心，
律法之光终将驱散黑暗，
重新照亮人心。

楔子

一个没有月亮的夜晚,黑幕笼罩着巨大的金字塔。沙漠中有一只狐狸悄悄地潜进了贵族的墓穴。墓中安息的人,在冥间仍对国王抱有无上的敬意。这座神奇宏伟且戒备森严的建筑,只有拉美西斯大帝[①]每年能进入一次,他要祭拜那不凡的先祖基奥普斯。[②]传说,基奥普斯的木乃伊被置于金字塔最顶端的一副金棺内,陪葬的宝藏数不胜数。这里的戒备如此森严,谁敢打这些宝藏的主意?除了在位的君王,没有人能接近入口处的石坎,更遑论步入这座巨大金字塔内的迷宫。负责守护这里的精锐部队一旦发现异常,便会无声无息地拉弓射箭,任何粗心大意或过于好奇的入侵者,都只会得到乱箭穿心的下场。

埃及在拉美西斯大帝的统治下,富强安乐,国泰民安,国威远扬四方。国王如光明使者,深受群臣景仰、万民爱戴。

此刻,五名阴谋者一起从白天藏身的工寮中走出来。他们已经将这个计划演练了上百次,以免因出现纰漏而前功尽弃。一旦成功,用不了多久,他们便可以主宰整个国家,并且在史上留名。

他们都穿着粗亚麻布长袍,沿着吉萨高原前行,偶尔还向高大的金字塔投以热切的目光。

想攻击这里的卫兵简直是异想天开。在他们之前,也有人想要动宝藏,但是到目前为止,还没有人成功过。

[①] 即拉美西斯二世。——编者注
[②] 即胡夫。——编者注

一个月前，庞大的斯芬克斯像刚被人从沙石中清理出来。现在，这尊眼望天际的巨像四周的警卫松懈了，因为仅仅"活雕像"的威名，以及它令人望而生畏的形象，就足以吓退那些有心亵渎的人了。守护它的是五名经验丰富的士兵，其中两名正紧贴着外面的围墙，面向金字塔兀自酣睡，什么都看不到，什么都听不到。

最瘦的一名阴谋者爬上了围墙，迅速且安静地扼杀了睡在石像右侧的士兵，接着又杀死了石像左边的士兵。之后，其余的阴谋者立刻与他会合。但想要杀死卫兵长可没有那么容易。卫兵长就站在图特摩斯四世的石碑前——国王为了感念斯芬克斯助他登基，特地将石碑设立在石像的两爪之间①——手握长矛，配备着短刀，一直都很警觉。

说时迟，那时快，忽然有一名阴谋者脱去了长袍。只见她光着身子，向卫兵长走去。

卫兵长惊讶地盯着这名突然出现的女子想，她该不会就是常常在金字塔四周游荡、企图夺走人灵魂的夜魔吧？她渐渐靠近，脸上带着微笑。卫兵长吓得立刻站起身来，挥动长矛，手臂却不住地颤抖。忽然，女子停了下来。

"走开，你这个幽灵，走开！"

"我不会伤害你的，让我好好爱抚你吧。"

卫兵长仍然紧盯着这名裸露的女子，她犹如暗夜中的一个白点。卫兵长仿佛被催眠一般，慢慢朝她走近。忽然，一根绳索缠上了卫兵长的脖子，他松开长矛，跪了下去，想呼救却发不出声音，最后终于倒在地上。

"可以进去了。"

"我来准备油灯。"

五名阴谋者面对石碑，虽然心中恐惧万分，但仍在互相打气，他们绝不想半途而废。他们将石碑移开，注视着那道封印——地狱之口，通往地

---

① 一次沙漠狩猎后，图特摩斯四世在斯芬克斯像的脚下睡了一觉。梦中，斯芬克斯对他说：只要他清除雕像四周的沙子，便能成为国王。图特摩斯照做，斯芬克斯也遵守了自己的诺言。

底深处。

"果然不只是传说而已!"

"找一找有没有入口。"

封印下方有一块嵌着石环的石板,他们合了四人之力才掀起那块石板。

接着,他们眼前出现了一条又窄又低又陡的通道,隐入深处。

"拿灯来,快点!"

他们将石油①倒入几个粗玄岩②制成的杯子中。国王禁止人民使用或买卖这种油,因为燃烧它产生的黑烟会让负责装饰陵庙与墓穴的工匠感到不适,而且会把天花板和墙壁熏黑。哲人们也说,这种被野蛮人称为"石油"的东西,从岩石中渗出,含有害气体,是一种十分危险的有毒物质,而阴谋者们却毫不在意。

他们弯下腰,但脑袋还是会不时撞到上方的石头。一行人举步维艰,沿着狭长的通道走到大金字塔的下面。没有人说话,每个人心里都想着那个不祥的传说:凡是企图在基奥普斯长眠之处盗墓的人,都会被幽灵折断脖子。他们没有一个人知道,这条通道是否真的能让他们到达目的地。外面流传着一些伪造的地图,意欲将心存侥幸的窃贼引入歧途。现在,他们手上的这张地图,是真的吗?

他们撞上了一面墙,于是开始挖凿,幸好这面墙的石块不厚,刚开始挖,石屑便纷纷掉落。他们滑进了一间宽敞的石室,高约五米,长约十四米,宽约八米,脚下是坚实的泥土地板。

石室的正中间,有一口井。

"地下墓室!我们进入大金字塔内部了!"

没错,他们成功了。

这条已被人遗忘了几世代的通道③,的确可以从斯芬克斯像通往基奥普

---

① 埃及人虽然知道石油,却用得不多。
② 一种异常坚硬的岩石,埃及人却能巧妙地对其进行加工。
③ 这条通道的存在只是个假设,至今仍没有人进行过挖掘。

斯的巨大陵寝。第一间墓室就在地下约三十米处。这间地下墓室犹如大地之母的子宫，最初的复活仪式便是在这里举行的。

现在，他们必须从井口进入这层层叠叠的石堆内部，绕过三块挡住去路的花岗岩，再回到原来的通道中。他们中最轻的一个人，手脚并用，攀上岩石凹凸不平的表面，爬到了墓室顶端，将缠在腰上的绳索抛了下来。这里空气稀薄，有一个人差点儿昏倒了，同伴们将他拖到大甬道上，他才喘过气来。

大甬道雄浑的气势让他们目眩神迷，是哪个大师竟然如此疯狂，建造了这个由七层石壁组成的机关？大甬道长约四十七米，位于金字塔核心的位置，是数百年间罕见的杰作。

一名阴谋者忽然心生畏惧，想要放弃。这次行动的主使立刻用力推了他一下，强迫他继续往前走。眼看就要大功告成了，这时候放弃岂不是太蠢了。现在他们正在因手中地图的准确无误而感到庆幸。但是，还有一个疑问：大甬道上方和通往国王的陵寝——"国王墓室"的通道口之间，石闸门是否被放下了？如果放下了，他们无法逾越这层障碍，最后将会空手而归。

"通道畅通无阻。"

大厅中空无一物，透出几分危险的味道。他们弓着身子走进了这个放置金棺的地方，其上方是九块重逾四百吨的花岗岩。这个庇护着帝国心脏的大厅高约六米，银白色的石板地面使这里显得格外纯洁，法老的石棺就静静地摆在那儿。

这时，他们反倒迟疑起来。

直至此刻，他们都像一群探访陌生国度的探险家，虽然已经犯下了三项罪行，以后必将接受审判，但准备向暴君追讨原本属于人民的财物，又何尝不是为了让人民获得福祉呢？如果他们打开棺木后掠夺了这些宝物，就破坏了永恒：这不仅是属于木乃伊的永恒，更是存在于木乃伊光明之躯中的神祇的永恒。他们从此将斩断埃及与千年文明之间的最后一丝牵连，重新建立一个拉美西斯二世决不可能接受的新王国。

这么一想,他们虽然觉得心安理得,但也闪过一丝逃跑的念头。风从金字塔南北两侧的通道吹进来,仿佛有一股气自石板地面升起,让人感受到一种无名的压力。

法老便是如此重生的:吸收衍生自石头与金字塔自身的能量。

"没有时间了。"

"走吧。"

"不行。"

有两个人先靠近了石棺,然后是第三个,接着最后两个人也靠了过去。他们一起将棺盖抬起,放到地板上。只见那具覆满了金、银、青金石的木乃伊夺目而庄严,让人不敢直视。主使率先粗暴地扯下了木乃伊脸上的金面具,其他人则夺下了放置在木乃伊心口处的黄金圣甲虫和由黄金与青金石制成的护身符。他们还拿走了神铁①制的锛子——为死者开口与开眼的一种工具。

然而,当他们看到金腕尺②——只有法老才有权执行的永恒律法,和一个燕尾榫结构的小匣子时,刚才的那些宝物顿时都黯然失色。

匣子中装的是众神的遗嘱。有了这份遗嘱,拉美西斯才能继承埃及的统治权,维系埃及的繁荣与安乐。在庆祝统治埃及五十年的那天,他必须向大臣与人民公开这份遗嘱,以证明他继承王权的合法性。如果无法提供证明,他就得让位。

埃及即将面临灾难与不幸。这五名阴谋者洗劫了金字塔下方的圣地,也侵扰了埃及的能量中心,使一切生命的源头——无形的护卫灵"卡",无法释出。

他们盗走了一箱神铁。这种罕见的金属和金子一样贵重,会使他们的

---

① 神铁是指从陨石中提炼的铁。
② 腕尺是埃及人早期的测量单位,也用于希腊和罗马,用人的身体部位进行测量,"腕尺"指从手肘到中指的距离。这里的金腕尺是指用金子做成的测量工具。

阴谋更加完美。不久之后,外省将渐渐传出一些古怪的说法,还有一些对法老不利的谣言,这将给埃及带来毁灭性的冲击。

现在,他们只需走出这座金字塔,将战利品藏好,开始布网。

分开前,他们发了誓:凡是挡他们路的人,一律杀无赦。要想夺得权力,本来就应付出这样的代价。

第1章

行医多年之后,布拉尼尔终于能在位于孟斐斯的家中安享退休后的宁静生活了。

这名老医生身材健壮、肩宽体阔,有一头漂亮的银发,表情严肃的脸上透着几分慈祥和认真。无论是达官贵人还是市井小民,都能感受到他自然流露出的高贵气质,似乎从来没有人对他不敬过。

布拉尼尔的父亲是一名假发制造商,但他没有子承父业,而是离家学艺,成了雕塑家兼画家。后来,一名为法老做事的手工匠请他到卡纳克神庙帮忙。在一次为手工匠人举办的宴会上,一个石匠忽感身体不适。布拉尼尔出于本能为他施行催眠,把他从死亡边缘救了回来。神庙的医生们注意到了布拉尼尔宝贵的天赋。他也因此有了与名医接触的机会,并开了诊所。虽然被传召入宫多次,但他丝毫不为所动,坚持只为救人而行医。

不过,他如今离开城市,前往底比斯地区的小村落,却与他的职业无关。他还有另外一项艰难的任务,虽然成功的概率微乎其微,但只要有一线希望,他就不会放弃。

经过灌木丛时,布拉尼尔让轿夫停了下来。空气和阳光又柔又暖。他发现村民正在聆听悦耳的笛声。刚刚灌溉过的农田里,有一位老者和两名年轻人正用锄头敲着土块。这让他想到尼罗河涨水后,种子靠猪和羊在湿软的河泥中落地生根的季节。大自然给予了埃及不可计量的财富。在人民的劳作中,它们被细细珍藏。在这片受众神庇护的原野上，永恒的幸福日复一日，永不止息。

在一间土屋前，一个男人正蹲在地上挤牛奶，一旁的小男孩则帮他把牛奶倒进瓮中。

布拉尼尔激动地回想起自己放过的那群牛，他给它们都取了名字，能拥有一头牛真是莫大的福气，因为牛是美丽与温柔的化身。对埃及人而言，没有什么动物比牛更有魅力了。它那大大的耳朵能够听到受女神哈托尔庇护的群星的音乐。放牛的人经常这么唱："多美好的一天！老天眷顾我，我的工作甜如蜜。"① 当然了，田野间的监工偶尔也会提醒放牛的人快一点儿赶牛，别老是闲晃。牛通常只会走它们想走的路，步伐也总是不疾不徐。布拉尼尔几乎已经忘记了这些单纯美好的画面，这种平静的生活，以及这份单调的从容。在这里，人只不过是芸芸众生中的一员。他们日复一日地做着手里的工作，使这份工作传承了几个世纪。尼罗河水潮涨潮落，他们的生活世世代代，循环往复。

突然，一个强有力的声音打破了村庄的宁静。原来是检察官正在传唤民众上法庭，负责维护秩序的诉讼官正紧紧地抓着一个大声喊冤的妇人。

法庭就设在一棵无花果树下。法官帕扎尔才二十一岁，但已受到村中长辈的信任。

法官的人选往往由当地显要决定，此人必须是社会经验丰富的成年人，若是有钱人，则必须有能力对其财产负责；若是贫民，必须对其个人行为负责。法官一旦犯了罪，接受的处罚将会比杀人犯还重。为了让他们秉公执法，才有如此规定。

帕扎尔刚正不阿，在村落长老出席的会议上，人们一致同意由

---

① 拉美西斯二世执政期之前的墓碑上刻有这首歌的歌词。

他担任法官。对于是否要承担这份责任,他没有选择的余地。尽管非常年轻,但是对每个案件,他都会尽心尽力地研究。

帕扎尔身材修长,一头褐色的头发,前额又宽又高,绿色的眼睛炯炯有神,严肃认真的态度尤其令人印象深刻。无论是愤怒、泪水还是金钱,都不会让他动摇。他专心聆听、仔细观察、认真寻找真相,总是要在仔细调查后,才说出自己的看法。村里的人偶尔会因他的一丝不苟而感到讶异,但还是庆幸他有这种乐于追求真理的态度,以及处理纷争的能力。很多人怕他,因为他从不妥协,而且审判极为严格。从来没有人质疑过他的判决。

帕扎尔的两侧坐了八名陪审员:村长、村长夫人、两名农夫、两名手工匠人、一个寡妇和一名灌溉工人。他们均已年过五十。

法官开庭之前,先敬拜了女神玛特[①],她所象征的律法正是人类处理司法时理应尽力遵循的准则。接着他开始宣读诉状。被告是被诉讼官押着的那个妇人。她的一个朋友控诉她偷了自家的铲子。帕扎尔让原告将控告缘由大声说出来,然后要求被告进行辩解。

原告冷静地陈述,被告则激烈地辩驳。依据法令规定,这场辩护不需要律师。

帕扎尔命令被告冷静。原告表示,她对执法机关的疏忽感到惊讶。她早在一个月前便将事实向帕扎尔的助手书记官报告了,却一直没有接到法庭的传唤,她只好提起第二次诉讼。这样小偷就有了充分的时间消灭证据。

"有目击者吗?"

"我看到了。"原告回答道。

"铲子藏在哪里?"

"在被告家里。"

[①] 玛特的形象是一名端坐的女子,她头上还插着鸵鸟羽毛,象征绝对的和谐。

被告再度否认，她激动的神情被陪审员看在眼里，她似乎是清白的。

"我们马上就去搜查。"帕扎尔说。

法官还兼任调查员，要亲自前往犯罪现场，证实证人的说辞与犯罪行迹。

"你没有权利进我家！"被告大喊。

"你认罪吗？"帕扎尔问。

"不！我是清白的。"

"在法庭上公然撒谎是很严重的过错。"

"说谎的人是她。"被告激动地说。

"如果是真的，她会受到严厉的惩罚。"帕扎尔转头直视着原告的双眼问道，"你确定吗？"

原告点了点头。

在诉讼官的带领下，一行人来到被告的家里，法官帕扎尔亲自进行搜查。他在被告家的地窖里找到了赃物，铲子被人用布包了起来，藏在几个油罐后面。被告瘫倒在地。陪审员依法判她赔偿失主双倍的损失，也就是两把新铲子。此外，宣誓之后仍说谎者，还会被判处终生服苦役，若涉及杀人，甚至可被判死刑。这名妇人将要为当地的神庙做几年没有报酬的劳工。

就在陪审员们离开前，帕扎尔语出惊人地宣判：助理书记官延误办案程序，罚杖刑五下。根据先贤的说法，每个人的耳朵都是长在背上的，所以他会听到杖刑的声音，以后行事就能更加谨慎。

"法官大人，你愿意审理我的案子吗？"

帕扎尔困惑地转过身来。这个声音……是真的吗？

"是你！"

布拉尼尔和帕扎尔拥抱了一下。

"你竟然会到村子里来！"

"落叶归根。"

"走，我们到无花果树下去。"

两人坐到大树下的矮凳上，这是村中那些有钱人摆在这儿乘凉用的。

"还记得吗，帕扎尔？你父母过世后，你那个神秘的名字，就是我在这里告诉你的。帕扎尔：能预知未来的先知。长老将这个名字赐给你的确没错。这不正是一个法官所最需要的能力吗？"布拉尼尔说道。

"嗯，我行了割礼，村里的人给了我第一条缠腰布，我把玩具都扔了，还吃了烤鸭、喝了红酒。那真是一场热闹的庆祝会！"

"真快啊，转眼你就变成大人了。"

"有那么快吗？"帕扎尔问。

"当然，每个人成长的速度不同。你嘛，在成熟稳重的外表之外，还有一颗赤子之心。"

"多亏了你的教导。"

"不，这是你自己的功劳。"

"是你教我读书识字，让我接触到法律，督促我努力钻研。没有你，我现在可能只是一个田间耕耘的农夫。"帕扎尔感激地说。

"你不适合当农夫。一个国家能否伟大与安乐，与法官的能力有绝对的关系。"

"当一个正义使者，每天都要战斗。谁敢说自己在这样的战斗中永远不会输呢？"

"你有这个意愿，这才是最重要的。"布拉尼尔肯定地看着帕扎尔说道。

"这个村子是个安宁的避风港。这份不讨好的差事根本没有什么发挥才干的余地。"

"咦？你不是被任命为谷仓管理员了吗？"

"村长希望我当公共农田的总管，以免丰收时节产生纠纷。我对这份工作一点儿也不感兴趣，希望到时这件事不会成功。"

"一定不会成功的。"

"为什么？"

"因为你有另一条路要走。"

"我不明白。"

"他们派了一项任务给我，帕扎尔。"

"他们？是王宫？"

"是孟斐斯的法庭。"

"我犯了错吗？"

"恰恰相反。两年来，地方法官督察对你的表现一直有很高的评价。他们现在要派你到吉萨，去接替一位去世的法官之职。"

"吉萨？好远啊！"

"搭船要几天的时间。你可以住在孟斐斯。"

吉萨，埃及最负盛名的地方，基奥普斯大金字塔的所在地，主宰埃及安宁与祥和的神秘的能源中心。

"我在这个村子过得很快乐。这是我出生、成长、工作的地方。离开这里，对我而言是个很大的考验。"

"我极力推荐你去，因为我觉得埃及需要你。你不是一个自私的人。"

"难道没有商量的余地吗？"

"你可以拒绝。"

"我要考虑一下。"

"人的躯体比谷仓还要宽敞，其中充斥着无数答案。帕扎尔，记得要选择正确的那个，让错误的答案永远封存在里面。"

帕扎尔往河岸走去。此时此刻，他的生活十分美满，他不想放弃平静而快乐的寻常生活，也不想离开底比斯的乡村而迷失在大城市里。但是他该如何拒绝布拉尼尔呢？那是他最崇敬的人。他曾经发誓，只要布拉尼尔一句话，无论什么情况，他都会全力以赴。

河岸上有一只鹮，正以庄严的姿态闲庭信步，接着，它停了下来，将长长的喙插入淤泥中。它注视着帕扎尔。

"托特化身为鹮，他选中了你，你别无选择。"牧羊人佩皮躺在芦苇丛中，用沙哑刺耳的声音说道。

佩皮已经七十岁了，总是嘀嘀咕咕的，而且不喜欢受到束缚。能够单独和牲畜待在一起，对他而言是至高无上的幸福。他不愿听从任何指令，因此每当税务人员像一群麻雀似的突然出现在村子里时，他便会灵巧地拄着拐杖，躲进草丛里去。帕扎尔也从不传唤他出庭。这个老人绝不允许任何人虐待动物，每当看到有人对动物不善，他就会教训那个人，因此法官视他为义务警察。

"你仔细看看那只鹮。"佩皮坚定地说，"它每一步的距离都刚好是一腕尺长，那正代表了正义。但愿你的步子也能和托特化作的鸟一样，又正又直。你会离开这里，对吧？"

"你怎么知道？"

"因为鹮总是会飞向遥远的天边，而它选中了你。"

老人站起身来。他那经历了风吹日晒的皮肤已经变成了棕褐色，他身上只裹着一条灯芯草做的缠腰布。

"布拉尼尔是我所认识的唯一一个正直善良的人，他不会骗你，也不会害你。你到了城里，要小心那些官员、大臣和谄媚的小人，他们光靠那张嘴就能杀死人了。"

"我不想离开这个村子。"

"难道我就想到处去找乱窜的山羊吗？"

佩皮说完便消失在芦苇丛中。鹮也飞走了，它那巨大的翅膀上下扇动,挥动出只有它才知晓的节奏,径直向北方飞去。

布拉尼尔从帕扎尔的眼中看到了答案。
"下个月初你就到孟斐斯去,上任前你就先住在我那儿吧。"
"你要走了?"
"我退休了,但还有几个病人需要我照顾,不然我也很想留下来。"
布拉尼尔的轿子消失在尘土飞扬的道路尽头。
村长把帕扎尔请了过去。
"我们有一件棘手的案子需要审理,有三户人家在争一棵棕榈树的所有权。"
"我知道,这个案子已经纠缠三代人了,把它交给下一任法官吧,如果他解决不了,就等我回来再处理。"
"你要走了?"
"上级要把我调到孟斐斯。"
"那棕榈树怎么办?"
"就让它继续长吧。"

 # 第 2 章

　　地上插着两根树枝，架着一个皮质旅行袋，帕扎尔正在查看上面的带子是否牢靠，袋子装满后，他可以把它背起来，并用带子将它固定在背后。

　　袋子里应该放些什么呢？无非一块缠腰布、一件外衣，以及一张可以当作床、桌子、地毯、幔帘的席子——甚至可以用来裹尸，还有用两张羊皮缝制的羊皮水袋，它们能让水保持长达数小时的清凉。

　　旅行袋刚被打开，一只沙土色的狗就跑过来嗅个不停。它叫"勇士"，今年三岁，有猎犬和野狗的血统。它腿长、脸短，低垂的双耳偶尔会无声无息地竖起来，尾巴卷曲，对主人忠贞不贰。它喜欢外出远游，但不善于狩猎，还喜欢吃烹煮过的食物。

　　"勇士，我们走了。"

　　勇士焦虑地望着袋子。

　　"我们先走一段路，之后再搭船。我们要去孟斐斯。"

　　勇士坐了下来，它觉得主人要宣布坏消息了。

　　"佩皮帮你准备了一个项圈。他已经把皮抻得很柔软了，我保证你戴起来一定会很舒服的。"

　　勇士似乎不怎么相信主人的话。可是它还是戴上了那个镶着钉子的项圈。如果有其他狗或野兽想咬它的喉咙，这个项圈便能保护它。帕扎尔还用象形文字在上面刻了一行字："勇士，帕扎尔的伙伴。"

帕扎尔拿出新鲜的蔬菜喂它。它在狼吞虎咽之际,仍不忘用眼角的余光盯着主人。它能感觉出来,现在不是玩的时候。

在村长的带领下村民们向法官道别,一些人还哭了。大家祝他一路顺风,并送给他两个护身符,一个上面画了一艘船,另一个上面画的是健壮的双腿,只要每天早上向上天祷告,护身符就会发挥作用,保佑他的平安。

帕扎尔还要带一双皮鞋,但不是用来穿的,而是要拿在手上的。他和其他村民一样赤脚走路,等洗去身上的尘土进屋时,他才会穿上这双宝贵的鞋子。他试了试鞋子上的皮带子和鞋底的韧度,然后把鞋放入旅行袋,这才头也不回地离开了村子。

他来到尼罗河畔的一座山丘,踏上了一条蜿蜒狭窄的小路,忽然觉得有个湿湿热热的东西在碰触他的右手。

"北风!你又跑了!看样子我得把你带回去。"

这头名叫"北风"的驴子却不以为然。它伸出右腿表示打招呼,帕扎尔见状立即伸手握住。① 北风曾因为咬断了拴它的绳子而遭到农夫的殴打,多亏法官帕扎尔相救,才活了下来。它性格孤僻,可以背负一百多千克的重物。帕扎尔给它找了一片草地,只有它才能在那儿吃草。它十分感激,便以大量施肥作为回报。北风的方向感很好,在迷宫似的乡间小路上也从来不会迷失方向,而且常常独自从某一处将食物负送到另一处。它性情沉稳,行动温和有礼。只有在主人身边,它才睡得安稳。

打从一出生开始,每当有微风自北方缓缓吹来,暑气消散时,它都会竖直了耳朵,所以它被叫作"北风"。

"我要去很远的地方了。"帕扎尔说,"你可能不会喜欢这个叫

---

① 一幅浮雕描绘过这样的景象。天神赛特掌管暴风雨和宇宙的力量,他的化身——驴子在古埃及是人类的得力助手。

孟斐斯的地方。"

勇士轻轻地蹭着驴子的右前腿,北风明白了勇士的意思,便转过身,想要背起旅行袋。帕扎尔则轻轻地拉着北风的左耳。

"唉,到底谁更固执呢?"

帕扎尔不再坚持。北风便驮起了行李,骄傲地走在前头,并毫不犹豫地抄近道向码头走去。

在拉美西斯大帝的统治下,旅人可以随意在小路和大道间往来穿梭,也可以随意找一片棕榈树林,在树荫下坐着聊天,用羊皮袋到井里打水,甚至能安心地在田边或尼罗河畔过夜,日出而行,日落而息。沿途他们会碰到法老的使者或邮递员。如果需要的话,他们还可以求助于巡逻的警察。那个经常传出惊叫声的年代,那个只要一搬家,无论贫富与否都会遭盗匪拦路抢劫的年代,已经十分遥远了。拉美西斯大帝竭力维护着社会秩序,一旦秩序乱了,任何幸福与安乐都将成为空谈。①

北风迈着坚定的步子,往逐渐没入河水的陡坡走去,仿佛已经知道主人打算搭船前往孟斐斯。帕扎尔带着狗和驴子上了船,用一块布作为船费。待两只动物睡着,他便静静地注视着四周。

诗人们总喜欢把埃及比喻成一艘巨大的船,连绵的山脉就是高高的船舷,山岗和岩壁拔地而起,高达数百米,好像保护着田地一般。高原被深深浅浅的山谷割裂,一块块土地错落有致,分布在黝黑、肥沃、丰饶的土地和盘踞着危险势力的红色沙漠之间。

帕扎尔忽然想掉头回去了。这段通往未知的旅程让他坐立不安,他对自己的未来完全失去了信心。他,一个地方的小法官,失去了内心的宁静,这是任何晋升之喜都无法弥补的。只有布拉尼尔能说服他离开家乡,然而他为自己安排的未来,却可能不是自己所能

---

① 古代的埃及人经常外出旅行,最常沿着尼罗河走,但也会走乡间小路和沙漠间的小径。法老必须保证旅人的安全。

掌控的。

孟斐斯,埃及的首都兼第一大城市,由统一埃及的美尼斯①创建。南方的底比斯遵循着祭拜阿蒙神的传统,而位于上下埃及交界处的孟斐斯,却接受了亚洲与地中海文明的洗礼。

帕扎尔带着驴子和狗在佩鲁纳弗港下了船,只见数百艘大大小小的商船停靠在繁荣热闹的码头,船工会把货物运往仓库。古王国时期,人们挖凿了一条与尼罗河平行的运河。正因为有了这条运河,小船如今才能安然航行,孟斐斯的食物与日常用品全年无缺。帕扎尔注意到,河道两侧的石块被码砌得严丝合缝,看起来坚不可摧。

他带着驴子和狗前往布拉尼尔居住的北区,经过市中心时,看到了普塔神的神庙,然后沿着军事区继续前行。该军事区除了制造武器和战船,也是训练埃及精锐部队的地方,营房边还有一个堆满战车、剑、长矛和盾牌的军械库。

北边和南边有成排的谷仓,里面堆满了各式各样的粮食,挨着谷仓的则是存放金、银、铜、布料、香脂和油等物品的国库。

孟斐斯实在是太大了,让帕扎尔眼花缭乱。在这里要想不迷路可太难了。勇士似乎有点儿胆怯,不敢离开主人一步,而北风还是坚定地一路往前走。帕扎尔向一名织布女工问了路后,发现北风并没有带错路。他还看到,在平民百姓的住宅间,也坐落着贵族们的豪华别墅:高高的柱廊前有门房看守,后面是交错的花径,花园深处则坐落着几栋两三层楼高的房子。

布拉尼尔的家终于到了!那座房子真美!白色的墙上装饰着红罂粟花环,窗边装点着矢车菊和黄色的牛油果②花,布置得十分雅致。大门旁边的小径上有两棵棕榈树,树荫刚好能遮住阳台。故乡的村

---

① 美尼斯是第一个统一上下埃及的法老。
② 牛油果树十分高大,果实甜美,呈心形,叶子状似舌头。

子远在天边,但是老医生却在这个大城市里保留了乡村风韵。布拉尼尔已经站在门口了。

"一路还顺利吗?"

"驴子和狗都渴了。"

"它们让我来照顾就好。这儿有个水盆,你可以洗洗脚。还有撒了盐的面包。欢迎你的到来。"

帕扎尔走下楼梯,进入第一个房间,映入眼帘的是一个供奉着祖先雕像的壁龛,几个橱柜靠墙放着,地板上铺了几张席子。一个工作室、一个浴室、一个厨房、两个卧室和一个地下室,构成了这个温暖舒适的家。

布拉尼尔请他来到屋顶的阳台,他在那里准备了一些饮料和点心。

"我觉得很失落。"

"这是正常的。好好吃顿饭,睡一觉,明天就可以参加授职仪式了。"

"明天?"

"案子积压得太多了。"

"我还想花点时间适应一下孟斐斯呢。"帕扎尔接道。

"一旦调查工作开始,你想不适应都不行。趁你还没有上任,我先送你一个礼物吧。"

布拉尼尔送给帕扎尔一本书记官手册,其中详述了在不同场合面对不同品级的对象时要如何应对。最高等级的是神、女神、另一个世界的神灵、法老和女王,然后是太后、首相、圣贤院、大法官、军中的统帅和书库的书记官,接下来则是国库总管、法老派驻外国的使节,最后是管理运河的工作人员。

布拉尼尔说:"性情粗暴的人,只会制造事端,多嘴多舌的人也一样。如果你想要成为强者,就必须学会说话的艺术,要善于修辞。只要你学会了掌控言辞，就拥有了最大的武器。"

"我想念我的村子。"

"你会想念它一辈子的。"

"你为什么叫我来到这里？"

"你的行为决定了你的命运。"

帕扎尔睡的时间不长，也没有睡好，狗趴在他的脚边，驴子则睡在床头的地上。这一切发展得实在是太快了，他根本没有时间静下来思考。就像随着一阵旋风狂舞，完全失去了平日的笃定，如今也只能勉为其难，随风飘入那充满变数的未来了。

天一亮他就起床了，冲了个澡，并用天然苏打漱了口。和布拉尼尔一起吃过早餐后，布拉尼尔为他请来了一位城里数一数二的理发师傅。师傅用水沾湿他的脸，抹上浓稠的泡沫，然后从皮匣里拿出一把由铜片和木柄组成的刮胡刀，熟练利落地给他刮起了胡子。

帕扎尔身着崭新的缠腰布，还穿上了一件轻薄宽大的衬衫，并喷上了点香水，似乎已经做好了接受考验的准备。

"我觉得自己好像经过了伪装一样。"他向布拉尼尔坦言。

"虽然外表并不重要，但也不能忽视。你要懂得把握方向，不要被时间的洪流带离公理正义，因为一个国家是否安定，完全取决于公理正义是否得到伸张。孩子，千万记得，要扮演好你的角色。"

 # 第 3 章

帕扎尔跟着布拉尼尔走在普塔区，在被白墙围起的旧城堡南侧安置好了驴子和狗，自己却无所适从。

法院附近建了几栋行政大楼，入口处有几名士兵把守。布拉尼尔向其中一名士兵说明来意。对方听了之后离开了一会儿，回来时身旁多了一位代表首相的大法官。

"很高兴又见到你，布拉尼尔。这就是你极力推荐的人吗？"

"帕扎尔非常兴奋。"

"以他这个年纪来说，有这样的反应也可以理解。但他是否已经准备好履行新职务了？"

帕扎尔对这位大人物讽刺的语气感到十分惊讶，因此冷冷地回应道："你不相信我？"

大法官皱了皱眉头。

"我要带走他了，布拉尼尔，授职仪式该开始了。"

布拉尼尔热切的眼神，让有点儿缺乏信心的帕扎尔鼓起了不少勇气。无论前程多么艰难，他都不会辜负布拉尼尔的厚望。帕扎尔被引进一个长方形的小房间，大法官请他面对评审团坐下。评审员分别是大法官本人、孟斐斯的市长、人事部代表和一名侍奉普塔神的祭司。他们全都戴着厚重的假发，腰间的布条也缠得鼓鼓的，个个面无表情，看起来很严肃。

"你现在所在的是'评估差异'①之处,"大法官说道,"在这里,你将成为与众不同的人,肩负起对他人进行审判的责任。你必须指挥调查工作,主持辖区内地方法庭的审判,若有无法解决的案件,则需呈交给上级。你愿意承担起这项工作吗?"

"我愿意。"

"你可知道,一旦答应,就不能反悔?"

"我知道。"

"请各位评审员根据法律来评判这位未来的法官吧。"

市长随即以庄严的口吻问道:"你会挑选哪些人担任陪审员?"

"书记官、手工匠、警察、社会经验丰富的男人、受人敬重的妇人、寡妇。"

"那么,你打算如何介入他们的审议过程?"

"我并无这样的打算。每个人都可以尽情地抒发己见,我会尊重每一个人的意见,最后再作出判决。"

"在任何情况下都会如此吗?"市长不禁怀疑地问道。

"只有一种情形例外——当有陪审员受贿的时候,我会立刻中断议程,依法对其进行审判。"

"遇到犯罪事件,你会如何应对?"

帕扎尔立刻答道:"先进行初步调查,建立档案,然后递交首相办公室。"

侍奉普塔神的祭司将右臂放在胸前,将握紧的拳头轻轻放在肩上,问道:"阴间对你进行审判之际,你的一切行为都会被纳入考量范围,而你的心也将被置于天平上面对律法的考验。律法将会以什么形式被传达给众生呢?"

"全国有四十二个省,共有四十二卷法条,然而法律的精神并

---

① 源自《亡灵书》,指的是区别正义与不公。

没有被记录下来,也不应该被记录下来。真理只能被口授,由师长叙述,弟子倾听。"

祭司面露微笑,但大法官仍不满意,继续追问:"哦?那你是如何定义法律的?"

"我将之视作面包和啤酒。"

"你能具体解释一下吗?"

"就是服务于所有人的正义,无论贫贱。"

"为什么用鸵鸟的羽毛象征律法?"

"因为鸵鸟是人世与神界间的使者,它的羽毛乃是真理之羽,能决定鸟儿飞行的方向和人的行事轨迹。律法如生命的气息,应当在人的肺中长存,以驱除人身心的灾厄。如果没有了正义和公理,麦子便不会再生长,乱民将会掌权,节日与庆典也将不复存在。"

市长站起身来,在帕扎尔面前放了一块石灰岩。

"把你的手放在这块白色的石头上。"

帕扎尔照做。他没有颤抖。

"这块石头将为你的宣誓作见证。它会永远记得你说过的话,若是你背叛了律法,它也将会证实你的罪行。"

市长和人事部代表分别站到帕扎尔两侧。

"请起立。"大法官命令道,"这是你的印戒。"

他一边说,一边把一枚镶有长方形金片的戒指套在了帕扎尔右手的中指上。金片上刻着:帕扎尔法官。

"盖了这枚章的文件都将是官方的正式文件,你必须全权负责,所以要谨慎使用。"

法官的办公室位于孟斐斯南部的郊区,在尼罗河和西运河之间,哈托尔神庙的南侧。这个乡下来的年轻人原以为自己会有一间豪华的大宅子,看到住所后,他彻底失望了。

他分到的只是一间有两层楼的小房子。执勤的卫兵正坐在门槛上打盹。帕扎尔拍了拍他的肩,他吓得跳了起来。

"我要进去。"

"办公室已经关门了。"

"我是这里的法官。"

"不会吧,法官已经死了。"

"我是来接任的帕扎尔法官。"

"哦,是你呀……书记官亚洛跟我说过,你有证件吗?"

帕扎尔让他看了自己的印戒。

"在你上任之前,我负责看守这个地方,现在我的任务结束了。"

"我什么时候可以见到书记官?"

"我不知道,他应该正在解决一个麻烦的问题。"

"什么问题?"

"是关于木柴的事。这里冬天很冷。去年国库拒绝给办公室分发木柴,因为没有填申请书。亚洛现在到档案管理处补办手续了。祝你上任愉快,帕扎尔法官。在孟斐斯,你绝对不会无聊的。"

帕扎尔慢慢打开办公室的门。里面相当宽敞,堆放着被捆扎或封存起来的纸卷。地上有一层尘土。面对这片混乱的景象,帕扎尔顾不得自己的身份,立即拿起扫帚打扫起来。

清扫过后,帕扎尔翻了翻那些档案,里面有地籍与税务信息的总结、各类报告、诉状、账单,看来他要管的事务还挺繁杂。

最大的那个柜子里放着书写工具:放墨水的调色板、墨块、小罐子、装有粉状颜料的袋子、笔刷袋、刮刀、树胶、研磨石、细细短短的亚麻绳、龟甲,以及一只黏土做的代表埃及象形文字创始者托特神的狒狒,每一样都质地上乘。

木箱中有一样最珍贵的东西:水钟。那是一个小巧的圆锥状容器,上面有两组不同的刻度,共计十二道刻痕。水会从容器底部的洞滴下去,用以计时。看来这里的书记官觉得有必要知晓自己到底工作了多长时间。

眼下帕扎尔还有一件事需要做。他将一根用灯芯草制成的笔插入装满水的小罐,然后在调色板上滴了一滴水。他口中喃喃地念着所有书记官下笔前都要念的祷词:"为你的'卡'献上一滴墨水,伊姆霍特普。"人们以此表达对首座金字塔的创建者、建筑师、医生、天文学家与象形文字大师伊姆霍特普的敬意。

接着,帕扎尔来到二楼。二楼的住宿区已经荒废很久了。前一任法官更愿意住在市郊的小屋,因此这里被人遗忘了。现在住宿区早就成了跳蚤、苍蝇、老鼠和蜘蛛的安乐窝。

帕扎尔并没有气馁,这对他来说只是小问题。在乡下时,他也常常要做驱除鼠蚁蚊虫的工作。

他先向墙壁和地面泼洒了放了苏打的水,又撒上了一层木炭灰和旋覆花[①]的混合物,这种混合物会散发出一种强烈的香气,可以驱除虫蚁。最后他把乳香、没药、肉桂[②]、蜂蜜混合到一起,然后用烟熏法给屋子消毒,这样还能让空气清新宜人。为了购买这些昂贵的东西,他预支了下个月大半的薪水。

做完这一切后,他疲惫极了,便摊开席子躺了下去。可他总觉得不舒服,就是无法入睡:没错,那枚印戒,它摘不下来了。佩皮说得没错,他现在已经别无选择了。

[①] 一种菊科植物的花。
[②] 在这里指的是香料,也是一种有芳香气味的树木。

第4章

当书记官亚洛来到办公室时,太阳已经高悬在半空中了。他身形矮胖、面颊丰满、脸色红润,顶着个酒糟鼻,握着一根刻有他名字的手杖。此时,他拿着手杖一摇一摆地走了进来,看上去气派又威严。亚洛已经四十岁了,有一个小女儿。这也是他一切烦恼的来源,他几乎每天都会因为孩子的教育问题和妻子争吵。

此刻,他意外地发现,有一个工人正把石膏和石灰混合在一起,想要把办公室墙上的一个洞堵上。

"我没有叫工人来干活啊!"盛怒的亚洛说。

"是我叫的,而且我还是个随叫随到的工人。"

"你?你有什么权力这么做?"

"我是帕扎尔法官。"

"可你也太年轻了!"

"你就是我的书记官吗?"帕扎尔问道。

"没错。"

"现在时间已经不早了吧?"

"当然,当然……我家里有点儿事,所以才……"

"有什么紧急的案子吗?"帕扎尔一边问一边继续干活。

"一个建筑商要运砖,可他租的驴子没有来。现在他要告出租驴子的人蓄意延误他的工程。"

"这件事已经解决了。"

"什么？怎么解决的？"

"今天早上我见过那个出租驴子的人了。他会赔偿建筑商的损失，并从明天开始运送砖块。所以不用打官司了。"

"你……还会干这种修墙的活儿？"

"我只有一点经验。我们的经费不多，所以大部分的工作还是得自己来。还有什么事？"

"你需要去清点牲畜。"亚洛说。

"一个专业的书记官去还不够吗？"帕扎尔反问。

"它们的主人——牙医卡达什，坚称他雇的工人行窃。他要求我们调查此事，前一任法官已经想尽办法把这件事拖到现在了。其实，我也理解——如果需要的话，我也可以帮你找借口再拖一拖。"

"不用了。对了，你会用扫帚吗？"

书记官立刻愣住了，扫帚是什么东西？于是帕扎尔法官将那珍贵的工具递给了他。

北风因又能呼吸乡下的空气感到十分高兴，它驮着法官的东西愉快地走着，勇士则在一旁兴奋地跑来跑去，有时候还故意去吓一吓路边的小鸟。跟平常一样，北风仔细地听着主人的指令，现在它们要去牙医卡达什的豪宅，那宅子位于吉萨高原的南边，走路需要两个小时。

帕扎尔受到总管的热情款待——总算有一个负责任的法官愿意来解开牲口失踪的谜团了。几个仆人帮帕扎尔洗了脚，并拿新的缠腰布让他换上。他们向卡达什通报了一声，然后匆匆忙忙地搭起了台子。他们用红色和黑色的圆柱架起柱廊，以便卡达什、帕扎尔和牲畜记录员能在阴凉的地方商议问题。

庄园的主人右手拄着长长的拐杖出现了，他后面跟着一群帮他提鞋、撑伞、抬椅子的人，有乐师在打鼓、吹笛子，还有少女为他献上莲花。

卡达什六十来岁,满头白发,身材高大,高高的鼻子上几条青紫色的血管隐约可见。他前额不高,颧骨隆起。此刻,他正不时用手擦拭自己湿润的眼角。

卡达什用一种不甚信任的目光打量着法官,问道:"你就是新来的法官?"

"很高兴能为您效劳,也很高兴看到这里的农民生活愉快,这都是因为您这位领主品格高尚、指挥有方。"

"年轻人,你很懂得尊敬要人啊,以后一定很有前途。"牙医口齿不太清晰,但看起来相当尊贵。他身着前交叉式的缠腰布,穿着豹皮上衣,脖子上挂着一条大项链,手上还戴着饰环,看起来贵气十足。

"我们坐吧。"他说。

他在一把彩绘木椅上坐下,帕扎尔坐在了一张方方正正的椅子上。他们面前摆了一张放置书写工具的矮桌。

帕扎尔问道:"据你所说,你总共有一百二十一头牛、七十只绵羊、六百只山羊和六百头猪?"

"没错,上一次,也就是两个月前,我们清点牲畜的时候,发现少了一头牛!要知道,我的牲畜可都价值不菲,就算瘦一点的,也能换一件亚麻长袍和十袋大麦,所以我希望你把小偷给揪出来。"

"你自己调查过吗?"

"这个我可不在行。"

法官接着向坐在席子上的牲畜记录员问道:"你在记录本上都写了些什么?"

"写了动物的数目。"

"你问过其他人吗?"

"我谁都没问过,只负责记录,不负责询问。"

帕扎尔没有再问什么。他生气地从篮子里拿出了一块无花果木板，木板表面有一层薄薄的石膏，接着他拿出了一支长约二十五厘米的灯芯草笔，以及一个用来调制墨水的小罐子。他准备好之后，卡达什打了个手势，让赶牛的工头把牲畜都赶出来。

只见工头轻轻拍了一下头牛的脖子，那牛便带着笨重温驯的牛群缓缓往前走。

"很了不起吧？"

"你应该称赞养牛的人。"帕扎尔回应道。

"小偷应该是赫梯人或努比亚人，孟斐斯的外国人实在是太多了。"卡达什说。

"从你的姓氏来看，你的原籍应该是利比亚吧？"

牙医脸上立刻露出了不快的神情："我已经在埃及住了很久，而且早就跻身上流社会。我的家产不就是最好的证明吗？许多大臣都是我的患者，请你记清自己的身份。"

仆人们扛着各式各样的水果、一桶桶韭葱、一筐筐莴苣和一罐罐香料，跟着牛群一起走了出来。很明显，卡达什不只是想完成清点工作，还想借机向新来的法官炫耀自己的财富。

勇士静悄悄地钻到主人的座椅下注视着牛群。

"你来自哪里？"牙医问道。

"问话的人应该是我。"

两头套了牛轭的牛走过台前，比较老的那头牛突然趴在地上，不愿再往前走了。

"别装死了。"赶牛的人说。挨骂的牛畏畏缩缩地看了赶牛人一眼，却还是一动不动。

"快打它。"卡达什命令道。

"等一下。"帕扎尔制止了他，并走下台子。

只见法官轻抚牛的腹侧，一边柔声安慰，一边让赶牛人把牛拉起来。老牛受到抚慰后，安心地站了起来。

帕扎尔重新回到了座位上。

"你很有同情心嘛！"卡达什讽刺地说。

"我不喜欢暴力。"

"但有时候，也有必要动用暴力，不是吗？为了抵抗外敌入侵，那些埃及人因替我们争取自由而死，难道他们该受到谴责吗？"

帕扎尔专心地看着那群牛，记录员在一旁清点，结果真的如牙医所说少了一头。

"太过分了！"卡达什的脸涨成了紫红色，"有人偷了我的东西，而且竟然没有人举报。"

"你的牲畜身上应该都打了烙印吧？"

"当然！"

"把那些打烙印的人叫来。"

一共来了十五个人。法官把他们分开，一个一个地询问，避免他们串通一气。

"我抓到这个小偷了。"帕扎尔问罢对卡达什说。

"是谁？"

"是卡尼。"

"我要求立刻开庭。"

帕扎尔答应了。他挑选了几名陪审员，有一个赶牛人、一个看管山羊的人、那名牲畜记录员和一名管家。

那个叫卡尼的人并没有打算逃跑，他干脆地来到台前，面对卡达什愤怒的目光，显得十分坦然。这名被告身材矮壮，褐色的皮肤上满是深深的皱纹。

"你认罪吗？"法官问道。

"我？认罪？不可能。"

卡达什用手杖重重地敲了一下地板，对帕扎尔说："这个狡猾的强盗！你要马上治他的罪。"

"住口！"法官命令道，"如果你再出言扰乱法庭秩序，我就马上中止审问。"

牙医只得愤愤地转过身去。

"你是不是为卡达什的牛打过烙印？"帕扎尔问。

"是的。"卡尼答道。

"有一头牛不见了。"

"它逃走了。你们可以到附近的田里找一找。"

"你怎么这么不小心？"

"我不是放牛的，我是种菜的。我的工作是浇地。白天我要用扁担挑着重重的水罐给农作物浇水，晚上也不能休息，因为要给一些比较娇弱的菜浇水，还要清理垄沟和添土。你要是不相信，可以看看我的脖子，后面有个疤，那是我两次患皮肤脓肿后留下的，是菜农才有的毛病，放牛的人可不会得这种病。"

"那你为什么要改行？"

"有一次，在我挑菜时，卡达什的总管强迫我改行，让我丢下菜园去帮他放牛。"

帕扎尔传唤了证人，证明卡尼所言不虚，于是卡尼被无罪释放。为了补偿他，帕扎尔不仅判逃走的那头牛归他所有，还命令卡达什以为数可观的食物补偿卡尼这几天因荒废菜园受到的损失。

卡尼向法官行了个礼，从他的眼中，帕扎尔看到了他内心的感激。

"强行逼迫农民劳动可是很严重的过失。"他提醒牙医。

牙医怒气冲天："这怎么会是我的错！我又不知情。该受罚的人是我的总管。"

"你应该知道要怎么处罚吧——杖刑五十下，而且你会被降为农夫。"帕扎尔对总管说。

"我们当然应该依法行事了。"

总管并没有否认自己的罪行，于是他被判了刑，而且立即执行。

当法官帕扎尔离开这座宅子时，卡达什并没有前去送行。

第 5 章

勇士睡在主人的脚边,正做着享用丰盛大餐的美梦。北风饱食一顿新鲜草料之后,便站在门口当起了卫兵。帕扎尔则天一亮就坐在办公桌前审阅卷宗,堆积如山的工作并没有将他压得喘不过气,反而让他下定决心把延误已久的进度赶上,一件案子也不遗漏。

书记官亚洛直到接近中午时才来,一副萎靡的模样。

"你看上去好像很累。"帕扎尔看着他说道。

"我和我的太太吵了一架。唉,我娶她是要让她帮我做饭,当时怎么会知道她竟然不想做饭!我实在是不想再见到她了。"

"你想过离婚吗?"

"没有。因为我的女儿。我希望她成为舞蹈家,可是我太太偏偏另有打算。我们两个谁都不肯让步。"

"这件事恐怕不太容易解决。"

"我也是这么想的。你到卡达什那儿调查得还顺利吗?"亚洛换了个话题。

"我刚写完报告,丢牛的案子解决了,卡尼被无罪释放,总管被判刑。我觉得那个牙医也有责任,但是我没有证据。"帕扎尔略带遗憾地说。

"别得罪这个人,他的人脉很广。"

"是吗?"

"很多宫中显要都是他的患者。最近有谣言说他失过手,如果还想要牙齿的话,就不要找他。"

勇士低沉地吠了一声,得到主人的安抚后才安静下来。它这样叫,通常是在表示敌意,看到书记官的第一眼,它就不喜欢他。帕扎尔在偷牛案的判决报告上盖了章。亚洛对帕扎尔文雅工整的字迹赞叹有加。只见帕扎尔流利地写着象形文字,毫不犹豫地记录下自己的看法。

亚洛有些惴惴不安:"你该没有对卡达什提起诉讼吧?"

"当然提了。"

"这样做很危险。"

"你怕什么?"

"我……我也不知道。"

"你把话说清楚,亚洛。"

"司法实在是太复杂了。"

听书记官说得吞吞吐吐,帕扎尔不以为然地回应:"我可不这么想,一边是真相,一边是谎言,泾渭分明。要是我们向谎言投降——即使只是一句——司法就再也没有立足之地了。"

"你会这么说是因为你还年轻,等你经验越来越多后,你的想法就不会这么简单了。"亚洛意有所指地继续劝他。

"希望不会有这一天。村子里有很多人都这么对我说过,但我觉得这种说法并不正确。"

"你要无视那些显要的影响力吗?"

"难道卡达什可以凌驾于法律之上?"

亚洛叹了一口气,说:"帕扎尔法官,你很聪明,也很有胆识,不要假装不明白我所说的意思。"

"如果司法裁决不公,国家就相当于在走向灭亡。"

亚洛看着他说:"如果硬要向权贵挑战,你就会像有些人一样一败涂地。解决你有能力解决的问题,棘手的案件就交给上级处理吧。你的前一任法官就很懂得避开这些麻烦。你好不容易才获得这次升迁的机会,可要好好把握!"

亚洛用前人的经验警告帕扎尔,并用升迁机会利诱他,但显然还是没有改变他的想法。

"正是因为我的办事态度,我才会被调到这里,所以我又为何要改变呢?"

"还是那句话,我劝你遵循既有的制度,珍惜你的机会。"

"我所了解的唯一制度就是律法。"

亚洛说得烦了,又急又气,捶胸顿足道:"你这是自取灭亡,以后别怪我没警告过你。"

"明天你就带着我的报告到省府去。"

"悉听尊便。"亚洛赌气答道。

"还有一件小事,我并不是怀疑你对工作的热忱,不过我还是想问问,你是我唯一的下属吗?"

亚洛有点尴尬:"也可以这么说。"

"这话是什么意思?"帕扎尔顿生好奇。

"其实还有一个人,他叫凯姆……"

"他的职务是……"

"警察。你下令之后,他负责抓人。"

"听起来是个很重要的角色。"

"前任法官从来没有逮捕过犯人,因为一有嫌疑犯,他就会向更高一级的法庭申请援助。后来凯姆待在办公室里无事可做,干脆就出去巡逻了。"

"我可以见见他吗?"

"他偶尔会来。"随即亚洛战战兢兢地说,"你对他要客气一点,他的脾气很不好。我很怕他,所以你可别指望我去跟他说一些会惹他生气的话。"

"要想在这间办公室重建秩序,似乎并不容易。"帕扎尔心想。同时他发现莎草纸快用完了,便问道:"什么地方能买到莎草纸?"

"找贝尔·特兰,他是孟斐斯最好的纸商。他的莎草纸价钱虽然贵了点,可是质量绝佳,不容易损坏。我强烈推荐。"

"你老实告诉我,亚洛。这个建议,完全没有利益牵涉在内吗?"

"你怎么能说这种话?"亚洛见帕扎尔怀疑起自己,不禁涨红了脸。

"抱歉,我失言了。"

帕扎尔翻了一下最近呈交上来的诉状,没有一件案子是特别严重或紧急的。随后他又看了看受他监管的人员名单,以及需要他批示的文件。面对这些千篇一律的行政工作,他要做的只是盖章。

亚洛盘起左腿坐在办公桌前,右腿则高高地跷着,腋下夹着调色板,左耳后别着芦苇笔,一边清理笔刷,一边看着帕扎尔:"你很早就开始工作了吗?"

"嗯,天一亮就开始了。"

"太早了吧。"亚洛有点儿惊讶。

帕扎尔只是淡淡地回答:"这是在乡下养成的习惯。"

"是……每天的习惯?"

"我的老师说,只要有一天懈怠,就可能造成无法弥补的后果。只有打开双耳,神志清醒,心灵才能学习。想要做到这一点,还有什么比养成好习惯更有效的方法呢?若非如此,我们内心中沉睡的猴子就会开始作怪,也会失去心之圣殿元神。"

亚洛不禁流露出些许黯然:"这种生活并不舒适。"

"我们可是司法的公仆啊,不是吗?"

"那么,我的工作时间……"

"每天八个小时,每工作六天,就休息两天,包含各个节日在内,全年共有两到三个月的假期,这样可以吗?"

书记官点点头。虽然法官没有明说,但他知道自己得注意一下上班时间了。

这时,一份简单的文件让帕扎尔起了疑。负责守护斯芬克斯像的卫兵长,刚刚被调派到码头仓库去了。进行这种毫不相干的职务调动,想必是因为卫兵长有严重的过失,但文件上却全无标注。然而,身为省级大法官的门殿长老已经盖了章,现在只差让帕扎尔盖章了,因为这名士兵就住在他的辖区内。这项简单的工作,原本只需要动动手指就可以完成,不过他还是忍不住问道:"守护斯芬克斯像的卫兵长一职是个肥差吧?"

"的确有不少人有意争取,但是目前在职的卫兵却劝他们打消念头。"书记官坦言道。

"为什么?"帕扎尔觉得奇怪。

"这名卫兵长经验丰富,履历辉煌,而且是个正直的人。他兢兢业业地守护着斯芬克斯像。这尊古老的雕像,看上去十分威严和恐怖,谁敢去侵扰它呢?"

"这么说,这似乎是个颇受敬重的职务?"

"当然了。卫兵长还招募了一些退役士兵和他一起守护斯芬克斯像,好让他们有一点固定收入。夜里他们有五个人负责值守。"

"你知道他调职的事吗?"

"调职?你在开玩笑吧?"亚洛不可置信地反问。

帕扎尔双手一摊:"公文就在这里。"

"真想不到啊,他犯了什么错呢?"

"你的疑问跟我的一样,但是这上面根本没有标注出来。"

"这一点你不用操心,一定是军方的决定,我们只是不知道内情罢了。"

这时,待在屋外的北风发出一声尖叫,帕扎尔马上起身走到门外,只见一个人用皮带拉着一只狒狒。狒狒这种动物一般都头大如斗、目露凶光，毛发浓密，凶相毕露。无数猛兽都死在它们的手下。还有人曾经看到，一群狮子碰到了一群狂躁的狒狒后，立即落荒而逃。

狒狒的主人是个努比亚人，身材健壮，和他的宠物一样令人侧目。帕扎尔担心地对他说："希望你把它拽好。"

"狒狒警察[①]和我在此待命，帕扎尔法官。"

"你是凯姆？"

那个努比亚人点了点头，不假思索地说："附近的人都在谈论你，你好像是个非常会引起骚动的法官。"

"我不喜欢你说话的口气。"

"习惯就好。"

"不可能。若你不能给我应有的尊重，那你就得离开。"

他们刚一见面就针锋相对、互不相让，狗和狒狒也与它们各自的主人一样怒目相视。

凯姆接着说："前一任法官给了我绝对的自由。"

"现在不行了。"

"只要我带着狒狒在街上巡逻，那些小毛贼就不敢轻举妄动。"

"要给你多大的自由，我们再说吧。先说说你的工作经历。"帕扎尔不置可否，转移了话题。

"先说清楚也好。"凯姆一五一十地道出了过往，"我的过去，唉，真是太惨了。我原本隶属于一支驻守南方某个城堡的弓箭队。我跟许多年轻人一样，是出于对埃及的热爱才应召入伍的。那几年我过得非常快乐。有一次，我无意间发现了有军官进行非法黄金交易。可是没人相信我。后来，在一次争斗中，我杀了一名盗取黄金的窃贼，不巧，他正是我的直属上级。法官对我判处剭刑，我现在戴的

[①] 古埃及墓碑上雕有狒狒警察逮捕小偷的场景。

是一个木制的假鼻子。从那以后,我就什么都不怕了。不过,法官肯定了我的忠诚,因此我才会被指派为警察。想要证明的话,我的档案都在军政处,你可以随时调阅。"

"好吧,我们走。"帕扎尔立刻同意了他的建议。

凯姆没想到他会有这样的反应。于是,驴子和书记官留守办公室,法官和警察一同前往军政处,随行的狗和狒狒仍不断在暗中观察对方。

"你在孟斐斯住多久了?"

"一年,"凯姆答道,"我很想念南方。"

"你认识守护斯芬克斯像的卫兵长吗?"

"见过两三次。"

"你觉得他可靠吗?"

"他很有名,我在南方就听过他的名字。这种荣誉性的工作是不会分派给一般人的。"凯姆对卫兵长倒是信心满满。

"做这份工作有危险吗?"

"完全没有!谁会侵扰斯芬克斯像呢?其实他们的主要工作是防止雕像再度被沙土掩埋。"

路人看到这一行人经过,都纷纷躲避,所有人都知道狒狒的动作有多快——主人可能还来不及出声,它便已经咬住小偷的腿或折断小偷的脖子了。凯姆和狒狒在街上巡逻,的确让许多窃贼打消了坏念头。

"你知道这名退役士兵的住址吗?"帕扎尔又试探着问道。

"他住在营区附近的宿舍里。"

"我们回办公室去吧。"

凯姆没有反应过来:"你不去看我的档案了?"

"我想看的是他的档案,但我想不会有什么收获。明天一早你就到办公室来,我等着你。你的狒狒叫什么名字?"

"杀手。"

第 6 章

傍晚时分，帕扎尔关门后离开了办公室，到尼罗河边遛狗。这份毫不起眼的文件，只需盖个章就行了，真的要追根究底吗？妨碍这么平常的行政程序，实在没有意义，但是，这件事真的很平常吗？在乡间时，帕扎尔经常和大自然及动物接触，所以自然而然便产生了一种直觉，那是一种奇怪的、近乎忧虑的感觉，让他忍不住想要继续调查，哪怕真的只是进行一个简单的程序。总之，他要确定这次的调职没有任何疑问，才能安心。

勇士贪玩，但是不喜欢水，只敢一边远远地在河岸上小跑，一边看河上来往的货船、帆船和木舟，以及船上那些散心、送货、旅行的人。尼罗河孕育了埃及，在风与水的加持下，还为这里的人提供了一条快捷便利的交通要道。经验丰富的船员会乘大船离开孟斐斯，走向大海，其中有一些人还远赴异域。帕扎尔并不羡慕他们，反而觉得他们命运多舛，不得不离开这个国家，离开这个他深爱其每一寸土地、每一座山丘、每一条荒径与每一个村落的地方。每一个埃及人都担心自己会客死异乡。法律规定，所有埃及人死后都要回归故土，这样他们才能永远与祖先同在，受到众神的庇护。

突然，勇士叫了起来，原来是一只调皮捣蛋的绿猴，故意把水溅到它身上。这让勇士又羞又怒，不禁龇牙咧嘴、浑身打战。绿猴见状，吓得急忙跳到了一个年轻女子怀里。

"它没有恶意，它只是不喜欢被弄湿。"帕扎尔解释道。

绿猴的主人抱歉地说："我这只小母猴名叫'小淘气'，因为它总爱恶作剧，尤其喜欢找狗的麻烦。"

她声音柔美，勇士得到安抚后，便上前闻了闻她的小腿，还舔了一下。

"勇士！"帕扎尔急忙喝止。

"没关系，我想它是接纳我了，我很高兴呢！"

"那它会接纳我吗？"帕扎尔指了指小淘气。

"试试就知道了。"

帕扎尔的手僵住了，他不太敢靠近那个女子。在村子里，尽管也有几个女孩总是缠着他，但她们始终无法引起他的注意，因为他专注于学业与实习，忽略了所有浪漫的感觉。学习法律让他分外早熟，然而面对眼前这个女孩，他竟全无招架之力。

她真是美丽啊！美得如春天的晨曦、初绽的莲花、尼罗河上的粼粼波光。她的头发近乎金黄，柔和的线条勾画出了她那清纯的脸庞，那双夏日晴空般的眼睛透着率真。她纤细的脖子上戴着一条青金石项链，手腕与脚踝上戴着光玉髓饰环。她坚挺的胸部、曲线完美的臀部与修长的双腿在亚麻长袍下隐约可见。

"你害怕？"她惊讶地问道。

"不……当然不是。"帕扎尔尴尬得说不出话。

靠近她，意味着她那美丽的面容会渐渐向他逼近，她身上的香气会渐渐将他包围，而且，他几乎都能碰触到她了……他实在没有这个勇气。女子见他不动，便朝他走了几步，递出那只绿猴。他颤抖着双手，摸了摸小淘气的头。小淘气则快速地搔了一下他的鼻子。

"这是它表示友善的方式。"女子高兴地说。

勇士没有表示抗议，它和小淘气休战了。

"我是在一个卖努比亚商品的市场上看到它的，当时它看起来十分烦闷，我看着不忍心，就买下了它。"

女子的左手腕上，戴着一个奇怪的东西。

"哦，我的手钟①让你惊讶吗？这是我工作时必不可少的工具。我叫奈菲莉，是一名医生。"

奈菲莉，美丽、完美、圆满的化身，她那金黄色的皮肤，看起来那么不真实，她所说的每句话，听起来都像乡村日落时分传来的迷人歌声。

奈菲莉见帕扎尔没有搭腔，便主动问道："你呢？"

"哦，我叫帕扎尔，是这里的法官。"

"你是本地人吗？"

"不，我是底比斯人，刚到孟斐斯。"

"我也是底比斯人！"她高兴地微笑道。

"你的狗不想再走了吗？"

"不，不！它从来都不会累。"

"那我们继续走一走，好吗？我需要透透气，上个礼拜可真是累人。"

"你已经正式工作了？"

"还没有，我刚结束第五年的实习。我先学了药学和开处方，然后到哈托尔神庙担任兽医。在那里我学会了辨认牲畜的血统和给各种动物治病，但只要犯错，就会跟男孩一样挨棍子。"

帕扎尔想到那个画面，不禁一阵心痛。

"但严师才能出高徒。"她又说，"'当背上的双耳打开后，你便再也不会忘记师长的教诲了。'接着我进入扎伊尔斯医学院，在那里学了各种专业知识，并获得了'护理员'的头衔。"

"你还要做什么？"帕扎尔颇为吃惊。

"我可以做专科医生，但那是最低的等级，如果无法成为全科

---

① 手钟是一种挂在手上的水钟，专供某些需要计算时间的专家（如天文学家、医生）使用。

医生,那当一名专科医生也不错。但专科医生只能看出一部分病症,作片面的诊断。知晓如何应付疼痛,并不意味着能全然知晓病因。成为全科医生才是医护人员的理想,不过,那要接受十分艰难的测试,所以大部分人都会选择放弃。"奈菲莉的语气透着些许无奈。

"我能帮上什么忙吗?"

"我只能靠自己。"

"祝你成功!"

他们来到一个花园,坐到红柳树下。

她叹息道:"我平常不会有这么多话。你很有让人坦白的本事呢。"

帕扎尔笑着回应:"这是我工作的一部分。偷窃、欠债、签买卖合约、家庭纠纷、通奸、打架闹事、税收不公、诽谤……都是我平日要解决的问题。我要进行调查、寻找证词、发掘真相。"

"这工作真是烦琐!"

"你也不轻松啊。你喜欢医治病人,我喜欢还人公道。如果我们不尽心尽力,就会辜负他人的信任。"

"我实在不喜欢利用关系,可是……"奈菲莉欲言又止。

"你尽管说。"

"我的一位药草供货商失踪了。他干的是粗活,人很正直,而且很有能力,我和几个同事已经报了案。不知道你能不能抓紧时间调查一下?"

"当然,我会尽力而为,他叫什么名字?"

"卡尼。"

"卡尼?"帕扎尔惊呼道。

"你认识他?"奈菲莉也吓了一跳。

"他被卡达什的总管强行拉去看牛了,最近刚重获自由。"

"是你的功劳?"

"这个案子是我负责调查和审判的。"

她一个箭步冲上来,亲了亲他的脸。一向不善幻想的帕扎尔,此时竟有种置身天堂的错觉。

"卡达什……"

"就是他。"

"那个著名的牙医?"奈菲莉追问道。

"听说他是个不错的医生,但他早就该退休了。"

小淘气打了个哈欠,懒懒地靠在主人肩上。奈菲莉连忙向帕扎尔告辞:"我该走了,很高兴能和你聊天,也许我们没有机会再见了,但我真心感谢你救了卡尼。"

她步履轻盈,仿佛是跳着舞离开的。帕扎尔在红柳树下待了好一会儿,努力记住她的一举一动、她的眼神和她的声音。

勇士把右爪放在主人的膝盖上。帕扎尔失神地对它说:"你发现了吧……我深深地爱上她了。"

第7章

凯姆和他的狒狒准时到了。

"你决定带我去找守护斯芬克斯像的卫兵长了?"帕扎尔问道。

"悉听尊便。"凯姆的语气带着讥讽。

"我很不喜欢你的口气,要知道,讽刺有时候比疾言厉色更有杀伤力。"

法官的话刺伤了这名努比亚人的自尊,他说:"我并不打算对你卑躬屈膝。"

"你只要做个好警察,我们自然就能处得来。"

狒狒和凯姆都盯着帕扎尔看,两双眼睛都蕴藏着怒火,但帕扎尔理都没理,只说道:"我们走吧。"

天刚亮,街头巷尾就开始闹哄哄的,妇人们七嘴八舌地聊着天,运水工挨家挨户地送水,手工匠们也忙着开张。幸亏有狒狒,众人才自动给他们让出一条路来。

卫兵长的家门前有一个小女孩,正玩着一个木头娃娃。看见狒狒,她吓得立刻尖叫着跑进屋。她的母亲跑出来怒斥道:"你们怎么能这样吓孩子呢?快把那个怪物弄走!"

"你是守护斯芬克斯像的卫兵长的妻子吗?"帕扎尔问道。

"我为什么要告诉你?"那名妇人反问道。

"我是法官帕扎尔。"

年轻法官严肃的表情和狒狒的眼神,让妇人冷静了下来。她答道："他已经不住在这里了。他和我丈夫都是退役军人。这是军方分配给我们的宿舍。"

"你知道他去哪儿了吗？"

"他的妻子好像不太高兴。搬家时，她跟我提到了南边郊区的一栋房子。"

"她只说了这些？"帕扎尔试探地问。

"我为什么要骗你呢？"

狒狒扯了扯皮带，妇人吓得连连后退，撞上了墙。

"真的什么也没说？"

"真的，我发誓。"

由于亚洛要送女儿去上舞蹈课，帕扎尔便允许他下午先离开，不过他得先将帕扎尔已经完成的报告送到省政府办公室。短短几天，帕扎尔解决的问题就已经比他前任法官六个月内解决得还多了。

太阳下山后，帕扎尔点了几盏灯，有十来起关于税务纠纷的案件，他想尽快解决。其中有九起他都判纳税人胜诉，至于剩下的那个案子，涉案人员是一个名叫德内斯的运输商，身为省级大法官的门殿长老已经亲手在他的卷宗上作了批注："结案归档。"

之后，一直抽不出空的帕扎尔，终于有时间带着狗和驴子去拜访老师了。途中，他不断地想着那个卫兵长：失去如此体面的职位和分配给他的宿舍，现在，他的生活会是什么样子？这一连串麻烦的背后隐藏着什么秘密？他让凯姆去找出这名退役军人的下落。在亲自问讯之前，他不会批准这项职务调动。

看到勇士用左爪挠了几下右眼，帕扎尔给它检查了一下，发现只是轻度感染，老师可以帮它医治。

他看到老师的屋里亮着灯——布拉尼尔一向喜欢在寂静的夜里看书。帕扎尔推开大门，来到前厅，勇士跟在他身后，突然，他停下了脚步。布拉尼尔正在和一个女人说话,是她!她竟然也在这里!

"帕扎尔,进来!"

听到布拉尼尔的呼唤,全身紧绷的帕扎尔只得应声进门。看见奈菲莉盘膝坐在布拉尼尔对面,用大拇指和食指捏着一根亚麻绳,绳子上系着一块小小的菱形花岗岩,正来来回回地晃着[①]。

"这是奈菲莉,我最优秀的学生。这是帕扎尔法官。"

"你最优秀的学生……"帕扎尔还没有回过神来。

"我们已经见过面了。"她愉快地说。

能再见到她真是太好了,帕扎尔心想。

布拉尼尔说:"奈菲莉马上就要接受正式执业前的最后一次测试了。所以她正在苦练用于帮她作出诊断的探测术,我相信她一定能成为一名杰出的医生,因为她懂得倾听,这样的人才会有智慧之举。要知道,倾听是最难得的,即便是再大的宝库也难觅其踪,因为它是心灵的馈赠。"

"'了解心脏正是医生的秘密',不是吗?"奈菲莉问道。

"当你获得一定的认可时,自然会知晓这个秘密。"布拉尼尔回答得有所保留。

"我想休息了。"奈菲莉说。

"你是该休息了。"

勇士又挠了挠眼睛,奈菲莉敏锐地注意到了它的动作。

"我想它可能是生病了。"帕扎尔说。

勇士乖乖接受检查。

"没有大碍,点一些眼药水就可以了。"她检查之后说道。

布拉尼尔拿来了药水,药效很快,奈菲莉帮勇士揉了一会儿后,它的眼睛很快就消肿了。帕扎尔第一次嫉妒起自己的狗。他很想留

---

① 这是一种占卜术,也可以用小木棍占卜地下水源的位置。有几位法老(如塞提一世)很善于以此寻找沙漠中的水源。

她一会儿，但只能到门口与她道别。

奈菲莉走后，布拉尼尔请他喝自己前一天酿制的上等啤酒，并关心地问："你看起来很疲倦，工作很多吧？"

"我和一个叫卡达什的人起了点冲突。"

"那个牙医总是焦虑不安，从外表上可能看不出来——他很爱记仇。"

帕扎尔对布拉尼尔坦言："我觉得他有强迫劳动的嫌疑。"

"有确凿的证据吗？"

"只是假设。"

"你的推论要严谨，如果出现差错，你的上级是不会原谅你的。"

"你经常给奈菲莉上课吗？"他还是对她念念不忘。

"我只是传授我的经验罢了，我对她很有信心。"

"她来自底比斯。"

"是的，她是独生女，父亲以制造门闩为生，母亲是织布工，我给他们看过病，这才认识了奈菲莉。她问了我很多医疗方面的问题，所以我才鼓励她从事这一行。"

"做一名女医生，她会遇到什么阻碍吗？"

"不只会遇到阻碍，还会遇到敌人呢。不过她的温柔之下藏着一股勇气。据她所知，御医总管不希望她成功。"

帕扎尔不禁为她担忧起来。布拉尼尔对她倒是很有信心："她很清楚自己的处境，坚忍不拔是她最大的优点。"

"她……结婚了吗？"帕扎尔终于忍不住问道。

"还没有。"

"有对象吗？"

"好像还没有固定的对象。"

这一夜，帕扎尔辗转反侧。他的脑海中不断浮现出奈菲莉的身影，仿佛还能听到她的声音，闻到她身上的香味。他在心中盘算万千，希望能想出办法再见奈菲莉一面，但没有一个办法行得通。最糟的是，他不知她对自己有没有感觉，因为他感觉不到她的一点热情，只感觉她对法官这个职务有点儿兴趣。这么一想，他热爱的司法多少带着一丝苦涩，从今往后，没有她的日子他该怎么过？他如何才能忍受看不到她的痛苦？帕扎尔从来都不知道，爱情竟能如此汹涌，如洪水决堤一般，把人淹没。

勇士注意到主人心烦意乱，热切地用关怀的眼神安慰着他，但是它感觉主人现在需要的不只是这些。帕扎尔因让勇士担忧而颇感自责。他多么希望自己能珍惜现在单纯的生活，却怎么都无法抗拒奈菲莉的双眼和脸庞，以及她所带来的这阵爱情旋风。

该怎么做呢？如果默不作声，就得忍受痛苦；如果向她表达爱意，也可能会因遭到拒绝而感到绝望。当然，最好能追求到她，但他只是一个小小的法官，无权无势，凭什么去追求她？

黎明的到来没有缓解他的痛苦，只是让他得以用忙碌的工作暂时麻痹自己。喂过勇士和北风后，他便让它们看守办公室。他知道书记官一定会迟到，于是独自带着装有书板、文具盒和莎草纸的篮子，径直往码头的方向走去。

码头上停靠着几艘船，一个工头正在指挥船员卸货。

帕扎尔问他："我到哪里能找到德内斯？"

"你问我们的老板？他到处跑，我们也不知道他在哪儿。"

"这些码头都是他的？"

"码头不是他的，不过这里的很多船都是他的。德内斯不仅是运输商，也是城里的首富。"

"我能见到他吗？"

"只有大货船进港的时候，他才会出现，你可以去大码头看看，"

那里有一艘大船刚刚靠岸。"

帕扎尔找到那艘船时,却被一个船员拦住了,船员说:"你不是船上的人。"

"我是法官帕扎尔。"帕扎尔答道。

船员这才让开,帕扎尔直接来到了船长室,船长五十来岁,是个脾气暴躁的人。

"我想见德内斯。"

"这个时候?见我们的老板?你在开玩笑吧!"船长不屑地说。

"我这里有一张关于他的诉状。"

"因为什么事?"

"你们老板向不属于他的船收取卸货税,这是不合法的。"

"原来是这件老掉牙的事呀!"船长根本不当一回事,几句话便想将帕扎尔打发回去:"他获得过政府的特许。每年政府都会签发一张诉状,这是惯例,你直接扔到河里就行了。"

"他住在哪儿?"帕扎尔追问道。

"王宫区入口处的码头后面,最大的那栋房子。"

没有驴子,帕扎尔好一会儿才找到路。狒狒不在,他只好奋力从人群中挤出来。

他费了好一番功夫才来到德内斯的豪宅前。这座豪宅四周有高大的围墙,大门口还有一个拿着棍子的卫兵。帕扎尔说明来意后,卫兵叫管家进去通报,十几分钟后,管家才回到门口,带法官进去。

德内斯正在吃饭。这名运输商人年约五十,身形笨重,方方的脸看上去有点儿粗鲁。

他坐在一张饰有狮爪的大椅子上,身旁的仆人在给他涂护肤精油、修指甲、梳头、捏脚、念菜单,看上去享受至极。一看到帕扎尔,他便热络地打招呼:"帕扎尔法官!是什么风把你吹来了?"

"是一张诉状。"

"吃过饭了吗？我还没吃呢。"

德内斯遣退了服侍他的下人。接着两名厨师送来了面包、啤酒、烤鸭和蜂蜜蛋糕。

"请用餐。"

"谢谢，不用了。"帕扎尔婉拒。

"早餐营养不够的话，一整天都会精神不济的。"

帕扎尔表明来意，不让他岔开话题："有人对你提出了严厉的指控。"

"真的吗？"德内斯的声音不再那么高傲了，看得出来，他性情易怒且不够稳重。

"你收了一笔不该收的卸货税，还涉嫌向码头附近的居民征收不法税款。"帕扎尔一口气说出了对方所有的不法行为。

"你指的是这些事啊？前一任法官和省级大法官都不管，所以你就忘了这些事，来吃块鸭肉吧！"

面对德内斯的敷衍之词，帕扎尔冷冷地答道："这恐怕是不可能的。"

德内斯停止了咀嚼："我没时间管这件事。你去找我的太太吧，见了她你就会知道，你这么固执是没有用的。"

他拍了拍手，一名管家马上走出来。

"将这位法官带到涅诺法夫人的办公室。"说完他便接着专心地吃早餐了。

涅诺法夫人是个女强人。她身材丰满、性格外向、衣着时髦，除了拥有大片土地、几栋房子和二十多个农庄，手下还有一群商人，专门在埃及和叙利亚贩卖各种商品。她还是宫廷仓库总管、国库督察兼宫廷布料总管。虽然德内斯的财力不如她，但深深吸引了她。于是她请他掌管货物运输事宜，如此一来，德内斯便能经常出外旅游,建立人脉,并且尽情享受他最心爱的消遣了:不停地品鉴上等好酒。

现在,这个年轻法官竟敢到她的地盘上来撒野。她轻蔑地打量着这位法官:他算不上英俊,但身上有某种气质,看起来聪明且严肃。涅诺法发现他居然不像一般人那样向她鞠躬,因此颇为不快。

"你刚到孟斐斯任职?"

"是的。"

"恭喜,你以后一定前途无量。你找我有事吗?"

"我是为一笔非法征收的税款而来的……"

"这件事我知道,国库那边也知道。"她没等法官说完便打断了他的话。

"那你应该知道这项控诉从何而来。"

"这张诉状每年下发之后就会被立即撤销。"

"但这是不合法的。"

"不合法?你是不是应该先打听清楚,我身为国库督察,自然有权决定是否撤销这些诉状。我们没有理由因为要遵守过时的法律程序而牺牲国家的商业利益。"

她说得振振有词,但帕扎尔不认同:"你已经越权了。"

"年轻人,你还是涉世未深啊!"

"请你严肃一点儿,我现在是以法官的身份讯问你。"

即便等级很低,法官也有一定的权力。涅诺法的态度马上缓和了。她问:"你在孟斐斯都安顿好了吗?"

帕扎尔没有回答。

"听说你住的地方不怎么舒服,既然我们势必要成为朋友,我就以低价租给你一栋舒适的别墅吧。"

"我住宿舍就可以了。"

涅诺法微笑的脸僵住了:"你的指控简直是无稽之谈。"

"是吗?"

"你总不能违背你上级的意思吧?"

"如果上级有错,我自然也不会姑息。"

"帕扎尔法官,请你小心一点,你的权力是有限的。"

"我知道。"

"那么,你还是决定管这件事?"

"到时候我会传你出庭的。"

涅诺法见软硬兼施都没有用,干脆愤愤地下了逐客令:"请你离开。"

帕扎尔听罢便离开了。

涅诺法夫人怒不可遏地冲进丈夫的房间,此时德内斯正在试穿一件新衣服:"怎么样?你制服那个小法官了吗?"

"你想得美!他简直是一头真正的猛兽!"

"别这么生气,给他一点甜头再说吧。"

"不要站在这儿说风凉话了,你自己去对付吧。总之,我们要尽快摆平他。"

第 8 章

"就是这里。"凯姆说。

"你确定？"帕扎尔诧异地问道。

"绝对没错，这就是卫兵长的家。"

"你为什么这么肯定？"

凯姆冷酷地笑了笑说："这多亏了我的狒狒，只要它张牙舞爪，连哑巴也会开口说话。"

帕扎尔刚觉得有一丝不妥，凯姆就说："这样做很有效。你想知道答案，答案马上就出来了。"

他们注视着眼前这片孟斐斯最贫困的地区。这里的居民虽然和其他埃及人一样能吃饱饭，但是大部分房子都已经破落不堪，卫生条件也很糟糕。住在这里的有待业的叙利亚人，有到城里赚钱的乡下人和收入微薄的寡妇。这绝对不是斯芬克斯像的守护者应该住的地方。

"我去问一下。"凯姆提议。

"这一带不太安全，最好不要独自去冒险。"

"好吧，听你的。"

帕扎尔惊讶地发现，这里家家门窗紧闭，全然感受不到埃及人一贯的热情好客之风。狒狒一蹦一跳地往前走，凯姆则不断地查看着屋顶。帕扎尔不明白他在干什么，便问："你在担心什么？"

"我担心有弓箭手。"

"难道有人想谋杀我们？"

"你想继续调查，所以才有这样的结果。这表明此事并不单纯。我要是你，就不继续往下查了。"

帕扎尔来到一扇看上去十分坚固的棕榈木门前，敲了敲门。里面传出有人走动的声音，但没有人来开门。

"开门，我是法官帕扎尔。"

屋里再次恢复了平静。强行闯入民宅是违法的，帕扎尔内心挣扎不已，希望能想出两全其美的办法。

"你觉得你的狒狒……"

"杀手宣过誓，它的口粮也是政府买的，我们必须对它的行动负责。"

"有时候现实和理论有出入。"

"那好吧！"凯姆说。

狒狒的威力出乎帕扎尔的意料，它没费多少力气就把门撞开了。还好它只为正义的一方效力。

窗户前挂了几张席子，屋里的两个小房间一片漆黑，第二个房间的角落里躲着一个白发老妇人。

"别打我。"她哀求道，"我发誓我什么都没说。"

"你放心，我是来帮你的。"

帕扎尔边说边将她扶了起来，她的双眼却充满了恐惧："狒狒！它会把我撕成碎片的。"

"不会的。"法官安慰道，"它为警方效力。你是守护斯芬克斯像的卫兵长的妻子吗？"

"是的……"

她声音微弱得几乎听不到了。帕扎尔让她坐到席子上，然后问："你丈夫呢？"

"他……他出远门了。"

"你们为什么要从宿舍搬走？"

"因为他辞职了。"

"我正在调查他的调职有无不合规之处，公文中并没有提到他辞职的事。"帕扎尔开门见山地说道。

"可能是我弄错了……"

"发生什么事了？我不是你的敌人，有什么用得着我的地方，你可以尽管跟我说。"法官柔声问。

"是谁派你来的？"妇人仍然心怀戒备。

"没有人派我来，是我自己要来的，因为我不想处理一个不明不白的决定。"

泪水浸湿了老妇人的双眼。她的声音颤抖着："你是……真心的吗？"

"我以法老之名发誓。"

"我丈夫已经死了。"

"你说的是真的？"老妇人的话让帕扎尔震惊不已。

老妇人继续说："军方向我保证会为他举行葬礼，还命令我搬到这里来。只要我守口如瓶，就可以定期领到一小笔抚恤金，直到我死为止。"

"他们有没有说你丈夫是怎么死的？"

"他们说是意外。"

"我会查清楚的。"法官向她保证。

但老妇人的反应出奇地冷漠："查清楚又能怎么样呢？"

"我帮你安排一个安全的住处吧。"

"我要留在这里等死。你走吧，求求你。"

埃及王宫的御医总管内巴蒙已经六十多岁了，但他保养有术，还拥有无数的头衔和荣誉勋章。他将大部分时间花在了会客与参加宴会上，至于诊所，则有一群野心勃勃的年轻医生替他看诊。因为不想看到患者被病痛折磨的神情，内巴蒙选择了有趣且利润丰厚的美容外科。女士们都想消除自己脸上的小瑕疵，让她们的对手黯然失色。只有内巴蒙能让她们重现年轻时迷人的风采，让她们青春永驻。

御医总管此时正在幻想自己坟墓前那道华丽的石门，它代表了法老的荣宠。法老会亲自将那道石门的一侧涂成深蓝色，那是多少大臣所梦想的殊荣啊！内巴蒙拥有财富和名望，时常被各种各样的人阿谀奉承着。他的病人都是不惜出高价寻医的贵族和富人。在答应为他们诊治之前，他会先详细地研究一番，只收治那些病情轻微、容易治愈的患者。因为一旦治疗失败，他的名声就会受损。

此时，他的私人秘书向他报告说奈菲莉来了。

"叫她进来。"

奈菲莉惹恼了内巴蒙，因为她拒绝加入他的团队。他气愤极了，并决定即便她获得了执业资格，也一定会想办法剥夺她所有的权力，让她远离王宫。有人说她有学医的天赋，探测术造诣极高，因此她能又快又准地给出诊断。所以在表明敌对立场，从中作梗让她度过平凡的一生之前，他决定再给她一次机会。

"您叫我来，不知有什么事？"奈菲莉恭敬地问。

"我想给你安排一项工作。"

"我后天就要到扎伊尔斯去了。"

"我知道，这不会占用你太多时间。"

奈菲莉的确非常美丽，内巴蒙一直希望能拥有这样一个情妇：年轻貌美，让他在上流社会的交际场合更有面子。然而，她浑身散发的高贵气质使他不敢造次，以平常那些无往不利的赞美之词诱她上钩恐怕并不容易，但她确实令人忍不住跃跃欲试。

"我有一个患者，她的病很有意思，"他接着说，"她出生于一个中产阶级家庭,家境优渥,还是名门望族。"

"她怎么了?"

"是喜事——她结婚了。"

"哦?这也算一种病吗?"奈菲莉觉得莫名其妙。

"她的丈夫有个请求,希望能重塑她身上那些他不喜欢的部位。"

内巴蒙没有告诉她,他已经收了对方十来罐稀有的香膏与香料,因此他绝对不允许这次的手术失败。

"我希望你能帮我,奈菲莉,因为你的手很稳。而且我会帮你写一封对你以后很有帮助的推荐信。你愿意见见我的这名患者吗?"

他根本不容奈菲莉回答,便将西尔基斯带了进来。

西尔基斯一见到奈菲莉,便惊恐地遮住了自己的脸:"我不想让别人看见我,我太丑了。"

西尔基斯巧妙地用宽大的长袍遮掩着自己的身材,但奈菲莉仍能看得出她胖乎乎的。

"你平时都吃什么食物啊?"

"我……没有特别注意过。"

"你喜欢吃蛋糕之类的食物吗?"

"喜欢。"

"还是少吃一些比较好。让我看看你的脸,好吗?"

奈菲莉温柔的语气让西尔基斯不再迟疑,她拿开了双手。

"你看起来很年轻。"

"我刚满二十岁。"

"为什么不保持原样呢?"

"我丈夫说我太难看了!我要让他高兴。"

"这样岂不是太委屈自己了吗?"

"他坚持如此……而且我答应他了!"

"你要让他知道他错了。"

坐在一旁的内巴蒙渐渐有了怒意："我们不需要评判患者的治疗动机，只要满足他们的愿望就可以了。"

"我不愿意让这位女士受罪。"奈菲莉反驳道。

内巴蒙终于克制不住愤怒了："你出去！"

"乐意之至。"

"你这样做是不对的，奈菲莉。"

"我觉得这样才是尽到了医生的责任。"

"你什么都不懂，你的行医生涯到此结束了。"

听到书记官亚洛不时发出的轻咳声，帕扎尔不禁抬起头来问道："有麻烦了吗？"

"是一份通知。"

"给我的？"

"给你的。门殿长老要你马上去见他。"

帕扎尔不得不放下笔前去见长老。

在王宫前，有一座木制门殿，这是法官主持正义的地方。法官会在门殿里聆听控诉，分辨是非黑白，保护弱者不受强权欺压。这座门殿看上去四四方方，最里面便是法庭。首相觐见法老时，总不忘和门殿长老寒暄几句。

此时法庭内空无一人。长老沉着脸坐在一张金黄色的木椅上，身着前交叉式缠腰布。他坚毅刚强的性格众所周知。

"你就是帕扎尔法官？"

帕扎尔恭敬地行了个礼，面对身为省级大法官的门殿长老，他有些焦虑不安。

"新官上任三把火，你对自己满意吗？"长老用评判的口气问道。

"我最大的愿望是让世人变得聪慧，再也不需要法官。然而这个幼稚的梦想越来越不真切了。"

"虽然你到孟斐斯的时间很短，但我已经听到了不少有关你的传闻。你了解自己的职责吗？"

"那正是我生命的全部。"

"你的工作量很大，也很有成效。"

"在我看来这还不够。等我进一步了解如何应对自己工作上的难关时，我会更有成效的。"

"成效……这两个字是什么意思？"

"让每个人都获得公平的待遇。这不正是我们的理想与行事准则吗？"帕扎尔反问。

"谁说不是呢？"长老的声音都哑了。

他站起来，开始踱方步："但是，你针对牙医卡达什提出的意见，我觉得并不妥当。"

"我怀疑他。"帕扎尔说出了自己的想法。

"证据呢？"

"我在报告中说了，我还没有找到证据，因此我才没有对他采取任何行动。"

"那你何必进行这种无谓的挑衅呢？"

"我想引起您对他的注意，我想您应该比我知道的更多。"

门殿长老一动不动，却难掩怒火："请你说话注意一点，帕扎尔法官！你的言下之意是在说我知情不报吗？"

"我绝对没有这个意思。如果您认为有必要，我愿意进行调查。"帕扎尔连忙解释。

门殿长老的口气缓和了一些，继续问道："卡达什的事我们就不提了。那你为什么又要去惹德内斯呢？"

帕扎尔态度坚决："他的罪行是毋庸置疑的。"

"控告他的诉状上不是还有一句批注吗？"门殿长老问他。

"没错，的确是有'结案归档'的批注，所以我才特意优先审理此案。"

"你是否知道这句批注是我写的？"

帕扎尔没有正面回答，而是直接说出了心里话："这些大人物应该以身作则，不该仗着权势剥削平民百姓。"

"你忘了，还要考虑经济因素呢。"

"一旦经济需求压倒了司法正义，埃及就等于被判了死刑。"

帕扎尔有力的辩驳让门殿长老心生动摇。他年轻时也跟帕扎尔一样，有着同样的热情，抱持着同样的理念。后来，他开始面对一连串棘手的案件，还有对升迁的顾虑、一些必要的妥协、某些协议与和解，以及对上级的让步，加上他年岁渐长……

"德内斯有什么地方让你心生不满？"

"您应该知道内情。"

"你认为他的所作所为必须判刑？"

"答案显而易见。"

门殿长老无法向帕扎尔坦承自己刚和德内斯谈过话，德内斯还要求他调走这名年轻的法官。他想知道这个年轻人究竟有多么坚持，于是又问道："你真的决定继续调查这件事吗？"

"是的。"

"你知不知道我可以马上把你调回你原来的村子？"

"我知道。"

"难道这也不能改变你的想法吗？"

"不能。"

"你真的一点都不考虑后果吗？"

"你只是想影响我的决定罢了。德内斯是个投机取巧的人，他享有特权，并从中获利。这个案子在我的管辖范围内，我怎么能坐视不管呢？"

听完这番话，门殿长老陷入沉思。平时，他秉承为国服务的理念，处理这种事时总是十分果断。但帕扎尔的态度使他想起了从前的自己，想起他也曾如此年轻、充满干劲、无所畏惧。将来，眼前这个年轻人的理想同样会破灭，但他有这份向不可能之事挑战的勇气，难道也错了吗？

长老心里虽然认同帕扎尔的想法，却仍想说服他："德内斯有钱有势，他的妻子是商界的女强人。多亏了他们，物资运输才进行得如此顺畅。你打破现状又有什么好处呢？"

"请你不要把我当成被告来质问。事实上，就算德内斯被判刑，来往于尼罗河上的货船也不会就此消失。"

沉默良久之后，长老又坐了回去。他知道帕扎尔说得没错："你觉得应该怎么做，就怎么去做吧，帕扎尔。"

第 9 章

著名的扎伊尔斯医学院位于尼罗河三角洲。奈菲莉在医学院的教室里,已经沉思了两天。凡是要执业的医生都必须到这里接受一项测试,很多人都无法通过,在这个八十岁的高龄老人并不罕见的国家,医疗部门自然只会录用行业精英。

年轻的奈菲莉能成功通过考验,实现她的梦想吗?她听说过许多失败的例子,但仍不愿放弃挑战。最后,她还要通过扎伊尔斯医生委员会的严格考核。

一名祭司给她准备了肉干、枣、水,以及一些供她温习的医学书籍。她开始混淆某些概念。她一会儿忧心忡忡,一会儿又信心满满,后来干脆不再多想,盯着医学院种满长角豆树①的偌大庭院,陷入了沉思。

太阳下山后,负责种植没药、精通烟熏疗法的药剂师来了。他将奈菲莉带到实验室,实验室里还有几名他的同事。每个人都要求奈菲莉开具处方、取药、评估药性、辨识一些复合物,详细描述如何采集各种药用植物、树胶与蜂蜜。好几次,她都觉得自己弄错了,不得不绞尽脑汁地仔细思考。

完成五个小时的口试后,五名药剂师中有四人让她通过了测试。唯一没有让她通过测试的人说,奈菲莉有两次弄错了药物的剂量。

---

① 长角豆树的果实汁甜味美,在埃及人眼中象征着甜美和温柔。

不管奈菲莉是否已经筋疲力尽，他仍坚持要测试她的专业知识。如果她不愿意，也可以离开。

奈菲莉耐心地坚持着，对一切都逆来顺受。最后，那个药剂师让步了。

通过测试的奈菲莉，没有听到任何祝贺之声，她回到房中，刚一躺下便沉沉地睡着了。

在测试过程中不断刁难她的那个药剂师，第二天一早就来叫醒了她，问道："你有资格继续完成测试。你愿意继续吗？"

"悉听尊便。"

"你有半小时的时间梳洗和用餐。我要先警告你：接下来的测试十分危险。"

"我不怕。"

"你还是考虑一下吧。"

到了实验室门口，那个药剂师又警告了她一次："把我提醒你的事放在心上。"

"我不会退缩的。"

"随便你。拿去。"他给了她一根前端分杈的棍子，接着说，"进入实验室，用里面的药材配一服药。"

药剂师说完，待奈菲莉进去之后，便随手关上了门。实验室里有一张矮桌，上面摆着几个小玻璃瓶，离窗边最远的角落里，放着一个带盖子的竹篓，竹篓密不透风，隐约可以看到里面有东西。

看清里面是什么之后，奈菲莉往后退了几步——竹篓里竟然装着一条角蝰蛇！

这种蛇毒性极强，但用它的毒液调配出的药方，对治疗出血、神经失调与心血管方面的疾病非常有效。现在，她终于明白药剂师的意思了。

几次深呼吸后,她镇定地将盖子掀开。那条蛇十分谨慎,并没有立刻钻出来。奈菲莉一动不动,专注地看着蛇爬到竹篓的边缘,然后爬到了地上。这条蛇长约一米,动作极为迅速,头上的两只角好像随时会从前额迸出来似的,充满了挑衅的意味。

奈菲莉紧紧握着棍子,身体向蛇的左侧移动,企图用那根分杈的棍子钳制住蛇头。与此同时,她闭上了眼睛——要是失败的话,蛇就会顺着棍子爬上来攻击她。

突然,她感觉到蛇在棍子下愤怒地扭动。她成功了!

她半蹲下来,从后面抓住蛇头。她要让蛇吐出珍贵的毒液。

坐上前往底比斯的船后,奈菲莉根本没有时间休息。几名医生各自就自己的专长,向她提出一个又一个的问题,检验她的学习成果。

奈菲莉一向都能很快地适应新环境,即使发生了意料之外的事,她也绝不会惊慌。不论是人世间的一切突发状况还是变化多端的人心,她都能以平常心面对。她很少关注自己,因为她总想着更仔细、更专注地观察大自然的力量与奥秘。当然,她也希望过上幸福的生活,厄运和逆境从未击倒过她,反而能促使她走出阴霾,追求幸福。

对那些折磨自己的人,她从未怀过怨怼之心。她从医的决心,不正是因为那些人才变得更加坚毅、笃定的吗?

重返故乡底比斯后,她心中充满了无限喜悦,这里的天空比孟斐斯的更蓝,空气也更清新。总有一天,她会回来陪伴父母,每天都能在儿时玩耍过的乡间小路上散步。这时候,她忽然想起了托给布拉尼尔照顾的小淘气。

给她开门的是两个光头祭司,高高的围墙背后有几座神庙,医生的就职仪式就在这里举行。这里是女神穆特的领地,"穆特"两个字既有"母亲"的意思,也有"死亡"的意思。

迎接奈菲莉的会长说:"我收到了扎伊尔斯医学院的报告,如果你愿意的话,可以继续接受考验。"

"我愿意。"

"作出最后决定的不是人类。现在你要静心冥思,因为召唤你的将是另一个世界的评审。"

会长在奈菲莉的颈间挂上一条打了十三个结的绳子,然后让她跪下:"医生的秘密①在于了解心脏。所有有形与无形的脉络,皆从心脏散布到全身的各个器官,所以当你把手放在病患的头、脖子、手臂、腿或身体的其他部位上为其进行诊断时,要记得先听病患的心跳和脉搏,然后确定心脏安于其位、心跳合乎其律。要记住,人的身体内遍布经脉,除了空气、血液、水、泪液、精液与粪便,还有气在其中运行。要保持血管与淋巴的洁净。人在病发时,疾病会干扰气的运行,你要借由观察表象深究其病因。此外,对待病患要真诚,诊断只有三种结果,不论结果如何,你都要如实相告:'你的病我很了解,我会为你治疗','你的病我会尽力而为'或者'你的病我无能为力'。现在,去迎接你的命运吧。"

神庙里一片寂然。

奈菲莉跪坐在地上,双手置于膝上,双眼闭合。她等待着。这时候,她的思绪已然飘出时空之外,虔心的沉思使她不再焦虑。她全然相信医者对所有同人都会心生共鸣——自古以来,埃及的医者便将疗愈之职视作神圣的使命。

两名祭司扶她站起来。她面前的那道雪松木门开了,里面是一座小礼拜堂。那两名祭司没有陪她进去。她独自一人,心里既没有恐惧,也没有希望,步入长方形的内室,身形隐没在黑暗中。

---

① 埃及所有执业医生都熟知《医生的秘密》一文,这是埃及医学的基础。

她身后的门重重地关上了。

奈菲莉感觉到有人正潜伏在这片漆黑之中看着她。尽管她双臂紧贴身体两侧，呼吸也变得急促，但她并没有因恐惧而放弃。她已经靠自己的力量来到了这里，现在，她还要靠自己的力量自卫。

忽然，从神殿顶部射下了一道光，照在靠着内墙的闪长岩雕像上。这尊雕像是直立行走的塞赫美特女神。这头慑人的母狮每到年终，就会散播各种瘟疫、疾病与病毒，企图消灭人类。这些疾病到处传播，使人类面临痛苦与死亡。只有医生有能力对抗这位可怕的女神，而她也是医生的守护神，唯有她才能传授医术与药方的秘密。

奈菲莉听说，凡是正视塞赫美特女神的人都会死。因此奈菲莉此刻应该垂下双眼，不去看这尊奇特的神像，避免看到这头愤怒的母狮的脸①，而她却抬起了头，注视着塞赫美特。她祈求女神能感应到自己行医的使命，祈求女神能看到自己内心的最深处，看到自己的真诚。那道光越来越强，照亮了整尊神像，亮得让奈菲莉睁不开眼。

这时，奇迹出现了：塞赫美特女神雕像露出了微笑。

扎伊尔斯医生委员会的委员在一个宽敞的柱厅里聚集起来。大厅中央有一个水池。会长走向奈菲莉，问道："对医治病患，你有强烈的渴望吗？"

"女神可以为我作证。"

"己所不欲，勿施于人。"会长拿出一个盛满淡红色液体的杯子，接着说，"这是一杯毒液。你喝下之后，要先辨识出毒药，再加以诊断。如果你的诊断没错，便可以得到解药，否则只有一死。塞赫美特不会让埃及有医术不佳的医生。"

奈菲莉接过了杯子。会长最后给了她一次选择的机会："你也

---

① 阿拉伯人之所以没有毁掉这尊塞赫美特神像，是因为他们害怕，他们称她为"卡纳克的食人女魔"。如今人们在普塔神庙里依然能看到这尊神像。

可以选择不喝,马上离开这里。"

奈菲莉慢慢地喝下了那杯苦涩的液体,希望自己能辨识出毒药。

送葬的队伍沿着神庙的围墙往尼罗河的方向前进,队伍后面跟着一群逝者家属雇来的哭丧妇。一头牛正拉着一辆放置石棺的拖车。

在神庙里,奈菲莉正在生死边缘挣扎。

尽管全身软绵绵的,但她仍然能感受到温暖和舒适——太阳照在身上的感觉。

"几个小时内你依然会感到寒冷,不过你的体内不会残留任何毒素。你的判断快速而准确,让我们所有人都赞叹不已。"

"如果我弄错了,你们会救我吗?"

会长没有回答,只是嘱咐:"要想照顾别人,就必须对自己残忍。你恢复之后,就马上到孟斐斯去接受你的第一个职务。在这个过程中,你一定会遇到各种艰难险阻。像你这么年轻又有天赋的医生,多少会招来嫉妒,你要睁大眼睛,慎防人心。"

有几只燕子正在神庙上方飞舞。奈菲莉想起了老师布拉尼尔,那个对她倾囊相授的救命恩人。

第 10 章

帕扎尔越来越无法专心工作,在每个象形文字里,他都会看到奈菲莉的脸。

书记官拿了二十块黏土板给他:"这些是军械库上个月雇用的工匠的名单,我们要确定一下所有人都没有犯罪记录。"

"用什么方法最快?"

"查大监狱的登记簿。"

"你可以去吗?"

"那就得等明天了。今天我得早一点儿回家,我女儿过生日。"亚洛心情愉快地说。

"那祝你玩得开心了,亚洛。"

书记官走了以后,帕扎尔又看了一遍刚刚写完的德内斯的出庭通知和起诉要点。不一会儿,他的眼睛有些花了,人也累了,便去给睡在办公室门外的北风喂食,然后带着勇士出了门。他走到一个安静的街区,附近是一所培育埃及未来精英的书记官学校。忽然,一声响动打破了寂静,接着传来一阵喧闹声,还夹杂着笛子和铃鼓的声音。勇士竖起了耳朵,帕扎尔也停下了脚步。听上去双方一开始只是互骂,后来变成了互殴,时不时还有痛苦的尖叫声。勇士最痛恨暴力,此时便紧紧地蜷缩在主人脚边。

在距离帕扎尔不远的地方,一个看起来像书记官的年轻人从那所学校的围墙上跳了下来,跌落在巷子里,然后上气不接下气地往这边跑来。他还大声念着歌词,那是一首为登徒子写的淫秽歌曲。当他跑过帕扎尔面前时,月光刚好照在他的脸上。

"苏提!"帕扎尔几乎不敢相信自己的眼睛。

那个奔跑的年轻人停了下来,转过身问:"谁在叫我?"

"当然是我了,这里又没有别人。"

"那些人就快追上来了,他们想把我碎尸万段。我们快跑吧!"

帕扎尔便跟着他跑了起来。勇士也兴奋地跟了上去,可是它没想到这两个男人如此没用,没几分钟,他们就因为喘不过气而停了下来。

"苏提……真的是你?"

"我也没想到会是你啊,帕扎尔!加油,我们马上就安全了。"

最后他们躲进了一个空仓库,虽然位于尼罗河边,但是离武装卫兵巡逻的地方还有一段距离。

帕扎尔喘着气说:"我早就希望我们能见面了——当然,是在另一种情况下。"

苏提却兴致盎然:"这真是太好玩了!不骗你!我刚刚才从监狱里逃出来。"

"监狱?你说的是那所著名的书记官学校?"帕扎尔瞪大了眼睛。

"在那里我迟早会无聊死的。"

"可是,五年前,你离开村子的时候,不是很想成为一名书记官吗?"

"为了能进城,我什么借口都编得出来。唯一痛苦的是要离开你这个我唯一的朋友。"

"我们在老家时要多快乐就有多快乐,对不对?"帕扎尔又怀念起村子来。

苏提在地上躺了下来,说:"对,是很快乐……但我们都长大了!

在村子里玩闹、过普通的日子,对我来说已经不可能了。在孟斐斯,我有我的梦想!"

"你实现梦想了吗?"

"刚开始我很有耐心。我努力学习、读书、写字,聆听教诲,去认识一切事物——造物者所创造的一切,托特所记录的一切,天上的自然现象,地底的丰厚宝藏,还有山峦所蕴藏的,流水冲走的,地面上长的①——太无聊了!幸好我很快便找到了啤酒店,开始经常光顾那里。"

"那种声色场所?"帕扎尔几乎不认识眼前的这个儿时玩伴了。

"别这么爱说教了,帕扎尔。"

"以前你比我还爱看书呢。"

"天啊!"苏提开始抱怨起来:"什么书啊、智慧格言啊,他们已经在我耳边唠叨五年了。难不成你要我也像那些老师一样?'爱你的书要像爱母亲一样,因为世上没有比书更重要的东西。圣贤书如金字塔,文具盒则是书的孩子。要听从更有智慧的人的建议,要去读他们存留在书中的言辞,要成为一个知识分子,不能偷懒,也不能游手好闲,要用知识灌溉心灵。'我背书的功力还不错吧?"

"说得真好。"帕扎尔由衷地表示钦佩,苏提却嗤之以鼻:"全都是盲人的幻想!"

"快说,今天晚上发生什么事了?"

听他这么一问,苏提大笑起来。从前那个活泼好动的开心果,如今已经变成一个高大成熟的男人。他有着乌黑的长发、率真的眼神和一副大嗓门,整个人就像熊熊烈火一样生机盎然。

"今天我举办了一场小小的庆祝晚会。"

"在学校里?"

---

① 这是一本智慧书开头之处的句子,这些书是书记学校学生所必修的。

"没错,在学校里!我的那些同学都太沉闷、太缺乏生气、太没有个性了!他们需要喝点酒才能忘掉宝贵的学业。我们又是呕吐又是唱歌!那些优等生不但头戴花环,还把肚皮当鼓敲呢!"苏提站起来又说:"这下惹得学校的管理员带着棍棒闯了进来。我怎么可能承认是我干的呢!但同学们把我供了出来,我只好逃跑了。"

帕扎尔惊呆了:"你会被退学的!"

"那样最好!反正我也不是当书记官的料。不要去伤害别人,不要去折磨别人的心,不要让别人贫困受苦……算了,我放弃这个属于圣贤的乌托邦世界了。我多么渴望进行一次史无前例的大冒险!"

"什么样的冒险?"

"我还不知道,不对,我知道:从军。那样我就可以到世界各地历险,接触不同的人了。"

"可那会有生命危险啊。"

"那样才会更珍惜我的生命。如果死亡终究会夺走生命,那又何必一直小心翼翼地活着呢?相信我,帕扎尔,我们应该把握青春,及时行乐。我们虽然不是蝴蝶,但至少也应该懂得去追寻美丽的花朵。"

一旁的勇士低吼了一声。帕扎尔机警地说:"有人来了,我们走吧。"

"我的头好晕啊。"

帕扎尔伸出手臂,苏提用力拽住他才勉强站了起来。

"靠在我身上。"帕扎尔对苏提说。

"你一点儿都没变,帕扎尔,你还是像岩石一样坚定。"

"你是我的朋友,我也是你的朋友。"

他们离开了仓库,走进曲折复杂的巷道之中。

"幸好有你,这下他们找不到我了。"夜色微凉,苏提的酒醒了。

"我再也不会是书记官了,你呢?"

"我不敢跟你说实话。"帕扎尔显得有点儿迟疑。

"你是通缉犯?"

"不是。"

"走私犯?"

"也不是。"

"那你是对平民百姓强抢豪夺的恶棍?"

"我是法官。"

苏提听罢愣住了,他按着帕扎尔的肩膀,定定地注视着他:"你在取笑我?"

"怎么会呢?"

"说的也是。法官啊!奥赛里斯神啊,太不可思议了!你可以派人去抓坏人?"苏提羡慕地问。

"我有这个权力。"

"小法官还是大法官?"

"小法官,不过是在孟斐斯。我带你去我家,这样你就安全了。"

"你这样没有犯法吗?"

"又没有人告你。"

"要是有呢?"

"友谊就是一则神圣的法条,我若是背叛朋友,也就没资格当法官了。"

他们拥抱在一起。

"帕扎尔,以后有事尽管找我,我以性命担保,一定会帮忙到底。"

"苏提,这话我们已经对彼此说过了。以前,在村子里,我们的血融在一起的时候,就已经比兄弟还亲了。"

"对了……你手下有警察吗?"

"有两个,一个是努比亚人,另一个是只狒狒,两个一样可怕。"

苏提心中一凛。

"放心,你最多只会被学校退学。只要没犯什么严重的过失,轮不到我管。"

"能再见到你真好,帕扎尔。"

接着,苏提向勇士发起挑战,比谁跑得快,勇士便围着他跳个不停,这是它最喜欢的游戏。看到勇士和苏提相处得如此融洽,帕扎尔很是开心。勇士有绝佳的判断力,苏提有一颗宽大的心。不过,帕扎尔对好友的思维方式与生活态度却不敢苟同。他担心这样下去,好友有一天会追悔莫及。但他知道苏提对他也有同样的看法。他们性格互补,若是可以合作,一定能发现更多的真相。

苏提走到帕扎尔家门口,看门的驴子并没有任何阻拦的意思。走进办公室后,纸和书板勾起了苏提不愉快的回忆,因此他立即往楼上走去。

"这里虽然不是什么王宫大院,不过倒也有模有样。你一个人住吗?"

"也不能说是一个人,北风和勇士就住隔壁。"

"我说的是女人。"

"我的工作量那么大……"帕扎尔讪讪地说。

"帕扎尔老兄啊!你该不会还守身如玉吧?"

"是的。"苏提这样开玩笑,帕扎尔更难为情了。

"我啊,早就失去童贞了。在村子里的时候,因为总有几个张牙舞爪的恶妇看着,所以才没有发生什么风流艳事,但到了孟斐斯,我可就自由自在了。我的第一次是跟一个娇小的努比亚女人发生的,她早就身经百战了,你不知道,第一次享受到那种乐趣时,我简直幸福得快要死掉了,她教我怎样调情、怎样恢复体力,玩一些让两人都能尽兴的游戏。我的第二次是跟学校卫兵的未婚妻发生的,她想趁还没嫁人先尝尝那种滋味,哈哈哈,她的身体就像涨水前尼罗河中的小洲,她教了我不少细致的技巧。后来,我又找了两个在啤酒店工作的叙利亚女孩,那一次经历可真是空前绝后!帕扎尔,她们的手柔嫩得有如香脂,就连她们的脚轻轻拂过肌肤,也会让人兴奋得颤抖不已……"

苏提不断爆发出如雷般的笑声,这让帕扎尔无法保持矜持,只好陪着好友笑了一会儿。

"不是我吹牛,讲我的猎艳故事可需要好一阵时间呢。没办法,不抱着女人我就睡不着。守贞是一种可耻的毛病,一定要赶快治疗。从明天起,帮你摆脱童贞这件事就交给我吧。"

"呃……"帕扎尔不知如何启齿。

苏提的眼中闪过一丝嘲弄:"你不愿意?"

"我还有文件要处理……"

"帕扎尔,你说谎的技术还是没有进步。你呀,肯定是恋爱了,你想把第一次保留给你的爱人,对不对?"

听到自己的心事被好友一语道破,帕扎尔只好避重就轻地说:"……一般来说,都是我逼问别人的。"

"这可不是逼问!我并不相信什么伟大的爱情,不过,既然是你,就没什么不可能的。不然你也不会既是法官,又是我的朋友了。说吧,这个美人儿叫什么名字?"

"我……她什么都不知道,很可能只是我自作多情。"帕扎尔连忙辩解道。

"她结婚了?"

"你开什么玩笑……"

"不,我是认真的。我的猎艳对象里刚好还少个贤妻良母型的女人。我不会刻意去找,因为我还算有点儿良心,但如果机会自动送上门,我当然不会错过。"

"通奸是要受法律制裁的。"帕扎尔警告他说。

"那也得有人发现才行。恋爱中最重要的一个原则就是要懂得默不作声,当然,和情人嬉戏的时候例外。我不会逼你说出心上人的名字,我会自己找出答案,必要时还会帮你一把。"

苏提躺到席子上,在头下放了个枕头,想再确认一下:"你真的是法官?"

"我不会骗你。"

"那我需要你的一些建议。"

帕扎尔心想,苏提大概是惹了麻烦,便暗暗向托特神祈祷,希望处理苏提惹出的事端在他的权限范围之内。

"是这样的,上个礼拜我勾引了一名寡妇,她三十岁,有着柔软的身子和火辣的嘴唇。她丈夫在世时,她经常遭受虐待,因此,丈夫一死,她就解脱了。我们在一起非常快乐。她让我到市场上去卖一头猪。"

"她经营农庄?"

"只是养了几头牲畜。"

"你拿猪换什么了?"

"问题就在这里,我什么都没换。昨天晚上,那头可怜的猪已经被我们烤着吃掉了。我虽然对自己的魅力信心十足,可是那个年轻的寡妇很吝啬,对财产斤斤计较。要是我空手而归,她恐怕会告我偷窃。"

"还有什么其他的问题吗?"

"我欠了别人一些钱,但那都是些小事。现在我最担心的就是这头猪的事。"

"你安心睡觉吧。"帕扎尔边安慰他边站了起来。

"你上哪儿去?"苏提问道。

"我到办公室去找一些档案作参考,这件事应该有解决办法。"

第二幕

灾祸降临,
血光映照着迷失之路,
只有先贤的教诲方能指引人们前行。

第 11 章

苏提实在起不来，但他得在天亮前离开帕扎尔的住处。帕扎尔的点子虽然有风险，却是上上之策。挣扎了半天，帕扎尔提了一桶清水往苏提的头上泼去，这才让他清醒过来。

苏提走到市中心，市场里已经有许多村妇农夫在往摊子上摆农产品了，再过一会儿，第一批买菜的主妇就来了。他钻进那些菜农中间，在养鸡场数米之外的地方蹲了下来，他想夺走的宝贝就在那里。那是一只五彩斑斓的公鸡。公鸡在埃及人眼里可不是养鸡场之王，不过是一只过于趾高气扬的愚蠢家禽罢了。

苏提一等猎物走近，便迅速掐住它的脖子，并紧捏着不让它发出任何怪声。这番举动确实相当冒险。若是被人抓个正着，铁定要进监狱。不过，帕扎尔之所以让他找这名商人下手，是有原因的——这名商人犯了欺诈罪，本来就该赔偿受害人，赔款数额相当于一只公鸡。法官并没有减轻他的罪责，只不过将程序稍加变动：案子的受害人是政府部门，苏提则是代理人。

他夹着公鸡，一路跑到那个年轻寡妇的农场，看到寡妇正在喂鸡。

他兴奋地举起公鸡说："给你一个意外惊喜！"

寡妇转过身，满心欢喜说道："呀！这是一笔不错的交易嘛！"

"老实说，这真是费了我一番唇舌呢！"

"我相信是这样的。这么大一只公鸡，至少可以换三头乳猪了。"

寡妇放下饲料袋,抓住公鸡将它放到了一群母鸡中间。然后柔声对苏提说:"苏提,我现在忽然觉得全身热乎乎的,你想不想感受一下?"

"谁会拒绝这么诱人的提议呢?"说着,两人便搂搂抱抱地进寡妇房中去了。

帕扎尔一直觉得不舒服,整个人懒洋洋的,完全提不起精神,感觉也变得迟钝和麻木了。本来每天晚上他都会津津有味地阅读古代伟大作家的著作,如今这些作品竟然也无法让他获得慰藉。他心中这股莫名的绝望瞒过了书记官亚洛,却逃不过老师的双眼。布拉尼尔关心地问道:"帕扎尔,你是不是生病了?"

"我只是有点儿累。"

"你应该减少一些工作量。"

"我觉得案子一件接一件,好像永远也审不完。"

老师用鼓励的语气安慰他:"他们只是想考验你,看看你的极限是什么。"

"我的极限已经到了。"帕扎尔泄气地说。

"这可不一定,也许你这个样子并不是因为工作过度呢?"

听到老师这么说,帕扎尔的脸色变得忧郁起来,却没有接话。

老师接着说:"我最优秀的学生通过测试了。"

"奈菲莉?"

"扎伊尔斯和底比斯的两次测试,她都成功通过了。"

"那她现在是医生啦!"

"是啊,真是一件大喜事。"布拉尼尔高兴地说,语气中不无骄傲。

"她会到哪里执业?"

"一开始会到孟斐斯。明天我要为她开一场小小的庆祝会,你来吗?"

德内斯乘着轿子来到帕扎尔的办公室前。他与法官的这次会晤，虽然会有点儿麻烦，但是与前几天和妻子的冲突相比，倒成了小事一桩。妻子竟然骂自己无能、没见识，是麻雀①一只，他实在不能忍受。其实，她亲自找过门殿长老，还不是一样没用吗？以前，只要他出马，就没有失败过。但这一次，为什么门殿长老不听他的呢？身为省级大法官的门殿长老不仅没有调走那个小法官，竟还允许他开出合法的传票，传自己出庭。这把他贬得跟孟斐斯的平民没什么两样！正是因为德内斯的洞察力不够敏锐，他们夫妻二人才会被列为嫌疑犯，受到这个来自乡下、前途惨淡却一心严格执法的小法官的制裁。

北风站在去往办公室的路上，挡住了德内斯。德内斯想用胳膊把北风撞开，却看到它在龇牙咧嘴地示威，只好退回去，气愤地喊道："把这个畜生赶走，别挡我的路。"

书记官亚洛听到他的怒吼，连忙跑出办公室，拉住驴子的尾巴，可是北风只听帕扎尔的话。德内斯走向办公室时，远远地避开了驴子，生怕它弄脏了自己珍贵的衣服。

办公室里，帕扎尔正在仔细看一份文件，见德内斯进来便说："请坐。"

德内斯四下寻找座位，却发现没有一处合他的意。

"帕扎尔法官，老实说，我前来接受问讯，已经很给你面子了。"

"你没有选择的余地。"帕扎尔并不领情。

"一定要有第三者在场吗？"德内斯斜睨着书记官问道。

亚洛识趣地站了起来，准备离开："我想早点回家，我女儿……"

他的话还没说完，帕扎尔便下令："书记官，我叫你记录时，你就要把一切都原原本本地记下来。"

亚洛只得缩到角落，希望他们暂时忘记他的存在。德内斯绝不

---

① 麻雀总是聚集在一起聒噪个不停，因此埃及人口中的麻雀略带贬义。

会在受到这种待遇之后还默不作声。倘若他日后对法官进行报复，书记官必然也会连带着遭殃。

"帕扎尔法官，我真的很忙，我今天本来不打算见你的。"

"可是我要见你，德内斯。"

"你要解决一个小小的行政问题，我也想尽快脱身。我们何不平心静气地谈谈呢？"

德内斯的口气缓和了，他一贯知道怎么迎合与奉承谈判对象。然后趁对方不注意，便迎头痛击。可帕扎尔没有上当："你弄错了，德内斯。"

"什么？"

"这不是商场上的交易。"

"让我来给你讲一个寓言故事吧。有一头顽皮的小羊脱离了羊群的庇护，遇到了一匹狼。小羊看到狼张开血盆大口，便说：'狼大爷，我知道我迟早会被你吞下肚去，可是，在你吃掉我之前，让我先为你表演一个余兴节目吧！我会跳舞！你不相信吗？你用笛子给我伴奏，我证明给你看。'狼一时玩性大起，便答应了。小羊跳舞的时候，音乐声惊动了牧羊犬，几条牧羊犬便朝狼猛扑过去，狼只好仓皇逃走。狼失败后认栽了，它心想：我是个猎人，却想当音乐家，这是我自作自受。"

听他讲完这个故事，帕扎尔故意问道："这个故事有什么含义？"

"每个人都应该坚守自己的岗位。如果你想越俎代庖，就很可能会犯错，进而遗憾终身。"德内斯的言辞中充满了警告意味。

"说得好。"

"你能这么想就好，那么，这件事就到此为止了？"

"依照寓言的启示，是的。"

"看来你比我想象的还要善解人意。相信我，你不会在这个破烂的小办公室里待太久。门殿长老是我很好的朋友。他要是知道这件事你处理得这么有分寸、有智慧，一定会考虑把你调到更高的位子上去。他如果征询我的意见，我一定会替你说几句好话的。"德内斯示好道。

"有朋友真好。"帕扎尔附和说。

"在孟斐斯，朋友是最重要的，你的想法很正确。"德内斯一边赞许一边想，涅诺法根本没必要生那么大的气，她以为帕扎尔跟别人不一样，但是她错了。在如今这个社会，除了几个躲在神庙里的祭司，所有人都只有一个相同的目的，那就是为自己牟利。

德内斯满意地转身，正打算离去，却听见帕扎尔问道："你要上哪儿去？"

"去接一艘南部来的船。"

"我们的审理还没有结束呢。"

帕扎尔见德内斯又转过身来，继续说道："以下是起诉要点：你税款征收不公，并没有遵循法老的规定，自行征税，因此将被罚以重金。"

德内斯气得脸色发白，哑着嗓子喊道："你疯了？"

"书记官，记下来：侮辱法官。"帕扎尔慢条斯理地说。

德内斯冲向亚洛，一把将书板抢过来摔到地上，还愤怒地踩了几下叫道："你给我安分点儿。"

"毁坏公物。"

"够了！"

"这份文件给你，里面详细记载了法律条文的细节与罚款数额。千万不要再犯这样的错了，否则大监狱的档案室里就会出现你的犯罪记录了。"

"你只不过是一只小羊，马上就会被吞掉了。"德内斯恨得咬牙切齿。

"但你别忘了，寓言故事里输的可是那匹狼！"

布拉尼尔刚刚做完一道美味。他从孟斐斯一个顶尖的鱼贩那里买了几条母鲻鱼，然后将鱼卵取出，放入淡盐水中清洗，再把它夹到两片小木板中间，待其风干。这道鱼子酱风味绝佳。他还烤了几块牛排，佐以蚕豆酱，还有无花果和蛋糕，当然，还有来自三角洲的葡萄酒。

"她还没有来吗？"帕扎尔问。

"来，你先帮我摆盘子。"

"我和德内斯正面对决了，我的信息很全。"

"你怎么判的？"

"罚以重金。"

"你惹了一个不好惹的人。"

"我只是依法行事。"

"小心点。"

帕扎尔还没来得及辩解，今天的主客便到了。一看到奈菲莉，帕扎尔便将德内斯、亚洛、档案全都抛到了九霄云外。奈菲莉穿了一条淡蓝色的露肩无袖连衣裙，还涂了绿色的眼影，显得既柔弱又充满自信，让主人的家里为之一亮。

"我迟到了吗？"

"没有，没有。"布拉尼尔开心地说，"刚好让我们有时间做鱼子酱，现在可以用餐了。"

奈菲莉在头发上别了一朵莲花，看上去漂亮极了，帕扎尔看傻了眼。

"你能通过测试，我实在太高兴了。"布拉尼尔说，"现在你是医生了，我就把这个护身符送给你，它会像保佑我一样保佑你，你要随时戴在身上。"

"那你自己呢？"

"我这个年纪早已百毒不侵了。"说完,布拉尼尔便给奈菲莉戴上一条细细的金项链,上面还有一个美丽的绿松石坠子。

"这块宝石来自东部沙漠的哈托尔女神矿区,它能让你永葆年轻的灵魂与快乐的心。"

奈菲莉双手合十向老师鞠了个躬,表示感激和崇敬。

"我也要恭喜你,但不知道该如何表示……"一旁的帕扎尔说。

"你有这份心意就够了。"奈菲莉微笑着答道。

"我还是要送你一份薄礼。"帕扎尔拿出了一个彩色珍珠脚环。

奈菲莉脱下右脚的凉鞋,将脚环戴上,愉快地说:"谢谢你,我觉得自己更美了。"

她短短的一句话让年轻的帕扎尔燃起了无限希望。这是他第一次觉得她注意到了自己的存在。

晚餐的气氛十分热烈。奈菲莉说起了测试中无须保密的艰难过程。布拉尼尔告诉她,测试向来如此,一点儿都没变。帕扎尔小口小口地吃着东西,还一直热切地注视着奈菲莉,并将她的话当作美酒啜饮。恩师和心爱的女子陪在身旁,他度过了一个美好的夜晚,只是偶尔会有一丝焦虑闪过脑际:奈菲莉愿意嫁给我吗?

在帕扎尔努力工作之际,苏提却忙着带驴子和狗散步、和农场的女主人做爱、征服其他更有魅力的女子,并享受着孟斐斯的生机与活力。他尽量不去叨扰他的好友,自从两人重逢,他从来不曾在帕扎尔的宿舍留宿。由于"乳猪计划"很成功,苏提食髓知味,想故技重施,但是他的这位法官挚友坚决反对。不过,苏提的情妇十分慷慨,不介意苏提找她时双手空空,所以苏提也就不再坚持。

狒狒警察往门里一站,几乎有一人高,它身后站着努比亚人凯姆。

"你总算来了!"帕扎尔说。

"我调查了好久,过程也不怎么顺利。"凯姆向里头看了看接着问,"亚洛走了吗?"

"他的女儿病了。你这一趟有什么收获?"

"没有。"

"怎么会没有?不可能啊!"帕扎尔觉得不可思议。

凯姆摸了一下他的假鼻子,确定没有移位,才说:"我问了消息最灵通的线人。可是没有人知道守护斯芬克斯像的卫兵长出了什么事。有人叫我去找警察局长,警方似乎正在执行一道被列为最高机密的命令。"

"好,我去见见这位大人物。"

"我劝你最好别去,他向来不喜欢法官。"

"哦。"

警察局长孟莫斯拥有两栋别墅,一栋在孟斐斯,是他经常住的地方,另一栋在底比斯。他矮小肥胖,还有一张圆脸,看上去十分值得信任。不过,他那尖尖的鼻子和浓厚的鼻音却与他忠厚的外表全然不符。至今仍然未婚的孟莫斯,从年轻时便开始一心为事业与荣誉奋斗。他运气还算不错,一连碰上几个人都死得很是时候。一开始,他打算从事运河监管工作,而他所在的省的安全负责人刚好摔断了脖子,不幸去世。因此,虽然孟莫斯并没有特别的履历,但他当时立即毛遂自荐,然后便轻而易举地得到了那份工作。然而,他的野心却让他不时地觊觎河道警长一职,他的顶头上司是个很有干劲的年轻人,却在一次例行公务时意外溺亡。这个位子一空下来,孟莫斯立刻鸠占鹊巢,轻松地打败了那些不懂得玩弄心术的对手。尽管河道警长的职位已经很高了,但他仍旧梦想着更进一步,爬上遥不可及的巅峰。当时的警察局长正值壮年,奈何天命难违,居然在一次车祸中丧生。孟莫斯一听到消息,便马上申请调任,他向来擅长自我吹嘘与争功，最后果然获得了这一职位。

爬上高位的孟莫斯，自然处心积虑地想要保住自己的位子，因此他的手下都是一些平庸之辈。一旦他觉得有人威胁到他的位置，就会想办法赶走那个人。暗箱操作、策划阴谋，都是他最喜爱的消遣。

这天，他正在研究沙漠警队的任命事宜，总管忽然进来通报帕扎尔法官来访。孟莫斯通常会派手下打发那些小法官，不过，这次到访的人却让他十分好奇。最近让那个钱多得能收买任何人的德内斯下不了台的，不正是这个小法官吗？现在，他竟敢来骚扰警察局长？

孟莫斯在别墅的一个房间中接见了帕扎尔。房间里摆着他的勋章、金项链、半宝石与镀金木棍。

"谢谢你愿意见我。"帕扎尔礼貌地说道。

"我对于襄助司法一向不遗余力。你在孟斐斯还习惯吗？"局长寒暄地问道。

"有一件怪事，我希望能跟你谈谈。"

孟莫斯让总管准备了上好的啤酒，然后便吩咐总管没有他的命令不得前来打扰。

"来，你先说说看。"

"有一项职务调动，我一直找不到当事人，所以无法批准。"

"那是当然了，你说的是谁？"

"守护斯芬克斯像的卫兵长。"

"如果我没有弄错的话，担任那项职务可是很高的荣誉。只有退役军人才能担任。"

"在这个案子中，那名退役军人被调职了。"

"他会不会犯了什么过失？"局长的第一反应也和其他人一样。

"公文上没有注明。而且那个人还被迫搬离了分配给他的宿舍，躲到了全市最贫困的地区。"

孟莫斯有点儿生气："这的确很奇怪。"

"还有更怪的，我问他妻子时，她却说她丈夫已经死了，但是她并没有看到遗体，也不知道她丈夫被埋在哪里。"

"她怎么能确定她丈夫已经死了？"

"是几个士兵通知她的。他们还威胁她说，如果想要得到抚恤金，就不能声张。"

局长一边听帕扎尔说，一边慢条斯理地喝着啤酒。他原以为帕扎尔要来谈德内斯的事，不料听到的却是这件奇事。他压制住心中的不快，说道："帕扎尔法官，你做得很好，你果然不是欺世盗名的人。"

"我想继续调查下去。"

"怎么调查呢？"

"我们得先找到尸体，然后查明死因。"

"这样做没错。"

得知警察局长并没有反对的意思，帕扎尔便直截了当地提出要求："但是我需要你的帮助。负责城市、乡镇、河道与沙漠的警察都归你管，有你协助的话，事情的进展一定会更顺利。"

"可惜这是不可能的事。"

"这话是什么意思？"

"你并没有任何直接的证据，更何况当事人是一名退役军人和几名现役士兵，这牵涉到了军队。"

帕扎尔点点头，似乎早已料到他会这么说："这一点我想过了，所以才来寻求你的支持。如果你要求军方作出解释，军方的高级将领便必须得回应。"

但局长仍然推三阻四："事情并不像你想的那么简单，军警一向各自为政，我实在不想越界插手军方的事。"

"但是你对军方的事情了如指掌。"

"这完全是空穴来风。如果你继续坚持，恐怕只会给自己惹来麻烦。"

"我不可能让一个人死得不明不白的。"

"这一点我同意。"

"那你有什么建议？"

孟莫斯沉思良久。他知道，这个年轻的法官不会轻易退缩，要想操控他恐怕也不容易。只有深入调查，才能知道他的弱点并加以利用，于是他回复道："你可以去找阿舍将军，担任这项荣誉性职务的退役军人，就是由他任命的。"

第 12 章

　　暗影吞噬者①在黑夜中前进，灵动如猫。他无声无息地绕过障碍，沿墙而行，在黑暗中几乎看不到他的身影。

　　孟斐斯贫民区的居民都睡了，他们的门前不像那些豪宅一样有门房与卫兵。这名神秘的杀手戴着一副下颌可以活动的木制狼头面具②，潜入那个卫兵长的妻子的居所。他一向听令行事，内心早已麻木不仁。这个一入夜便威力大增的鹰人③，从黑暗中蹿了出来。

　　睡梦中的老妇人突然惊醒，被眼前的可怕景象吓呆了。她发出一声凄厉的惨叫，然后便断了气，倒在地上。杀手无须动用任何武器，也不需要掩饰罪行，便完成了任务。这个多嘴的女人这下再也开不了口了。

　　阿舍将军重重地推了士兵一把，士兵便跌入营区满是尘土的中庭。

　　"你这样萎靡的人不值得提拔。"

　　此时，一名弓箭手站出来说："报告将军，他并没有犯错。"

　　"你的话太多了，现在马上离开训练场。我要罚你十五天的禁闭，然后到南部城堡长期驻守，这样你才知道什么叫纪律。"

---

① 埃及人对"杀手"的称呼。
② 在宗教庆典上扮演神祇的祭司所戴的一种面具。
③ 类似我们所说的"狼人"。

将军命令这支小队的所有队员背着弓箭、箭袋、盾牌与粮袋跑步一小时。因为到了乡下,还会遇到更艰难的情况。只要有士兵累得停下来,他便会上前扯住那人的头发,逼着他继续跑。若是哪个人敢再犯,就会得到关禁闭的处罚。

阿舍经验丰富,他知道唯有冷酷的训练才能让这些士兵在战场上获得胜利。士兵多吃一点儿苦,行动时就多一分熟练,就会在战斗时多一分存活的机会。出征亚洲、战功显赫的阿舍,被任命为掌马官与新兵教官,并负责孟斐斯主营区的训练工作。此刻,他正欣喜万分地为这项职务作最后一次牺牲——昨天他已经正式获得了新的职务,以后就可以不干这个苦差事了。他将成为法老的使者,出使外国,为驻扎前线的精英部队传达王令,还将担任法老右侧的持扇者,成为重要官员。

阿舍身材矮小,长相并不讨喜,留着平头,胸膛宽阔,腿短而粗壮。自他肩膀到肚脐有一道疤痕——那一刀当时几乎要了他的命,但他在发出一阵狂笑后,便赤手空拳地将偷袭他的人活活扼杀了。他的脸就像被侵蚀过的岩石,刻画着一道道深深的皱纹。

在这个自己最喜爱的营区中度过了军旅生涯的最后一个上午后,阿舍向淋浴间走去。他正一心想着那场为他举办的欢庆会,却听到一名联络官毕恭毕敬地向他报告:"抱歉,将军。有一名法官想见你。"

"是谁?"

"我以前没见过他。"

"打发他走吧。"

"他说事情很紧急。"

"原因呢?"

"他说是机密,只能跟你说。"

"带他进来。"

帕扎尔被带到了中庭，只见这位将军双手背在身后，一副傲慢的样子。他左侧的新兵正在锻炼，右侧的新兵则正在进行射箭演习。

"你叫什么名字？"

"帕扎尔。"

"我一向讨厌法官。"

"你对他们有什么不满？"

"他们到处多管闲事。"

帕扎尔不置可否，切入正题："我在调查一宗人口失踪案。"

"这跟我指挥的军队无关。"

"守护斯芬克斯像的荣誉卫兵也和你无关吗？"

将军自豪地说："我的军队一向严守铁律，退役军人也是这样。担任守护斯芬克斯像的荣誉卫兵的退役军人向来坚守岗位，毫不动摇。"

"据这位卫兵长的妻子说，他可能已经死了。可是我的上级却要我批准他的职务调动。"

"那就批准吧！上级的命令是不容否定的。"

"这个案子却不能这样处理。"

帕扎尔的坚持激怒了将军，他咆哮道："你还太年轻，缺乏经验。你走吧！"

"我无须听命于你，将军。我要知道这件事的真相。任命他的人是你吧？"

"注意你的分寸，小法官，从来没有人敢像你这样骚扰我！"

"你的地位并不在法律之上。"

"你恐怕还不知道我的厉害。你如果再放肆，我动动小手指就能把你碎尸万段。"

阿舍转身就走，将帕扎尔独自留在中庭。帕扎尔对他的反应感到吃惊：如果不是做贼心虚，他何必这么激动呢？帕扎尔走到营区大门口时，被罚关禁闭的那名弓箭手叫住了他："帕扎尔法官……"

"什么事？"

"我也许能帮你，你想知道什么？"

有人主动提供线索，帕扎尔自然求之不得："我想知道关于守护斯芬克斯像的卫兵长的事。"

"他的服役信息被储存在营区的档案室里，跟我来。"

"你为什么要这么做？"

"如果你找到阿舍的具体罪证，会起诉他吗？"

"当然会了。"

"那就好，来吧。文件管理员跟我很熟，他也很讨厌将军。"

到了档案室，弓箭手和管理员密谈了片刻后，管理员说："你要调阅营区的档案，必须有首相办公室的许可文件。现在我要离开十五分钟去吃饭。如果我回来时，你们还在这里，我就不得不叫警卫了。"

他们用五分钟搞明白了存档方式，又花三分钟找到了他们要的卷宗。接下来他们读了文件的内容，用心记下后将文件放回原位，然后赶在管理员回来之前离开了档案室。

从档案来看，那名卫兵长是个模范军人，其一生的军旅生涯称得上毫无瑕疵。文件最后有一条记录引起了帕扎尔的兴趣：这名退役军人手下有四个人，年纪较大的两个人守在斯芬克斯像两侧，另外两个人则守在哈夫拉金字塔的围墙外。既然得知了这四个人的姓名，询问他们之后，或许便能解开这个谜团了。

凯姆激动地冲进帕扎尔的办公室："她死了。"

"谁死了？"帕扎尔被他弄得有点糊涂。

"那名卫兵长的遗孀。今天早上我到那附近巡视，杀手突然发现有点不对劲。我们赶到那里时，房子的大门半开着，我刚推门进去，便看到了尸体。"

"有打斗的痕迹吗？"

"一点都没有。她是因为年纪大，加上忧伤过度，才死掉的。"

帕扎尔要书记官确认一下军方是否会为她办丧事，如果不会，他愿意自己出一点丧葬费。

虽然他不需要为那名老妇人的死负责，但是她人生最后的几天不也被他打扰甚多吗？

"你的调查有进展吗？"凯姆问道。

"但愿会有，阿舍将军一点忙也不肯帮。我查到了卫兵长手下那四名退役军人的名字，你去查查他们的住址。"

凯姆正要离开时，书记官亚洛刚好进门："总有一天我会被我太太折磨死。昨天她又没做晚饭。"

他一面赌气一面抱怨，突然，他想到一件事："对了，我差点儿忘了，我已经查过那些想到军械库工作的工匠了。只有一个人有嫌疑。"

"他犯过罪？"

"他曾经参与一起涉及护身符的非法交易。"

"他还有些什么经历？"

亚洛听到法官这么问，露出了得意的神色："这件事你一定有兴趣听：他是个临时细木工，曾经当过卡达什的农田总管。"

帕扎尔好不容易才走进卡达什诊所的候诊室，然后在一个身材矮小的男人身边坐了下来。他的黑发和黑胡须都经过了细心打理，一张表情生硬的长脸上长满了痣，看起来阴沉可憎。

帕扎尔向他行了个礼："很难熬吧？"对方点点头。帕扎尔又问："你特别痛吗？"

对方敷衍地摆了摆手作答。帕扎尔向他坦言道："这是我第一次牙痛。你以前找过牙医吗?"

这时,卡达什出现了:"帕扎尔法官,你也牙痛吗?"

"是啊!"

"你认识谢奇吗?"他看了看那个矮小的男人。

"我还没有这个荣幸。"

卡达什向帕扎尔介绍:"谢奇是王宫里最杰出的科学家之一,而作为化学家,没有人是他的对手。我向他订购了一些药膏和补牙用的填充物。今天他刚好要向我介绍一种新产品。你耐心等一下,我马上就好。"

卡达什平常不善言辞,这次却表现得异常殷勤,就像接待多年的好友一般。但如果那个名叫谢奇的男人还是如此沉默寡言,他们的谈话恐怕就不会用太久了。

果然,十几分钟后,牙医就叫帕扎尔进去了。

"坐到折叠椅上去,身子往后躺。"

"那个化学家好像不爱说话。"

"他性格有点儿内向,不过为人很正直,值得信赖。你怎么了?"

"我嘴巴里到处都疼。"

"张开嘴巴,我看看。"

卡达什用镜子借着光检查了帕扎尔的牙齿,然后问道:"你以前看过牙吗?"

"以前在村子里看过一次。是一个巡诊的牙医给我看的。"

"你有蛀牙,我用笃耨香①、努比亚土、蜂蜜、磨石碎片、绿眼药和少许铜制成的混合物帮你补好,如果松动了,可以用金线把这颗牙和旁边的白齿连起来……我看看……嗯,看来没那个必要。你的牙齿大体上很健康,也很坚固。不过,你要注意一下牙龈。我给

---

① 源自一种香木,其树脂可用于医药和宗教物品上。

你一瓶含药西瓜、树胶、茴香籽和西克莫无花果的漱口水，你先把药水在外面放一晚，让它吸收一些露水，然后再使用。你还要用肉桂、蜂蜜、树胶和油制成的药膏涂抹牙龈。平时要记得多嚼芹菜，这种蔬菜不仅开胃和富含营养，还能强健牙齿。好了，说正经的，你的状况还没有严重到要看医生。为什么要特地抽空来见我？"

帕扎尔站起来，很高兴得知看他的牙不需要动用那些恐怖的仪器，他说："因为你的总管。"

"我已经把那个无能的人辞退了。"

"我说的是前一任。"

卡达什边洗手边说："我不记得了。"

"你仔细想想。"

"我真的不记得了。"

"你收集护身符[①]吗？"

虽然很认真地洗过，但是牙医的双手还是红红的。

"我手里是有几个护身符，和其他人一样，可是我从来都不重视这东西。"

"美丽的护身符价值不菲。"帕扎尔口气中带着点儿试探。

"大概吧……"

"你以前的总管对护身符就很感兴趣，他甚至偷过。所以我才担心，不知道你是不是也是受害者？"

卡达什似乎没有听出帕扎尔话中有话，反倒气愤地说："现在小偷越来越多了，全都是因为孟斐斯的外国人越来越多。这里很快就不再是个埃及城市了。罪魁祸首就是那个一心想要正直廉洁的首相巴吉。法老那么信任他，所以没有人能批评他，你当然就更不可能了，谁叫他是你的上司呢？不过，幸好你层级太低，所以也就不

---

① 护身符一般是陶土制成的，形状有神祇、圣十字架和心形，埃及人总爱随身携带以避开灾祸。

用担心会碰到他了。"

"他很可怕吗？"

"他很难应付。凡是忘了他的存在的法官，全都被免职了，不过他们也都犯了错。首相拿正义当借口，拒绝将外国人驱逐出境，这个国家迟早会被他拖垮的。你逮捕了我以前的总管吗？"

"他本来想进军械库工作，但一项例行检查揭示了他的过去。太惨了，真的。他拿着偷来的护身符到一个工厂里去卖，结果被揭发了，你挑选的那个继任者便将他辞退了。"

"他为了谁去偷护身符？"

"不知道。如果有时间，我会去查查的。可是我没有线索，还有那么多事情要做！重要的是你不是失主之一，那就没事了。谢谢你帮我看牙齿，卡达什。"

警察局长在他的住所召集了几个主要的手下开会。这次会议将不做任何正式记录。孟莫斯仔细研究了他们关于帕扎尔法官的报告，然后大发雷霆："居然没有不为人知的恶行！没有不良嗜好！没有情妇！没有人脉关系！你们说的这是神吧？调查的结果一点用都没有！"

"有一个名叫布拉尼尔的人，是他的精神支柱，就住在孟斐斯。帕扎尔常常到他家里去。"其中一个人说道。

"他只是个退休的老医生，没有威胁，也没有权势。"另一个人补充说。

但有一名警察反驳道："他在王宫里有眼线。"

"眼线早就没了。"孟莫斯不屑地说，"任何人都会有把柄，帕扎尔也一样！"

"他对自己的事业很执着，而且在德内斯和卡达什等人面前也毫不退缩。"另一个警察肯定地说。

孟莫斯还是不相信，便骂道："一个公正廉明又勇敢的法官？谁会相信这种鬼话？你们认真一点，多找一些比较可靠的信息再来汇报。"

会议结束后，孟莫斯走到他平常钓鱼的水池边，陷入沉思。他的确觉得不踏实：这次的情况如此难以捉摸，一切相关因素又那么不确定，他真怕一个不小心，自己多年经营的声誉就毁于一旦。

这个帕扎尔，究竟是生性纯朴，因此一时迷失在了孟斐斯这座大迷宫里，还是他天性不凡，不论有什么危险和敌人挡在前方，都会坚定地走下去？无论如何，他都注定要失败。

但是还有第三种情况，可能十分让人担忧：这个小法官也许是某个人的密使，也许某个诡计多端的大臣正在策划一场阴谋，而帕扎尔只是其中的一步棋。想到居然有人如此胆大妄为，孟莫斯不禁勃然大怒。他叫来总管，命他备好马车。他得到沙漠中去猎一猎野兔，杀几只惊慌的猎物，缓解一下紧绷的神经。

第 13 章

苏提的右手抚上情妇的背,再抚摸她的脖子,又往下滑,轻抚她的臀部。

"还要。"她娇声说。

没等她说第二句,苏提手上的力道便加强了,他喜欢这种满足对方需求的感觉。

"不……别这样!"

苏提没有理会她,仍然继续爱抚。他知道如何给予她快感,便毫无保留地付诸行动。她假意抗拒后,转身投入了苏提的怀抱。

温存过后,心满意足的女主人准备了一顿丰盛的早餐,而且要他答应第二天再来找她。

他走到港口,在一艘货船的阴影下睡了两个小时,等日落时分才去找帕扎尔。帕扎尔正盘坐着写字,勇士则趴在他的左脚边。苏提热情地拍了拍门口的北风,然后走了进去。

"我可能需要你帮忙。"帕扎尔对他说。

"是感情问题吗?"苏提则半开玩笑地问。

"怎么可能?"

"总不会是和警方的阴谋有关吧?"

"很不幸,是的。"

"有危险吗?"

"可能有。"

一听好友这么说，苏提的兴致便来了："这倒有趣了。我想多知道一点，还是说，你让我自己去摸索？"

"我为一个叫卡达什的牙医设下了陷阱。"

苏提佩服地吹了声口哨："他可是个名人哪！只为有钱人看病。他犯了什么罪？"

"他的行为让我起疑。本来我应该把这个任务交给我手下的努比亚警察，但他在忙别的事。"

"我要闯入他的住所吗？"苏提又兴味盎然地问。

"这你想都别想。在发现卡达什形迹可疑时，你跟踪他就行。"

苏提爬上一棵牛油果树监视着牙医别墅的大门与主要通道。就这样休息一晚也不错，他可以一个人享受清凉的夜晚与美丽的夜空。这座大宅子里的灯都熄了，四周悄然无声，这时候忽然有一个黑影，从马厩的门边溜了出来。那个人穿着一件大衣，头发花白，从身形来看，正是帕扎尔所说的那个牙医。

跟踪他并不难。卡达什虽然看起来很紧张，但步伐缓慢，而且一直没有回头。他往一个正在重建的老街区走去。行政部门老旧的建筑，已经都被推倒了，路中央堆满了碎砖头。牙医绕过堆积如山的瓦砾，然后不见了。苏提也跟着爬上瓦砾堆。他小心翼翼，唯恐踏落砖块暴露行踪。爬到上面后，他看见有三个男人正围着火堆，其中一个人便是卡达什。

他们全身赤裸，只用一个小皮套遮住私处，并在头发上插了三根羽毛。他们手舞足蹈，双手挥舞着小木棒，装作要打斗的样子。另外两名较为年轻的男子突然双脚一蹬，纵身一跃，嘴里发出一声狂呼。卡达什虽然有点儿跟不上他们的节奏，但丝毫不减兴奋之情。

他们的舞跳了一个多小时。突然间，其中一名年轻的舞者扯下了自己套住私处的皮套，其余两人也纷纷照做。卡达什显得有些疲急,那两个人让他喝了棕榈酒,三人再度陷入疯狂的状态。

帕扎尔仔细听了苏提的描述,感叹道:"真奇怪。"

"你不知道利比亚人的习俗吗?这种欢庆仪式对他们来说是很正常的。"

"为什么要这么做?"

"为了展示男性雄风、生殖力、诱惑力……他们可以由此获得新的能量。但对卡达什而言,似乎有点儿吃力了。"

"看来我们的牙医会觉得自己老了。"

苏提笑着问道:"据我的观察,他没什么不对劲的地方。他到底做了什么犯法的事?"

"到目前还没有做。不过他一向厌恶外国人,偏偏又没有忘自己利比亚的根,要知道,现在是极力抨击这些习俗的。"

"我还算有点儿用吧?"

"太有用了。"

"帕扎尔法官,下次执行任务时,你让我监视的最好是女人。"

这几天,凯姆和狒狒警察正以坚定的毅力往来于孟斐斯和周遭的郊区,寻找那个失踪了的卫兵长的四名下属。

凯姆等书记官离开后,才和帕扎尔聊起这件事,因为他对亚洛完全不信任。狒狒一进办公室,勇士便躲到了主人椅子下面。

"遇到什么困难了吗,凯姆?"帕扎尔开口便问。

"我找到那些人的住址了。"

"你没有使用暴力吧?"

"调查过程绝对平顺。"

"好,明天一早,我们就开始讯问这四名证人。"

"他们全都失踪了。"

帕扎尔呆住了，无意识地放下了手中的笔。他没有想到，自己原本只是拒批一份寻常的公文，竟然牵扯出了一连串的神秘事件。他想知道凯姆还有什么发现，便继续问："没有任何线索吗？"

"有两个人搬到了三角洲地区，另外两个人搬到了底比斯地区。我知道他们住在哪个村子里。"

"你回去准备行李吧。"

这一晚，帕扎尔打算在老师家过夜。出门的路上，他觉得好像有人跟踪自己，便放慢脚步，回头看了两三次，但没有再看到那个可疑的人影。他想，也许是自己眼花了吧。

在种满花的阳台上，帕扎尔和布拉尼尔面对面坐着，他品尝着香醇的啤酒，感受着这个大城市入睡前的气息。放眼望去，只剩下几盏灯，照着那些晚睡的人和忙碌的书记官。

在布拉尼尔的陪伴下，一切似乎都静止了。帕扎尔真想把这宝贵的一刻紧紧地握在手心，以防它随着夜深而隐没。"奈菲莉的工作被分配好了吗？"他问老师。

"还没有，不过快了。她现在住在医学院的宿舍。"

"由谁来决定她的工作？"

"由内巴蒙领导的医生委员会决定。一开始，奈菲莉只会被分配到比较简单的职位上，随着经验的累积，她的工作会越来越难。帕扎尔，我觉得你还是郁郁寡欢，好像已经失去了生活乐趣似的。"

帕扎尔简单描述了自己的遭遇，然后说："实在是有太多令人疑惑的巧合了，是不是？"

"你的假设是……？"

"现在说这个还太早。只能确定存在职务上的过失，但到底是什么性质、牵连范围有多广，我一概不知。我或许是杞人忧天吧。有时候，也想就这样算了，可是尽管我的职位很小，我还是没办法昧着良心做事。"

布拉尼尔不忍见他如此困惑，便鼓励道："你的心灵会为你拟订计划，给予你指引，而你的毅力则能让你保留心灵的幻想，并让它持之以恒。"①

听了布拉尼尔的话，帕扎尔精神为之一振："我不会失去毅力的。我发现什么，就查什么。"

"你一定要时刻为埃及的安定祥和着想，不要担心个人的成败。只要你做得是对的，将来一定能获得加倍的回报。"

"如果一个人失踪后无人问津，公文也是伪造的，那埃及不就出现危机了吗？"

"你的顾虑很有道理。"布拉尼尔若有所思地点点头。

"不过，只要有你的精神支持，再大的危险我都能面对。"

布拉尼尔一心希望帕扎尔为国家做点事，但也不希望他因操之过急而受到伤害，便谆谆嘱咐道："你一向都很有勇气，不过你要保持头脑清醒，要懂得避开一些阻挠，因为正面冲突只会让你受伤。要懂得从迂回应对，尽量利用敌人的力量，你要像芦苇一样柔软、像岩石一样坚毅。"

"耐心是我最缺乏的品质。"

"你要学习建筑师研究、加工、修饰建筑材料的精神，进行自我巩固。"

"你不赞成我到三角洲去吗？"

"你已经决定了。"

内巴蒙穿着一袭华丽的亚麻长袍，上面还镶着彩色的流苏边，他还请专人修了指甲。他在孟斐斯医学院的大厅召开了集体会议。

---

① 这是先贤语录《教谕》中的名言。

他看上去有点傲慢。十来位声誉卓著、履历完美的医生，将为那些刚刚通过测试的年轻医生指派第一项任务。指派第一项任务时，前辈们往往会心怀仁厚，不会刻意刁难后辈，因此也从来没有引起过任何争议，这一次应该也不例外，这项工作很快便能完成。

"现在到奈菲莉了。"一名外科医生宣布："孟斐斯、扎伊尔斯和底比斯等地的报告都对她有很高的评价。她的表现极为出色，是个难得的人才。"

"是的，可她是个女人。"内巴蒙反驳道。

"以前也有过女医生啊！"

"奈菲莉很聪明，这我承认，但是她缺乏毅力。实际经验可不等同于一般的纸上谈兵。"内巴蒙坚持己见。

"她一连通过了好几个实习阶段呢，没有丝毫松懈。"一名医生提醒道。

"但实习的时候有人监督呀。"内巴蒙用一种带着虚情假意的声调温和地说："她单独面对患者时，难道不会手足无措吗？她的耐力实在让我担心，我真怀疑她是不是选错行了。"

"那么你的意思是……"

"分给她一些不易医治的病人，让她再接受一次严格的考验。如果她能成功，我们自然会衷心祝福，否则就得再作考虑。"

内巴蒙一番温和的言辞博得其同人的一致支持。他在奈菲莉执业之初，为她准备了一份意想不到的可怕礼物。他想等她心力交瘁时，再把她从炼狱中救出来，到时候她自然会感激而顺从地投入他的怀抱。

奈菲莉果真吓呆了，跑到一旁暗自哭泣。

她不怕吃苦，但是她实在没有想到自己竟然会被指派到军队中的医务室，照顾这些从亚洲回来的重症伤员。在军队的医务室里，三十多个人躺在草席上，有人在痛苦地呻吟，有人精神错乱、喃喃自语，还有人连内脏都流了出来。营区的军官静静地站在奈菲莉身旁，没有给她任何指示。他也是奉命行事。

片刻后，奈菲莉恢复了镇定。不论为何受此刁难，她都会尽职尽责，照料这些不幸的人。检查过营区的药品之后，她又有了信心。现在最要紧的是赶快为他们止痛。于是她采了一些曼德拉草，将曼德拉草的根磨碎，萃取出一种疗效甚佳的成分，既可以止痛又可以麻醉。然后她又将莳萝与枣和葡萄汁混合在一起，混入葡萄酒中，然后将混合物加热。一连四天，她都让那些伤员服用这种药水。

她叫了一个年轻的新兵来打扫营区的中庭："你要帮我的忙。"

那个新兵支支吾吾，不知该如何拒绝："我？可是我……"

"以后你就是护士了。"

"可是指挥官……"他还是很犹豫。

"你马上去见营区军官，告诉他如果你不帮我，这三十多个人就要死了。"

新兵只得服从，但是对自己不得不加入这场残酷的游戏感到十分不情愿。

这名新兵一进入医务室差点晕了过去，奈菲莉急忙转移他的注意力："你轻轻地把他们的头扶起来，我好喂他们吃药。然后我们再帮他们擦洗身子，顺便把医务室清理一下。"

刚开始新兵紧闭着双眼，不敢呼吸。后来见奈菲莉如此镇静，这个没有经验的护士才忘了恶心的感觉，还高兴地赞叹药水真有效。伤员们的呻吟声与哀叫声变小了，有的已然入睡。

这时，一个伤员紧紧地抓住奈菲莉的小腿。她怒斥道："放开我。"

"我当然不能放了，美人儿，怎么能白白放弃这种机会？我会让你快活似神仙的。"伤兵涎着脸皮说道。

这时新兵突然放开手，这名伤员的头重重摔到了地上，新兵还将他痛打了一顿,直到他的手指松动了一些,奈菲莉才挣脱出来。她对这个新兵十分感激地说:"谢谢。"

"你……不怕吗?"新兵迟疑地问。

"当然怕了。"

"如果你愿意的话,我可以用这个方法把所有人都摆平。"新兵拍拍胸脯向她保证。

"必要的时候吧。"奈菲莉表示感谢,但十分不希望旧事重演。

"他们得的是什么病?"

"痢疾。"

"严重吗?"

"我很熟悉这种病,能治好。"奈菲莉信心满满地说道。

"一定是因为他们在亚洲喝了不干净的水。我看我还是得把营区打扫干净。"

环境卫生达到一定的标准后,奈菲莉让病人喝了主要成分为芫荽①的药水,以减缓腹部痉挛及清肠。她又将石榴的根与啤酒酵母一起磨碎,拿一块布过滤后,放置一晚。这种子颜色鲜红而外皮为黄色的果子能治疗腹泻与痢疾。她会给病情比较严重的人灌肠。灌肠的药物由蜂蜜、发酵过的黏胶②、甜啤酒与盐混合而成。她灌肠时使用的是一个铜制的角状器具,较细的一端形似鸟嘴。经过奈菲莉五天的悉心照料,治疗成效斐然。前几天一直只能食用牛奶和蜂蜜的患者,如今终于能站起来了。

奈菲莉担任这一职务的第六天,御医总管内巴蒙带着愉快的心情来到营区视察医务部门的工作。他十分满意自己看到的一切,最后来到了医务室,也就是在亚洲战场中患上痢疾的伤员们隔离和疗

---

① 芫荽籽干燥后可作香料。
② 由植物提炼的物质,可增加浓稠度。

养的地方。他想象着精疲力竭、体力不支的奈菲莉哀求他给她换工作,并答应加入他的医疗团队,不由得暗暗笑了。

可是一到医务室门口,他就看见一个新兵正在打扫卫生,大门敞开。一阵风吹来,这个涂上了石灰、显得空荡荡的地方看起来更干净了。

"我大概弄错了吧。"内巴蒙对士兵说,"你知道奈菲莉医生在哪里工作吗?"

"就在你左手边的第一间办公室。"士兵答道。

女医生正在抄一份名单。内巴蒙一见到她就问:"奈菲莉!病人呢?"

"他们已经进入康复阶段,离开医务室了。"

"不可能!"内巴蒙简直不敢相信。

"这是病人的名单,上面还记录了治疗过程和他们离开医务室的日期。"

"可是,怎么会呢……"御医总管还是不相信。

"我十分感谢你能把这项工作交给我,让我验证了这些医疗手段的效果。"她说话的口气不带一点愤恨,目光也透着柔和。

内巴蒙忽然感到惭愧,他低声说:"我想我错了。"

"你的意思是……"

"我太蠢了。"

"人们对你的评价可不是这样的,内巴蒙。"

"奈菲莉,你听我说……"

内巴蒙意欲解释,但奈菲莉打断了他的话,只是说道:"明天你就会收到完整的报告了。能不能请你尽快告诉我下一个任务是什么?"

孟莫斯依然在气头上。在这座大宅子里,只要这个当警察局长的主人怒气未消，谁都不敢动。

在这段极度紧张的时间里，他的头皮总是又麻又痒，都被他抓出血来了。他脚边散落着被撕成碎片的纸，那是下属交上来的报告。

报告里什么都没有——没有明显的劣迹、没有众所周知的过失、没有贪污舞弊的记录：帕扎尔似乎是个廉明的法官，自然也是个危险的人物。孟莫斯向来不会低估对手，尤其是这一次——要对付的人如此可怕，想制服他并不容易。在采取行动之前，一定要先找到这个问题的答案：操纵他的人到底是谁？

第14章

　　一条单桅帆船航行在三角洲地区广阔的水面上，风将那面巨大的布帆吹得鼓鼓的。驾船的人熟练地掌着舵顺流而行，帕扎尔法官、凯姆和狒狒警察则在甲板中央的船舱里休息。他们的行李被放置在船舱上方。船长在船头用一根长竿测过水深后，向船员们发号施令。船首和船尾都绘有天空之神荷鲁斯之眼，以求旅程平安。

　　帕扎尔走出船舱，想好好看看刚才无意间发现的景致。

　　那座山谷十分遥远，山谷里的农田横在两座沙漠之间。农田中间的那条大河分出了大大小小的支流，为城市、村落、农田供水。柔和的蓝天里点缀着几朵白云，成千上万只鸟在云间穿梭。帕扎尔觉得眼前的芦苇和纸莎草似乎是一片茫茫的大海，海中突起的几座小山丘上，大片大片的柳树与金合欢树环绕着几间白色的平房。这不正是古代的文人墨客所提到的上古时期的沼泽地吗？不正是那环绕在世界四周、每天清晨都会迎来旭日的海洋所化成的陆地吗？

　　几名猎人示意水手绕道，他们正在追捕一头公河马。这头受伤的河马刚刚潜入水中，随时都可能会从水底蹿上来，即使是体积很大的船，也可能会被它撞翻。这头巨兽一旦开始抵抗，便会十分凶狠。

　　船长不敢掉以轻心。于是改走尼罗河最东边的支流——雷河，向东北方行进。靠近巴斯泰托女神之城——布巴斯提斯时，船转入"宁水运河"，沿着瓦迪图米拉特朝大苦湖前进。风猛烈地吹着，向右看，可以看到池塘里有几头水牛正泡在水里，另一边的柽柳树下有一间小茅屋。

　　船靠岸了，船员抛下舷梯。手脚不似水手那般灵活的帕扎尔走上去，便摇晃得厉害。一群孩子看到狒狒，吓得四处逃窜。孩子们的尖叫声惊动了村民。他们挥着干草叉，朝刚下船的这些人走来。

　　"你们不必害怕，我是帕扎尔法官，他们是我手下的警察。"

　　村民听罢便放下干草叉，带法官去见村长。村长是个暴躁易怒的老人。

　　"我想找一名退役军人，他退役后就回到这里了。"帕扎尔说明来意。

　　"在人世间，你见不到他。"村长答道。

　　"他去世了？"帕扎尔心中又是一惊。

　　"他的尸体被几名士兵运回来。我们已经把他葬在墓园里了。"

　　"死因呢？"

　　"年纪太大了。"

　　"你检查过尸体吗？"

　　"他已经被制成木乃伊了。"

　　"那几名士兵跟你说什么了吗？"

　　"他们没说什么。"

　　帕扎尔不能挖出木乃伊，那对死者是极大的不敬。因此他和同伴又搭上船，前往另一名退役军人所在的村子。

　　"你们得自己蹚过沼泽。"船长说，"这一带有一些小岛十分危险。我会尽量让船远离河岸。"

　　狒狒不喜欢水，凯姆劝了好久，好不容易才说服它走上一条在芦苇丛中开出的路。狒狒还是不安心，不停地东张西望。帕扎尔走在最前面，他迫不及待地想到山顶上的那几间小屋中。凯姆则一直在留意狒狒的反应：它力大无穷，向来什么都不怕，今天这么反常，应该是有原因的。

突然，狒狒发出一声尖叫，并推了帕扎尔一把，然后从泥泞的水中抓起一条小鳄鱼的尾巴。鳄鱼刚要张开嘴，就被狒狒向后拽开了。这种河岸居民口中的"大鱼"，经常会出其不意地咬死在岸边饮水的羊。

鳄鱼奋力挣扎着。可它太年幼了，体形也很小，根本抵挡不住狒狒在沼泽中的拉扯，最终被扔到了几米之外。

"你替我向杀手道谢。"帕扎尔向凯姆说，"我会考虑给它升职的。"

这个村子的村长坐在一把低低的椅子上，椅面有点儿斜，椅背浑圆。他一边舒舒服服地靠着椅背，在无花果树下乘凉，一边享用着丰盛的大餐，不但有鸡肉、洋葱，篮中还有一罐啤酒。

他请客人一起用餐。只见刚刚立了大功，不日便要"高升"的狒狒二话不说，抓起鸡腿便大口大口地嚼了起来。

"我想找一名退役军人，他退役后就回到这里了。"帕扎尔向这位村长重复了与之前相同的话。

没想到这位村长的回答竟然也是一样的："唉，帕扎尔法官，我们再见到他时，他已经变成木乃伊了。军方将他送了回来，并付了所有的丧葬费。我们的墓园虽然不大，但死者葬在这里来生还是很幸福的。"

"他们说死因了吗？"

"那些士兵什么都不说，可是我坚持要知道真相。他好像是死于意外。"

"什么样的意外？"

"这我就不知道了。"

回孟斐斯途中，帕扎尔掩饰不住心里的失望，卫兵长失踪了，他的两名属下死了，另外两个人恐怕也已经变成木乃伊了。

"你不打算继续找了吗？"凯姆问道。

"不，凯姆，我一定要把事情弄清楚。"

"能再回到底比斯倒也不错。"凯姆轻描淡写地说。

"你怎么想的?"

"我希望这些人都死了,让你找不出谜底,那才好呢。"

"你难道不想知道真相吗?"

"当真相太危险时,我宁愿不知道。我已经丢了一个鼻子,而现在你可能会丢掉性命。"

苏提天亮后回来时,帕扎尔已经开始工作了,勇士依然趴在他脚边。

"你没有睡觉吗?我也没睡。我需要休息一下,那个农场女主人真是要把我累死了,什么稀奇古怪的玩意她都想尝试,而且贪得无厌。喏,我买了几块刚出炉的烘饼。"

勇士吃完饭之后,这对好友才一起吃早餐。苏提累得几乎站不住了,他看出帕扎尔很痛苦,便问道:"你要不就是很累,要不就是有很大的困扰。是因为你暗恋的那个人吗?"

"我不能说。"

"调查不公开,难道对我也要保密?那事情一定很严重。"苏提意识到这件事并不简单。

"调查一直没有进展,可是我确定自己已经涉入了一起刑事案件中。"帕扎尔忍不住把事情透露给挚友。

"你是说杀人?"苏提认真地问道。

"很有可能。"

"你要小心,帕扎尔。埃及犯罪的人并不多。你会不会是在老虎口中拔牙?你可能惹上什么重量级的人物了。"

"当法官,这是难免的。"

"是首相的计谋吗?"苏提大胆地假设。

"要靠证据才能确定。"

"有可疑的人吗？"

"只有一点是确定的——有几名士兵也参与了这场阴谋。而这些士兵应该是听令于阿舍将军。"

苏提佩服地吹了一声长长的口哨："这可是只大老虎啊！是军事阴谋？"

"不排除这样的可能。"

"他们有什么企图？"

"不知道。"

"这件事就包在我身上了，帕扎尔！"苏提说得胸有成竹。

"什么意思？"

"我说过想从军，那不只是空谈。我很快就会成为一名优秀的士兵，然后是军官，甚至是将军！反正，我会成为英雄。然后我就能知道关于阿舍的一切了。如果他确实犯了罪，我一定会知道的，也一定会告诉你的。"

"这样做太冒险了。"

"不，这样才刺激！这正是我梦寐以求的机会啊！我们就一起拯救埃及吧，怎么样？如果真是军事阴谋，就表示有人想谋取政权。"

苏提的这番话倒是让帕扎尔谨慎起来："好庞大的计划啊！苏提！我还不确定情况是否真的有那么糟。"

"那可不一定。就让我按我想的做吧。"

这天上午，一名战车副官在两位弓箭手的陪同下出现在帕扎尔的办公室。这名副官外表粗犷但态度谨慎："你的手上还有一项调职正等着批准，上级派我来完成手续。"

"你说的该不会是那个卫兵长的案子吧？"

"正是。"副官答道。

"只要这个卫兵长没有亲自向我说明情况，我就不会盖章。"

"我现在就是来带你到他那里去，以便结案的。"

这时苏提仍在熟睡，凯姆正在外巡逻，书记官还没有到。帕扎尔驱走了心中的疑惧——毕竟，有什么组织敢谋害法官呢？即使军队也一样。于是他拍了拍眼神忧虑的勇士，安抚好它之后，便坐上了副官的马车。

马车快速穿过郊区，离开了孟斐斯，接着经由耕地旁的一条路驶入沙漠。沙漠中矗立着古王国时期的金字塔，一座座华丽壮观的墓室里，满是举世无双的壁画与雕塑。高耸于塞加拉的左塞尔金字塔是左塞尔与首相伊姆霍特普的杰作。巨大的石阶犹如天梯，让法老的灵魂升天，与太阳神结合，并再度重返人间。从外面人们只能看到这座巨大建筑的顶部，因为阶梯状的围墙将它团团围住，唯一的一道大门又时时有警卫守护，全然将之与俗世隔绝。每当法老的力量将要枯竭时，便会到金字塔偌大的内庭中举行再生仪式。

帕扎尔深深地吸了一口沙漠的空气，那空气充满生机却又无比干燥。他真心地热爱这一方红土——这片无垠的沙石之海被阳光炙烤，满目金黄；这一片充斥着祖先之声的沃土，寂寥而空旷。

马车飞驰片刻后，帕扎尔向军官问道："你要带我去哪里？"

"马上就到了。"

马车在一栋远离人烟的房子前停了下来，墙上只开了几扇很小的窗户，墙边则摆了几副石棺。风扬起阵阵狂沙。附近看不到一丛灌木、一朵花，远处只有一座座金字塔和坟墓。一座由石块垒起来的小山阻挡了帕扎尔的视线，他看不到棕榈树林与农田。这栋房子似乎坐落在死亡的边缘，位于寂寥的中心，已经被荒废了许久。

"就是这里。"副官拍了拍手宣布。

帕扎尔满心疑惑地下了车。这是个便于设置埋伏的好地方，而且现在没有人知道他在哪里。他忽然想到了奈菲莉。他还没有向她吐露内心的感情，如果就这么死了，那会是他一生最大的遗憾。

房子的大门嘎吱一声开了。门口站着一个瘦弱的男人，一动不动。他肤色惨白，双手长得惊人，脚也十分瘦长。他的长脸上一对黑色的浓眉极为抢眼，在鼻子上方连成了一条线，薄薄的嘴唇没有一丝血色。他裹着一件山羊皮围裙，上面沾着一些浅褐色的污渍。

他瞪大黑色的眼睛看着帕扎尔。帕扎尔从来没有见过这样的眼神：强烈、冰冷，如刀刃一般锐利。他也毫不示弱地看向对方。

"朱伊是军队里的木乃伊工匠。"副官解释道。

那个瘦弱的男人低下头。

"请跟我来，帕扎尔法官。"

朱伊侧身让开，以便让副官带法官进门。里面是对尸体进行防腐处理的工作室，石桌上放置着朱伊正在处理的一具尸体。铁钩、黑曜石刀和磨尖了的石块一一被挂在墙上，架子上有油罐、香料罐和装了天然苏打的袋子，这些都是制作木乃伊不可或缺的材料。依据法律，木乃伊工匠不得住在城市里，经受专业训练之后，这些人总是显得孤僻、安静，让人感到惧怕。

他们三人走下第一道楼梯，前往一个巨大的地窖。楼梯年久失修，走上去很滑。朱伊手中火把的光焰摇曳不定。地上躺着大小不一的木乃伊，看得帕扎尔心惊肉跳。

"我收到一份关于守护斯芬克斯像的卫兵长的报告。"副官向他解释，"当初送到你手中的那份公文有误，卫兵长其实已经在一次意外事件中身亡了。"

"是一次很可怕的意外。"帕扎尔接过话头。

"为什么这么说？"

"因为至少已经有三名退役军人因此丧命了。"

副官耸了耸肩说："这我可不知道。"

"现场情况如何？"

"没有人了解详情。有人在现场发现了卫兵长的尸体，然后便送到这里来了。可惜有个书记官弄错了，竟然把安葬遗体的公文写成了调职，这完全是行政工作上的过失。"

"遗体呢？"

"我带你过来就是看遗体的，以便让这件遗憾的事告一段落。"

"想必已经变成木乃伊了吧？"

"当然。"

"遗体被放进石棺了吗？"帕扎尔问道。

副官听到这个问题后似乎有点儿茫然，他看了看朱伊，只见朱伊摇了摇头。

"因此，并没有举行最后的下葬仪式了？"帕扎尔断言。

"是的，可是……"

"好吧，让我来看看这具木乃伊。"

于是，朱伊带着帕扎尔与副官走到了地窖的最深处。卫兵长的遗体就竖立在墙壁上的一个凹槽里，遗体上缠着细布条，上面还用红墨水写着号码。工匠把即将贴在这具木乃伊上的标签拿给副官。副官对帕扎尔说："现在你只要盖个章就行了。"

朱伊站在帕扎尔身后。

火光摇曳着，只听帕扎尔冷冷地说："这具木乃伊就继续放在这里。如果不见了，或是遭到破坏，我便唯你是问。"

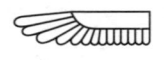

第 15 章

"你能不能告诉我奈菲莉的工作地点?"

"你好像有心事。"布拉尼尔看着帕扎尔忧心地说。

"这件事很重要。"帕扎尔看起来很认真:"我已经掌握了一项物证,但是我需要医生的协助才能取证。"

"昨晚我跟她见过面。她成功地抑制住了痢疾的流行,不到一星期就治愈了三十多名士兵。"

帕扎尔听完怒不可遏:"士兵?他们给她安排了什么任务啊?"

"内巴蒙故意刁难她。"

"我非打得他满地找牙不可。"

"这是法官的职责吗?"布拉尼尔调侃道。

"应该给这个恶人一点教训。"帕扎尔自知失言,却仍然义愤填膺地说。

"他只不过是在行使他的职权而已。"

"你明知事实并非如此。你说实话,这个无能的人这次又让奈菲莉接受什么新考验了?"

"他好像悔改了。奈菲莉现在是药师。"

塞赫美特女神庙附近的药剂实验室[①]里要处理数百种植物,以

[①] 神庙附近常有一些实验室负责试验与制造各种药剂。由于专业名词在翻译上存在困难,所以人们对这些研究不甚了解。

便为医生的处方配药。为了让药水保持新鲜，实验室每天都会将药水派送给城里与乡下的医生。奈菲莉负责监督配药的过程。与上一项工作相比，她算是降级了。据内巴蒙说，经历这个阶段是必要的，这样她能好好休息，然后重新照料病人。一向唯命是从的奈菲莉依然没有提出抗议。

到了中午，药剂师们一起离开实验室，到餐厅用餐。他们热切地讨论着，聊着自己发现的新处方，也感叹失败的实验。这时，两名专科医生正在和奈菲莉交谈，他们脸上满是笑意。帕扎尔知道他们一定是想追求她。

他的心跳得更快了，好不容易才鼓起勇气打断他们："奈菲莉……"

她停下脚步，问道："你来找我？"

帕扎尔为她感到不平，愤愤地说："你所遭受的不公待遇，布拉尼尔都跟我说了。真是令人愤慨。"

"医治病人就是我最大的快乐，其他的都不重要。"

见她如此心平气和，帕扎尔忽然不知道该说什么了，便直接提出请求："我需要你专业上的帮助。"

"你病了吗？"

"是一件棘手的案子，调查过程需要医生协助。要完成的是简单的鉴定工作，仅此而已。"

凯姆稳稳地驾着马车。他的狒狒蹲在车内不敢看路面。奈菲莉和帕扎尔肩并肩站着，将手腕用皮带固定在车身上，以免跌落。他们的身体偶尔会因为路面颠簸而互相轻轻触碰。奈菲莉似乎浑然不觉，帕扎尔内心倒是欣喜若狂。他暗自祈祷这段短暂的旅途永远没有尽头，并希望路况越来越糟。偶尔，他的右腿碰到了奈菲莉的小腿，但他并没有将腿缩回去。他原本担心这会招来斥责，结果奈菲莉并没有说什么。能与她靠得这么近，闻到她的香味，并且她可能也并不排斥这样的接触……这个梦真是太美好了。

木乃伊工作室前，有两名站岗的士兵。

"我是帕扎尔法官，让我们进去。"

"上级严令不许任何人进入。这个地方已经被军方征用了。"士兵答道。

"谁也不能与司法对抗。你们忘了我们是在埃及吗？"

"上级有令……"

"让开。"

此时狒狒站了出来，面露凶相。它挺直了身子，双眼圆瞪，弯起双臂，眼看就要冲上前去。凯姆也渐渐松开了链子。

两名士兵只好妥协。凯姆一脚踢开了大门。

朱伊正坐在制作木乃伊的桌子旁吃鱼干。

"给我们带路。"帕扎尔命令道。

凯姆和狒狒不放心，在幽暗的房间里四下搜寻，帕扎尔和奈菲莉则一起走下地道，朱伊手持火把在前面带路。

"这个地方真可怕！"奈菲莉小声说，"尤其是对我这种喜欢空气和阳光的人来说。"

"老实说，我也觉得这里让人很不舒服。"帕扎尔坦白道。

朱伊的步伐一如平常，丝毫不乱。

那具木乃伊没有被移走，帕扎尔仔细看了一下，发现没有被人动过。

"这就是你的患者了，奈菲莉。现在我要在你的监督下，为他'宽衣解带'。"

帕扎尔小心地解开细布条。首先映入眼帘的是尸体额头上一个眼睛形状的避邪物，接下来是脖子上一道深深的伤口，应该是箭伤。

"到这里就可以了。你认为死者多大了？"帕扎尔停下手问道。

"二十来岁。"奈菲莉作出了这样的估计。

孟莫斯一直在苦思如何改善孟斐斯的交通状况。现在交通问题已经使这里的生活质量日渐降低：有太多驴子、牛、马车、流动摊贩及闲逛的民众，巷道被堵得水泄不通。他每年都会拟定新法令，但是一条比一条糟糕，这些新法令根本没有被上报给首相。他不断许诺要加以改善，不过谁都不相信他会兑现诺言。他偶尔也会出动警力，解决问题，安抚人心。警方会暂时清出一条路来，不许人们停车，违规者将被处以罚款，可是几天过后，便故态复萌。

孟莫斯将所有的责任都推到下属身上，却又想尽办法不让他们解决问题。他置身于这团混乱之外，又不时派自己人混入其中宣扬自己的功绩，因此他的声誉一直居高不下。

此刻，下属向他通报帕扎尔已经在会客室等候，孟莫斯便走出办公室，打算和帕扎尔打个招呼。帕扎尔的礼貌周到，让孟莫斯产生了一些好感。

然而他看到帕扎尔面色凝重，显然不是要谈什么好事情。

"今天早上我很忙，但我还是愿意接见你。"

"我想你别无选择。"

"你好像心神不宁。"

"的确如此。"

孟莫斯挠了挠额头。他将帕扎尔带进办公室，随后遣退了他的私人秘书。他神情紧张地坐在一把华丽的椅子上，椅子脚以牛蹄装饰。帕扎尔则站在一旁。

"有什么事？说吧。"

于是帕扎尔说出了原委："一名战车副官带我去找朱伊，也就是军队正式聘用的木乃伊工匠。他让我看了我在找的那个人的木乃伊。"

"守护斯芬克斯像的卫兵长？这么说，他死了？"

"至少有人想让我这么认为。"

"你这话是什么意思？"孟莫斯感到不解。

"还没有人给他举行最后的葬礼，因此我在奈菲莉医生的监督下，解开了木乃伊上半身的布条。那具尸体是一个二十来岁的青年，大概是因中箭而死。不过，很明显，他并不是那名退役军人。"

警察局长听了这些话显得异常震惊："这太不可思议了。"

但帕扎尔不为所动："而且有两名士兵想阻止我进入工作室。我出来的时候，他们却又不见了。"

"那名战车副官叫什么名字？"

"我不知道。"

"这是严重的过失。"

"你不觉得他在说谎吗？"

孟莫斯勉强点点头，又问："尸体呢？"

"还在朱伊那里，他正守着呢。我已经写了一份完整的报告，其中还包括医生奈菲莉、木乃伊工匠朱伊和我手下的警员凯姆的证词。"

孟莫斯听到凯姆的名字时，皱起眉头问："你对凯姆满意吗？"

"他很尽责。"

"他的过去对他不利。"

"他帮我办事很有效率。"

"你要提防他。"

"我们还是谈谈这具木乃伊，好吗？"

这个警界的一把手对自己失去了谈话的主导权有些许不满，此时只好说道："我会派人去把尸体运回来，我们一定要查明他的身份。"

"还要查出他的死因是否与军方有关，是否涉及谋杀。"

如此严重的指控让孟莫斯大惊失色："谋杀？你开什么玩笑？"

"我也会继续调查的。"

"往哪个方向调查？"

"调查不能公开。"

"怎么？你对我有戒心？"局长很不满意他的态度。

"这个问题问得不妥。"

"这件事实在太复杂了，我跟你一样毫无头绪。因此我们更应该紧密合作，不是吗？"

"我觉得司法独立可能更好一点。"

孟莫斯的怒气撼动了整个警察局。当天有五十名高层官员受到惩处，并被削减了诸多福利。这是他主掌警界大权以来，第一次失去体面。这对他的权力难道不是一种威胁吗？他绝不会束手就擒。

军方似乎是所有阴谋的幕后主使，他们如此行事的原因却令人费解。但凡涉及军方，事情便会危机重重，孟莫斯不会冒这个险。再说，倘若最近因晋升而一步登天的阿舍将军真的有什么企图，那他这个警察局长也是一筹莫展。

不过，倘若放手让那个小法官去调查，也有很多好处。因为他只能靠他自己，而且他年轻气盛，根本不懂得提防人心，他很可能会误闯禁区，触犯他所不知道的禁忌。而孟莫斯只要跟着他走，就能够暗中得知调查的结果。那就暂时与他达成另一种形式的联盟吧，直到不再需要他。

但问题是，这件事背后的主使为什么要演这出戏呢？他们显然低估了帕扎尔，以为逼仄的木乃伊工作室中那令人窒息的环境与死亡的压迫感，会让他望而却步，并远离木乃伊，进而让他就此死心，不再追究，现在结果却恰好相反。帕扎尔对案情的兴趣不仅没有消减，反而更浓厚了。

孟莫斯试着安慰自己：一个小小的曾担任荣誉性职务的退役军人失踪了，总不至于会对国家造成威胁吧！也许这只是一个小士兵犯下的凶杀案，阿舍或其同党等高层将领想袒护他罢了。往这个方向调查，绝对错不了。

第 16 章

春天的第一天是埃及人祭拜亡灵与祖先的日子。这里的冬天并不冷,入春后,一阵阵风从沙漠吹来,夜晚突然变得凉爽起来。在所有的大墓地中,逝者的家人都会在逝者的礼拜堂中插上鲜花,以表达对逝者的追思。其实生与死并没有明晰的界限,因此活在世间的人也能和逝者共同参加宴会,宴会中的灯火便是亡灵的化身。灯火照亮了夜空,庆祝阴阳两界的人得以重逢。奥赛里斯神的圣城阿比多斯[①]中,正在举行神秘的复活仪式,祭司们会将一些小船放在墓室的上层,让亡灵乘船前往天堂。

法老在孟斐斯的各大神庙点燃供桌前的灯之后,便会前往吉萨。和往年一样,拉美西斯大帝在这一天独自进入大金字塔,在基奥普斯的棺木前静思冥想。在偌大的金字塔内,法老会获得他所需要的力量,统一埃及,使之更为繁荣。他将注视着这个帝国的创建者的金面具,以及给他启迪的金腕尺。再生仪式举行之际,待时机成熟,他将手捧众神的遗嘱,将它公之于众。

拉美西斯大帝走过基奥普斯墓室外墙的大门,一支精锐队伍守护着那里。法老身裹一块简单的白色缠腰布,戴着一串沉重的金项链。卫兵向他俯身鞠躬,然后拔出了门闩。拉美西斯大帝走到花岗岩制的石槛边,然后沿由石灰岩板铺就的斜坡往上爬。不一会儿,

---

[①] 位于埃及中部,现在在那里人们仍能看到一座令人赞叹不已的奥赛里斯神庙。

他便到达大金字塔的入口,入口的机关只有他一人知晓,而他也会将这个秘密传给他的继承人。

法老每年都会来这里与基奥普斯会晤,这会带给他越来越深的感受和体悟。治理埃及的工作虽然令人振奋,却也令人疲惫,法老全凭这些仪式获得他所需的能量。

拉美西斯大帝慢慢地爬上了大甬道,进入放置石棺的墓室,浑然不知埃及的这个能源中心已经变成了什么都运生不出来的地狱。

这一天,码头边洋溢着节日的喜气。船上装饰着花朵,啤酒源源不断,船员和一些热情大胆的女孩跳着舞,乐师则四处游走,为群众欢奏起轻快的音乐。帕扎尔和勇士走了一会儿,刚想离开热闹的人群,忽然听到一个熟悉的声音在叫他:"帕扎尔法官!你要走了?"

德内斯那张满脸胡须的方脸从人群中冒了出来。他推开身边的人,朝帕扎尔走了过去。

"多么美好的一天啊!大家玩得这么高兴,把忧愁都抛到了一边。"德内斯笑脸盈盈地向帕扎尔说道。

"我不喜欢热闹。"

"你这个年纪不应该这么严肃。"

"本性难改。"

"慢慢会改过来的。"

"你好像很快乐。"

"因为一切都很顺利,我的货期都没有耽误,手底下的人也很听话地努力干活,我还有什么好抱怨的?"

"你好像不记我的仇了?"

"你只是在做你该做的事,我怎么能怪你呢?而且我还有个好消息。"

第 16 章　123

"什么好消息？"帕扎尔问道。

"由于这次的庆典，王宫赦免了一些轻刑犯。这是孟斐斯的古老传统，多少有点儿被人遗忘了。我有幸也在这个赦免名单之中。"

帕扎尔气得脸都白了，但他还是忍住怒气说："你是怎么办到的？"

"我说过了，是节庆——都是因为节庆。你的起诉文件中，并没有注明我的案子不适用于赦免令。你没什么好不服气的——最后的结果是你赢了，我也没有输。"

德内斯滔滔不绝，似乎希望所有人都能感受到他愉快的心情。

"我不是你的敌人，帕扎尔法官。生意场上嘛，难免会养成些坏习惯。我和妻子都认为你给我们一个教训是对的，我们会谨记在心。"

"你是真心的吗？"

"是的。抱歉，他们还在等我呢。"

帕扎尔过于急躁，为了主持正义，竟忽略了赦免令。他正在暗自懊恼，突然被一列阅兵队伍挡住了去路，前面那个得意扬扬的领队正是阿舍将军。

"帕扎尔法官，我之所以请你来，是因为我有新的调查结果要告诉你。"

孟莫斯自信十足地说："那具木乃伊是一名年轻的新兵，在一次战争中丧生。他被箭射中后，当场毙命。由于他和那个卫兵长的名字十分相似，因此文件才会被搞错。负责此事的书记官辩称自己无罪。事实上，根本没有人想误导你。我们以为的阴谋，只是行政工作上的过失。你还有疑问？那你就错了。我已经证实了每个细节。"

"我相信你说的话。"

"那就好。"孟莫斯得意扬扬地说道。

"可是我仍然没有得知卫兵的下落。"

"这一点的确很奇怪。他会不会为了逃避军方的检查而躲起来?"

"他手下的两名退役军人都死于'意外'。"

帕扎尔特别强调了这个词。孟莫斯不解地挠了挠头。

"有什么可疑的地方?"

"军方应该有记录,应该也会告诉你。"

"绝对不会,这种事与我无关。"

帕扎尔打算驳斥得他无言以对。据凯姆说,他很可能策划了这场阴谋,旨在彻底排除异己,消灭那些对他的做法不满的行政人员。

"我们是不是把事情想的太严重了?不过是接连几宗不幸的事件而已。"

"两名退役军人和卫兵长的妻子都死了,卫兵长本人则下落不明,这都是事实。难道你不能要求军方上层让你看看他们的意外报告吗?"

孟莫斯盯着笔尖说道:"这样做恐怕不妥。军方一向不喜欢警察,而且……"

"那就让我自己处理吧。"

两人道别时,都冷冷地向对方行了个礼。

"阿舍将军刚刚出使外国去了。"军队的书记官对帕扎尔法官说。

"他什么时候回来?"

"这是军事机密。"

"我想看看最近发生在斯芬克斯像附近的一起意外的报告,既然将军不在,我应该向谁请示?"

"我应该能帮得上忙。哎呀,我差点儿忘了!阿舍将军交代了,要我赶快把一份文件送到你那儿。既然你来了,我就亲手交给你吧。你签一下。"

帕扎尔解开了绑着那份卷宗的细亚麻绳。文件说明了负责守护斯芬克斯像的卫兵长与其四名下属在一次例行检查中丧命的不幸经过。当时，这五名卫兵爬上了巨像的头部，检查石块是否坚固、是否有因风沙而损毁的情况，不料其中一人脚一滑，便拖着其他同伴一起掉了下去，无人生还。几名退役军人都已被送回老家安葬，其中两名军人家在三角洲，另外两名家在南部。至于卫兵长，由于他担任的是一项受人景仰的荣誉性职务，因此他的遗体被暂置于军中的一座礼拜堂，即日起将进行长时间的精细处理，以制成木乃伊。待阿舍将军自亚洲回国，将亲自主持他的葬礼。

帕扎尔在登记簿上写下自己的名字，证明签收完毕。

"还要办理其他手续吗？"书记官问道。

"没有了。"

帕扎尔十分后悔接受了苏提的邀请。苏提说，在入伍前，他想到孟斐斯最著名的啤酒店好好庆祝一下。帕扎尔不断地想着奈菲莉，想着那张如太阳一般照亮他梦境的脸。啤酒店里挤满了寻欢作乐的人，在一片喧嚣中，帕扎尔显得失神落寞，他对赤身裸体的舞者、身材曼妙的努比亚女孩都没什么兴趣。

啤酒店的客人们坐在柔软的垫子上，面前摆着一坛坛葡萄酒和啤酒。

"年幼的女孩不能碰，"苏提神采飞扬地向好友解释道，"她们在这里只是为了让顾客兴奋起来。放心，帕扎尔，老板会提供上等的避孕药，那种药是将金合欢的刺磨碎后加入蜂蜜和枣制成的。"

金合欢的刺含有乳酸，因此可以破坏精子。年轻人从有第一次性爱经验开始，便会使用这种药尽情享受鱼水之欢。

此时，约有十五名女子蒙着轻薄透明的亚麻面纱，从环绕着中央大厅的小房间内走了出来。她们个个浓妆艳抹，特意画了粗粗的眼线，将嘴唇涂成朱红色，散落的头发上别着莲花，手腕与脚踝上都戴着沉重的佩环。她们朝围坐在一旁的客人走去，然后与客人两两成对地走进了那些被帘子隔出来的小房间里。

帕扎尔拒绝了两名姿色动人的舞女的邀请，仍然端坐在大厅，苏提不愿丢下他，便留下来陪他。

这时，走过来一个三十岁左右的女人，她身上只系了一条由贝壳与彩色珍珠制成的腰带。在这对好友举杯畅饮时，那名女子一边跳着慢舞一边弹着希腊竖琴为他们助兴。看得入了迷的苏提注意到她身上有几处文身：左腿靠近会阴的地方有一朵百合花，还有一个贝斯神，用以预防性病。这个女子就是啤酒店的老板娘莎芭布。她戴着厚重的假发，发色很淡，看起来比啤酒店里最美的女孩还要诱人。莎芭布屈起光滑的长腿，摆出几个挑逗的舞姿，接着脚尖连续点地，竖琴的旋律和节奏却丝毫不乱。她身影所到之处，都散发着劳丹脂①的迷人香味。

当她走近这两个男人时，苏提掩饰不住内心的兴奋。

"我喜欢你。"她对他说，"我想你也喜欢我。"

"我不能丢下我的朋友。"

"别烦他了。你看不出他坠入情网了吗？他的魂根本不在这里。你跟我来。"

莎芭布把苏提拉进店里最大的房间，让他坐在一张放满了彩色靠垫的矮床上，然后蹲下身去开始吻他。苏提想抱住她的肩，却被她轻轻推开了。

"我们有一整晚的时间呢，别急。你要懂得抑制自己的欲望，让这股欲望在腰际慢慢扩张，好好享受浑身热血沸腾的感觉。"

莎芭布解下贝壳腰带趴了下去，说道："帮我按摩一下。"

---

① 用一种植物萃取出来的香料。

苏提顺从地和她嬉闹了片刻。看着眼前这具如此美丽、保养得如此用心的胴体，触摸着如此芳香的肌肤，他再也按捺不住了。莎芭布见他欲火焚身，便不再坚持。他热烈地吻遍她的全身，激情难抑。

"你让我享受到了快感。你跟大部分客人都不一样，他们喝得太多了。"

"如果不赞美你的魅力，可真是对不起良心。"

苏提抚摸着她，并细心地关注着她的反应。多亏了他那技巧纯熟的双手，莎芭布重新找回了遗忘的感觉。

"你是书记官吗？"

"我马上要去当兵了。我想在成为英雄之前，体验一下最温柔的感觉。"

"这么说来，我得拼尽全力了。"

莎芭布微伸舌尖，轻轻舔触，重新燃起了苏提的欲望。他们紧紧缠绕着对方，又欢爱了一次。云雨过后，两人深情地对望着，不停地喘息。

"你真是把我迷住了，小公羊，因为你喜欢做爱。"

"还有比这更美的幻梦吗？"

"你可是一个实实在在的人啊。"

"你为什么来当啤酒店的老板娘？"苏提好奇地问道。

"我厌倦了那些假惺惺的贵族和伪君子。其实，欲望之下，他们和你我根本没有差别。你不知道……"

"说来听听。"

"你想刺探我的秘密？"

"不可以吗？"

莎芭布虽然经验丰富，也经历过各种或美或丑的男人，却难以抗拒这个新情人的爱抚。他唤醒了她复仇的念头——她要报复这个使她经常遭受羞辱的尘世。

"你成了英雄后,会不会以我为耻?"

"怎么会呢?我相信你一定有过很多有名的客人。"

"没错。"

"那一定很有趣……"

她用小指封住了苏提的嘴。

"只有我的日记知道一切。我能够过得如此平静,全是日记的功劳。"

"你把客人的名字都写下来了?"

"包括他们的名字、他们的习惯、他们心底的秘密。"

"那的确是无价之宝!"

"只要他们不惹我,我就不会动用它。等我老了,再拿出来好好回忆一番。"

苏提躺到她身上:"我还是很好奇你记录的那些秘密。只要说出一个人的就好。"

"不行。"

"说给我听吧,只说给我一个人听。"

苏提边说边俯下身吻她,她打了个冷战,想要抗拒。

"只说一个人的就好。"

"我告诉你——有一个人,他是人人称赞的君子。可等我说出他的恶行,他就完了。"

"他叫什么名字?"

"帕扎尔。"

苏提立即推开了情妇丰满的身子,质问道:"是不是有人指使你做些什么?"

"有人要我散布谣言。"

"你认识自己说的这个人吗?"

"我从来没见过他。"莎芭布摇头说道。

"你错了。"

"你怎么……"

"帕扎尔是我最好的朋友。今晚他也在这里,可是他心里只惦念着他心爱的女人和他所捍卫的正义。是谁让你诽谤他的?"

莎芭布没有回答。

苏提又说:"帕扎尔是个法官——最正直的法官。不要恶意中伤他。反正你手中握有很多把柄,所以不必担心。"

"我不能向你保证我能做到。"

第 17 章

　　帕扎尔和苏提并肩坐在尼罗河畔,迎接新一天的诞生。经过一晚的夜游之后,太阳战胜了黑暗与企图摧毁它的邪恶之蛇,重新跃出沙漠,映红了河水,鱼群也欢快地跳出水面。

　　面对一片欢愉与朝气,苏提突然问道:"帕扎尔,你是个正经的法官吗?"

　　"你对我有什么不满吗?"帕扎尔反问他。

　　"如果法官总喜欢做些不正经的事,可能头脑就不会太清楚了。"

　　"啤酒店是你拉我去的。而且,在你玩乐时,我满脑子都在想公事。"

　　"你是在想你的心上人吧?"

　　此时河面闪闪发光,破晓时的血红已渐渐淡去,只余下清晨的一片金黄。

　　"像这种充满危险与神秘色彩的欢场,你来过几次?"

　　"你喝醉了,苏提。"

　　"这么说你从来没见过莎芭布?"

　　"没见过。"

　　"可是只要有人感兴趣,她就打算告诉对方,你也是她众多恩客中的一个。"

　　帕扎尔脸都白了。此时他想到的不是自己的声誉将一败涂地,而是奈菲莉听说后会如何看待他。

他愤然道:"有人收买了她!"

"没错。"苏提点头说。

"会是谁呢?"

"我们尽情缠绵之后,她就爱上我了,所以才愿意跟我说这场阴谋,但是她没有说主谋是谁。不过我觉得并不难猜,这根本就是警察局长孟莫斯的老把戏!"苏提十分确定地说,语气带着点儿调侃。

"我会否认的。"

"否认没有用。我已经说服她什么都别说了。"

虽然好友有这样的自信,但是帕扎尔对人性却没有那么大的把握:"别做梦了,苏提!只要有机会,她就会背叛我们的。"

"我可不这么想。这个女孩还算有点儿道德和良知。"

"对不起,我不得不怀疑她。"

"在某些情形下,女人是不会撒谎的。"

"我还是想跟她谈谈。"

快到中午时,帕扎尔法官在凯姆和狒狒的陪同下来到了啤酒店门口。一个努比亚女孩被吓坏了,慌慌张张地躲到了椅垫下,另外一个女孩没那么害怕,便出来见法官。

"我要找你们的女主人。"帕扎尔对她说。

"我只是在店里工作,而且……"

帕扎尔见她支支吾吾,似乎想隐瞒什么,便直接拿法律压她:"莎芭布女士呢?做伪证是要坐牢的。"

"我如果向你坦白,她会打我的。"

"如果你不说,我就依法控告你。"

"我又没做什么坏事。"女孩一脸无辜地说道。

"你只是还没有被告发而已,快说实话。"

女孩在法官的胁迫之下,不得不从实招来:"她去底比斯了。"

"你知道具体的地址吗？"

"不知道。"

"她什么时候回来？"

"也不知道。"

看来，啤酒店的女主人决定一走了之，躲得远远的。

此后，帕扎尔更要步步为营，否则随时会有危险。躲在暗处的敌人，已经开始实施对他不利的行动。某个人——应该是孟莫斯——收买了莎芭布，试图散布谣言毁谤他。莎芭布若是屈从于高层人士的威胁，便会立即开始造谣中伤他。如今，帕扎尔暂时没有受到威胁，完全要归功于苏提的魅力。

帕扎尔心想，看来偶尔的荒唐其实也不是那么罪不可赦。

几经思量，警察局长终于作出了一个可能导致严重后果的决定：他要求私下面见首相巴吉。他无法抑制紧张的情绪，不断对着铜镜反复练习，以便找到最合适的表情。每个人都知道首相巴吉决不妥协，孟莫斯自然也不例外。巴吉一向不愿浪费时间，因此十分吝于言辞。他要求一切控诉都要有真凭实据，否则决不受理。因此那些纠缠不清、捏造事实、恶意中伤他人的人，都会为自己的行为付出惨痛的代价。面对首相时，你所说的每个字及一举一动，都要非常谨慎。

孟莫斯在快中午的时候前往王宫。早上七点，巴吉与法老交谈，然后给各个部门的负责人下指令，并审查来自各省的报告。接下来是他每天的开庭时间，专门处理其他法庭无法解决的各种案件。在吃午餐之前，如果有人要汇报紧急情况，首相也会另行接见。

巴吉在办公室接见了警察局长。办公室中的陈设简单且朴实，完全无法与他所处的高位联系起来：里面有一把椅子、一张草席、几个置物箱和装满莎草纸的竹篓。假如不是巴吉穿着一件又厚又长、只露出双肩的袍子，可能会让人误以为他只是个小小的书记官。他的脖子上挂着一条有心形铜坠的项链，表示他有取之不竭的精力，可以听取来者申诉陈情。

首相巴吉今年六十岁，他身材高大，背有点驼，长长的脸上长着一个又高又尖的鼻子，头发卷曲，有一双蓝色的眼睛，但身体十分僵硬。他从来不运动，皮肤很怕晒。他的手指修长而优雅，颇具绘画天赋。他以前当过手工匠，之后做了一名教授书写的老师，再后来成了一个几何专家。这个头衔更是证实了他个性里的一丝不苟。他受到重用，先后被任命为几何局长、省级大法官、门殿长老，最后当上了首相。有不少大臣想抓他的小辫子，但都只是白费心思。让人敬畏的巴吉，可以说是继伊姆霍特普之后让埃及得以繁荣壮大的伟大首相之一。虽然他的严刑重罚偶尔会引发民怨，可是他的判决在法律上总是能站得住脚。

到目前为止，孟莫斯一直在遵循首相的命令办事，讨他的欢心。因此这一次的会见着实让他坐立不安。

首相满脸倦容，看起来似乎在打盹："孟莫斯，有话快说吧，简略一点。"

"事情没有这么简单……"孟莫斯不知从何简略谈起。

"长话短说。"首相还是惜字如金。

"是这样的，有几名退役军人从大金字塔上意外跌落后丧生了。"

"调查了吗？"

"军方调查过了。"

"有异常迹象？"

"好像没有，我没有调阅正式公文，但是……"

"但是你从其他渠道得知了公文内容。孟莫斯，这样不合乎规定。"

这项指控让警察局长有些担心，他不由得辩解道："这是我长久以来的习惯。"

"一定要改过来。如果没什么不对劲,你为什么要来见我?"

"因为帕扎尔法官。"

"他渎职了吗?"首相一针见血地问。

面对首相犀利的提问,孟莫斯的鼻音变得更重了:"我不是要指控他,只不过他的行为令人担忧。"

"他不守法吗?"

"他坚信那个卫兵长的失踪有不寻常的原因。"

"他有证据吗?"

"完全没有。我觉得这名年轻法官是在哗众取宠,想以此提高自己的知名度。我对他的这种用心感到遗憾。"

"你这样说我觉得很欣慰,孟莫斯。"首相以这样一句话嘉勉他之后,话锋一转,又问道,"你对这起意外事故有什么看法?"

他不以为然地回应道:"我的看法无关紧要。"

"不,我想知道你是如何想的。"

如今这个陷阱逼得他进退两难了。孟莫斯实在不敢作出选择,他担心一旦表明了自己的立场,就会受到苛责。

首相睁开了湛蓝的双眸,眼神中隐约透着冷冷的锋芒,仿佛可以穿透人心。孟莫斯避开了他的凝视,含糊其词地说:"这些不幸之人的死很可能并没有可疑之处,但我不知道文件的详细内容,所以也没有确切的想法。"

"如果连警察局长都不能确定事情的真相,那法官为什么不能抱怀疑态度呢?他的首要工作便是不接受现成的事实。"

"您说的对。"孟莫斯嗫嚅道。

"孟斐斯不会任命一个无能的法官,所以帕扎尔一定有出色的地方。"

听首相这样称赞帕扎尔,孟莫斯还是不死心:"这个年轻人刚开始适应大城市的新环境,在事业上有野心,又突然掌握了这么大的权力,他所背负的责任会不会太重了?"

"这些我们以后就知道了。"首相说道,"若真是如此,我会免去他的职位。不过这段时间内,就让他继续查吧,也希望你能够给予他足够的支持。"

巴吉说完,头往后一仰,又闭上了眼睛。

孟莫斯心想,他一定在透过阖着的眼睑观察自己呢,于是便起身鞠躬,然后离开,一肚子的怒气只能留给他的下人了。

矮壮结实、皮肤被太阳晒得黝黑的卡尼,天亮后便来到了帕扎尔法官的办公室。他在紧闭的大门前,靠着北风坐下来。驴子,一直是卡尼梦寐以求的。有了驴子,就有了帮他背负重物的帮手,他也不必一次又一次地挑着那么重的水罐,到菜园子里浇水了。北风竖着大大的耳朵听着,他便滔滔不绝地对驴子说自己一成不变的日常生活,说自己对土地的热爱,说自己是如何细心地挖凿灌溉渠,说自己看到作物收获时的欣喜。

他的这番倾诉被帕扎尔的脚步声打断了。帕扎尔有点儿惊讶:"卡尼,你来见我吗?"

只见这名菜农用力地点点头。

"进来吧。"

卡尼迟疑了一下。法官的办公室和大城市一样,都让他害怕。一离开乡下,他就感觉浑身不自在。这里有太多噪声、太多令人作呕的气味、太多视野中的阻碍。要不是事关他的未来,他绝不会踏入孟斐斯的街道一步。

"我迷路了近十次才找到这里呢。"他对法官说。

"卡达什又找你的麻烦了?"帕扎尔直截了当地问。

"是的。"

"这次是因为什么事?"

"我要离开菜园,他不答应。"

"你要走?"

"今年我菜园里的收成比往年多了三倍,所以我可以为自己工作了。"

"这是合法的。"帕扎尔赞许地点点头。

"可是卡达什不承认。"卡尼显得十分委屈。

"把你那个小菜园的具体情况跟我说说。"

御医总管内巴蒙在豪宅外绿叶成荫的庭院里接见了奈菲莉。他坐在一棵开满花的刺槐树下,喝着淡而清凉的玫瑰红酒。身后有一名仆人给他扇风。

"美丽的奈菲莉,真高兴见到你!"

奈菲莉的穿着正规保守,并戴了一顶旧式短假发。

"你今天真严肃。这件衣服过时了吧?"

奈菲莉不理会他的寒暄,依然严肃地问道:"你打断了我的工作,把我叫过来有什么事?"

内巴蒙让仆人暂时退下。他对自己的魅力自信满满,并确信庭院的美好会让奈菲莉动心,因此决定再给她最后一次机会。

"你不太喜欢我?"

"你还没有回答我的问题。"奈菲莉依旧面不改色。

"好好把握这美好的一天,品尝美酒,享受我们身处的这个天堂吧。你美丽又聪明,比任何有名气的执业医生都有天分,但是你没有钱,也缺乏经验,如果我不帮你,你便会在小村子里默默度过一生。也许一开始道德和勇气能让你通过艰难的考验,可是等年纪大了,你一定会对所谓清高感到后悔。事业不能以理想为基础,奈菲莉。"

奈菲莉抱起双臂盯着水池,莲叶间有几只戏水的鸭子。

内巴蒙继续说："你将来会喜欢我的，我有我做事的方法。"

"你的野心与我无关。"奈菲莉冷冷地说。

"你有资格当御医总管妻子。"

"你错了。"奈菲莉仍旧毫不领情。

"我了解女人。"

"你确定吗？"

内巴蒙微笑的脸僵住了："你是不是忘了你的未来全掌握在我的手上？"

"你错了，我的未来掌握在众神的手上，不是你。"

内巴蒙站了起来，一脸严肃地说道："我要你放弃众神，来服侍我。"

奈菲莉断然拒绝："不可能。"

"这是我给你的最后一次警告。"

"我可以回实验室了吗？"

看到奈菲莉根本不为所动，内巴蒙使出了撒手锏："从我刚刚收到的报告来看，你的药学常识极为匮乏。"

奈菲莉并没有慌张和失态，她放下双臂，定定地看着这个苛责她的人："你明知道这不是事实。"

"报告上写得很清楚。"

"是谁写的？"奈菲莉不服气地问道。

"是几个热爱工作的药剂师，他们小心谨慎，因此很快就能获得晋升。假如你配不出复杂的药方，我就不能让你成为精英团队的一员。我想你应该知道这意味着什么吧——你根本不可能有晋升的机会。你将停留在原位，不能使用实验室里最好的药材，因为这些药材由我把控，我会限制你的使用权。"

"你这样做，受害的是病患。"

"你得把病患交给比你更有能力的医生。当你无法忍受自己地位的卑微时，自然会拜服在我的脚下。"内巴蒙得意洋洋地说。

德内斯的轿子来到卡达什别墅的门口时，帕扎尔法官正好也要请门房通报。

"你的牙也痛吗？"德内斯问道。

"我来是有法律上的问题。"

"算你运气好！我的牙根暴露，难受极了。"德内斯抱怨了自己的病痛之后，不忘关心地问道："卡达什有什么麻烦吗？"

"只是一点儿小事。"

双手通红的牙医冲这两位上门的病人打了个招呼，问道："你们哪一位先来看病？"

"德内斯是来看病的，至于我，则想跟你谈谈卡尼的事。"帕扎尔说。

"你是说我的园丁？"

"现在他已经不是你的园丁了。他有权自立门户。"

"胡说八道！他是我雇的人！永远都是！"卡达什斥道。

"请你在这份文件上盖个章。"

"我不盖。"卡达什声音颤抖着拒绝了。

"那我只好采取诉讼手段了。"

德内斯见形势不对，赶紧出来打圆场："你们都先冷静一点！卡达什，就让那个园丁走吧，我再帮你找一个。"

"这是原则问题。"卡达什反驳道。

"圆满的安排总比打不赢的官司好！忘了那个卡尼吧。"

虽然满心不情愿，卡达什还是听从了德内斯的建议。

雷托波利斯是位于尼罗河三角洲的一个小城，它四周全是麦田。这里的祭司院专门研究荷鲁斯的传说，荷鲁斯以猎鹰为化身，展开后的双翅广袤如宇宙。

奈菲莉请求见院长,他是布拉尼尔的朋友,对奈菲莉被医生委员会开除的事十分清楚。

院长让奈菲莉进入一间供奉阿努比斯神像的礼拜堂。这位狼头人身的神祇,不只向人们传授了木乃伊防腐的秘密,还负责为正直之士的灵魂开启另一个世界的大门。他能将已全无生气的肉体转变为光明体。

奈菲莉绕过神像,在神像背后的柱子上发现了一串长长的象形文字,是一篇探讨治疗传染病与净化淋巴的专业医学文章。奈菲莉将文章的内容铭记在心。布拉尼尔已经决定,将内巴蒙从来没有接触过的一项医疗技术传授给她。

这真是累人的一天。帕扎尔在布拉尼尔家的阳台上踱步,细细品味着夜的宁静。整天蹲守在办公室中的勇士,现在总算也能好好休息一下了。即将湮灭的天光划过苍穹,一直奔向天的尽头。

"你的调查有进展吗?"布拉尼尔问道。

"军方打算把事情压下来,而且有人正在策划一场对我不利的阴谋。"

"是谁唆使的?"

"我怀疑是阿舍将军。"

"不要有先入为主的想法。"布拉尼尔温言劝道。

"我要审查一大堆公文,简直动弹不得。这大概是孟莫斯在搞鬼。我本来要出远门,现在只得取消了。"帕扎尔的声音中透着疲惫与无奈。

"这个警察局长是个可怕的人物,为了爬上这个位子,他已经毁了不少人。"布拉尼尔看着自己的爱徒。

"不过,我至少让一个人很快乐——卡尼!现在他是个自由的人,已经离开孟斐斯到南部去了。"

"他是我的药草供应人之一,虽然不太好相处,但他热爱自己的工作。卡达什对你的介入一定很不高兴。"

"他听了德内斯的建议,服从了法律。"

"他不得不慎重。"

"德内斯说他学乖了。"

"他毕竟是个商人。"

不过帕扎尔心里还是有些疑惑,觉得事情似乎太简单了点,便问老师:"你相信他是诚心改过吗?"

"大多数人的行为都是为了自己的利益着想。"

"你最近见过奈菲莉吗?"帕扎尔终于问出了自己一心惦念的问题。

"内巴蒙不死心,竟然向她求婚了。"

帕扎尔脸色立刻变得苍白。勇士感觉主人不对劲,便抬起头来看着他。

"她……答应了吗?"帕扎尔声音颤抖着问道。

"奈菲莉虽然外表温顺,但是她不愿意做的事,谁也不能强迫她。"

帕扎尔没有听到老师具体的答案,便又追问了一句:"她拒绝了吧?"

布拉尼尔微笑着说:"当然,你能想象出内巴蒙和奈菲莉站在一起的画面吗?"

帕扎尔这才松了一口气。勇士看到主人没事,又趴下去睡了。

"内巴蒙想尽办法逼她就范。"布拉尼尔又说,"他根据一份伪造的报告,以能力不足为由,将奈菲莉逐出了医生委员会。"

帕扎尔气愤地握紧了拳头:"我会调查这些做伪证的人。"

"没用的。许多医生和药剂师都是内巴蒙的手下,他们一定不会改口的。"

"奈菲莉一定很失望……"

"她已经决定离开孟斐斯,搬到底比斯附近的一个村子里去了。"布拉尼尔说出了奈菲莉的下落。

第 18 章

"我们要去底比斯了。"帕扎尔对北风说。

驴子听到这个消息很高兴,书记官看到他们的行李时,却忧心忡忡地问:"你要离开很久吗?"

"不知道。"

"必要的时候,我怎么联系你?"

"先把文件放着,等我回来再说吧。"

"可是……"

亚洛始终觉得不妥,但帕扎尔只是劝他说:"准时回家吧,别老是让你女儿等那么久。"

凯姆住在军械库附近一栋三层的建筑里,里面大概有十来套公寓。帕扎尔特地挑了他休假的时间,希望能在这里找到他。

来开门的是眼神呆滞的狒狒。

客厅里放满了刀子、长枪和投弹器。凯姆正在修理一把弓。看到帕扎尔,他极为诧异。

"你怎么来了?"

"你的行李准备好了吗?"帕扎尔反问道。

"不是取消行程了吗?"

"我改变心意了。"

"悉听尊便。"他还是只有这句老话。

投弹器、长枪、匕首、棍子、短棍、斧头、方形木盾……苏提在三天里，把这些武器耍弄得灵活自如。他看起来成熟自信，完全没有新兵的生涩，这让那几个负责收编新兵入伍的军官对他另眼相看。

训练期结束时，报名入伍的人全都集合在孟斐斯主营区的大中庭。马厩中的马颇有兴致地看着这群新兵。庭院中央有一个巨大的蓄水池。

苏提参观过马厩，里面的地面上铺了卵石，还有一道道排放污水的水沟。骑兵与战车士兵都在这里照料他们的爱马。这些马吃得好，也很干净，并受到了悉心照顾，享受着最好的待遇。此外，建在一长排树荫下的营房，也给苏提留下了不错的印象。

可他还是非常讨厌纪律。三天以来，上级的命令和小兵的叫嚣，已经让他对眼下这穿着制服的冒险生活感到厌倦。

新兵入伍的仪式要遵循明确的规定：一名士兵会向这些有意入伍的人宣扬加入军队的种种好处，以说服他们入伍，主要的好处包括安全、受人敬重、退役后福利优厚等。旗手会高举几个军团的旗帜，它们是为阿蒙神、拉神、普塔神与赛特神效命的。还有一名宫廷书记官负责登记入伍新兵的名字。他身后堆的都是装满食物的筐子，因为今晚将军们为新兵特别准备了一顿丰盛的晚餐，有牛肉、鸡鸭、蔬果等。

"以后咱们有好日子过了。"苏提的一个同伴小声地说。

"我可没有什么好日子。"苏提没好气地回应他。

"你要放弃入伍？"

"我宁愿选择自由。"

"你疯了！队长说你是我们这批人里得分最高的，也许马上就能得到一个好职务呢。"同伴对他的决定感到十分不解。

"我想要的是冒险经历，而不是被编入军队。"苏提去意已决。

"我要是你，就会再考虑一下。"

在他们争辩之际，一名宫廷使者带着一份文件快步穿过中庭。他把文件交给宫廷书记官。书记官看后站起身来，下了几道简单的命令。不到一分钟，营区的大门全都关上了。

这群有意入伍的人纷纷交头接耳。

"安静！"军官大喊了一声，解释并安抚道："我们刚刚收到了上级的指示，依据法老之令，你们全部应召入伍。一部分人将前往外省的营区，另一部分人明天将前往亚洲。"

"要么是有紧急情况，要么就是有战争。"苏提的同伴说。

"我才不在乎呢。"

"别傻了。你如果现在溜走，可就成逃兵了。"

同伴的这句话起了作用。苏提也评估了一下此刻自己逃到墙边并消失在附近巷道中的成功概率，发现这几乎不可能实现。这里可不是书记官学校，而是布满了弓箭手和长枪手的军营啊！

这群被强制入伍的新兵一个个地走过宫廷书记官面前。书记官和其他军人一样，脸上带着那种皮笑肉不笑的表情。

"苏提成绩极佳，被分到亚洲军团。你将担任战车尉身旁的弓箭手，明天天一亮就出发。下一个。"

苏提看到他把自己的名字刻在了一面书板上。如今即便想逃也不可能了，除非他打算一辈子躲在国外，再也看不到埃及和帕扎尔。看来他注定要成为英雄。

"我会在阿舍将军麾下吗？"

书记官愤怒地瞪着他说："我说了，下一个。"

苏提分得了一件衬衫、一件短袍、一件斗篷、一副护胸甲、一副皮制护胫、一顶头盔、一柄双头斧以及一把由金合欢木制成的弓。这把弓长一百六十厘米，很难拉开，以直线射出时，射程可达六十米，若以弧线射出，射程则可达一百八十米。

"晚餐呢？"

"这里有面包、半公斤肉干、油和无花果。"后勤军官回答，"吃吧。水池里有水，吃完就去睡觉。明天，你就得吃尘土了。"

南行的船上，旅客们谈论的都是拉美西斯大帝的王令。那些传令官散布消息，说法老下令清点神庙，统计所有的国库，盘点谷仓的库存，还增加了近一倍祭神的牲畜，准备远征亚洲。

但许多谣言夸大了事实：传说有大灾将至，城里有武装暴动，外省有乱民造反，还有传闻说赫梯人马上就要入侵埃及了。帕扎尔身为法官，自然有责任维护公共秩序。

"留在孟斐斯会不会好一点？"凯姆问道。

"我们不会离开太久的。村长一定会告诉我们，意外死亡的那两名退役军人已经被制成木乃伊，而且已经下葬了。"帕扎尔对这一点胸有成竹。

"你很悲观。"

"五人坠落而亡，这是官方记录的事实。"

"但你不相信。"

"你呢？"帕扎尔反问道，希望能得到一点意见与支持。

"那还重要吗？只要一开战，我就会被征召入伍。"

帕扎尔对谣言依然心存疑虑，便反驳了开战之说："拉美西斯大帝一向宣扬要与赫梯人和亚洲各国和平相处。"

"可是他们却会不断侵犯埃及。"

"我们的兵力那么强大，又何必担心？"

"那为什么这次法老会决定出征，还有这么多奇怪的举措？"

"我也觉得疑惑。"凯姆这么一问，倒把帕扎尔问住了。

帕扎尔想到了一个可能性较大的原因："也许是国内的安全问题吧。"

"埃及国富民安,国王又受子民爱戴,人人不愁吃穿,也没有盗贼横行,并没有什么动乱的迹象啊。"

"你说得对,不过法老似乎不这么认为。"

风吹在他们脸上,有些强劲,因此船员降下船帆,只靠水浪前进。这个时候,尼罗河上,还有数十艘船往来于南北之间,因此船长与船员必须时刻保持警觉。

到了孟斐斯以南约一百千米处,一艘河道警察的快船驶到了他们的船边,命令船长减速。随后,一名水警攀着缆绳跳上了甲板。

"旅客中有没有一位帕扎尔法官?"

"我就是。"帕扎尔站了出来。

"我必须带你回孟斐斯。"

"为什么?"

"有人控告你。"

苏提是最后一个起床穿好衣服的人。营监还推了他一把,好让他动作快一点。

他昨晚梦见了莎芭布,梦见了她的爱抚与热吻。她给了他意想不到的欢愉,他决定不久后再去拜访她。

在其他新兵羡慕的目光中,苏提登上一辆两轮战车,指名让他上车的战车尉约四十岁,全身肌肉发达。

"站好了,孩子。"他用低沉的声音提醒道。

苏提还来不及将左手的手腕套上扣带,战车尉便驱马向前冲去。他们的车最先离开营区,往北飞驰。

"你打过仗吗,小子?"战车尉先开口问道。

"和书记官打过。"

"你杀了他们?"战车尉没理解他的意思,疑惑地问。

"应该没有。"苏提也不是很确定。

"别失望，我会给你更好的表现机会。"

"我们要去哪儿？"

"去追击敌人，我们还是前锋呢！"战车尉意气风发地说，"我们要穿越三角洲，沿着海岸走，要把叙利亚人和赫梯人打得落花流水。我觉得这道王令是对的，我已经好久没有把这些野蛮人踩在脚底下了。"

"你能让车走得慢一点吗？"苏提在全速前进的战车上惊疑不定。

"一个好的弓箭手，就算在最不利的情况下都能命中目标。"

"要是我没有射中呢？"

"我会把固定你双手的扣带割断，让你下去吃土。"

"你真严厉。"苏提不敢置信地说。

"我参加了亚洲的十场战役，身上有五处伤口，薪水比一般的英勇战士多两倍，多次被拉美西斯大帝亲自嘉勉，你说我怎么样？"战车尉历数着自己的辉煌。

"一点儿错都不能犯？"

"不成功，便成仁。"

成为英雄比预想的困难多了。苏提深深地叹了口气，拉开弓，不再想飞奔的战车、一路的颠簸和崎岖的道路。

"瞄准前面远处的那棵树，射！"

战车尉一声令下，箭向空中飞射出去，画出一道优美的弧线，正中那棵金合欢树的树干，此时，战车正好从树下呼啸而过。

"干得好，小子！"

苏提却长叹一声，问道："你已经踢走多少个弓箭手了？"

"我不记得有多少个了。我最怕的就是那些半吊子。今晚我请你喝一杯。"

"在营帐里？"

"军官和他们的助手可以去酒馆。"战车尉笑着说。

"那么……女人呢?"对女人,苏提可真是念兹在兹。

战车尉在他背上重重地打了一下,笑着说:"你真是天生的军人!喝完酒,我们就好好去风流一下。"

苏提高兴地亲了亲他的弓,心想老天还真是眷顾他。

帕扎尔确实低估了敌人反击的能力。他们一方面企图阻止他离开孟斐斯前往底比斯调查,另一方面又想剥夺他法官的身份,让他从此不能再插手此事。看来,他一直想要揭开的真相,确实涉及谋杀,而且涉及不止一桩案子。

可惜,现在明白过来已经太迟了——他担心的事终于发生了。莎芭布一定是受到了警察局长的唆使,告发他行为不检点。

全体法官都将齐声谴责他荒唐的生活作风,还将认为他不能再胜任这一职位。

凯姆走进办公室,头垂得低低的。

"你找到苏提了吗?"帕扎尔紧张地问。

"他被招进亚洲军团了。"

"他走了?"

"他现在是战车弓箭手。"

"唯一一个能证明我清白的证人这下也找不到了。"帕扎尔像个泄了气的皮球。

"我可以代替他为你作证。"凯姆自告奋勇。

帕扎尔却不能让他冒这个险:"不行,凯姆。他们一定会发现那天你根本不在莎芭布那儿,那你就犯了伪证罪了。"

"我不能眼睁睁地看着你遭人诽谤。"

"我不该去寻根究底。"帕扎尔有点儿懊恼。

"如果连法官都不能揭露事实,那人活着还有什么意义?"凯姆义愤填膺。

"我不会放弃调查的，凯姆。但是目前我没有任何证据。"

"他们就是想让你闭嘴。"

"我不会屈服的。"

"我，还有狒狒，都站在你这一边。"

他们不由得激动地拥抱在一起。

帕扎尔法官回到孟斐斯的第三天，就在王宫前的木制门廊中开庭了。审讯程序进行得如此之快，主要是因为被告身份特殊——只要法官有违法的嫌疑，就必须立刻审理。

帕扎尔并不指望门殿长老能赦免他，但是当见到陪审团的成员时，他对这场阴谋布线之广，不由得感到震惊。陪审团成员包括运输商德内斯及他的妻子涅诺法、警察局长孟莫斯、一名宫廷书记官与一名普塔神庙的祭司，大部分都是与他对立的人。如果书记官与祭司保持沉默，那就会出现一边倒的局面了。

留着光头、身裹一条前交叉式缠腰布的门殿长老，面色阴沉地坐在法庭的最里面。他的脚下放着一段长约半米的无花果木——代表着玛特神也出席了庭审。陪审团成员站在他的左侧，他的右侧是一名书记官，而帕扎尔身后则有一群看热闹的民众。

"你就是帕扎尔法官？"门殿长老问。

"我在孟斐斯任职。"

"你的属下中有一个叫亚洛的书记官？"

"是的。"

"传原告。"

帕扎尔暗暗心惊：亚洛和莎芭布——多么不可思议的组合！背叛自己的竟是最亲密的工作伙伴。

可出庭的并不是莎芭布，而是一个矮小的棕发女人，她体形肥胖，面目可憎。

"你是书记官亚洛的妻子？"

"我是。"她用尖锐粗鄙的声音答道。

"宣誓后，说出你提出控告的原因。"

"我的丈夫喜欢喝酒，而且喝得很凶，尤其是晚上。这一个礼拜以来，他常在女儿面前骂我、打我。我可怜的女儿都要被吓死了。我身上有被他打的伤，我还有医生的验伤单。"女人絮絮叨叨地说着丈夫施虐的经过。

"你认识帕扎尔法官吗？"门殿长老问道。

"只是听说过。"

"你想要法庭怎么做？"

"我想让法庭治他们的罪——我丈夫和那个负责他品行的上级。我还要两件新衣、十袋谷子和五只烤鹅。如果亚洛再打我，我就要双倍的赔偿。"

听了她的指控，帕扎尔极为吃惊。

"传主要被告。"

亚洛十分窘迫地出庭了，愁眉苦脸的表情让他的酒糟鼻更醒目了。他笨拙地为自己辩护："是我太太招惹我的，她不做饭。我打她是迫不得已——为了表达我的愤怒。你们要体谅我！在帕扎尔法官手下工作很辛苦，上班时间没有一点弹性，文件很多，我认为需要再找一个书记官来帮忙。"

"你要抗议吗，帕扎尔法官？"门殿长老转向帕扎尔问道。

帕扎尔为自己辩解："他的这些说辞并不是真的。我们的确有很多工作，但我很尊重书记官亚洛的个性，也很体谅他家里的问题，所以让他弹性上下班。"

"有人可以为你作证吗？"

"街区里的居民应该可以做证吧。"帕扎尔回答道。

第18章　151

门殿长老便问亚洛："我们是否需要传唤这些居民出庭？你承认帕扎尔法官的话吗？"

"不，不用了……可是这也不全是我的错。"亚洛自知理亏，却又不甘心就这样认错。

"帕扎尔法官，你知道你的书记官打妻子的事吗？"

"不知道。"

"你必须对你手下的品行负责。"

"我承认自己应该这么做。"

"你没有查明亚洛的品德和行为，这是你的过失。"

"我没有时间。"

"严格来说就是你的工作存在过失。"门殿长老不接受任何借口，严厉指责道。

门殿长老先让帕扎尔退下，等候吩咐，随后问原告与被告还有什么话。亚洛的妻子依然在激动地不断重复着她的指控。

陪审团开始讨论起来。

帕扎尔突然觉得想笑。他竟然为了一起家庭纠纷而受到惩罚，简直不可思议。亚洛的软弱和他妻子的愚蠢，为自己设下了一个令人意想不到的陷阱，正好顺了对手的意。法庭将会遵照司法程序，将帕扎尔贬得远远的，让他再也没有任何可以凭恃的力量。

经过不到一小时的商议，陪审团得出了结果。

门殿长老用他一贯的低沉声音宣布："陪审团一致同意，书记官亚洛对妻子的行为确有不当，判其有罪。他必须给予原告所要求的一切，并罚处杖刑三十下。倘若再犯，其妻子可以立刻与其离婚。被告是否服从？"

能如此顺利了事，亚洛高兴得二话不说便趴了下来，准备受刑。埃及法律对向妻子施虐的暴徒，一向是不会宽恕的。打完后，亚洛哭哭啼啼地呻吟着，被一名警察带到区里的医院进行治疗。

"陪审团一致同意,"门殿长老继续宣布,"判帕扎尔法官无罪。本庭建议他不要辞退原来的书记官,给他一次改过的机会。"

孟莫斯对帕扎尔点了点头,便匆匆忙忙地到另一个法庭担任陪审员去了,那是在审理一起偷窃案。德内斯和妻子则一同来向他道贺。

"这简直是莫名其妙的指控。"涅诺法夫人愤愤地说。她身上那袭彩色长袍再度让人们窃窃私语。

"任何法庭都会判你无罪的。"德内斯略带夸张地说,"孟斐斯正需要你这样的法官。"

"没错。"涅诺法附和道,"只有在和平公正的社会中,商业才有未来。你坚定的意志让我们印象深刻,我丈夫和我都十分欣赏有勇气的人。以后如果我们在生意上有什么法律问题,一定会向你请教的。"

第 19 章

在经历了一段快速而平静的旅程之后，载着帕扎尔法官、北风、勇士、凯姆、狒狒警察和其他几名旅客的船，终于快到底比斯了。每个人都静静地看着这座城市。

河的左岸矗立着卡纳克与卢克索两座美轮美奂的神庙。高墙挡住了世俗窥探的目光，墙内有几名信徒正在诚挚地膜拜，求神留在人间。几条小径通往神庙入口处的塔门，两旁种满了金合欢树和柽柳。

这一次，船没有再遭到河道警察的拦截，帕扎尔满心欢喜地回到了故乡。自从离开之后，他不仅接受了各种考验，也经历了各种磨炼，更为重要的是，他体会到了爱情。奈菲莉无时无刻不在他的心里。他没有食欲，越来越无法集中精神，夜里也会睁着眼睛，希望能突然看到她在一片漆黑中出现。他总是失魂落魄，仿佛有一种空虚感啃噬着他的心，使他渐渐消沉。只有心爱的女人能治好他的心病，但是她看得出他的病因吗？没有任何神祇或祭司能重新赋予他生命的乐趣，没有任何形式的成功能驱散他的痛苦，也没有任何书籍能安抚他的心灵。而底比斯，奈菲莉所在的地方，是他最后的希望。

帕扎尔对自己的调查不再有信心。他已经觉醒，知道这场阴谋筹划得完美无缺。无论他如何怀疑，可能永远都找不到真相。就在离开孟斐斯之前，他得知卫兵长的木乃伊下葬的消息。由于出使亚洲的阿舍将军归期不定,所以军方高层认为不必再将卫兵长的葬礼延期了。下葬的是那个退役军人,还是另一具尸体?那个失踪的卫兵长还活着吗?抑或躲在某个地方?帕扎尔永远解不开这个谜。

船在卢克索神庙前方不远处靠了岸。

"有人在监视我们。"凯姆注意到了异常,"是站在船尾的一个年轻人,他是最后一个上船的。"

"进城以后我们先到处逛一逛,看看他会不会跟着我们。"帕扎尔吩咐道。

他们发现那个男人果真在尾随他们。

"是孟莫斯派来的人吗?"凯姆问道。

"很有可能。"

"要不要让我去摆脱他?"

帕扎尔却制止他说:"我另有打算。"

帕扎尔到了底比斯的警察局。局长十分肥胖,他的办公室里还堆满了水果和点心。

"你不是这个地区的人吧?"局长问他。

"不,我是这里的人,我来自河西的一个村子,前一阵子刚被调到孟斐斯,而且我很荣幸能见到你们的领导孟莫斯。"帕扎尔故意这么说。

"你现在回到家乡了?"

"只是待几天而已。"

"是休假还是有任务?"

"我现在要处理木材税[①]。我的前一任法官对木材税记录得不够详尽,仍有很多疑点。"

胖局长咽下几颗葡萄干后说:"孟斐斯有燃料短缺的问题吗?"

---

① 木材在埃及较为稀有,因此其价值不容忽视。

"当然没有。那里的冬天很温暖，储备的木柴并没有用完。不过我觉得让两地工人轮流砍柴，好像不太公平：孟斐斯人太多了，而底比斯人很少。所以我想核查一下此地各个村落的居民名单，以便找出那些耍花招的人。有的人不想去捡小树枝、荆棘和棕榈木，也不想把这些东西送到筛选与分发中心。我们也该插手管管了吧？"

"当然，当然。"

其实，孟莫斯已经将帕扎尔即将到访的事通知了底比斯警局的负责人，并将他形容为一个可怕、激烈且好奇心旺盛的法官。可是这个胖局长见到的却不是那样一位令人忧心的人物，而是一个吹毛求疵、只注重细枝末节的法官。

"北部和南部木柴供应量的比较结果，是很有力的证据。"帕扎尔继续说道，"在底比斯锯得的枯木并不符合规定，其中会不会牵涉了什么非法交易？"

"有可能。"

"这就是我调查的重点，请你到现场进行实地记录。"

"你请放心。"局长向他保证道。

胖局长接见负责跟踪帕扎尔的年轻警员时，把他们会晤的情形说了一遍。他们两人都有相同的看法：这个法官已经忘了他最初的动机，如今已步入正轨之中了。如此明智的处事态度免去了他们不少的烦恼。

暗影吞噬者对狒狒和狗尤为留意。他知道动物有多么敏感，它们很容易就能察觉到歹徒的犯罪意图。因此他只是远远地窥视着帕扎尔和凯姆。这一行中的另一个人大概是孟莫斯派来的警员，那名警员停止跟踪后，他的任务变得轻松多了。只要法官一接近目标，暗影吞噬者便会从中干涉，其他情况下，他只要暗中监视就好。

暗影吞噬者得到的命令十分明确，并且从来没有违抗过命令。

若非逼不得已，他不会轻易取人性命。卫兵长的妻子之所以丧命，只能怪帕扎尔太顽固了。

自从发生那起惨案后，这名退役军人就逃回了河西的故乡。为国尽忠职守这么多年，他总算能在此安享晚年了。意外事件的说辞对他而言再合适不过——他这把年纪，何苦再去打一场没有胜算的仗呢？

回到村子以后，他把烤炉修好，当起了面包师傅，颇得村民的好评。店里的女工用筛子过滤谷子里的杂质，然后把它们先放入石磨中碾碎，再放入石臼内，用一把长柄杵捣得更细更碎。这样就磨出了第一阶段的粗面粉。接下来还要过好几次筛，面粉才会变得更细腻。然后加水让面粉变成黏糊糊的面团，再加酵母。接着，一些人把面团放到广口瓮中揉面，另一些人则要将面团放到一块倾斜的石板上加水。接下来就是面包师傅的工作了。他要把一些面团放在炭火上烤成形状简单的面包，至于复杂一点的面包，则要放进烤炉。烤面包的炉子是在三块直立的石板上方平放上另一块石板制成的，然后要在平放的石板下烧火加热。面包师傅还会用模子制作中间有洞的蛋糕，或者将面糊倒在石盘里，做成圆形的大面包、椭圆形的面包或烘饼。有时候他也会应孩子们的要求，在面包上画一头卧在地上的小牛，然后看他们大口大口地吃个痛快。每逢丰收之神——敏神的庆典，他还会烘烤一种外皮金黄、里面又白又软的特殊形状的面包，供村民在遍地金黄的稻田中享用。

这位面包师傅似乎已经忘了战场上的呐喊和伤者的哀号。如今，这火焰的噼啪声听起来多么悦耳，热乎乎的面包又是多么柔软。在从前的军旅生涯中，唯一遗留下来的是他专制的性格。将烤盘放入炉中时，他会支开所有妇人，只允许一名助手留下。这名助手是他的养子，也是他将来的继承人，养子年约十五岁，长得高高壮壮。

这天早上，养子迟到了。正当恼怒之际，老兵听到坊内的石板地上有脚步声响起。他转过身来呵斥道："我让你……"

看清来人不是他的养子后，他连忙停下话头改问："你是谁？"

"我来代你助手的班，他今天头痛。"那个人回答道。

"你不是村子里的人。"

"我在另一家面包店工作，离这里大约半小时路程，是村长叫我来的。"

"来帮我的忙吧。"老兵不疑有他，立刻吩咐道。

烤炉很深，老兵必须把头和上半身探进去才能在炉内摆满模子和面包坯。这时助手要拉着他的腿，万一出了什么意外，可以随时把他拉出来。

老兵以为一切都很安全。可是，这一天，帕扎尔法官就要到他的村子里来了，他将得知老兵真正的身份，并对其加以盘问。暗影吞噬者别无选择，于是，他抓住老兵的脚踝，用力一举，便将老兵推进了烤炉。

村口一个人也没有。没有女人站在自家门口，没有男人在树下睡觉，也没有小孩玩木娃娃。帕扎尔知道这里一定发生了不寻常的事，他让凯姆先不要动。狒狒和狗四处张望。

帕扎尔快步走过矮房林立的大路。所有的居民都围在面包店的炉灶边，一边尖叫，一边推推搡搡，还在求神保佑。一名少年向人们不断地解释，说他正要出门到面包店帮他的养父，却被人打昏了。他为这起可怕的意外感到自责，涕泗横流。

帕扎尔挤进人群中，问道："发生什么事了？"

"我们的面包师傅刚刚死掉了，而且死得很惨。"村长解释道，"他一定是滑了一跤，才会跌进炉子里去的。他的助手通常会拽住他的脚，以避免类似的意外发生。"

"他是不是从孟斐斯回来的退役军人？"帕扎尔已经有了不祥的预感。

"是的。"

"这起意外有目击者吗？"

"没有，你为什么问这些问题？"

"我是帕扎尔法官，我本是来讯问这位逝者的。"

"为了什么事？"

"没什么。"

突然，一名妇人歇斯底里地抓住了帕扎尔的左臂："他是被夜魔杀死的，因为他答应要把面包，把我们的面包，送给哈图莎，给那个外国女人。"

帕扎尔一言不发地轻轻拿开了她的手。那名妇人继续说："既然你是来执法的人，那就替我们的面包师傅报仇，抓住这个夜魔。"

帕扎尔和凯姆在乡间的一口井旁吃午餐。狒狒优雅地剥着甜洋葱的皮，它已经渐渐接受这个法官了，不再抱怀疑态度。勇士心满意足地吃着新鲜的面包和黄瓜，北风则一口一口地嚼着苜蓿。

帕扎尔心情仍没有平复，他将装水的羊皮袋紧紧抱在怀中，然后说："一起意外，五个人牺牲！凯姆，军方根本就是在说谎。那份报告是伪造的。"

"这只是行政工作上的过失。"

"这是谋杀，又一起谋杀。"帕扎尔斩钉截铁地说。

"我们没有证据。面包师傅的死是意外，事实很明显。"

帕扎尔无法接受这种说法，也无法掩饰内心的激动："杀手知道我们到了这里，所以先我们一步找到了这名军人。不会有其他人知道他的下落，也不会有其他人会插手管这件事。"

"不要再查了。你已经挖到了军方可能在进行清算的内幕。"凯姆好意劝他。

"如果司法就此放弃,那么统治埃及的将不再是法老,而是暴力。"

"你的生命难道不比法律重要吗?"

"法律比我的生命更重要,凯姆。"

"你真是我见过的最有毅力的人。"

凯姆这回说错了!帕扎尔并没有他想的那样坚毅——他无法将奈菲莉赶出脑海,即便是在这种人命关天的时刻。

老兵被害证明他的怀疑确实并非空穴来风,他理应更加专心地进行调查。然而爱情却像是强劲的南风,把他的决心都给吹走了。

他站起来,靠在井边,闭上了眼睛。

"你不舒服吗?"凯姆问。

"一会儿就好了。"

"第四个老兵还活着,第五个会不会也活着呢?"凯姆灵光乍现。

"要是能问问他,一切谜底就都能揭晓了。"

"他住的村子应该也不远。"

"我们不去了。"

凯姆微笑着说:"你终于恢复理智了!"

"我们不去找他,是因为有人在跟踪我们,而且动作比我们还快。面包师傅就是因为我们的到来才死的。如果第五个老兵的确还活着,我们如此贸然地去找他,必然也会把他害死。"

"你有什么打算?"

"我不知道。现在我们先回底比斯吧。跟踪我们的人会以为我们已经远离线索了。"

帕扎尔要求调阅前一年的木材税报表。胖局长翻开了档案,一边喝着角豆果汁,一边想:这个小法官可真是一点儿头脑都没有。趁着帕扎尔查阅成堆的账簿时,他写了一封信给孟莫斯,让他放心——这个法官不会惹出什么事来的。

虽然警局给帕扎尔安排了一个舒适的房间，他却一夜都辗转难眠。他一心想再见到奈菲莉，却又得继续追查案情。他想见到她，可是她无动于衷；他想继续调查，可案子又陷入了胶着状态，他究竟该如何是好？

看到主人心神不宁，勇士便难过地挨着他，希望把自己身上的热度传送给他，让他更有精力。帕扎尔爱怜地摸了摸勇士，想起了以前在尼罗河边散步遛狗的日子，当时的他是那么无忧无虑，原以为自己就要这么平静地在村子里度过一生，默默地迎接冬去春来。

然而命运的转变竟然如此残酷，令人始料不及。现在只要放弃那些疯狂的梦、放弃奈菲莉、放弃寻找真相，不就能再度回归过去那种宁谧的生活了吗？但自欺是没有用的。奈菲莉将是他这一生唯一的爱。

黎明为他带来了一线希望。有一个人能帮助他。于是他到了底比斯的河堤边。这里每天都会有一个大市集。食物被卸下船之后，一些小商贩便会立刻把它们摆上货摊贩卖。这一带有许多大大小小的露天铺子，卖各式各样的食品、布料、衣服和其他日用物品。一个灯芯草棚下，有几名船员一边喝啤酒，一边色眯眯地看着那些询问货物的美丽女子。一旁，一位渔夫坐在芦苇编制的鱼篓前，用尼罗河鲈鱼换了一小瓶香脂，一位蛋糕店主人拿点心换了一条项链和一双凉鞋，香料商人用蚕豆换取了扫帚。每一次交易，买卖双方都会进行一番激烈的讨价还价，然后才会达成协议，完成交易。假如商品的重量有争议，买卖双方便会一起到书记官那儿借秤来称量。

帕扎尔终于看见他要找的人了。不出所料，卡尼果然在市场里卖鹰嘴豆、黄瓜和韭葱。

狒狒突然猛力拉扯皮带，扑向一个谁都没注意到的小偷。这个人偷了两棵大葱,刚打算溜走,就被狒狒一口咬住了大腿。他痛得大喊一声,想奋力挣脱这只庞然大物,但没有成功。凯姆趁狒狒还没有撕咬下那人腿上的肉,赶紧出声制止,并将他交给了两名警员。

"你真是我的守护者。"遭窃的卡尼感激地说。

"卡尼,我需要你帮我个忙。"

"还有两个小时我就可以卖完菜了。我带你到我家去。"

卡尼在菜园的边缘种了矢车菊、曼德拉草和菊花。他利用排列得整整齐齐的花坛,将地划分成小块状,每一块地里都种着一种蔬菜,有蚕豆、鹰嘴豆、小扁豆、黄瓜、洋葱、韭葱、葫芦巴等。菜园后面有一片棕榈树林,那是防风用的,左侧还有葡萄园和果园。卡尼会将大部分瓜果蔬菜送到神庙,剩下的才会运到市场上贩卖。

"你过得还好吗?"

"活儿还是一样多,不过我能多赚点钱了。神庙的总管对我很满意。"

"你种药草了吗?"

"跟我来。"

卡尼让帕扎尔参观了他最引以为傲的成果:在一块方方的地上,他种了各类药草和配制一些药方所需的植物——千屈菜、芥菜、除虫菊、唇萼薄荷、洋甘菊……这只不过是其中的几种而已。

"你知道奈菲莉现在也住在底比斯吗?"

"你弄错了,法官。她在孟斐斯担任着很重要的职务。"

"内巴蒙把她赶走了。"

卡尼变得异常激动:"他竟敢……这只鳄鱼竟敢这么做?"

"奈菲莉已经不是医生委员会的成员了,也不能再使用大实验室了。她只能在小村庄里给人看病,并必须将严重的患者送到具备资质的医生那里去。"

卡尼气得直跺脚:"太无耻了!太不公平了!"

"我们来帮帮她吧。"

卡尼不解地看向帕扎尔:"怎么帮?"

"如果你能给她供应一些稀有、珍贵的药用植物,她就能自己配出药方医治病人了。我们可以一起努力帮她重建声誉。"

"她在哪里?"

"我不知道。"

"我会找到她的。"卡尼信心十足地说,接着又问,"这就是你让我帮你做的事吗?"

"不是。"

"那你接着说吧。"

"我在找一名曾守护斯芬克斯像的退役军人。他已经回到了河西的老家,准备安度晚年。但是他躲起来了。"

"为什么?"

"因为他知道一个秘密。他要是告诉我,可能就会死。他有一个同伴退休后当了面包师傅,我本来要去找他问问的,结果他不幸身亡了。"

"你想让我怎么做?"

"我想让你帮我找到他。然后,我会非常小心地再找个机会见他。有人在跟踪我,要是我亲自调查的话,还没找到机会和他说话,他就没命了。"

卡尼大惊失色:"被谋杀!"

帕扎尔语气变得沉重而严肃:"我不瞒你,现在的情况的确很紧急,也很危险。"

"你是法官,难道……"

"我没有证据,而且军方已经将我想查的事结案了。"

"如果是你弄错了呢?"

"假如这个老兵还活着,只要让我听一听他的证词,一切就都明白了。"

"河西的各个村镇我都很熟,没问题。"

看到卡尼拍着胸脯保证帮忙,帕扎尔有点儿不安:"卡尼,这件事十分危险,因为随时可能有人不计一切地杀人。"

"这次就让我帮忙吧,法官。"

每个周末,德内斯都会宴请宾客答谢那些运输船的船长和几名高层官员。这些官员在签发运输、装卸货等相关的许可文件时都很干脆爽快。来宾对主人家里偌大的花园、水池和养着热带鸟类的鸟笼,都赞不绝口。德内斯穿梭在人群中,跟这个聊聊家常,对那个恭维几句,问问对方家里的近况。而涅诺法夫人则像只美丽的孔雀,到处炫耀。

但这一晚,宴会的气氛稍微凝重了一些。拉美西斯大帝的王令使高级领导层人心惶惶,他们互相怀疑对方知道某些秘密,却不愿透露给自己。德内斯正和两名同行谈话,他已经买了他们的船,打算收购对方的船厂。忽然,他看到了一位稀客——化学家谢奇,便上前和他打招呼。

谢奇大多数时间都待在王宫最隐秘的实验室中,极少与贵族来往。他身材极为矮小,虽然面貌阴沉,令人厌恶,但据说他的能力极强,也很谦虚。

"亲爱的朋友,你的莅临真是让寒舍蓬荜生辉呀!"

谢奇听了只是微微一笑。

德内斯接着又问:"你最近的实验进行得如何?你要守口如瓶——那是当然的,可全城的人都在谈论呢!你应该已经研究出了一种特殊合金,能制造无坚不摧的剑和长枪吧。"

谢奇疑惑地摇摇头,德内斯还是没有停:"军事机密,没错!

加油吧。看看我们即将面临的……"

"你再说得清楚一点。"其中一位宾客要求道。

"法老的王令说了,要打一场漂亮的胜仗!拉美西斯大帝想打垮赫梯人,摆脱亚洲那些有反叛意图的小国。"德内斯向大家解释。

"拉美西斯大帝一向爱好和平。"一名商船的船长反驳道。

"官方的说法是一回事,实际行动又是另外一回事。"

"这下可糟了。"

"怎么会呢?埃及谁也不怕,什么也不怕,不是吗?"

"不是有谣言说这道王令透露出法老的权力变弱了吗?"有位宾客这么说。

德内斯大笑起来:"拉美西斯大帝是最强大的,永远都是!别把一个小小的意外说成一场大灾。"

"还是应该确保仓库里有足够的存粮……"

涅诺法夫人插嘴说:"一切都很清楚了——法老准备征收新税并进行税法改革。"

"因为我们需要钱来购买新武器。"德内斯说,"如果谢奇愿意,就请他来跟我们说说法老到底有什么打算吧。"

众人的目光全部集中到谢奇身上,但他仍然不发一言。

交际手腕灵活的涅诺法夫人为了转移众人的注意力,把他们带到了一个小亭子里,那里已经准备好了清凉的水果和饮料。

警察局长孟莫斯抓住德内斯的手,把他拉到一边:"你那些法律上的问题都解决了吧?"

"帕扎尔没有再追究,他比我想象的要明理多了。年轻的法官难免会有野心,这也是值得赞许的,不是吗?我们在拥有现在的成就之前,也都经历过这样的阶段。"

孟莫斯却不以为然:"他的性格……"

"会慢慢改变的。"

"你倒是很乐观。"

"我是比较实际而已。帕扎尔是个好法官。"

"他廉洁吗?你觉得。"孟莫斯想了一下问道。

"他廉洁、聪明,是一个遵纪守法的人。多亏有他这样的人,商业才能繁荣,国家才能安定。我们还奢求什么呢?朋友,相信我,我们要帮助帕扎尔。"

"真是一个宝贵的意见。"孟莫斯撇了撇嘴说。

"有他在,就不会出现贪污和舞弊。"

"这一点倒是不可忽视。"

"你还是对他有疑虑。"

"他的积极让我有点儿害怕,他好像不太会拿捏分寸。"孟莫斯坦言道。

"因为他还年轻,缺乏经验。"德内斯为帕扎尔解释,并问,"门殿长老怎么说?"

"他的想法跟你一样。"

"你等着瞧吧。"

底比斯警局通报给警察局长的消息,与德内斯对这位法官的评价不谋而合。

看来孟莫斯这段时间确实是杞人忧天了。帕扎尔确实处理了木材税和纳税人诚信的问题?也许他不该这么快就惊动首相。不过,小心一点总是好的。

第 20 章

帕扎尔带着北风和勇士到乡间散步，查阅警局的档案，建立木材税缴纳者的名单，视察要走访的村落，与村长、镇长和地主面谈行政管理问题……最后，他又去拜访了卡尼。

帕扎尔在底比斯的这几天都是这么度过的，看到卡尼埋头工作的样子，帕扎尔就知道他既没有找到奈菲莉，也没有找到第五个老兵。

又过了一个星期。孟莫斯手下的人仍然按时汇报着帕扎尔一成不变的日常，凯姆每天都会到市场里抓小偷。他们也该回孟斐斯去了。

帕扎尔穿过棕榈树林，沿着灌溉渠旁的一道土堤走下阶梯，来到卡尼的园子里。当太阳开始西斜时，卡尼就得来照顾这些需要费心费力照料的药草。他每天晚上浇了水之后，就睡在园子旁一个简陋的小屋里。

园子里似乎没有人。帕扎尔惊讶地围着园子绕了一圈，又打开小屋的门了看，里面是空的。他索性坐到一面矮墙上，欣赏夕阳的余晖。晚上，圆圆的满月照得河面银光闪闪。

时间一分一秒地过去了，他心里也越来越忧虑：卡尼也许找到了第五个老兵，也许他也被跟踪了。帕扎尔十分后悔把卡尼拖进这个他们根本无法掌控的案子里来。万一卡尼真的遇到什么不测，罪魁祸首就是自己。

尽管夜凉如水，帕扎尔仍旧一动不动。他耐心地等到了破晓时分，心里明白卡尼回不来了。他咬着牙，浑身发抖，只恨自己太过浮躁。

这时候，一艘小船划过水面。帕扎尔急忙站起来，朝河岸跑去，兴奋地叫道："卡尼！"

卡尼靠岸后，把小船系在一根短木桩上，这才慢慢地爬上斜坡。

"你怎么现在才回来？"帕扎尔焦急地问。

"你在发抖吗？"卡尼反问他。

"我有点儿冷。"

"春天的风很容易让人生病。我们进屋去吧。"

卡尼坐在一段木头上，背紧贴着一堆木板，帕扎尔则坐在工具箱上面。

"老兵呢？"

"没有线索。"

"你遇到了什么危险吗？"

"完全没有。我到处搜购稀有的植物，顺便向一些老朋友打探消息。"

帕扎尔忍不住问："奈菲莉呢？"说话时，他甚至能感到自己嘴唇发烫。

"我没看到她，不过我知道她住在哪里。"

谢奇的实验室一共有三间屋子，位于一个营区的地下。住在这个营区里的，都是一些被分派实施土木工程的二等兵。大家都以为谢奇的工作地点在王宫内，其实他真正的研究工作都是在这个隐秘的地方进行的。表面上看，这里好像没有特别的警戒措施，然而只要有人接近通往地下室的楼梯，便会立刻受到阻拦和严密的盘查。

谢奇被宫廷技术部门征调入宫，因为他在材料学方面所知甚多。

他以制造铜器起家,不断改良生铜的加工过程,为石匠们制造出了更精良的凿子。

由于研究成果丰硕,加上工作态度认真,他节节高升。最后,他发明出了坚固且十分耐用的工具,当这些工具为拉美西斯大帝在底比斯河西地区兴建的"万年庙"①切割出无数完美的石块时,他的名声也因此传到了法老耳中。

此时,谢奇叫来了三名主要工作伙伴。他们成熟稳重、经验丰富。地下室点起了不会冒烟的灯。只见谢奇慢慢地、小心翼翼地整理着写着最终计算结果的纸卷。

这三个人耐着性子等他开口。他们有些不安,虽然谢奇平时并不多话,但是他如此沉默,并不是什么好兆头。此刻,他突然命令他们来到这里,实在不像他一贯的作风。

谢奇转过身去,问道:"是谁多嘴了?"

没有人回答。

"不要让我再问一遍。"

"你这么问是什么意思?"其中一人问道。

"宴会上,有一位要人提到了合金和新式武器。"

"不可能!他们胡说。"

"我当时也在场。是谁多嘴了?"

三人还是默不作声。

"没有确凿的证据,我不可能进行调查。不过,就算外面流传的消息并不正确,我也已经没有信心了。"

"你的意思是……"

"我的意思是你们被撤职了。"

---

① 指拉美西斯二世的陵庙"拉美西姆",建于底比斯的河西地区,旨在让法老到另一个世界依然能"统治万年"。

奈菲莉在底比斯地区最贫穷、最落后的村子工作。这个村子位于沙漠边缘，干旱缺水，皮肤病患者异常多。不过，奈菲莉既不伤心也不气馁，虽然她的自由是以似锦的前程换来的，然而能脱离内巴蒙的魔掌，终究是件幸事。她用手边仅有的资源照料着这些穷苦的人，即便她一个人住在乡下，也毫无怨言。如果有医护船前往孟斐斯，她便会搭船顺道去看看老师布拉尼尔。布拉尼尔了解她的个性，因此也就没有费心说服她改变心意。

奈菲莉抵达村子后不久，便治好了这一带最重要的人物。那是一名养鹅专家，有心律不齐的症状。经过长时间的按摩以及脊椎关节的复位，他总算康复了。

他坐在地上，身旁的矮桌上有几个从装水的容器里掉出来的小面团。他紧紧抓住一只鹅的脖子，鹅奋力挣扎，但他没有松手，然后一面热切地鼓励鹅进食，一面慢慢将面团塞进鹅的喉咙。在喂鹅的时候他必须专注，因为这种美丽的禽类常常会偷吃饲料。他制造的鹅肝酱享誉全区。

治好了第一个病人，奈菲莉立刻被村民奉为神明，成了村子里的大英雄。农民会来请教她如何对抗农田与果园的天敌——主要是蚱蜢和蟋蟀。不过，奈菲莉更急于对付另一些祸害——苍蝇和蚊子。她觉得，村里大人小孩都出现了皮肤感染的症状，应该是蚊虫作祟的缘故。这里之所以滋生蚊虫，是因为有一摊已经三年没有排放过的死水。奈菲莉请人将水排干，要求村民给家居环境消毒，如果有人被蚊虫叮咬，她就帮他们涂抹黄鹂油或其他新鲜的油类。

只有一个心脏衰竭的老人让她有一点烦恼。如果他的病情继续恶化，就必须送到底比斯的医院去治疗。要是她能找到几种稀有的药草，就可以省去这些麻烦了。

这天，在她照料病人时，一个小男孩跑来告诉她，有个陌生人在打听她的事。

她都到这里了，内巴蒙还不放过她！他还要给她安什么罪名？还要让她落魄到什么地步？她得躲起来。只要村民不说出去，御医总管的使者就会离开了。

帕扎尔感觉得到这些人在说谎。即使他们不说话，他也看得出他们对奈菲莉这个名字并不陌生。这个村落十分封闭，房舍又遭受着沙漠的侵袭，因此居民对外来者总是抱有戒心，放眼望去，大多数人家的门都关得紧紧的。

他正气恼地想一走了之，忽然看到一名女子正朝遍布石子的小山丘走去。他兴奋地大喊："奈菲莉！"

奈菲莉听到有人叫她，又是惊讶又是怀疑，转过身来打算一看究竟。她认出是帕扎尔，便往回走。

"帕扎尔法官……你在这里做什么？"

"我想跟你谈谈。"

她的双眼简直饱含着灿烂的阳光。在乡下的这些日子，她的皮肤晒黑了。帕扎尔想坦白自己的情感、想表达自己对她的感觉，却怎么都开不了口。

"我们到山顶上去吧。"奈菲莉提议道。

别说是山顶，就算到天的尽头、到海底、到地狱，他也会跟着她去的。能与她并肩而行，坐在她的身旁，听着她的声音，已经是令帕扎尔心醉的幸福了。

"布拉尼尔把一切都告诉我了。你想不想控告内巴蒙？"

"控告也没用。有太多医生都要仰仗内巴蒙，这些人一定会站在内巴蒙那边。"奈菲莉认命地说。

"我能以伪证罪起诉他们。"

"他们人数众多，再说，内巴蒙也会想办法阻止你。"

虽然春天气候温和，帕扎尔却直打哆嗦，还忍不住打了个喷嚏。

"你感冒了吗?"奈菲莉关切地问。

"我昨晚在外面过的夜,我在等卡尼。"帕扎尔老老实实地告诉她。

"你是说那个菜农?"

"就是他帮我找到你的。他现在住在底比斯,有自己的一片园子。你的好运来了,奈菲莉,他种了一些草药,而且以后还会培育一些珍贵的品种。"

"你是说,我可以在这里建立一间实验室?"奈菲莉简直不敢相信。

"有何不可?以你在药学方面的学识,建立一间实验室绝对绰绰有余。这样你不但能医治重症患者,还能重建声誉。"

帕扎尔兴奋地勾勒着美好的未来,奈菲莉却只是淡淡地说:"我一点都不想进行这场战争。我对目前的生活很满意。"

"不要浪费了你的天赋啊!就算为了病人!"

帕扎尔又打了一个喷嚏。

"那你就是我的第一个重症患者了。书上说鼻炎会使病人骨头断裂、颅骨破碎、脑浆迸裂,我可不能让你遭受这样的磨难。"她露出了善意的微笑,并无嘲讽之意,令帕扎尔感到身心舒畅。

"你愿意接受卡尼的帮助吗?"

"他向来都很固执。他决定的事,我反对又有什么用呢?我们还是先办正事吧,感冒可是很严重的。你先灌一点棕榈树汁到鼻子里去,如果没有用,就改用母乳和芳香树胶。"

但是帕扎尔的症状不仅没有减轻,反而更严重了。奈菲莉便将他带回自己的住处。那座房子就在村里,里边的陈设十分简朴。帕扎尔开始咳嗽,她便让他服用一种含砷的天然硫化物——雄黄,人们常常称之为"使人心花怒放的药"。

"我们来试试,让病毒不再扩散。你坐到那张席子上去,不要动。"

她的声音就像她的眼神一样柔和。帕扎尔暗自希望自己的感冒症状持续得越久越好，这样他就能一直待在这间小屋里了。

奈菲莉将雄黄、树脂和有消毒功效的叶子混合在一起，并把它们捣碎，加热煮成糊状后，涂在一块她事先准备好的石块上，然后又在石块上扣了一只底部有洞的碗。

"拿着这根芦苇。"她对帕扎尔说，"把它放入鼻子，然后用鼻子或嘴巴呼吸。烟熏疗法会让你舒服一点。"

其实，即便没有效果，帕扎尔也不会介意的。不过这次治疗真的起效了。他的鼻塞没有那么严重了，呼吸也顺畅多了。

"现在不打冷战了吧？"

"我觉得有点儿累。"

"我建议你这几天吃得丰盛一点儿，最好油腻一些，多吃点红肉，也可以在食物上面淋一点新鲜的油。能适当休息就更好了。"

"那我得放弃治疗了。"帕扎尔沮丧地说。

"你为什么到底比斯来？"奈菲莉仍然觉得好奇。

他真想喊出声来："因为你，奈菲莉，全都是因为你！"但是，这句话依旧如鲠在喉。帕扎尔确信奈菲莉已经察觉到了他的爱，除了耐心等着她给自己表白的机会，他什么都不敢做——他实在不敢表露自己疯狂的激情，那也许会让她反感，破坏现有的平静。

"我来这里是因为案子——或许是一起谋杀案，或许还不止一起。"

说完之后，帕扎尔忽然觉得奈菲莉似乎因为这起与她无关的惨案而显得心神不宁。他不禁迟疑起来，连他自己都不知道这件事的真相，他有权拖她下水吗？

"奈菲莉，我绝对信任你，但是我不想拿自己的问题来烦你。"

"你不是应该保密吗？"

"在我有定论前，的确是该保密的。"

"谋杀案……这会是你的结论吗？"奈菲莉的声音有些颤抖。

"这只是我的一个猜测。"

"已经好多年没有发生过凶杀案了！"奈菲莉感叹道。

"有五名负责守护斯芬克斯像的退役军人，在一次例行检查中，不幸摔死了。意外死亡——军方正式的记录上是这么写的。可是其中一个人幸免于难，后来他躲到河西的一个小村落里当面包师傅。我本来想问问他当时的情况，没想到不久前他真的死了——又是一次意外。警察局长派人跟踪我，就像我调查这件案子有罪一样。我已经完全失去方向了，奈菲莉……算了，别把我的话放在心上。"帕扎尔一口气说出了事情的始末，又担心这些话会成为奈菲莉的负担。

"你想放弃吗？"

"对于追查真相、捍卫正义，我一向怀抱热忱。如果就此放弃，就相当于自我毁灭。"

"我能帮上什么忙吗？"

帕扎尔的眼中再度迸出炽热的火花："如果我们偶尔可以聊聊天，我会更有勇气的。"

"感冒可能会引发一些后遗症，最好能密切关注病情，所以你来复诊也是有必要的。"

第三幕

阴谋重重,
如暗夜中的蛛网,
正义之刃需在黑暗中磨砺,
以求日渐锋利。

第 21 章

在酒馆度过的这一夜让人身心舒畅，却也令人疲惫不堪。那里除了美味的烤牛肉、奶油茄子和吃不完的蛋糕，还有一位艳丽动人的四十岁利比亚女人，她逃离了自己的国家，到这里来取悦埃及士兵。

战车尉的确没有骗苏提——一个男人对她而言是不够的。他原以为自己已经是男人中的男人了，结果也不得不投降，让他的上级接替自己。这个利比亚女人喜欢打趣，火辣撩人，采取的姿势也都令人意想不到。

当战车重新上路时，苏提才勉强睁开了眼睛。

"孩子，你要知道如何保持清醒。"战车尉趁机教导他，"记住，敌人总会趁你疲倦的时候展开攻势。告诉你一个好消息：我们是前锋中的前锋。第一场仗非我们莫属。你想当英雄，机会来了。"

苏提将弓紧紧地搂在胸前。

战车沿着"统治者之墙"[①]前进。这道固若金汤的屏障，最初是由中王国时期的君王建立的，后来历任君王不断加固，最终使它成了如今的模样。各种防御工事由高大的城墙连接起来，它们之间可以用发光信号互通信息，贝都因人和亚洲人根本无法越雷池一步。从地中海岸绵延至赫利奥波利斯的"统治者之墙"，不仅有军队长

---

① 埃及东北边界所有防御工事的总称。

期驻守,还驻扎着专门保卫边界的特种部队与海关人员。每个进出埃及的人都必须呈报姓名与出入缘由。商人出入时也要注明商品的性质并缴税。警察会将来历不明的外国人驱逐出境,至少会详细检查他们的证件,看他们是否已由首都的移民官员正式核发签证,他们只给那些有签证的人发放通行证。就像石碑上所刻的那句法老的话一样:"通过边界的人,就是我的子民。"

战车尉向城堡的指挥官出示了证件。这座城堡的城墙有两个斜面,墙高六米,四周护渠环绕。雉堞上有弓箭手,主塔上则有哨兵。

"警备加强了。"战车尉观察了一下,又说道,"不过他们个个看起来都贪生怕死。"

有十个武装卫兵向他们的战车靠了过来。

"下车。"卫兵长命令道。

"你开什么玩笑?"

"你的证件不符合规定。"

战车尉拉紧了缰绳,随时准备策马狂奔。所有的长枪与箭都对准了他。

"马上下车。"卫兵长又喝令一声。

战车尉转身问苏提:"你觉得该怎么做,小子?"

"将来咱们还有更美好的仗要打呢。"

于是他们跳下了车。

"你们少了'统治者之墙'第一座小堡垒的通行章,返回吧。"卫兵长解释道。

"我们已经迟到了。"

"规定就是规定。"

"不能商量一下吗?"

"到我的办公室吧,不过别抱太大的希望。"

没过多久,苏提便看见战车尉跑了出来,他冲上战车抓起缰绳,

第 21 章 177

策马朝通往亚洲的路飞驰而去。

车轮嘎吱嘎吱地碾过沙土路,扬起了阵阵飞尘。

"为什么这么急?我们已经正常通行了呀。"苏提莫名其妙地问道。

"这么说吧。我已经敲得很用力了,不过他可能很快就会醒过来。像他这种顽固的人,怎么说都说不通。所以我就自己盖了章。小子,在军队里,一定要懂得变通。"

接下来的头几天倒是颇为平静。他们每天都要赶很远的路,然后要照料马匹、检查装备,并露宿野外。到小镇上找补给的时候,战车尉会和一名军队信使或者执行秘密勤务的人接头,所谓秘密任务,就是为军队主力打前锋,探听行进路线的情况。

风突然转向了,且变得凛冽刺骨。

"亚洲的春天一般会很凉,穿上外套吧。"战车尉对苏提说。

"你好像有点儿担忧。"

"危险渐渐逼近了。我的嗅觉很灵敏,像狗一样。我们还剩多少吃的?"

"还有够三天吃的烘饼、肉丸、洋葱和水。"苏提看了一下回答。

"那应该够了。"

正说着,战车驶进了一个静悄悄的村子,广场上一个人都没有。苏提忽然感到浑身一阵痉挛。

"不用担心,人也许都在田地里。"长官安慰他说。

车子缓缓前进。战车尉紧抓着长矛,用锐利的眼神环顾四周,最后在一栋官邸前停了下来,这是军方代表与翻译员的住处,结果里面还是空无一人。

"军方没收到报告,就会知道出了严重的事故。这很明显是叛乱。"

"我们要留在这里吗?"

"我想我们应该继续往前走,你觉得呢?"

"看情况吧。"苏提没头没脑地回应道。

"什么情况啊,小子?"长官果然没听明白。

"看看阿舍将军在哪里。"

"谁跟你提过他?"

"他在孟斐斯很有名。我想投效到他的麾下。"

战车尉听他这么一说却开怀大笑:"你的运气真好,我们就是要去跟他会合。"

"会不会是他撤走了村民?"

"绝对不是他。"

"那会是谁?"

"是贝都因人[①]。"战车尉咬牙切齿地说,"那些最卑鄙、最疯狂、最狡猾的人。掠夺、洗劫、强押人质都是他们的作风。如果不消灭他们,他们马上就会搞垮亚洲、埃及、红海间的半岛,还有附近的省份。他们已经准备跟所有侵略者联手。我们有多爱女人,他们就有多蔑视她们,而且唾弃所有的美丽事物与众神。我什么都不怕,就怕这些人,这些胡须像乱草、头上裹布条、身上穿长袍的人。小子,你要记住,他们都是些小人,随时会从你背后偷袭。"

"他们会杀掉所有的平民吗?"

"很有可能。"

"那阿舍将军的队伍不就脱离主力军,被孤立起来了?"

"很有可能。"

苏提的黑色长发在风中飞舞。他虎背熊腰,此刻内心却不禁感到脆弱无力。他又问道:"将军和我们之间,可能会有多少贝都因人?"

---

① 贝都因人和利比亚人很早便是埃及的敌人。古埃及人称他们为"风沙游人"。

"十个、上百个、上千个……"

"有十个，可以上。有上百个，就要考虑一下如何应对了。"苏提很认真地说。

"有一千个，小子。这样能脱身才是真英雄。到时候你不会抛下我不管吧？"

战车尉策马继续往前走，走到一个狭窄的山谷入口才停下来。这道狭窄的山谷两边崖壁高耸，谷底的岩石上杂乱地长着一丛丛灌木，只留了一条狭窄的通道。

马直立起来，仰天嘶鸣，战车尉连忙安抚。

"它们感觉到前面有陷阱。"苏提不安地说。

"我也有预感，小子。贝都因人就躲在那些灌木丛中。他们会趁我们经过时，用斧头砍断马腿，让我们跌下去，然后割断我们的喉咙，割下我们的睾丸。"

苏提不禁打了个冷战："当英雄的代价未免太高了。"

"不过幸亏有你在，我们不会有危险的。你只要向每个灌木丛射箭，我再快马加鞭，咱们就能安全通过了。"战车尉信心十足地计划着。

"你有把握吗？"苏提还是不放心。

"你不信任我？想得太多可不是个好习惯。"

战车尉拉了拉缰绳，马只好不情愿地冲入山谷。苏提还来不及害怕，便一箭接着一箭地射向灌木丛，头两箭都扑了空，第三箭则射中了一个贝都因人的眼睛，只听他一声惨叫，从藏身的地方冲了出来。

"继续射，小子。"战车尉命令道。

苏提紧张得汗毛直竖，下意识地不断向左右两侧射箭，速度快得连自己都不敢相信。那些贝都因人一一倒下，有的被射中了腹部，有的被射中了胸部，还有的被射中了头。

到了山谷的出口，无数石头和荆棘形成一道藩篱，挡住了他们的去路。

"小子，站稳了，我们要跳了！"

苏提不再射箭，牢牢地抓住车子的边沿。这时，有两名没被他射中的敌人朝他们扔斧头。

两匹战马全速从这道藩篱的最低处冲了过去，但是荆棘刺伤了马蹄，战车右侧的辐条也被一块石头撞坏了，另一块石头则击穿了右侧的车身。刹那间，车子摇晃起来。最后，马奋力一跃，终于跳了过去。

战车又继续跑了几千米，速度丝毫没有慢下来。苏提在颠簸的车上，已经被吓得昏昏沉沉的了，但他还是极力保持着平衡，他的弓也被他牢牢握在手中。两匹战马已然精疲力竭，它们浑身冒汗，鼻孔也喷出了白沫，到了一座山丘脚下，便再也跑不动了。

"长官！"苏提急切地喊着。

一把斧头深深地嵌进了战车尉的肩胛骨，他整个人卧倒在缰绳上。苏提试图将他拉起来。

"小子，你要记住……这些卑鄙小人总是会从背后偷袭……"

"你不要死啊，长官。"

"现在，你是唯一的英雄了。"话音刚落，他便两眼一翻，断气了。

苏提紧紧地搂着战车尉的尸体，停了许久。然而战车尉再也不会动了，不会再鼓励他，也无法再向不可能发起挑战了。

现在，只剩下苏提一人，迷失在这个危机四伏的地方。他是个英雄，而唯一会赞扬他的英勇事迹的，却是他怀里的这个死人。

苏提埋葬了战车尉后，仔细地记下了此处的一景一物。假如有机会生还，他一定会回到这里，把战车尉的遗体运回埃及。对埃及子弟来说，人生最残酷的事莫过于远葬他乡。

如果现在掉头回去，苏提会再度落入陷阱。如果继续前进，却可能遭遇其他敌人。几经考虑之后，他选择了后者，只希望能尽快和阿舍将军率领的队伍会合——如果他们没有被歼灭。

此时，战马也可以重新上路了。但是若再遇上一次埋伏，苏提绝不可能一边驾车一边拉弓。他绷紧了浑身的肌肉，沿着碎石路来到一间倾圮的屋子前。他随手抓起一把剑，跳下车来，只见一缕缕烟正从简陋的烟囱里冒出来。

"出来！"

屋子门口站了一个衣衫褴褛、蓬头垢面的女孩，她挥动着一把粗糙的刀。

"你不用害怕，把刀放下。"苏提轻声说道。

她看起来很纤弱，似乎毫无抵抗之力，因此苏提也没有把她放在心上。等他走到女孩身边时，她突然扑了过来，将刀对准他的心脏刺了下去。苏提侧身躲开，但立刻感到左上臂一阵灼热。

女孩见没有刺中苏提，狂怒之下又刺了第二刀。苏提见情况不对，便飞起一脚踢落了女孩手上的刀，然后将她按倒在地。这时，血顺着他的手臂流了下来。

"你冷静点，不然我就把你绑起来。"

女孩发狂似的不停挣扎，苏提实在忍不住，便硬生生地让她转身，用手肘在她的背上猛力一撞，女孩便昏了过去。他对待女人向来柔情似水，如今却多了这项不良记录。他把女孩抱进屋内，屋内有结实的泥土地，墙脏兮兮的，家具也破旧不堪，壁炉上还有一层厚厚的烟灰。苏提将这名可怜的俘虏放到一张破破烂烂的草席上，然后用绳子把她的手脚绑了起来。

经过这番苦战，苏提简直疲惫不堪。他靠着壁炉坐下，浑身不住地发抖。他发自内心地害怕。四处的灰尘和污垢让他很不舒服。屋后刚好有一口井，他打了水，先清洗了手臂上的伤口，又把屋子冲得干干净净。

"你也需要来一次大扫除了。"他看着女孩自言自语。

他把水泼向女孩,女孩惊醒后又开始尖叫。他又泼了第二桶水,女孩这才安静下来。当苏提试图脱掉她的脏衣服时,她像条蛇一样扭动个不停。

"我不是要强暴你,傻瓜。"

她看出他的用意了吗?总之,最后她顺服了。她浑身赤裸地站在地上,享受淋浴。苏提替她擦身子时,她还微微一笑。看到她满头金发,苏提还真是吓了一跳。

"你真美。有人吻过你吗?"

看到她张开双唇、搅动舌头的样子,苏提就知道这不是她的第一次。

"只要你答应我,乖一点儿,我就放开你。"

她眼中透露出哀求。于是苏提解开了绑在她脚踝上的绳子,然后开始抚摸她。她全身如紧绷的弓。接着她伸出被松开的双手,搂住了苏提。

苏提安安稳稳地睡了十个小时,一个梦也没有做。突然,伤口的刺痛让他惊醒过来,他急忙跑出屋外。

那个女孩把他的武器偷走了,还割断了缰绳,两匹马都跑了。

他没有了弓、匕首和剑,也没有了靴子和外套。晌午时分,开始下起倾盆大雨,车子只能继续陷在那里,毫无用武之地。这个因被女孩愚弄而沦落至此的英雄,只得迈开脚向北走去。

愤怒之余,他拿起石头砸烂了战车,免得让它落入敌人手中。他身系简单的缠腰布,背着一大包东西,像一头笨驴,慢慢往前走。大雨依然下个不停。包里装的是已经发硬的面包、一段用象形文字刻着战车尉姓名的辕木、几瓶清水和那张破破烂烂的席子。

他来到一座山的山脚处,穿过一片松林,走下一段渐渐没入湖

第 21 章 183

中的陡坡，然后沿着高高的堤岸绕湖而行。

山路越来越荒凉。他在岩石下安然度过一晚，没有被东风侵扰，翌日。他走过一条又陡又滑的小径，来到了一个贫瘠的地区。身上的粮食眼看就要没了，他开始觉得渴得难受。

他好不容易发现了一个咸水塘，便喝了几口水解渴，忽然听到树枝被折断的声音。他抬头看到有几个男人正向这里走过来，便赶紧钻到一棵巨松的树干后面躲了起来。

他远远看到有五个人推着一个双手被反绑的俘虏走了过来。为首的那个人身材矮小，他抓住俘虏的头发，逼他跪下。苏提离得太远，听不清他在说什么，但俘虏受刑后所发出的哭喊声，很快便划破了山中的宁静。

此刻，他面对的形势是一个对五个，而且他没有武器……苏提不可能救出那个可怜的家伙。

为首的那个人将俘虏痛打一顿后，又质问了一次，然后就停止了殴打，并让手下把那个人拖进了山洞里。在最后一次讯问后，他们割断了他的喉咙。

这些杀人犯走远了，苏提仍然在松树后待了一个多小时。他想起了帕扎尔，想起了他对正义与理想的热爱。面对如此野蛮的行为，他会怎么做？他不知道，就在离埃及不远的地方，居然还有这样一个无法无天、草菅人命的世界。

苏提努力朝山洞爬下去。脚下踉踉跄跄，脑中还回荡着那个俘虏临死前的呼喊。从他的缠腰布和外表来看，他应该是个埃及人，也许是阿舍将军的手下落到了乱贼的手中。苏提在山洞里帮他挖了一座坟。

他带着难过和疲惫再度上路，一切听天由命吧。如果再遇上敌人，他也没有力气抵抗了。

当两名戴着头盔的士兵叫住他时，他再也支撑不住，瞬时晕倒在一片湿润的土地上。

他醒来时,看到眼前有帐篷、有床、有枕头、有毯子。

苏提翻身坐起来,锋利的刀尖立刻抵住他,勒令他躺回去。

"你是谁?"问他的是一名脸上有皱纹的埃及军官。

"苏提,战车弓箭手。"

"你是从哪儿来的?"

苏提讲述了自己的遭遇。军官却问道:"你能证明你说的话吗?"

"我的袋子里有一段战车的辕木,上面刻着我长官的名字。"

"那他人呢?"军官继续追问。

"被贝都因人杀了,我把他埋了。"

"你呢?你逃走了。"

苏提当然不能容忍他这样的污蔑,立刻愤然道:"当然不是了!我用箭至少射死了十五个人呢。"

军官听他自称如此神勇,便问道:"你是什么时候入伍的?"

"这个月初。"

"不到两个星期,你就已经是杰出的弓箭手了?"

军官语带讽刺,显然不相信他的话,苏提简短地答道:"这是天赋。"

"我只相信训练。你还是说实话吧。"

苏提掀开毯子,愤怒地说:"我说的都是实话。"

"战车尉不会是你杀的吧?"

"真是胡说八道。"苏提气愤地说。

"让你到地牢里待一段时间,也许你就会想得更清楚一点。"

苏提冲向门外,却被两名士兵抓住双臂,另外一名士兵在他肚子上打了一拳,接着他的背上又挨了一记重拳,立刻便晕死过去。

"我们应该好好照顾一下这个间谍,这样他才能多说点实话。"军官看着晕倒在地的苏提,狞笑着说道。

第 22 章

帕扎尔在底比斯最受欢迎的一家小饭馆坐定后,便开始和人谈起了哈图莎——拉美西斯大帝经由外交途径娶得的妻子。在与赫梯人缔结和平盟约时,赫梯这个亚洲小国的国王为表诚意,便将自己的一个女儿送给法老做妻子,她就是哈图莎。身为底比斯后宫的第一嫔妃,她自然有享不尽的荣华富贵。

一般人接触不到她,也见不到她,但她并不受民众欢迎。市井之间,关于她的闲言碎语广为流传——她可能会使妖法,也可能和"夜魔"有关系;她一定有问题,要不然为什么每次的盛大庆典她都不出席呢?

"都是因为她!香脂的价钱现在比以前足足贵了两倍呢!"饭馆的老板说。

"为什么说是因为她呢?"

"她的侍女整天都要化妆,而且人数越来越多。后宫里使用的上等香脂多得不得了,出价又高,市面上的价格也就跟着被哄抬起来了。油也是一样。我们什么时候才能摆脱这个外国女人啊?"

在连连的抱怨声中,没有人出面替哈图莎辩解。

河东,后宫的建筑群四周环绕着青翠的草木,运河从中穿流而过。丰沛的河水灌溉之处,有几个宫中年长、守寡的女眷专属庭院、一个大果园,和一个供纺纱和织布女工休憩、散步的花园。底比斯的后宫和埃及其他地方的后宫一样，拥有许多工坊，有舞蹈、音乐及诗词学校，还有一个香料与化妆品制造中心。有许多专家在这里制作木材、珐琅与象牙工艺品，还有服装设计师专门设计高级的亚麻长袍，也有花艺师致力于精致的插花艺术。气氛积极活跃的后宫也是教育中心，为埃及与其他国家培育高级行政人才。因此，来往于后宫中的除了佩戴着璀璨宝石的贵族女子，还有手工匠、教师，以及为所有人准备新鲜食物的管理员。

帕扎尔一大早就来到了主殿。他气宇不凡，便轻而易举地通过了卫兵的盘查，见到了哈图莎的总管。总管收下了帕扎尔的求见函，把它交给了这里的女主人，出乎他意料的是，女主人竟然没有拒绝。

帕扎尔被带进一个房间，里面有四根柱子，墙上还绘有花鸟，斑斓的石砌地板更是给这里增添了几分亮丽的色彩。哈图莎坐在一张镀金的木制宝座上，身旁两名负责为她梳妆的侍女忙得晕头转向。她们先搬来了化妆要用的瓶瓶罐罐，拿着小匙一会儿在这个瓶子里舀一下，一会儿在那个罐子里舀一下，还用好几种香料调配成了特殊的熏香，最后，还有一道最困难的晨妆程序：调整假发，她们把略有瑕疵的发髻一一换掉，那个手巧的侍女还要再给假发贴上几缕发丝。

此刻，这位三十来岁的赫梯公主拿起一面手柄犹如金色莲花茎的镜子，欣赏着自己美丽的容颜，一派得意、倨傲的样子。

"这么早，就有法官到我这儿来了！我很好奇，你来见我有什么目的？"

"我想问你几个问题。"帕扎尔开门见山地说。

她放下镜子，将侍女遣退。

"我们一对一地谈，可以吗？"

"再好不过了。"

"总算有点儿消遣了！宫里的生活真是无聊。"

皮肤白皙、手指修长、双目乌黑的哈图莎，虽然令人着迷，却也令人不安。她爱开玩笑、言辞犀利、反应机敏，和人说话时毫不留情，总是喜欢直接指出人们的缺点和外表的缺陷，还会谴责他们用词不当、行为举止笨拙。

她仔细地打量着帕扎尔，说道："你不算特别好看的埃及男人，不过女人却会疯狂地爱上你，而且一辈子不变心。你没有耐心，心中充满了热情与理想——这些全都是严重的缺点。你太认真了，甚至有点儿严肃，根本没有青春的气息。"

帕扎尔不理会她，依旧一本正经地围绕着主题开口问道："我可以开始问你问题了吗？"

果不其然，哈图莎被他不敬的态度激怒了："你好大的胆子！你知道自己有多冒失吗？我可是拉美西斯大帝的王妃，我随时可以撤了你的职。"

"你知道这是不可能的。我会在首相主持的法庭上为自己辩护，而你会因为滥用权力而被传唤出庭。"

"埃及真奇怪。民众不但相信法律，还会遵守法律，并关心法律的施行。这种奇迹是维持不了多久的。"

哈图莎又拿起了镜子，开始一一检查假发的发髻。

"你的问题足够有趣，我才会回答你。"

"谁为你送新鲜的面包？"

哈图莎惊讶地睁大了眼睛："我吃什么面包你也要关心？"

"我不只是要问面包，还要问河西那位想为你工作的面包师傅。"

"每个人都想为我工作！大家都知道我很慷慨。"

"可是他们并不喜欢你。"

听到帕扎尔这么说，哈图莎却有另一番见解："我也不喜欢他们啊。不管是底比斯还是其他地方的人，他们都一样笨。在这里，我是外国人，我也以这个身份为傲。现在我手下有几十个仆人，因为法老让我掌管后宫，而我把这里变成了最活跃的后宫。"

"能说说那个面包师傅吗？"帕扎尔仍不忘把谈话拉回正题。

"去找我的总管吧，他什么都知道。如果这个师傅来送过面包，他会告诉你的。这件事很重要吗？"哈图莎有些不耐烦，又十分不解。

"你知道发生在斯芬克斯像附近的惨案吗？"

"你是不是话中有话啊，帕扎尔法官？"

"我可没有那个意思。"

"这种游戏真无聊，和那些庆典一样，也跟那些大臣一样！我只有一个愿望，那就是回家。要是赫梯的军队能入侵埃及，击垮你们的士兵，那该有多好啊。他们可以好好打一场漂亮的复仇仗！不过，我恐怕只能老死在这里，一辈子守着这个世界上最有权势的法老，守着这个我只在婚礼上见过一次面的男人了。更可悲的是，出席这场政治婚礼的都是些外交官与法学家，他们只关心联姻能否保证两国人民的和平与幸福，那我的幸福呢？又有谁关心过？"哈图莎在一阵意气风发之后，想到自己的遭遇与未来，不禁悲从中来。

帕扎尔不愿多作评论，行了礼便打算告退："谢谢你的合作，王妃殿下。"

看到他如此不懂礼数，哈图莎着实为之气结："结束谈话的人是我，不是你。"

"我并无意冒犯你。"

"出去吧。"

哈图莎的总管证实，他的确曾向河西一位手艺精湛的师傅订购过面包，可是对方一直没有送来面包。

帕扎尔满心困惑地走出后宫。这次他依然不改旧习，为了探查一点线索，便毫不犹豫地惊动了高高在上的王妃。她是否和这场阴谋有关系呢？这又是一个无解的谜。

孟斐斯市的市长助理张开了嘴巴,表情十分苦恼。

"放松一点。"卡达什对他说。

卡达什老老实实地对患者说必须拔掉臼齿——虽然进行了一系列密集的诊治,但他还是挽救不了那颗牙。

"嘴巴再张开一点。"

卡达什的手的确不像以前那么稳了,可他还是会不懈地努力,证明自己的能力。为患者做了局部麻醉后,他开始进行第一阶段的工作,他用钳子钳住了臼齿。

他的动作不够精准,手还抖个不停,以致弄伤了患者的牙龈,但他还是使劲地拔牙。由于过度紧张,卡达什这次的工作十分失败——用力过猛,使病人牙龈出血。他赶紧拿起插在木头里的钻头,让钻头飞速旋转,以产生火花。等火花足够大,他将柳叶刀放到火花上加热,然后用刀烧烙患者的伤口。

市长助理捧着又肿又痛的下巴离开了牙科诊所,一句谢谢都没有说。卡达什失去了一个重要的患者,他一定会说牙医的坏话。

其实,卡达什现在正面临一个需要抉择的时刻。他无法接受自己老去的事实,也不愿承认自己的技术退步了。也许,再去和利比亚人跳跳舞便又能振奋精神,短暂地为他注入一点精力,但是这些都不足以解决问题。解决之道仿佛近在眼前,却又总是可望而不可即!卡达什必须使用其他武器,使技术更臻完善,证明自己宝刀未老!另一种金属——这就是他所需要的。

渡船启程了。帕扎尔用力一跳,安全地落在了凹凸不平的甲板上,旁边挤满了牲畜和人。

渡船不停往来于两岸之间,虽然航程很短,但乘客仍然会抓紧时机在船上交换信息,甚至洽谈生意。

帕扎尔被牛屁股挤了一下,撞到一个女人,但那个女人并没有什么反应。

"对不起。"

她不理不睬,还用手遮住了脸。帕扎尔觉得奇怪,便特意看了她几眼。

"你不是莎芭布女士吗?"

"别来烦我。"

莎芭布穿着一件咖啡色长袍,披着蓬松杂乱的栗色长发,看起来就像个穷苦的女人。

"我有话跟你说,你应该也有话跟我说吧?"帕扎尔盯着她说。

"我不认识你。"

"你还记得我的朋友苏提吧,是他说服你不要散布谣言中伤我的。"

她越听越惊慌,转身就要往湍急的河水里跳。帕扎尔一把抓住她的手臂说:"尼罗河这个河段很危险,你跳下去很可能会没命的。"

"我不会游泳。"

渡船刚一靠岸,有几个孩子等不及,立刻便跳上岸去了。随后跟着上岸的是驴子、牛和农夫。帕扎尔和莎芭布最后才下船。他还是没放这个妓女走。

"你为什么一直缠着我?我只不过是一个女佣,我……"

"你的说辞真奇怪,你不是跟苏提说我是你的老恩客吗?"

"我不懂你在说什么。"

"我是帕扎尔法官,你记起来了吗?"

她吓得拔腿就想跑,但帕扎尔还是紧紧地抓着她。

"你理智一点好不好?"

"你让我觉得害怕。"

"明明是你要诽谤我。"

莎芭布顿时哭了起来。帕扎尔不知如何是好,便松开了手。即便她是自己的敌人，但看到她现在的处境，帕扎尔还是心有不忍。

"是谁让你毁谤我的？"

"我不知道。"莎芭布无力地摇摇头。

"你说谎。"

"跟我联络的只是在下面做事的人。"

帕扎尔仍不死心地追问道："是警察吗？"

"我怎么知道？我又没问。"

"他们给了你什么报酬？"

"他们让我平平静静地过日子。"

"那你为什么又决定帮我？"

她苦笑了一下："因为美好的生活和回忆……我父亲曾在乡下当过法官，我很爱他。他死了以后，我开始厌恶我住的村子，便搬到孟斐斯。在一次次遇人不淑之后，我成了妓女，一个有钱又受人尊重的妓女。有人会付钱跟我打听那些老主顾的隐私。"

"是孟莫斯让你这么做的，对不对？"

"你自己猜吧。没人能强迫我污蔑法官。出于对我父亲的敬意，我决定放过你。如果你有危险，也只能算你倒霉了。"

"你不怕他们报复你吗？"

"我的经历会保护我。"

"如果主谋不吃你这套呢？"

她垂下双眼黯然说道："所以我才离开孟斐斯，躲到这里来。因为你，我失去了一切。"

"阿舍将军去过你那儿吗？"

"没有。"

"事情一定会真相大白的，我向你保证。"

"我已经不相信什么保证了。"莎芭布闷闷地说。

"你要有点儿信心。"

"为什么他们要毁了你,帕扎尔法官?"

听她这么问,帕扎尔故意坦白道:"我在调查一起发生在吉萨的意外事件。那里有五名卫兵死了,至少官方是这么说的。"

"我没听过任何关于这件事的谣言。"

帕扎尔没有套出什么话来。她要么一无所知,要么是不愿意说。

突然,她用右手按住左肩,发出了一声痛苦的哀叫。

"你怎么了?"帕扎尔紧张地问。

"是急性风湿病。有时候我的胳膊会痛得动弹不得。"

帕扎尔稍稍考虑了一下,便决定帮她。她曾经帮过自己,现在自己也应该救她。

帕扎尔向奈菲莉介绍莎芭布时,她正在医治一头脚受了伤的小驴子。莎芭布答应帕扎尔向奈菲莉隐瞒自己的身份。

"我在渡船上遇到了这个妇人。她肩膀痛,你能不能帮她看看?"

奈菲莉仔细地洗了洗手,然后问道:"以前也会疼吗?"

"已经痛了五年多了。"莎芭布口气很冲,接着又问了一句,"你知道我是谁吗?"

"一个我要医治的病人。"

"我叫莎芭布,是一家啤酒店的老板娘,也是个妓女。"

帕扎尔的脸都白了。不过,奈菲莉仿佛若无其事:"你的性行为太频繁,性伴侣的卫生习惯也不好,这都可能是你病痛的原因。"

"替我检查一下吧。"

莎芭布脱去了长袍,浑身一丝不挂。帕扎尔不知道自己是该闭上眼睛、转过身去,还是该挖个地洞钻进去。奈菲莉绝不会原谅他给她带来的这番羞辱——引介一位欢场女子让她医治。多么意外的"惊喜"啊!他即便矢口否认,也只会显得荒唐多余,无济于事。

奈菲莉摸了摸莎芭布的肩膀,然后用食指沿着一条经脉按下去。

她按了几个穴位，又摸了摸肩胛骨，这才说："情况很严重，风湿已经让你的肩胛骨变形了。如果再不治疗，你就会瘫痪。"

莎芭布刚才的神气全都不见了。她结结巴巴地问："那我应该……应该怎么做？"

"首先要戒酒，然后每天都要喝一点纯柳皮酊，还要抹一种由天然苏打、白油、笃耨香、乳香、蜂蜜、河马油、鳄鱼油、六须鲇鱼油和鲻鱼油①混合而成的油膏。这些都是很昂贵的东西，我这里没有，所以你要到底比斯去找医生。"

莎芭布穿上了衣服。

"要尽快医治。"奈菲莉向她建议道，"我觉得你的病情会恶化得很快。"

帕扎尔把莎芭布送到村口，感觉自己仿佛万蚁钻心。

"我自由了吗？"莎芭布怯怯地问。

"你不守信用。"

"你也许不信，可有时候我很害怕说谎。面对她这样的女人，我根本不可能说谎。"

帕扎尔往路边一坐，任由尘土飞扑得满头满脸。他太天真了，才会落得这样一个悲惨的下场。

莎芭布的举动突如其来——她终究还是完成了诋毁他的任务。帕扎尔觉得自己全被毁了。他这个自命清高的法官，竟然和一个妓女沆瀣一气，奈菲莉一定觉得他是个放荡的伪君子。

今天，这个善良的莎芭布，因怀念父亲而尊重法官的莎芭布，一有机会便毫不犹豫地出卖了他。明天，她也能将他出卖给孟莫斯——如果她还没有这么做的话。

据说溺亡的人在另一个世界等待审判时，会得到奥赛里斯神的

---

① 六须鲇鱼和鲻鱼都产自尼罗河。

赦免。尼罗河水将会洗清他们的罪。帕扎尔失去了爱情,名声有了污点,理想也受尽蹂躏,不由得有了自杀的念头。

突然,奈菲莉的手搭着他的肩膀问道:"你的感冒好了吗?"

他一动不动,只说道:"对不起。"

"你为什么难过?"

"那个女人……我发誓我……"他舌头像打了结似的,话怎么也说不完整。

"你带来了一个病人,我希望她赶紧去治疗,不要再拖延了。"奈菲莉柔声说道。

"她本打算诽谤我,但她说她愿意放过我。"

"这么说她是一个好心的妓女了?"

"我本来也是这么想的。"

"又有谁会怪你呢?"

"为了庆祝我的朋友苏提入伍,我和他去了莎芭布的啤酒店。"

奈菲莉没有把手拿开。

帕扎尔继续说道:"苏提是个很不可思议的人,总有用不完的精力。他最喜欢酒和女人,一心想成为英雄,不愿受任何约束。我们俩是生死与共的朋友。那一天,莎芭布带他进房间以后,我一直坐在外面,想着我的调查工作。请你一定要相信我。"

奈菲莉没有回答,只是说:"有一个老人让我很担心。我得去帮他洗澡,并给房子消毒,你愿意来帮我吗?"

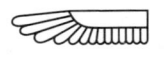

第 23 章

"站起来。"士兵喝令道。

苏提终于离开了关押他的监狱。他浑身脏兮兮的,又肚子饿,不过还是不停地唱着下流的色情歌曲,想着自己之前依偎在孟斐斯美女怀中的美妙时刻。

"走!"

喊口令的士兵是个外国雇佣兵。他本来是个海盗[1],由于埃及给退伍军人的福利优厚,所以他加入了埃及军队。这名士兵头戴三角头盔,身佩一柄短剑,脸上没有任何表情。

"你就是苏提?"

苏提没有马上回话,士兵便往他肚子上打了一拳。苏提痛得弯下腰来,但并没有跪在地上。

"你很骄傲,也很强壮嘛。听说你和贝都因人交过手。我可不信。因为我们杀了敌人,通常都会剁下一只手交给上级,依我看,你当时八成逃得跟兔子一样快。"

"我要是当了逃兵,还会带着车辕吗?"苏提反问道。

"那是你抢来的吧。你说你会射箭,我们就来证实一下。"

"我饿了。"

"待会儿再说。有实力的战士,就算没有力气,也一样能打仗。"

---

[1] 有地中海的海盗放弃劫掠的生活,加入埃及军队做雇佣兵。

士兵把苏提带到树林边，并给了他一把很重的弓。弓是实木制的，外覆一层兽角片，背面覆有一层树皮。弓弦是将牛筋缠上亚麻纤维，在两端打结后制成的。

"目标是你正前方六十米处的橡树。你有两箭的机会。"

苏提一拉开弓，背上的肌肉就像要撕裂开一样。他眼前金星四射。现在，他必须拉好弓、搭好箭、瞄准目标，忘记自己性命攸关，心神合一，让自己与弓箭合二为一，并让箭飞射出去，正中目标。

于是他闭上眼睛，拉弓射箭。

那名士兵往前走了几步。

"差一点儿就正中红心。"

苏提捡起第二支箭，再次拉弓，这次却瞄准了士兵。

"你太大意了。"

士兵松开了短剑。

"我说的都是实话。"苏提郑重地说。

"当然！当然！"士兵魂都吓跑了一半，只得连连附和。

苏提将箭射出，箭射中了橡树，就贴在前一支箭的右侧。

士兵这才松了一口气，问道："是谁教你射箭的？"

"我天生就会。"

"到河边去，洗个澡，穿好衣服，准备吃饭。"

苏提背着他最心爱的金合欢木弓，穿上靴子和羊毛外套，拿着匕首，饱餐过后，带着一身香气去见一位统领着一百多名步兵的军官。这一次，军官仔细地听他诉说了整个经过，并写了一份详细的报告。

"我们和基地及阿舍将军之间的联系都被切断了。将军扎营的地方离这里有三天的路程，他带领的是一支精英部队。我已经派了两名传令兵南下告急，让主力军加速行进。"军官说道。

"是叛乱吗？"苏提问。

"有两个亚洲小国、伊朗的一个部落和一些贝都因人勾结。为首的是一个被驱逐出境的利比亚人阿达飞。他自称复仇之神的使者，决意要消灭埃及，登上拉美西斯大帝的王位。有人说他只是个傀儡，也有人认为他疯狂得可怕。他常常不顾协议，不按常理出牌。如果我们继续留在这里，将会全军覆没。在阿舍将军和我们之间有一座警戒森严的小堡垒，我们要以突袭的方式攻下它。"

"我们有战车吗？"

"没有，但有一些梯子和一个活动攻城塔，现在只缺一名神箭手了。"

帕扎尔下了上百次决心，想对奈菲莉说出自己的心意，但最后他能做的只是扶起那位老人，把老人抱到可以免于风吹日晒的棕榈树下，然后帮奈菲莉清理老人的屋子。他留意着奈菲莉的一举一动，看她有没有指责自己的意思，并细心地观察着她的眼中是否带有谴责，但他发现她只是一心一意地工作，仿佛对其他的一切都浑然不觉。

前一天，帕扎尔去过卡尼的园子。卡尼的调查还是没有结果，他谨慎地走访了大部分村落，也与数十名村民及工匠交谈过，但没有人知道有这样一个从孟斐斯回来的退役军人。他如果真的住在河西，保密工作未免做得也太好了。

"再过十天，卡尼会给你带来第一批药材。"他对奈菲莉说。

"村长给了我一间废弃的房子，在沙漠边上，刚好可以用来当诊所。"奈菲莉语气十分兴奋。

"水呢？"

"村民会尽快帮我开辟出一条水渠。"

"那房子可以住人吗？"

"那地方不大，不过还算干净舒适。"

帕扎尔想到她的处境，叹着气说："你前一阵还在孟斐斯，现在却流落到这个荒地来了。"

奈菲莉却十分乐观："至少这里没有我的敌人。在孟斐斯，我天天都要战斗。"

"医生委员会不可能永远任由内巴蒙一手遮天。"

"会不会一直如此只有天知道了。"

"你会回去的。"

"不回去又有什么关系呢？"奈菲莉一脸无所谓的样子，又似乎突然想到了什么，她问道，"对了，我忘了问你，你的感冒好一点了吗？"

"春天的风让我总也好不了。"

"你要再接受一次吸入治疗。"

帕扎尔没有拒绝。他喜欢听那些声音——她准备消毒的糊状物、配制药方、把糊状物涂到石板上，再扣上底部有洞的碗。无论她干什么，他都喜欢看。

帕扎尔的房间被翻遍了，连他的蚊帐都被扯了下来，揉成一团丢在地上。行李袋全被掏空了，书板和纸卷散落一地，草席上都是被踩过的痕迹，缠腰布、短袍和外套也都被撕成了碎片。

帕扎尔跪下来，想找出一点蛛丝马迹。

但入室的歹徒没有留下丝毫线索。

帕扎尔把情况告诉胖局长，胖局长又讶异又愤怒："有什么可疑之处吗？"

"我不敢说。"

"请你务必说出来。"

由于胖局长一再坚持，帕扎尔便实话实说："有人跟踪我。"

"你知道是谁吗？"

"不知道。"

"能不能形容一下？"

"没法形容。"

胖局长故作惋惜地叹道："真可惜。这样调查起来就很困难了。"

"我明白。"

胖局长忽然转移话题："我和区里其他警察机关都有消息要传给你，你的书记官一直在找你。"

"为什么？"

"不清楚。他让你尽快赶回孟斐斯去。你什么时候走？"

"……明天吧。"帕扎尔心有不舍，但这下非走不可了。

胖局长眼看这个烫手的山芋就要脱手，开心得不得了，连忙问："需要我派人护送吗？"

"有凯姆就够了。"

"那就按你的意思来，不过你要小心点。"

"有谁敢惹法官呢？"

凯姆带着弓箭、剑、短短粗粗的木棍、长枪和一面覆有牛皮的木制盾牌，总之，他带上了一个正式警员准备执行重要任务时的全副装备。至于狒狒，只要有锐利的牙齿就够了。

"是谁出钱买的这套装备？"帕扎尔好奇地问。

"是市场里的那些商贩。因为我的狒狒把一个小偷集团一网打尽——他们已经猖狂了一年多——所以那些商贩坚持要答谢我。"

看着凯姆骄傲的样子，帕扎尔提醒他："你得到底比斯警方的许可了吗？"

凯姆早知道他会这么问，立刻答道："我的武器已经都登记了，完全合乎规定。"

"孟斐斯那边出了一点问题，我们得回去了。有第五个老兵的消息吗？"

"市场上一点儿传闻都没有。你那边呢？"

"没有。"帕扎尔十分泄气。

"他肯定跟其他人一样，已经死了。"

凯姆说得十分肯定，帕扎尔却不这么想："那么他们为什么还要来搜我的房间？"

"从现在起，我再也不会离开你半步。"

"别忘了，你是听令于我的。"

"保护你是我的职责。"

对凯姆的顽固，帕扎尔也无计可施，只得敷衍他说："我会看情况决定的，你在这里等我，也可以准备出发了。"

"你总可以跟我说说你要去哪儿吧。"

"……我马上就回来。"

这段时间，风向变了，天气也变得暖和起来。再过一阵，就要开始起风沙了，到时候埃及人不得不在家里躲上几天。但现在，到处都生机盎然。

奈菲莉在底比斯河西地区的一个偏僻的村落里当起了"女王"。对这个地区而言，有医生长期住在这里，真是莫大的福音。这位年轻女医生威严中带着温柔，她仿佛有一股神奇的力量——无论是大人还是小孩，都乐意听她的话，他们再也不怕生病了。

奈菲莉为村民制定了一些卫生守则，并要求他们严格遵守，只不过大家偶尔还是会忘：要经常洗手，尤其是饭前，绝对不能忘；每天都要洗澡；进屋前要先洗脚；要经常漱口、刷牙；要定期除毛和理发；要使用由长角豆树果实制成的香膏、乳液和除臭剂。不论贫富，大家都要使用一种将沙子和油脂混合后加入天然苏打制成的

第23章 201

乳液清洁肌肤，并给皮肤消毒。

奈菲莉禁不住帕扎尔一再请求，答应和他到尼罗河畔走一走。

"你在这里快乐吗？"帕扎尔问。

"我觉得在这里我可以帮助别人。"

"我真佩服你。"

"其他医生也值得你敬佩。"

帕扎尔犹豫了好一会儿，才不情愿地说："我得离开底比斯了。孟斐斯那边有事，我得回去处理。"

"跟那件怪案子有关吗？"

"我的书记官没说。"

"调查目前有进展吗？"

"我们还是找不到第五个老兵。如果他在河西有固定的工作，应该能查出来。我的调查工作已经进了死胡同。"

"你还会回来吗？"奈菲莉问道。

"我会尽快回来的。"

"我觉得你有心事。"

"有人闯进我的房间在搜什么东西。"

"为了让你打消调查的念头？"

"他们认为我手里有一份重要的文件。现在，我们都知道这份文件是假的。"

"你是不是做了太多有风险的事？"

"那是因为我能力不够，所以才会犯这么多错。"帕扎尔看起来又苦恼又气馁。

"不要对自己太严苛，你没什么好自责的。"奈菲莉安慰他说。

"我要为你申冤平反。"一想到奈菲莉的处境，帕扎尔又变得雄心万丈。

"你会忘了我的。"

"永远不会的！"帕扎尔信誓旦旦地说。

奈菲莉听罢心下感动，她笑了笑说："年轻的誓言总是会随着晚风消散。"

"我的誓言不会。"

帕扎尔没有动，他转过身去，拉起她的手说："我爱你，奈菲莉。你不知道我有多爱你……"

她的眼睛蒙上了一层阴影："我的未来在这里，你的未来却在孟斐斯。我们的命运已经注定了。"

"我不在乎我的前程。只要你爱我，其他的都不重要。"

"你太天真了。"

"你才是我的幸福，奈菲莉。没有你，我的生命根本没有意义。"

她轻轻挣脱他的手，说道："我要考虑一下，帕扎尔。"

此时此刻，他真想伸出双臂，把她紧紧搂在怀里，不让任何人拆散他们。不过，现在他绝对不能肆意妄为，那将粉碎她答复中所透露的一点点希望。

暗影吞噬者看着帕扎尔离开。他就这样离开了底比斯，既没有和第五名老兵谈话，也没有带走会连累任何人的文件。搜寻帕扎尔的房间后，他也一无所获。

至于帕扎尔的搜查，收获也不大，他只查到第五名老兵曾经在底比斯南部的一座小镇待过一段时间。老兵本来打算在那里定居，以修车维生。后来，那个当面包师傅的老兵惨死的消息传到他耳中后，他惊恐万分，接着就失踪了。

法官和暗影吞噬者都找不到他。

这名老兵知道自己有生命危险，因此一定会守口如瓶。暗影吞噬者这么一想，便心安了一些，他搭上帕扎尔后面的那一班船，也回孟斐斯去了。

第 24 章

首相巴吉正承受着脚痛之苦。他的两只脚十分沉重，而且肿得厉害，连脚踝上凹下去的地方都看不到了。他只能穿鞋带系得松松的宽大鞋子，而且他没有时间去治疗。他越是坐在办公桌前，脚痛就越严重，然而国事的繁忙却不容许他休息或缺勤。

他的妻子奈蒂婉拒了法老分配给他们的别墅官邸，巴吉也同意她的做法，因为他喜欢都市胜过乡村。因此他们便住在孟斐斯市中心一栋简朴的房子里。那里日夜都有警卫看守。埃及首相的生活向来都是安然无忧的，自这个国家被创建以来，从来没有首相被谋杀或袭击过。

巴吉虽然位极人臣，却没有因此而变得富有。他总是把工作放在第一位，把生活放在次位。奈蒂一直无法适应丈夫的加官晋爵。她五官平平无奇，身材娇小，体重屡升不降，因此从不参加社交活动，也不出席任何正式的宴会。她十分怀念从前的日子，当时巴吉还是个小职员，工作压力也不大。那时候，他每天总是早早就回家了，会帮她做饭、照顾孩子。

在前往王宫的路上，首相想起了自己的一双儿女。他的儿子原本是个手工匠，但工匠师傅发现他经常偷懒。首相知道这件事后，便让工坊把他开除了，然后让他去当制造生砖的佣工。法老责备首相处事不公，认为他对家人过于严苛。虽然首相必须注意，不能让家人享有特权，但是过度的严厉也应该受到谴责（曾有一位首相因怕被指为徇私偏袒而对自己的家人过于严苛不公,最终因此被革职)。于是巴吉的儿子被升了一级,负责鉴定熟砖。其实,他的儿子毫无野心,唯一热衷的就是和年龄相仿的男孩下棋。至于女儿,就让他欣慰多了。尽管女儿其貌不扬,但做事的态度却非常认真。她希望自己将来能进入神庙当织布工。她没有接受父亲的任何帮助,之所以能成功,完全是因为自己努力。

首相坐得累了,便移开椅子,坐到一个矮凳子上,凳子上有由绳子编成的鱼鳞状纹路,中间是微微凹下去的。每天面见国王之前,他都要先看完各部门上交的报告。此时,他正弓着身子,忍着脚痛,努力地集中精神看报告。

正在这时,他的个人助理突然前来报告:"抱歉,打扰一下。"

"什么事?"

"亚洲军团的一个传令兵前来汇报。"

"简单说说吧。"

助理简单汇报了前线的军情:"阿舍将军率领的精英部队,与主力军之间的联系已经被切断了。"

"是有叛乱吗?"

"是利比亚人阿达飞、两个亚洲小国和一些贝都因人搞的鬼。"

"又是他们!我们的秘密组织也被他们袭击了。"巴吉愤愤地说道。

"我们要派军支援吗?"

"我马上去请示国王。"

拉美西斯大帝又派出两个兵团前往亚洲,并下令主力军加速前进。他很重视这次出征。阿舍如果没有战亡,就必须肃清所有叛贼。

自从颁布了那道让全国上下都为之震惊的王令后,首相已经不知道该如何执行法老的命令了。他的管理严格而精细,因此完成埃及国库与各地方存粮的盘点工作只花了几个月的时间。但是他的密使还要询问各个神庙的负责人与各省的省长，撰写为数可观的报告，并剔除其中所有工作不够细致导致的错误。国王的这些要求引起了不少人的反感，作为这次行政调查工作的总负责人，巴吉不得不尽力安抚众多要臣的情绪，消除他们的怒气。

傍晚时分，巴吉确定一切工作都已经遵照命令完成了。翌日，他将加派双倍的军力，前去驻守一直处于备战状态的"统治者之墙"。

在营地里，夜晚显得尤为阴森可怕。明天，埃及士兵将要进攻叛军的小堡垒，以打破孤军奋战的形势，尽力与阿舍将军取得联系。这次的突击行动相当艰难，恐怕有很多人会在此丧命，回不了家。

苏提和部队里年纪最大的一个士兵一起吃饭。这个老兵是孟斐斯人，勇猛好斗，明天他将负责操控那个活动攻城塔。

"再过六个月我就要退休了。"他对苏提说，"孩子，这是我在亚洲的最后一次战役。来，吃点蒜，可以净化你的血液，让你免受风寒。"

"配上芫荽和酒会更好一些。"

"想吃大餐？赢了以后再说吧！军队的伙食通常是很不错的，常常能吃到牛肉和蛋糕，蔬菜也还算新鲜，啤酒也很多。以前，士兵的手脚不太干净，后来拉美西斯大帝严令禁止偷窃，还把偷东西的人赶出了军队。我从来都没偷过东西。退伍以后，他们会给我一栋乡下的房子、一块地和一个女佣。我也不用缴太多税，而且我想把财产给谁就可以给谁。所以，你来当兵是没错的，孩子，当了兵未来可就稳当了。"看来老兵对军旅生活确实非常满意。

"那也得活着离开这个虎穴才行。"苏提倒是没有忘记眼前的危机。

"我们一定能攻下这座小堡垒。你要特别注意左边。男人的死神都是从左边来的，女人的死神则是从右边来的。"

"敌方没有女人吗?"

"有,还勇敢得很!"

苏提不会忘记注意左边,也不会忘记注意右边,他还会记得留意背后,这是战车尉的惨死给他的教训。

这些埃及士兵开始疯狂地跳起舞来,他们将手上的武器举在头顶不停旋转,并向天高举,以求获得好运与至死方休的勇气。根据各国之间的协议,他们天亮一个小时之后才能开始打仗,只有卑鄙的贝都因人才会罔顾协议搞偷袭。

那个老兵在苏提的黑发上插了一根羽毛,说道:"这是惯例,神箭手都要这么做。这根羽毛代表玛特女神,她会保佑你心神专一,百发百中。"

步兵们扛着梯子。走在最前面的,是那个以前当过海盗的士兵。苏提爬上了攻城塔,跟那名老兵待在一起。十几个军人把攻城塔推向小堡垒。工兵勉强清理出了一条土路,这样攻城塔的活动木轮行进起来才不会太困难。

"向左转。"老兵下令道。

这时候,地势变平了。堡垒高处,敌方的弓箭手开始放箭。有两名埃及人被杀,一支箭从苏提的头旁边掠过。

"该你上场了,孩子。"

苏提拉开一把覆有兽角片的弓,箭飞出一道弧线。这把弓射出的箭可飞至两百米之外。弓弦已经被拉到了极致,他集中精神,射出箭后,才吐了一口气。

一名贝都因人被射中心口,从雉堞上摔了下来。这一击使埃及的步兵们信心大增,立刻迈开步子冲向敌人。在距目标一百余米处,苏提换了另一把弓。这把由金合欢木制成的弓射得更准,拿起来也轻便得多,一定会箭无虚发,很快就能清除一半雉堞上的敌兵。再过一会儿，埃及士兵就可以搭梯子了。

当攻城塔离目标只有二十米时，负责操控攻城塔的老兵被箭射中了腹部，倒了下来。攻城塔随之快速撞上了小堡垒的围墙。

在同伴们跳上墙头，攻入堡内之际，苏提正忙着照料老兵，他的伤口太深了。

"你一定会光荣退伍的，孩子，你等着瞧……我只是运气太差。"话刚说完，老兵的头就垂了下去。

埃及士兵扛攻城木用力地撞击城门，那名当过海盗的士兵挥着斧头猛砍，他们最后终于攻破了城门。敌军惊慌地四下逃窜，敌方的头目跳上马背，还驱马踩踏喝令他投降的军官。埃及士兵看在眼里，不禁勃然大怒，自然饶不了他。堡垒被大火吞噬时，一个衣着破旧的敌兵逃出了埃及士兵的警戒范围，直奔树林里跑去。苏提逮住了那个士兵，扯住对方满是补丁的长袍，由于用力过猛，对方的袍子被撕破了。

他这才发现，这个士兵居然是个力大无穷的年轻女子——她正是偷了他所有装备的那个野蛮的女孩！

女孩赤裸着身子继续跑。最终，在战友们的揶揄和撺掇下，苏提把她紧紧地按在地上。她惊慌不已，挣扎了许久。最后，苏提扶她站起来，绑住她的双手，又为她披上了那件破旧的衣服。

"她是你的了。"一名步兵喊道。

几名敌方的幸存者双手抱头，他们的弓、盾牌、鞋子和木棍都没了。用埃及人的俗话说，就是"他们被吓得丢了魂儿、屁滚尿流"。胜利者们掠夺了堡垒里的铜制餐具，还有牛、驴、羊，并烧了营区、家具和纺织物，最后那里只剩下一堆破碎焦黑的石块。

当过海盗的那个士兵走向苏提："军官死了，操纵攻城塔的人也死了。现在你是我们之中最英勇的，又是神箭手，接下来就由你来当指挥吧。"

"可是我毫无经验。"

"但你是英雄啊,我们每个人都能做证。没有你,我们一定会失败的。请你带领我们向北继续前进吧。"

最后,苏提接受了诸位袍泽的请托。他禁止士兵虐待囚犯。迅速审问后,他们确定了——唆使这次叛变的阿达飞并不在这座堡垒中。

苏提手中握着弓,走在队伍的最前方。他的右侧,便是那名女俘虏。

"你叫什么名字?"

"豹子。"

她看上去一副野性难驯的模样:金黄的头发、炯炯发亮的眼睛、玲珑有致的身材、性感迷人的嘴唇和热切诱人的声音。她的美令苏提着迷。

"你是从哪儿来的?"

"利比亚。我父亲是个'活死人'。"

"什么意思?"

"有一次,埃及人掠夺了我们的村子,我父亲的脑袋被刀刺中。他本来都要死了,却成了战俘,被送到三角洲地区开垦农田。后来他竟然忘了自己的语言、自己的同胞,变成了一个'埃及人'。我恨他,所以没有去参加他的葬礼,并重新投入了战争。"

"你对我们埃及人有什么不满的?"

他的问题让豹子吃了一惊,高声喊道:"两千年来,我们一直是敌人!"

"现在不正是休战的最好时机吗?"

"不可能。"

"我会说服你的。"

苏提的魅力毕竟不容忽视，豹子终于抬起头来看着他："我会成为你的奴隶吗？"

"在埃及没有奴隶。"

忽然，一名士兵大叫一声，所有人都跳到了地上。山顶上的矮树丛中，似乎有东西在动。这些士兵定定地注视了一会儿，接着看到一群狼从树丛中钻了出来，狼群对他们上下打量一番，然后便跑开了。大家都松了一口气，纷纷感谢众神的保佑。

"有人会来救我的。"豹子肯定地说。

"你只能靠自己，不要太依赖别人。"

"一有机会，我就会背叛你。"

"诚实是难得的美德。我开始欣赏你了。"

因为赌气，她不肯再说一句话。他们在遍布石子的地上走了两个小时，然后走上了干涸的河床。苏提两眼紧盯着两岸陡峭的岩壁，密切留意着任何风吹草动。当十多名埃及弓箭手拦住他们的去路时，他们便知道自己获救了。

帕扎尔十一点左右到办公室时，大门还关着。

"去把亚洛叫过来。"他生气地命令凯姆。

"带着狒狒去？"

"带着狒狒去。"

"如果他生病了呢？"

"无论他现在什么样，都要马上带他来见我。"

凯姆不敢再多问，连忙去找人了。

来到办公室的亚洛脸色发红，眼皮肿胀，他一边呻吟一边解释："我消化不良，所以在家休息。我在牛奶里加了枯茗子，可还是想吐。医生让我喝刺柏茶，还让我请两天假。"

"那你为什么不停地让底比斯的警局给我传话？"帕扎尔没好

气地问。

"因为有两件急事。"

帕扎尔一听，怒气稍减："快说。"

"第一件是，我们没有莎草纸了；第二件是，盘点谷仓存粮的事需要你出面。相关部门的盘点结果显示，主储藏塔里的小麦存储量少了一半。"

亚洛接着又放低声音说："这件事一旦暴露，可是条大新闻。"

祭司将最初收获的稻谷献给丰收之神奥赛里斯，并为其奉上面包。排成一长列的搬运工扛着一篮篮珍贵的粮食往储藏塔走去，他们还唱着："又是美好的一天。"他们走近那些四四方方或圆滚滚的谷仓，通过楼梯爬上谷仓的顶部，再从一扇有活门的天窗旁，将珍贵的粮食倒进去。还有一扇门，是散粮的时候用的。

谷仓总管迎接帕扎尔时，态度显得异常冷漠。

"国王命令我核查谷仓存粮的清点结果。"

"已经有专业人员替你核查过了。"

"结果呢？"

"他没有向我汇报，只有你有权知道结果。"

"在主谷仓正面架一把大梯子。"帕扎尔直接下令。

"还要我再说一遍吗？专业人员已经核查过了。"总管对法官的要求极不耐烦。

"你想违抗法令？"

一听到帕扎尔说出法令两个字，总管立刻变得和颜悦色："我是为你的安全着想啊，帕扎尔法官。爬那么高是很危险的，你又没什么经验。"

"你难道不知道，有一半的粮食都不见了吗？"

总管似乎惊愕不已："太可怕了。"

"可以解释一下吗？"

"一定是虫子作祟。"

"防虫不正是你的主要工作吗？"

面对法官的质问，总管把责任推得一干二净："我让卫生部门全权负责这件事，要怪也得怪他们。"

"一半的存粮，这可不是小数目。"

"一旦有了蛀虫……"

话还没说完，帕扎尔便打断了他："架梯子吧。"

"再查一次也没有用。这也不是一个法官该做的事。"

"我要是在公文上盖了章，你就得负法律责任了。"

总管只好让两名手下搬来一把大梯子，架在储藏塔的墙上。帕扎尔攀着梯子往上爬，心中忐忑不安。木梯子嘎吱嘎吱响得厉害，看起来也不太稳。爬到一半时，他的身子晃了起来，不由得大叫："下面稳住！"

总管向身后看了一眼，似乎打算逃跑。凯姆走上前去，将手搭在他肩上，狒狒也靠到了他的脚边。

"听法官的话。"凯姆冷冷地说，"你该不会是想让他出什么意外吧？"

他们一起稳住了梯子，帕扎尔这才安心地继续往上爬。他终于爬到离地面八米高的顶部，然后拉了一下插销，打开了那扇天窗，看到储藏塔里满满的都是稻谷。

"真奇怪！一定是那个核查员骗了你。"总管对帕扎尔说。

"还有一个可能：你也是同谋。"帕扎尔想了想说道。

"要知道，我也被骗了。"

"我不知道该不该相信你。"

狒狒低低地咆哮一声，露出了獠牙。

"它最恨说谎的人了。"凯姆解释道。

"快管一管这个畜生。"

"要是有人惹恼了它,我也控制不了。"

总管只好低下头说:"那个核查员说只要我为他的结果作担保,他就会给我丰厚的报酬。我们原本打算把报失的粮食卖掉,这本应是个天衣无缝的计划。不过,既然没有成功,我是不是还能保住我的工作?"

这一晚,帕扎尔一直工作到深夜。他签了总管的撤职令,并列出了撤职理由。他翻遍了公务人员的名单,却找不到那个核查员的名字,他用的一定是假名字。盗粮的情况并不罕见,但如此庞大的数量,还是头一遭。这是发生在孟斐斯某个储藏塔中的个案,还是普遍存在的腐败现象?若是后者,那法老会颁布如此耸人听闻的王令,也就不难理解了。他不正是希望趁此机会重建公理道义、重树新风吗?无论职位高低,只要每个人都刚正不阿,这股不正之风很快就能被刹住了。

在炽热的灯火中,他似乎又看到了奈菲莉的脸,还有她的眼、她的唇。这么晚了,她应该睡了吧。

她是否也在想着他呢?

第 25 章

帕扎尔在凯姆和狒狒的陪同下搭上快船,前往三角洲地区最大的纸莎草种植区。在那里种植纸莎草的贝尔·特兰纸厂获得了王宫的许可。有着须毛状伞形花和三棱柱长茎的纸莎草,在泥浆和沼泽中可以长到六米高,长成一片茂密的草丛。这种珍贵的植物顶端密密地长满了花,其他部位各有不同的用途:其木质根可以用来制造家具;纤维与茎的表皮可编制草席、篓、筐、网袋、绳索、细线,甚至可以制成穷人穿的鞋子和缠腰布;表皮下丰富的黏稠汁液,经过适当的处理后,便可以制成莎草纸。

纸莎草自然生长的数量无法满足贝尔·特兰纸厂的需求,因此,纸厂又开垦了大片土地,以增加纸莎草的产量,其中一部分用来外销。对所有埃及人而言,纸莎草翠绿的茎代表着年轻和活力。众女神的权杖都状似纸莎草,神庙里也都是用石头雕成的状似纸莎草的柱子。

种植区的草丛中开出了一条大路。帕扎尔在这条路上遇到了一些赤身背着成捆草束的农民。他们嚼着嫩枝,吸干草汁之后便把渣滓吐掉。随后,他来到干燥的大仓库,里面放着装有制纸原料的木箱和陶土瓶。仓库前面有几个专家正仔细地清理经过筛选的纸莎草纤维,之后将其铺到席子或木板上。

制作莎草纸时,先要截取长约四十厘米的草茎,再把它们切成长长的片,然后将这些长片相互垂直交叉着铺成两层。接着有人在上面盖一块湿布，再用木槌敲打一会儿，待它们干了之后，便会自然地紧密黏合在一起，无须添加任何其他材料。

"很神奇吧？"

对帕扎尔说话的男人身材矮壮，他脸很圆，但没有什么血色，乌黑的头发用发油抹得十分服帖。他的手和脚都很胖，骨架也很大，但看起来相当有活力，甚至看上去有一点儿急躁。

"你的到访让我备感荣幸，帕扎尔法官。我叫贝尔·特兰，是这个地方的主人。"

他拉了拉缠腰布，整理了一下细亚麻布衬衫。虽然他衣服的布料都出自孟斐斯顶尖的纺织工之手，但是他穿着看起来不是太小，就是太大。

"我想向你买一些纸。"帕扎尔对他说。

"跟我来，我让你看看我最好的纸样。"

贝尔·特兰把帕扎尔拉进存放高级纸张的库房，里面堆满了一卷卷的莎草纸，每一卷大概有二十张。贝尔·特兰摊开了其中的一卷："你仔细看看这纸的光泽，摸摸这质地……多么细致。还有纸张的颜色——黄得有多美。其他厂商绝对模仿不出来。日晒的时间长短是制作这种纸张的秘诀之一，当然，还有其他制作秘诀，我就不便透露了。"

帕扎尔摸了摸纸卷的末端，称赞道："这纸的确很好。"

贝尔·特兰掩饰不住内心的骄傲："这种纸是专门给那些负责抄写与增补古代智慧书[①]的书记官用的。王宫的图书馆也订了一打，而且我还负责供应人们陪葬所需的《亡灵书》抄本的用纸。"

"你的生意好像很不错。"

"如果日夜赶工，生意是不错。不过我并不觉得辛苦，因为我

---

① 代代相传的格言集。

喜欢这份工作。各种作品都会被记录在我供应的纸上，还有那些象形文字，这是很重要的事情。"

"我经费有限，买不起这么好的纸。"

"我还有质量稍次一点的，但也相当不错。绝对耐用。"

这次贝尔·特兰给他看的纸很合适，但帕扎尔还是觉得太贵了。

贝尔·特兰尴尬地挠挠后脑勺，说道："帕扎尔法官，你对我很好，我也希望能有所回报。我重视法律，因为这是幸福的根源。能不能请你接受我的馈赠？"

"我很感激你的慷慨，但是我不能这样做。"

"你一定要收下。"

"无论什么形式的礼物都可被视作贿赂。如果你同意让我晚一点付钱，也要正式通知我，并加以记录。"

帕扎尔坚持不收贝尔·特兰的赠礼，贝尔·特兰也不便再勉强他，说道："既然这样，那好吧！我也听说了，你对那些不守法的富商毫不留情。你真是勇气可嘉。"

"职责所在罢了。"

"近来，孟斐斯的商人品行越来越差了。我想法老的王令应该可以遏阻这种令人遗憾的变化。"

"我和我的同僚都会尽力的，虽然我并不十分了解孟斐斯人的品行。"

"你很快就会知道的。近年来，商人之间的竞争极为激烈，为了打击对手，他们常常会不择手段。"

见贝尔·特兰语带愤慨，帕扎尔便问他："你遭受过这样的打击吗？"

"大家都遭受过这样的打击，但是我会反击。刚开始，我只是三角洲地区一个大地主家的助理会计，当时纸莎草种得并不多。由于工资微薄，工作时间又长，我便向地主提出了一些改善措施，他不但接受了,还让我升职为会计。如果不是遇到一件不幸的事,我可以在那里安稳度日。"

他们走出仓库,踏上一条两旁开满花的小径,小径尽头便是贝尔·特兰的家。

"我可以请你喝一杯吗?这绝对不是行贿,我向你保证。"

帕扎尔笑了笑。他感觉这位纸商还想跟自己聊天,便接过话头让他说个痛快:"你说的不幸之事是什么?"

"那是一次不甚光彩的遭遇。我娶了一个年纪比我大的妻子,她是象岛人。虽然我们偶尔有些小摩擦,不过大体上相处得还不错。我回家很晚,她也可以接受。有一天下午,我觉得不太舒服——大概是太过操劳——便让同事送我回家。没想到。到家后竟看到我的妻子和园丁躺在床上,我气得想杀了她,后来又想告她通奸,可是通奸的处罚实在太重了[①]。最后,我选择了和她离婚。"

"真是痛苦的经历。"

贝尔·特兰继续说:"我受伤颇深,便借加倍工作来忘记痛苦。后来,地主给了我一块没人要的地。我自己设计了一套灌溉系统,让那块地有了价值。我种的纸莎草第一次就获得了大丰收,加上价格公道,顾客也很满意……最后还获得了王宫的认可!能成为王宫用纸的供货商,我真是太高兴了。我还得到了你刚才经过的那片沼泽地。"

"那真是恭喜了!"

"努力就会有收获。你结婚了吗?"贝尔·特兰话锋一转,脱口问道。

"还没有。"

"我后来又在婚姻上冒了一次险,结果证明,这次我没选错。"

[①] 在当时的埃及,通奸是非常严重的犯罪行为,因为婚姻建立在夫妻之间的诚信上,而通奸就等于背叛了自己的诺言。

贝尔·特兰吞下了一粒含有乳香、油莎草①与腓尼基芦苇成分的圆片，让口气清新，接着说："请让我为你介绍一下我年轻的妻子。"

西尔基斯一心害怕脸上出现皱纹，烦得不得了。因此，她制出了能让肌肤光滑的葫芦巴油。她先分开豆荚与种子，然后把种子捣成糊状后加热，最后糊状物表面就凝结出葫芦巴油。西尔基斯会小心翼翼地敷上含有蜂蜜、红色天然苏打与北方的盐的面膜，还要用雪花石膏粉按摩身体。

多亏了内巴蒙医生的手术，她的脸和身材都按照她丈夫的意思变得更美了。当然，她还是觉得自己的体重太重，看着有点儿胖，不过，贝尔·特兰对她圆润的臀部不是很在意。在叫丈夫去享用丰盛的美食前，她在嘴唇上涂了口红，并在两颊抹了温和的乳液，涂了绿色的眼影。然后又往头皮上抹了主要成分为蜂蜡和树脂的消毒剂，这可以预防白发。

西尔基斯最后戴上了一顶用真头发制成的假发，每一根发丝都散发着香气。她十分满意地看着镜中的自己。这顶珍贵的假发是他们的第二个孩子（第一个儿子）出生时，丈夫贝尔·特兰送给她的。

这时，女仆走进来通知她贝尔·特兰到了，还带了一位客人。

西尔基斯惊慌失措，又拿起镜子来细细打量镜中的自己：她打扮得够不够漂亮？还有没有她未注意到的小缺陷？她会不会受到批评？然而，她没有时间再化妆或换衣服了。她就这么冒冒失失地出了房门。

"西尔基斯，亲爱的！我向你介绍一下，这是孟斐斯的帕扎尔

---

① 乳香是一种树脂，油莎草则是一种有芳香气味的芦苇。

法官。"

西尔基斯微微一笑，带着一种得体的拘束与腼腆。

"我们接待过很多买主和技师。"贝尔·特兰说，"但你是我们接待的第一个法官。真是太荣幸了。"

这名莎草纸商的新别墅共有十来个房间，光线都不强。西尔基斯怕晒，因为那样肤色会变黑。

一名女仆端着新鲜的啤酒进来，她身后跟着两个孩子，女孩一头红发，男孩子则像极了他的父亲。他们向法官行礼后便笑着跑开了。

"唉，这两个孩子啊！我们的确很爱他们，可是有时候他们实在是让人感到疲惫。"

西尔基斯点点头，表示认同。幸运的是，她的两次生产都很顺利，加上产后长时间的精心调养，她的身材没有走样。为了掩饰身上几处难以消除的赘肉，她身着一袭由上等亚麻制成的宽松长袍，袍子边上还点缀着一些小小的红色流苏。她戴的耳环是从努比亚进口的，精致的小环上嵌着一块象牙。

贝尔·特兰请帕扎尔坐上一把长长的纸莎草椅。

"这把椅子很特别吧？我喜欢有创意的东西。"贝尔·特兰解释道，"如果物品的造型讨喜，我还会大量制造，并进行销售。"

帕扎尔对别墅的格局感到十分惊讶：所有房间都又长又低，而且没有阳台。

"我的头容易晕。在屋子里不会那么热。"

"你喜欢孟斐斯吗？"西尔基斯问帕扎尔。

"我更喜欢我以前的村子。"

"你现在住在哪儿？"

"我住在办公室的楼上。地方有点儿小。自我就任之后，大大小小的案子一个接着一个，档案和文件堆得到处都是。再过几个月，

第25章 219

我住的地方可能会变得更狭小。"

"这很简单。"贝尔·特兰说,"王宫里档案室的管理员跟我的关系很好。国家仓库就是他负责安排的。"

"我不想享受特权。"

"这不是特权。他迟早会传你进宫见面,不过进宫当然是越早越好。我把他的名字告诉你,你自己看着办吧。"

啤酒的滋味好极了,由于被特意存放在大坛子里,所以十分新鲜和清凉。

"今年夏天,"贝尔·特兰说,"我要在军械库附近建立一个纸莎草仓库,如此一来,把货送到那些行政部门就快多了。"

"那里刚好是我的管辖区。"

"好极了。如果我没看走眼,你的监管一定严格高效,这样一来,我的声望就会更稳固了,不过现在已经有这样的趋势了,但我不敢舞弊,因为那样做总有一天会被抓到的。埃及向来不喜欢作弊的人。就像谚语说的那样:谎言永远找不到船渡河。"

帕扎尔心中一动,忽然问道:"你听说过一起关于粮食走私的交易吗?"

"那种丑闻一旦爆发,相关的人一定会受到重罚。"

"可能会牵涉到谁呢?"

"据说有几个人打算霸占一部分已经入仓的粮食。这只是谣传,不过大家都这么说。"

"警方没有调查吗?"帕扎尔追问道。

"已经调查了,还没有结果。留下来跟我们一起用餐好吗?"贝尔·特兰这么一问,刚开始的话题又这样结束了。

"我不想太过打扰你们。"

"我和我太太都很欢迎你。"

西尔基斯轻轻点了点头,对帕扎尔面露微笑,表示欢迎。

于是帕扎尔和他们一起享用了美味的大餐：有鹅肝酱、橄榄油配的鲜嫩蔬菜沙拉、新鲜豌豆、石榴和甜点，还有拉美西斯大帝登基那年制造的三角洲红酒。孩子们坐在另一桌，但他们一直嚷着要吃大人桌上的蛋糕。

"你打算成家了吗？"西尔基斯问道。

"我的工作太忙了。"帕扎尔答道。

"娶妻生子才是人生的目的啊，人生最大的满足莫过于此。"贝尔·特兰十分肯定地说。

红头发女孩趁大人不注意，偷偷拿了一块蛋糕。没想到父亲眼尖，一把抓住了她的手腕，骂道："不许你出去玩，也不能去散步了。"

女孩听后放声大哭，气得直跺脚。

"你太夸张了。这件事没有这么严重。"西尔基斯护着女儿。

"什么都不缺的人还偷东西，太让人痛心了！"

"你小的时候，不也会这样吗？"

"我的父母很穷，可我从来没有偷过任何人的东西，我也不允许我的女儿有这样的行为。"

即将受到惩罚的女孩哭得更大声了。

"把她带走，可以吗？"

西尔基斯按丈夫的意思去做了。

"教养儿女难免会碰到这种情况。所幸众神保佑，欢乐的时刻比痛苦的时刻多得多。"贝尔·特兰叹了口气，不知是惋惜还是满足。

贝尔·特兰给帕扎尔看了看要卖给他的那批莎草纸，顺便帮他加固了纸的四边，并多给了他几卷颜色泛白、质地较差的纸，他可以用这些纸来打草稿。

之后，他们才热情地互相致意道别。

孟莫斯光秃秃的头顶泛着红，显露了他极力隐藏的愤怒。

"谣言！帕扎尔法官，这都是谣言！"

"可是你也做了调查。"

"例行公事嘛。"

"有结果吗？"

"没有。谁敢私吞储藏在国家谷仓里的粮食呢？太荒谬了！你为什么要管这件事？"

"因为这个谷仓在我的管辖区内。"

警察局长尴尬地放低了音量："这倒是真的，我忘了。你有什么证据吗？"

"我有最好的证据：一份文书。"

孟莫斯看了看文件说："核查员记录，有一半的存粮被取走了……这有什么不对吗？"

"但储藏塔还是满的，我亲自看过了。"

孟莫斯站了起来，转过身望向窗外："这份文件已经签了名。"

"签的是假名字。委派的核查员名单上没有这个人。由你负责找出这个奇怪的人，应该再恰当不过了吧？"

孟莫斯恨他如此直截了当、不留情面，不免语带讥讽："我想你大概已经问过谷仓总管了，是吗？"

"他说不知道和他谈这笔交易的人叫什么，而且他们只见过一次面。"

"你认为他在说谎？"

"应该不会。"

当时狒狒也在场，总管没有再说什么，且狒狒并没有什么反应，因此帕扎尔相信他说的是实话。

"这一定是场阴谋！"局长言之凿凿。

"的确有可能。"帕扎尔表示认同。

"很明显，总管就是主谋。"

"答案越明显就越值得怀疑。"

"把这名盗贼交给我吧,帕扎尔法官,我有办法让他说实话。"

"绝对不可以。"

"那你有什么打算?"孟莫斯实在不明白这个年轻法官葫芦里究竟在卖什么药。

"可以暗中派人全天候监视储藏塔。如果那伙盗贼来搬运粮食,就可以将他们抓现行,然后逮捕他们,这样也就能立刻知道那些罪犯的名字了。"

"但如果总管失踪,他们会有所警惕。"

"所以我们要让他继续担任总管。"

"这个计划太复杂、太冒险了。"孟莫斯有点儿迟疑。

"不会的。不过,如果你有更好的计划,可以听你的安排。"

孟莫斯的确想不出更好的办法,只好妥协:"好吧,我会做我该做的事。"

第 26 章

　　布拉尼尔的房子可以说是帕扎尔唯一的避风港,这里能让帕扎尔受尽折磨的心稍微得以疏解。他写了一封很长的信给奈菲莉,再度向她倾吐自己的爱意,并祈求她能早日袒露心意。这样叨扰她,他也感到自责,但他无法压抑这股热情。从此,他的一生就这么交给奈菲莉了。

　　布拉尼尔在一个房间里为祖先的雕像供奉鲜花。帕扎尔则在一旁静思。矢车菊和牛油果树的黄花能让人永怀祖先,并让列位先贤在奥赛里斯的天堂中长存。

　　祭拜之后,这师生二人爬上了阳台。帕扎尔最喜欢这个时刻,天光逐渐隐入夜色,等待着明日的重生。

　　"你的青春已经像老去的肌肤一样再也回不来了。以前的你很快乐,也很平静。但是现在你要做的,是成就你的人生。"

　　"我的一切,你都知道。"帕扎尔只简单回了老师这么一句。

　　"有些事你并没有告诉我。"

　　"跟你无须多说。你觉得她会接受我吗?"

　　"奈菲莉从不会表现出虚情假意,她表达出来的都是真实的感受。"

　　一阵阵焦虑涌上帕扎尔的心头,使他难以言表:"我大概是疯了。"

　　"觊觎属于别人的东西,本来就是疯狂的事。"

老师苦口婆心的教诲，只是让帕扎尔更加惭愧和痛苦："你曾经教导我要以公正、审慎、严谨的态度积累众人的智慧，不要为自己的幸福烦恼，要努力让世人通达平和之境，让神庙为众神而立，让果园为众神结实累累①，我把这番教诲忘了。如今我为情所困，越陷越深，无法自拔。"

　　"这样也好。继续往前走，走到你的极限，直到无法回头为止，顺应天意，便不会误入歧途。"

　　"我没有忘记我的职责。"

　　"斯芬克斯像惨案查得怎么样了？"

　　"进了死胡同。"

　　"一点希望也没有了？"

　　"除非能找到第五名退役军人，或者是苏提能在阿舍将军那里探听到什么消息。"

　　"看来希望十分渺茫。"

　　"即便要等好几年才能找到新线索，我也不会放弃的。你别忘了，我手中握有军方说谎的证据：那五名老兵已经正式被宣告死亡，可其中却有一人回到底比斯当了面包师傅。"

　　"第五个人没有死。"布拉尼尔认真地说，好像那个老兵就在他眼前似的，"不要放弃，厄运总有一天会离开。"

　　布拉尼尔说完后，他们静默了许久。他说话时的郑重语气使帕扎尔心烦意乱，他知道老师有预见未来的能力，有时候他就是能看到尚且没有到来的真相。

　　"我马上就要离开这里了。"布拉尼尔率先开口，"该是我到庙里度过余生的时候了。我的耳中将充斥着卡纳克神庙众神的沉默，我也将与永恒之石交谈。我今后的每一天将越来越宁静，在人生的

---

① 这是神庙内先贤石柱上的铭文。

这个重要阶段，做好准备之后，我便要面对奥赛里斯神的审判了。"

帕扎尔不愿意接受这个事实，急忙说道："我还需要你的教导。"

老师却心意已决："我还能给你什么建议呢？明天我将拄着拐杖前往极乐之地，和所有人一样，留在那里不再回来。"

帕扎尔仍不放弃希望，继续找理由说服布拉尼尔："倘若我发现埃及罹患可怕的疾病，而我又有机会起身与之对抗，你的道德威望将是我必不可少的助力，你也将扮演决定性的关键角色。所以请你再等一等。"

"我到庙里之后，这个房子就是你的了。"

谢奇用枣核和木炭点起了火，把兽角形状的坩埚放到火上，再用风箱增大火势。他把熔化的金属倒入各种特殊的模型中，希望能研究出熔炼金属的新方法。他记忆力很强，因此对研究过程与结果都没有记录，以防泄露机密。他的两名助手十分健壮，体力惊人，他们会用长长的管子吹气，以维持旺盛的火势，一吹就是好几个小时。

难以摧毁的武器马上就要制成了。法老的军官将佩戴无坚不摧的剑与长矛，击破亚洲敌军的头盔，刺穿敌军的甲胄。

正当他沉思之际，门外突然传来了打斗声。谢奇打开实验室的门想一探究竟，却刚好撞上两名警卫。他们抓住了一个满头白发、双手通红的人。那个人气喘吁吁，眼中充满了泪水，缠腰布也被扯破了。

"他私自闯入了金属储藏库。"一名警卫解释道，"我们正要询问，他却撒腿就跑。"

谢奇认出了牙医卡达什，却丝毫没表现出惊讶。

"放开我，你们这些野蛮人！"卡达什怒斥道。

"你还敢喊，你这个小偷！"警卫长反驳道。

到底是什么疯狂的念头闪过了卡达什的脑海？长久以来，他一直梦想能得到神铁，用它制造手术工具，让自己成为无人可以匹敌的牙医。为了个人利益，他丧失了理智，将那些缜密的诡计抛到了九霄云外。

"我已经派人去给门殿长老汇报了，因为我们现在需要一名法官。"警卫长说道。

为了避免招来怀疑，谢奇只好顺着警卫长的意思行事。

门殿长老的书记官半夜三更被吵醒后，认为事情并没有严重到非叫醒门殿长老不可的地步，尤其是在门殿长老特别注重睡眠的情况下。于是他看了看法官名单，让最近才任职的帕扎尔法官来处理此事。帕扎尔等级最低，应该让他多多磨炼。

帕扎尔还没有睡。他想着奈菲莉，想象她就在他身边，温柔地安慰并鼓励着他。他向她诉说案件的调查过程，而她则向他描述着病患的种种状况，他们一起分担对方工作上的重负，享受着这种简单的快乐。每天旭日东升后，便又是充满希望的崭新的一天。

忽然间，北风大叫起来，勇士也开始狂吠。帕扎尔连忙起身打开窗户。看到士兵出示由门殿长老书记官派发出的调派令后，帕扎尔便披上短披风，跟着士兵到了营区。

通往地下室的楼梯口站着两名卫兵，他们手中的长矛相互交叉。见到法官时，他们放下长矛让出通道，谢奇就站在实验室门口等着迎接法官。

看到帕扎尔，他有点儿讶异："我以为来的人是门殿长老。"

"抱歉，让你失望了，是上级让我来的。发生什么事了？"

"偷窃未遂。"

"有嫌疑犯吗？"

"罪犯已经被逮起来了。"

"那只需要说明事实，待起诉罪犯后立刻判刑就可以了。"

谢奇似乎有一点儿不安。

"我要亲自审问，嫌疑犯在哪儿？"见谢奇没有反应，帕扎尔便主动问道。

"在你左手边的走道上。"

那名罪犯原本坐在一块铁板上，由一名武装士兵看守，他一看到帕扎尔，马上跳了起来。

"卡达什！你在这里干什么？"帕扎尔着实大吃一惊。

"我正在营区附近散步，他们却无缘无故地袭击我，还强行把我带到了这个地方。"

"他说谎。"警卫抗议道，"这个人擅自进入储藏库，所以才会被我们拦住。"

"胡说！我要告你们诽谤。"卡达什大声否认。

"指控你的证人有好几个呢。"谢奇提醒他说。

"储藏库里都放了些什么东西？"帕扎尔问道。

"一些金属，大部分是铜。"

帕扎尔心里有点儿明白是怎么回事了，便问牙医："你是不是缺了制造器材的原料？"

卡达什仍矢口否认："这都是一场误会，我是无辜的。"

这时候，谢奇走到帕扎尔身旁，在他耳边小声说了几句什么。

帕扎尔应道："悉听尊便。"

他们走进实验室，见四下无人，谢奇这才问道："我在这里进行的研究必须绝对保密，你开庭时，能不能禁止旁听？"

"当然不行。"帕扎尔一口回绝。

"在这种特殊的情况下……"

"不要再坚持了。"

"卡达什是个既有名又有钱的牙医，他的行为实在令人费解。"

"你在做哪方面的研究?"

"武器装备,你懂吗?"谢奇骄傲地说。

"针对你的研究工作,并没有特殊的法令法规。如果卡达什被控偷窃,他必须依照正常程序为自己辩护,而你也得出庭接受问讯。"帕扎尔的态度一如往常,公事公办。

"这么说我到时候必须回答你的问题了?"

"当然。"

谢奇捻捻胡须说:"那我还是不告他了。"

"这也是你的权利。"

"我是为了埃及着想。不管是在法庭还是其他什么地方,消息一旦走漏,后果将不堪设想。卡达什就交给你了。我就当什么也没发生过,至于你呢,帕扎尔法官,别忘了,你有责任保密。"谢奇结尾的语气带着一点威胁。

帕扎尔和卡达什一起走出营区后对卡达什说:"你不会被起诉。"

"可是我要告他们。"卡达什一副愤愤不平的模样。

帕扎尔知道他正在气头上,便心平气和地为他分析:"证人的证词对你不利,你在不寻常的时间点出现在这个地方,还有偷窃的嫌疑。从这几点来看,你告他们胜算实在不大。"

卡达什咳了几下,呸的一声把痰吐掉,说:"你说得对,那就算了吧。"

"我可不能算了。"

"你说什么?"卡达什觉得莫名其妙。

"我可以半夜三更起床,也可以办理任何案子,但是你不能把我当傻子一样戏弄。你得向我解释清楚,否则我就以侮辱法官的罪名起诉你。"

牙医开始支支吾吾:"谷仓里是上等的纯铜!我已经梦想好多年了。"

"你是如何知道这个储藏地点的？"

"监管营区的士官是我的病人，很爱说大话，于是我就想碰碰运气。以前，军营不会如此警戒森严。"

"所以你就打算偷窃？"

"不，我打算买！"卡达什反驳道，"我打算用几头肉牛来换取那些金属，因为这些军人都很贪吃，买卖成交后，我的器材就会又轻又精准。可是这个小胡子，一点儿人情味也没有，怎么都说不通。"

"不是所有的埃及官员都腐败。"

"腐败？你太夸张了！难道只要进行交易，就是非法的吗？你对人的看法未免太悲观了！"

卡达什嘀咕着走远了。

帕扎尔在黑夜里信步而行。他并不完全相信卡达什的说辞。金属储藏库、军营……又是军队！不过这件事似乎和那几个退役军人的失踪并没有什么关系，只不过是一个牙医不愿意接受自己的手艺在逐渐走下坡路的事实，进而做出的无谓挣扎罢了。

今晚是满月。传说月亮里面住了一只拿着武器的兔子，它是个好战的精灵，要把恶鬼的头都剁下来才肯罢休。帕扎尔倒是十分乐意请它当自己的书记官。"夜晚的太阳"慢慢变大又慢慢缩小，渐渐变亮后又渐渐变暗。这只飘荡在空中的小白船，会把他的思念传递给远方的奈菲莉。

尼罗河水向来以有助消化而闻名，清甜的河水能迅速逼出人体内的毒素。部分医生认为，尼罗河水之所以具有这样的疗效，是因为河岸上生长着药草。每当涨水时，河中便满是药草与矿物盐的微粒。埃及人会把这珍贵的河水盛放在成千上万个水罐中，这样河水就不会变质。

不过，奈菲莉还是检查了去年储存的河水，以防万一。若发现容器内的水变得浑浊,她便会丢一个甜巴旦杏进去,一天之后,水就会变得澄澈甜美。有几罐水已经放了三年,水质却丝毫都没有改变。

检查之后,她开始留意洗衣工的一举一动。在宫中,这个职务往往会被分派给值得信赖的人,因为衣物的整洁一向极受埃及人重视。举国上下的埃及人都有这样的习惯。洗衣工将衣服洗好及拧干后,还要用木棍捣衣,然后会把衣物高高举起来,再用力抖一抖水,最后才会将它们挂到系在两根木桩间的晾衣绳上晒干。

看了一会儿,奈菲莉忍不住问道:"你是不是生病了?"

"为什么这么说?"

"因为你精力不足,这几天你洗的衣服看起来都不是很干净。"

"还能有什么办法?做这份工作可没那么简单,女人的脏衣服真是让人头疼。"洗衣工粗声粗气地抱怨。

"只用水洗是不行的,试试这些消毒剂和香料吧。"

暴躁的洗衣工从她手里接过两个瓶子。奈菲莉脸上的微笑消除了他的戒心。

为了避免虫害,奈菲莉让村民在谷仓中撒了一些草木灰,这种灭虫剂既有效又便宜。尼罗河涨水前的几个礼拜,人们就可以开始屯粮了。当她巡视最后一个谷仓时,又收到了卡尼送来的香芹、迷迭香、鼠尾草、枯茗子和薄荷。这些药草被晒干或磨成粉后,便可加入药方中。这些药的确减轻了一些老人的病痛,再加上亲人的陪伴,他们的病情便会好很多。

虽然奈菲莉一直保持低调,但是她高明的医术还是受到了关注。一传十,十传百,很快,许多河西的农民都来找她看病。她来者不拒,而且看病绝不马虎。经过一整天的辛劳之后,她还要和两名寡妇利用晚上的时间准备药丸、软膏与膏药,她们是她精心挑选出来的,做事谨慎细心。睡了几个小时后，天刚亮便又有病人大排长龙地等着她看病。

她从未想过自己的行医生涯竟会是这样的，但是她喜欢给人治病。看到一张张忧虑的脸重新绽放出宽慰喜悦的笑容，她感到无比欣慰。内巴蒙让她不得不与这些地位卑微的人接触，实际上却帮了她一个大忙。在这里，上流社会的医生时兴的那套巧言令色全不管用，这些工人、渔民、家庭主妇，只想花最少的钱获得最快的疗效。

她请人把绿猴"小淘气"从孟斐斯带来了，每当疲倦时，小淘气就会耍个把戏逗她开心。看到小淘气，她就会想起和帕扎尔第一次见面的情景，他是那么耿直、固执，却也是那么令人挂心而难忘。但是，哪个女人能和一个以事业为重的法官一起生活呢？

十来个搬运工把他们身上的篓子放在奈菲莉新实验室的门口，小淘气则在篓子上跳来跳去。篓子里装的是柳树皮、天然苏打、白油、乳香、蜂蜜、笃耨香，以及各式各样的动物油。

"这都是给我的？"奈菲莉惊讶地问。

"你是奈菲莉医生吧？"其中一名搬运工问道。

"是的。"

"那就是给你的。"

"这些东西要多少钱。"奈菲莉迟疑了一下。

"已经付过钱了。"

"谁付的？"

"我们只负责送货，其他的一概不知。请你写个收据。"

奈菲莉又惊又喜，不再多问，在木板上写下自己的名字。有了这些药材，她就可以配出更复杂的药方，独自医治重症病人了。

傍晚，莎芭布出现在她住所的门口，但她并不诧异，只是说："我一直在等你来。"

"你猜到我会来？"

"治疗风湿痛的药膏很快就会配好,现在什么药草都不缺了。"

莎芭布头上戴着散发着芳香的灯芯草发饰,脖子上戴着一条由光玉髓制成的莲花项链,一扫几日前的潦倒模样。她身上的亚麻长袍自腰部以下几近透明,显露出了她修长的双腿。

"我要请你治疗,只让你治,其他医生都是招摇撞骗的庸医。"

她的一番夸赞让奈菲莉有些不自在:"这么说会不会太夸张了?"

"我说的都是实话。你出个价,我绝不讨价还价。"莎芭布豪爽地说。

"你送的礼物实在太贵重了。现在我手上的昂贵药材,多得足以让我治好几百个病人。"

"那得先从我开始。"

奈菲莉见她出手如此阔绰,十分好奇:"你发财了吗?"

"哎!我又重操旧业了。"莎芭布坦言道,"底比斯不像孟斐斯那么大,民风也比较淳朴和保守,不过这里的有钱人一样喜欢到啤酒店找漂亮的女孩。我请了几个年轻的女孩,在市中心租了一栋漂亮的房子,给了当地的警局局长点钱,然后就开了这家啤酒店,名声很快就打响了。你眼前的一切正是最好的证据。"

"你太慷慨了。"

"你说错了。我只不过是想接受最好的治疗罢了。"

"你会听从我的建议吗?"

"我一点都不敢违背。我只是经营啤酒店,并不会亲自接待客人。"

"想找你的客人应该不少吧?"

"我偶尔也会满足一下那些男人的欲望,但纯粹是为了自己享乐,而不是为了金钱。现在,想碰我可没那么容易。"

听了她这番坦白的话,奈菲莉脸上泛起了红晕。莎芭布顿觉失言:"医生!我这么说没有冒犯你吧?"

"没有，当然没有。"奈菲莉急忙回答。

莎芭布停了一下，感叹道："你付出了那么多爱，但你自己可曾获得过爱呢？"

"这个问题没有什么意义。"

"我知道，你还是处女。能让你动心的男人可真是有福。"

莎芭布快言快语的个性很难改变，急得奈菲莉想要辩解，却不知要从何说起："莎芭布女士，我……"

"你叫我女士？你在开玩笑吧！"

奈菲莉不再言及其他，对芭莎布说："好了，把门关上，脱掉衣服。在痊愈之前，你每天都要来找我敷药。"

莎芭布躺上按摩石板，幽幽地说："医生，你会很幸福的。"

第 27 章

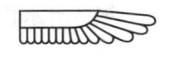

湍急的水流惊险异常。苏提抱起豹子,把她扛在肩上,并警告她:"不要再挣扎了。掉下去会淹死的。"

"你只不过想让我出丑而已。"

"要不要试试看?"

她禁不住开始害怕,便安静下来。在齐腰的河水中,苏提踩着脚下的大石头,谨慎地涉水过河。

"你爬到我背上,双手抱住我的脖子。"

"我差不多已经会游泳了。"

"你以后再学也不迟。"

说时迟,那时快,苏提脚下踩了空,吓得豹子失声惊呼。当他恢复平衡,继续灵巧迅速地往前走时,感觉到豹子把他抱得更紧了。

"放轻松,用脚踢一踢水。"

她心里还是七上八下,焦虑不安。

忽然间,一个巨浪打在苏提头上,不过浪头没有盖过他的头顶,他反而顺着浪漂到了岸边。

上岸后,他在地上插了一根木桩,绑上绳子,然后将绳子的另一端抛到对岸,一名士兵把绳子的另一端也系牢了。

这会儿,豹子本可以趁机逃走,但她没有这么做。

这次袭击行动的幸存者与阿舍将军的弓箭队也来到了河边。最后过河的那个步兵高估了自己的体力,根本不把绳子当一回事,笑闹着把手松开了。结果由于身上的武器太重,他身子一沉便撞上了一块突出水面的石头,昏了过去,开始下沉。苏提见状立刻纵身跳入水中。

连续吞噬了两个人的河水,仿佛看到猎物一般,更加汹涌。苏提在水中游了几下,找到了那名落水的士兵。从后面托住士兵,让他不再下沉,并用力将他往上拉。此时那个士兵突然恢复知觉,胳膊开始向后挥动,苏提胸口被击中,不由得松开手,士兵立刻消失在湍流之中。而苏提再也憋不住气,只好放弃了。

"这不是你的错。"豹子安慰他说。
"我不喜欢死亡。"
"他只是个愚蠢的埃及人!"
她话还没说完,苏提就反手给了她一耳光。
她错愕之余,恨恨地瞪了他一眼:"从来没有人敢这么对我!"
"是吗?"
"你们埃及男人常常打女人吗?"
"在埃及,女人和男人享有同样的权利和义务。仔细想想,你只配让人打一顿屁股。"
他一边说,一边面带威胁地站起身来。
"走开!"豹子有点儿心虚。
"你后悔刚才说的那些话吗?"
豹子紧闭着双唇不出声。
远处传来一阵骚动,苏提心生警惕,其他士兵也都跑出帐外。他一把抓过弓和箭袋,并对豹子说:"你如果想逃就逃吧!"
"可是如果再被你抓到,你就会杀了我。"
苏提只是耸了耸肩。
豹子又骂道:"你们这些该死的埃及人!"

外头的吵闹声并非敌人来袭,而是阿舍将军与他率领的精英部队到了。这个好消息很快便传开了。那个当过海盗的士兵兴奋地抱住苏提说:"我能有机会认识你这个英雄人物,真是骄傲!阿舍至少会赏你五头驴子、两把弓、三支铜制长枪和一面圆盾。你不会被埋没太久的。小伙子,你很勇敢,像你这样的人并不多见,就算在军中也是一样。"

苏提真是欣喜若狂。他终于达到目的了。现在是他向阿舍将军的亲信打探消息、调查疑点的时候了。他不会失败,他会让帕扎尔以他为傲的。

一名头戴盔甲、身材高大的士官忽然问道:"你就是苏提吗?"

"就是他。"当过海盗的士兵抢着说,"多亏了他,我们才攻占了敌人的堡垒,而且他还冒着生命危险救过一个溺水的士兵。"

"阿舍将军任命你为战车官。从明天起,你要协助我们追捕那个卑鄙的阿达飞。"

"他逃走了?"

这名士官气愤地说:"他狡猾得像条泥鳅。不过叛乱已经被平息了,我们迟早都会抓到他的。他设下的陷阱害死了我们几十名勇士。他就像是凶残的死神一样,每晚都杀人,还到处收买各个部落的族长,一心想制造纷争。苏提,你跟我来,将军要亲自为你颁发勋章。"

对这种为了满足人的虚荣心而设置的浮夸仪式,苏提向来敬而远之,但是这次他接受了。他历经千辛万苦,就是为了见阿舍将军一面。

苏提慢慢向前走,两旁的士兵热烈地欢迎他,他们用头盔敲击盾牌,高喊这位得胜的英雄的名字。远远望去,阿舍将军完全没有一点战士的派头。他又矮又小,整个人似乎缩成了一团,更像是一个熟悉官僚做派的书记官。

苏提走到距离将军十米的地方，突然停了下来。

其他人从背后推他，又是催促又是打气："去啊！将军在等你呢！"

"孩子，不用怕！"

于是苏提又往前走，却已经满脸苍白。阿舍也向前迈了一步："很高兴能认识你这个人人称赞的弓箭手。战车官苏提，现在我正式授予你勇士金蝇勋章①。你要好好保存这枚珍贵的勋章——它证明了你的英勇。"

苏提接过勋章。战友们纷纷向他道贺，大家十分好奇，都想看一看、摸一摸这枚至高无上的勋章。

然而这位受励的英雄却显得心不在焉。大家都以为他是情绪太激动了，一时失了神。

当晚将军特意为他开了一场庆功会。他纵酒欢庆过之后回到帐篷，大家言辞轻浮地和他开着玩笑——美丽的豹子该不会还有什么"突袭行动"吧？

走进帐中后，苏提躺了下来，眼睛睁得大大的。他没有看豹子，豹子也不敢跟他说话，独自蜷缩在角落里。

阿舍将军简直就像是一个贪婪地寻找猎物的吸血鬼，不是吗？这个高级军官的面孔在苏提的脑海中简直无法磨灭——就是他，在距苏提几米远的地方，曾经折磨并谋杀了一个埃及人。这个卑鄙无耻的小人！这个口是心非的叛贼！

清晨的阳光从高高的窗棂中射进来，照在一根石柱上。在这个五十三米深、一百零二米宽的大柱厅里，还有一百三十三根相同的柱子。建筑师为卡纳克神庙建造了全埃及规模最大的石柱林，柱上

---

① 这是级别很高的荣誉勋章，苍蝇象征着模范军人的攻击性与毅力。

绘饰着一幅幅法老向众神献祭的画面。图案上那鲜艳夺目的色彩只有在特定的时刻才会显现出来。因此，只有一年到头都住在里面，才能随着光线的变化，在一根根柱子和一幅幅画面中，看清这些世人无缘看到的宗教仪式。

有两个男人一边闲聊，一边缓缓走过柱厅的中央通道。前面的那个是布拉尼尔，后面的那个是卡纳克神庙的大祭司，他今年已经七十岁了，专门负责管理这座神殿，还要监管神的财富并维护神职人员的等级秩序。

大祭司语带惋惜地说："布拉尼尔，我听说了你提出的请求。你曾经指引那么多年轻人走上智慧之路，如今却想退出俗世，在神庙内隐居。真是可惜啊！"

"这的确是我的希望。我的眼睛不行了，脚也不听使唤了。"

"但是你看起来似乎还没有衰老到这种地步。"

"外表是会骗人的。"

"你现在就退休，未免早了一点吧？"

"我已经把所学的一切都传授给奈菲莉了，现在我也不收治病人了。至于孟斐斯的住所，从今天起，我就把它送给帕扎尔法官了。"

布拉尼尔退意已决，无论大祭司怎么说，他都坚决婉拒。

大祭司听他提起奈菲莉，便说："内巴蒙并不支持你的爱徒。"

"他让她接受严苛的考验，却忽略了她的本性。她看似柔弱，却有一颗无比坚韧的心。"

"帕扎尔是底比斯地区的人吧？"

"是的。"

"你好像非常信任他。"

"他是个热情如火的人。"

"火是有毁灭性的。"大祭司提醒道。

"控制得当，就能照亮一切。"布拉尼尔则信心十足地回答。

"你希望他扮演什么样的角色?"

"命运自有安排。"

布拉尼尔的言语中透着玄机,大祭司不禁叹道:"你真是深谙人性呀,布拉尼尔!你提前退休将使埃及失去一个人才。"

"自有后浪推前浪。"

"我啊,也想退休了。"

见大祭司面露倦容,布拉尼尔回应道:"你肩上的担子太沉重了。"

"的确,而且一天比一天重。行政工作太多,使我几乎没有时间沉下心来冥想。法老和他的幕僚已经答应我的请求。再过几个星期,我就可以搬到圣湖东岸的小屋去,专心研习古代文献了。"

"到时我们就是邻居了。"

"我可不这么想,你的住处将会豪华得多。"

"你的意思是?"布拉尼尔不解地问。

"你已经被指定接任我的职务了。"

德内斯和妻子涅诺法接受了贝尔·特兰的邀请,尽管他只是个野心勃勃的暴发户。涅诺法还强调,"暴发户"这个词形容他再适合不过了。然而,这名造纸商却拥有不可忽视的实力。他懂得应酬,再加上强大工作能力和竞争力,他的前途不可估量。瞧,他不是已经借助某些影响力得到王宫的认可了吗?德内斯绝对不容许自己忽略这么有潜力的商人,因此他想尽办法说服了万分不情愿的妻子和他一同前往贝尔·特兰在孟斐斯的新仓库举办的开幕宴会。

今年尼罗河的涨水量恰到好处,灌溉农田的水不多不少,人人得享温饱,埃及甚至还有余粮可以外销到亚洲的各个附属国。伟大的孟斐斯财富满溢。

德内斯和涅诺法坐在有高大椅背的豪华轿子上,前面还放了一个矮脚凳。两旁的雕花扶手不仅能让乘轿人坐得更舒服，还能凸显他们高雅的姿态。他们头顶除了有掩避风沙的华盖，还有两把遮阳伞，可以挡住偶尔十分刺眼的夕阳的余晖。

在路人的注视下，四十名轿夫踏着轻快的脚步往前走。由于车辕长、轿夫多，市民们便戏称这顶轿子为"蜈蚣"。想到提供这次特殊服务后，将获得一笔丰厚的报酬，轿夫们不禁唱起了歌："宁可轿子重，不愿轿子空。"

看到路人们目瞪口呆，德内斯和涅诺法觉得花费再多也是值得的。德内斯和涅诺法这样隆重出场，让参加贝尔·特兰宴会的众人羡慕不已。

在孟斐斯人的记忆中，他们还从来没有见过如此华丽的轿子呢。对众人的称羡，德内斯只是大手一挥，不置一词，而涅诺法则因轿子上少了那么一点金饰而频叹可惜。

两名仆人为一众宾客斟上了啤酒与葡萄酒。所有孟斐斯的商界人士都齐聚于此，庆贺贝尔·特兰挤进了权力的核心。如今他必须自己推开这扇已然半开的大门，并要以绝对强势的行动证明自己的实力。德内斯夫妇对他的评价将给他带来关键性的影响，因为到目前为止，所有商界的顶尖人物都得到过这对夫妻的认可与提携。

因此，一看到他们，贝尔·特兰便紧张地迎向前去打招呼，顺便向他们介绍妻子西尔基斯。由于丈夫一再告诫，所以西尔基斯一言不发。涅诺法上下打量着她，脸上满是鄙夷。德内斯环顾四周后问道："这是仓库还是卖场？"

"两者都是。"贝尔·特兰恭敬地回答，"如果一切顺利，我会扩大规模，然后把两个场所分开。"

"你野心倒挺大。"德内斯不屑地说。

"你觉得这样不好吗？"

"从商不能太贪心，你不怕消化不良吗？"

"我的胃口一向很大,而且我消化得也很快。"

涅诺法对他们的谈话毫无兴趣,她宁愿去找老朋友聊天。德内斯明白妻子心里已经有了谱:她觉得贝尔·特兰令人讨厌、咄咄逼人,也不可靠。他所说的那些理想与抱负,和劣质的石灰岩一样不牢靠。

德内斯睨视着宴会的主人说:"孟斐斯和它看起来的样子不同,想融入这里没那么容易,你要考虑清楚。在三角洲的造纸业里,你可以称王称霸,在这里,你得忍受大城市的种种不便,可能常常要为芝麻大的小事不断奔波。"

"你太悲观了。"

"你还是听劝吧,我亲爱的朋友。每个人都有自己的极限,你可不要好高骛远。"

"老实说,我还不知道我的极限在哪儿,所以才想进行各种尝试。"

德内斯见自己的暗示似乎无效,便开门见山地说:"孟斐斯本地一些历史悠久的莎草纸制造商与交易商已经能满足市场需求了。"

"我会以质量更好的纸和这些老牌厂商竞争。"贝尔·特兰依旧自信满满。

"你不是在吹牛吧?"

"我对自己很有信心。"

贝尔·特兰接着反问:"不过我不明白你为什么这么防着我?"

"我只是为你着想。如果能面对现实,你将会省去很多麻烦。"

"我劝你还是多为自己想想吧。"

德内斯薄薄的嘴唇变白了,冷冷地问:"你这话是什么意思?"

贝尔·特兰长长的缠腰布不断往下滑,他拉了拉腰带说:"我听说你犯法,吃了官司。你的事业也已经不像以前那么辉煌了。"

他们的音量提高了,其他宾客自然也竖起了耳朵听着。

"你竟然敢用这种无凭无据的话中伤我。我德内斯的声誉全埃及人民都有所耳闻,你只是个无名小卒。"

"时代变了。"

"你这根本就是在散播谣言,恶意中伤我,我懒得和你一般见识。"

对这位客人的污蔑,贝尔·特兰义正词严地进行了驳斥:"我想说什么,也会在大庭广众下直说,别人背后怎么造谣,或者有什么不正经的勾当,那是别人的事。"

"你想告我?"德内斯气得直发抖。

"你觉得你有罪吗?"贝尔·特兰不动声色地反问。

涅诺法夫人挽起丈夫的胳膊说:"时间不早了,我们该走了。"

"你给我当心点。"德内斯怒意难消地警告道,"只要有一次过失,你就完了。"

"我早有防范。"

"你实在是太过异想天开了。"

"也许你会是我的第一个客户呢。我会针对你的需求,研制出一系列价格合理的产品。"

"我考虑考虑。"德内斯最后咬牙切齿地丢下这么一句话。

他们二人的这场角力,谁将获胜?在场的众人意见不一。德内斯以前的确成功赶走了不少光说不练的人,不过贝尔·特兰对自己的实力似乎很有把握。眼看这场精彩的对决就要开始了。

第 28 章

苏提的战车沿着崎岖不平的路前进，路的一侧是陡峭的岩壁。阿舍将军的精英部队去搜寻叛军的余孽，已经快一个星期了，却始终一无所获。将军认为这一带已经恢复了平静，便下令收兵。

战车上多了一名负责掩护的弓箭手，苏提依旧沉默不语，只是神色黯然地专心驾车。豹子很幸运，能享受特殊待遇。她安坐在一头驴子的背上，不像其他俘虏，只能步行。阿舍特别给予上一场战役中的英雄这项特权，其他士兵自然也无话可说。

夜里，豹子和苏提同睡在一个帐篷里。这个平常总是热情、外向的青年突然变得如此沉默寡言，眉宇间还不时流露出一丝伤感，对此她真是讶异极了。她忍不住想探究原因："你是一个英雄，你将会名利双收，可是你现在却像一只斗败的公鸡。到底是为什么呢？"

"俘虏没有问话的权利。"

"只要你应战，我就会一直和你缠斗。可是，你现在不会是不想活了吧？"

"闭嘴，你不要再问了。"

豹子果真不再问了，却脱了衣服。她全身赤裸，将金发往背后一甩，跳起舞来。她缓缓地转圈，她美丽的胴体从各个角度看都完美无缺，她的手轻轻滑过胸部、臀部和大腿，勾勒出自己优美的线条。她摇摆着柔若无骨的身子，展示着自己温柔似水的天性。

当豹子娇媚地往苏提身边靠时,他还是没有动。她解下他的缠腰布,亲吻他,然后整个人都趴到他身上去。她很高兴,因为她发现苏提并没有一蹶不振。虽然他极力抗拒,但是豹子看得出来,他很想要她。她抱着苏提,用滚烫的双唇从上到下吻遍了他的全身。

"我以后会怎么样?"

"到埃及你就自由了。"

"你不会把我留在身边?"豹子有点儿惊讶。

"一个男人是满足不了你的。"

"只要你变得富有,就能满足我。"

"当个体面的贵妇人,你一定会觉得无聊。而且,别忘了,你发过誓,你随时都可能背叛我。"

"你征服了我,但我有朝一日也会打败你的。"

豹子继续用低沉而温柔的声音引诱着苏提。她躺在地上,头发散乱,呼唤着他。

苏提再也忍不住了,爆发出所有的热情占有了她。他想,这个女魔鬼一定是施了什么魔法,才重新燃起了他内心熊熊的欲火。

"你不再悲伤了。"豹子看着他,略带迟疑地说。

"不要猜我的心事。"

"那你就告诉我。"

苏提还是没有说,只是吩咐道:"明天我停下战车时,你立刻到我身边来,听我的指令行动。"

"右轮有嘎吱嘎吱的声音。"苏提对弓箭手说。

"我没有听到啊。"

"我的耳朵一向很灵敏。这样的杂音表示车子可能有毛病,最好检查一下。"

苏提原本走在队伍的最前端，他离开队伍，将战车冲着一条通往树林深处的小径停妥。

"我们来看看吧。"

弓箭手服从了他的命令。苏提单膝跪下，检查了那个他说有问题的车轮，然后说："坏了。有两根辐条快断了。"

"能修吗？"

"等工兵队的木工来了再说吧。"

这些木工走在队伍的最后面，紧跟着被捕的俘虏。当豹子跳下驴子跑向苏提时，那些士兵们还污言秽语地取笑了她一番。

"上车。"苏提大喝一声，推开弓箭手，抢过缰绳便驱车奔向树林。

其他人没有反应过来，都愣在原地，没人知道为什么这位战争英雄会逃走。

豹子也无法掩饰内心的惊诧："你疯了吗？"

"我要履行承诺。"

一个小时后，他们停了下来，那是被贝都因人杀害的战车尉遗骨的安葬之处。豹子帮苏提挖掘尸体，她吓得要命。苏提将战车尉的遗体用布包了起来，并把两端系紧。

"这是谁？"豹子声音颤抖着问。

"一个真正的英雄，他将回到故土，与亲人重聚。"

苏提没有告诉她，阿舍将军可能不会允许他这么做。当他把遗体处理得差不多时，豹子却大声尖叫起来。

苏提刚一转身，背后便挥来了一只熊掌，他躲不及，左肩被划了一道大口子。他连忙扑倒在地，打了几个滚，想躲到巨石后面去。那头凶猛野兽直立起来有三米高，虽然身躯沉重，却并不笨拙，一张大嘴涎水四流。它饥肠辘辘，恶狠狠地张开血盆大口，怒吼一声，把四周的鸟雀都吓飞了。

"把弓给我，快点！"

豹子把弓和箭袋扔给苏提。她躲在战车旁边不敢离开，躲在那里比较安全。就在苏提抓起弓箭时，熊掌又冲他挥了过去，并抓伤了他的背。这次，苏提被掀倒在地，他的脸贴在地上，后背血流如注，然后就不动了。

豹子见苏提倒下，再度尖叫起来，吸引了那只巨兽的注意。它迈着沉重的步子，向早已吓得四肢发软的豹子走去。

此时，苏提跪了起来，他眼前一阵眩晕，却仍使出最后一点力气拉开弓，朝那个棕色的影子射了一箭。熊侧腹中箭，立刻转过身来，大口一张，撒开腿便向苏提狂奔过来。苏提强忍着疼痛，在即将晕死之际，又及时射出了第二箭。

孟斐斯军医院的院长已经不抱任何希望了。苏提的伤口太多、太深，应该没有任何存活的机会。他很快就能解脱，不会再痛苦了。

据利比亚女子豹子说，这位神箭手不顾熊掌的威胁，射出了最后一箭，熊因眼睛中箭而死。接着，她将鲜血淋漓的苏提拖到战车旁，使出了浑身的力气才把他拉上车。她也没忘记带上那具遗体。尽管碰触遗体的感觉令人作呕，然而苏提宁愿冒着生命危险都要完成这件事，不就是为了把战车尉的遗体运回埃及吗？

幸好那些马都十分温驯听话。它们出于本能循着原路往回走，认路的本领比豹子强多了。一具战车尉的遗体、一个奄奄一息的逃兵和一名在逃的外邦女子——这支奇怪的队伍就这样被阿舍将军的后卫部队拦了下来。

幸亏有豹子的解释，还有人证实了苏提与战车尉的身份，一切才得以真相大白。战死沙场的战车尉获得了追封，他的遗体在孟斐斯被制成了木乃伊。豹子被分配到一个大地主手下，在庄稼地里当女工。至于苏提，则因勇气可嘉而受到表扬，也因不守纪律而得到了处分。

凯姆委婉地向帕扎尔讲述了事情的经过。

帕扎尔惊愕地喊道:"苏提人在孟斐斯?"

"阿舍将军已经凯旋,叛军也被肃清了。只剩下叛军的首领阿达飞,依然在逃。"

帕扎尔已经顾不上这些事了,他只关心好友的现状:"苏提是什么时候到这里的?"

"昨天。"

"他为什么没来找我?"

凯姆不知怎么回应,只好转过身去低声说:"他动弹不得。"

帕扎尔再也按捺不住,怒吼道:"你把话说清楚!"

"他受伤了。"

"很严重吗?"

"他的情况……"凯姆犹豫着,没有把话说完。

"你快说!"

"他恐怕不行了。"

"他现在人在哪里?"

"在军医院。"凯姆刚说完,立刻又加了一句,"我不敢保证他还活着。"

"他失血过多。"军医院的院长向帕扎尔说明了苏提的情况:"开刀只会徒增痛苦,还是让他平静地离开吧。"

"你能做的难道只有这些了吗?"帕扎尔质问道。

"我已经无能为力了。他被熊抓得伤痕累累,能撑到现在,我都感到惊讶,他不可能活下去的。"

"可以搬动他吗?"

"当然不可以。"

帕扎尔暗下决心：他绝不能让苏提死在医院的病房中。

"帮我找一副担架。"

"你不能随便搬动这个快挺不住的人。"

"我是他的朋友，我知道他的心愿：他想在自己的家乡度过生命中最后的时刻。如果你坚持不让我带他走，你就要对他负责，也要对众神负责。"

院长并没有把帕扎尔的话当耳旁风。因为死不瞑目的人会变成幽灵，回到人世间复仇，即使是军医院的院长也逃不出这样的劫数。

"你签个名，让我把他带走吧。"

帕扎尔花了一个晚上，整理出了二十多份不太重要的档案，这可以让书记官忙上三个礼拜了。如果出现了紧急情况，必要的话，亚洛还可以传信给底比斯最高法庭，叫他回来。他原本想找布拉尼尔帮忙，但是布拉尼尔已经住进卡纳克神庙，准备退休了。

天刚蒙蒙亮，凯姆便和两名护士把苏提搬出了医院，把他安置在一艘小船的船舱里。

帕扎尔一直陪在好友身边，紧握着他的右手。有几次，帕扎尔觉得苏提醒了——他的手指似乎在动。然而，帕扎尔最后发现那只不过是自己一瞬间的幻觉罢了。

"你是我最后的希望了，奈菲莉。军医院不愿为苏提动手术，你能给他检查一下吗？"

她向棕榈树下等着看病的十几个人解释，说自己临时有急诊病人来访，得先离开一会儿。然后她让凯姆帮忙搬来了几个药罐子。

"院长怎么说？"她问帕扎尔。

"他说苏提遭到重创，伤口太深了。"

"他这一路的情况如何？"

"他一直昏迷不醒。有那么一次,我感觉他好像动了一下。"

"他身体强壮吗?"

"他壮得跟石柱子一样。"帕扎尔从来没有怀疑过苏提的身体素质。

"他得过什么重病吗?"

"从来没有过。"

奈菲莉给苏提检查了一个多小时。她走出诊室时,下了这样的断语:"我会尽力去治的。"

她接着又说:"但这要冒很大的风险。如果不开刀,他必死无疑;开刀至少还有一线生机。"

傍晚时分,她开始动手术。帕扎尔在一旁担任助手,为她递送手术工具。奈菲莉先为苏提实施全身麻醉。她先将硅石与曼德拉草根混合,然后把混合物磨成粉。这种麻醉药的药性很强,所以每次只能取用极少的剂量。准备动刀时,她把药粉混到醋里并倒入兽角状的石杯中,以备实施局部麻醉,消除病人的痛楚。然后,她会用手钟计算病人进入麻醉状态的时长。

她手持由黑曜石制成的小刀和解剖刀——它们比金属刀更锋利,然后她划了下去,动作既沉稳又精准。她修整了伤口,用由牛肠制成的细线进行缝合,并给缝合处覆上纱布、贴上胶带,这会让伤口愈合得更快。

这场手术进行了五个小时,结束时奈菲莉已然精疲力竭,但苏提终于得救了。

奈菲莉给较深的伤口处敷上了鲜肉、油脂与蜂蜜,第二天一早还更换了新的敷料。这种敷料中含有一种植物成分,十分温和,具备保护功效,能够预防伤口发炎,还会让创口更快地结痂。

三天后。苏提终于从昏迷中苏醒过来。奈菲莉让他喝了点水和蜂蜜。这几天,帕扎尔一直守在他床边。看到好友醒来,帕扎尔不禁雀跃不已："你得救了，苏提，你得救了！"

苏提则迷迷糊糊地问道："我在哪儿？"

"你在一艘船上——就在我们村子附近。"

苏提感动于他的细心："你没有忘……我确实想死在这里。"

"奈菲莉给你做了手术，你会好起来的。"

"她是你女朋友？"

"她是个医术高超的外科医生——一个顶尖的医生。"

苏提试着想坐起来，却疼得忍不住哀号一声，又跌回了床上。

"现在你千万不能动。"

"不让我动……"

"你要有一点耐心。"

"那只熊简直把我扯得快四分五裂……"

"奈菲莉已经替你缝合了伤口，你很快就可以恢复元气了。"

突然，苏提的眼睛里透出了惊恐。帕扎尔以为他又要昏过去，紧张极了。然而苏提忽然紧紧抓住他的手，急切地说："阿舍——我一定要活下去，告诉你关于这个魔鬼的一切。"

"你冷静一点。"

"我必须让你知道实情，帕扎尔，因为你有责任为埃及维护正义。"

"我在听，苏提，请你先不要激动。"

苏提的怒气稍稍平息了一些，他缓缓说道："我曾看到阿舍将军拷打并残害了一个埃及士兵。当时他和一些亚洲人在一起——就是那些他声称要讨伐的叛军。"

帕扎尔怀疑好友是因为高烧而产生了幻觉。苏提想了又想才说出了这番话，他的态度从容且肯定。

"你当初怀疑他是对的，现在我为你带来了证据。"

帕扎尔却认为这证据太过薄弱："我需要确凿的证据。"

"这还不够吗？"

"他会否认的。"

"我的证词也一样有力啊！"

帕扎尔让苏提少安毋躁，并提醒他说："等你康复之后，我们再商讨对策。先不要和任何人谈起这件事。"

"我会活下去的。我要等着看这个浑蛋被就地正法。"

说罢，苏提忍着疼痛，又咧开嘴强笑着问："我没有让你失望吧，帕扎尔？"

"你这样的朋友真是没的说的。"

奈菲莉在河西的名声越来越响了。苏提这次手术的成功震惊了整个医疗界，有的医生遇到疑难杂症还会向她求助。她不会拒绝类似的请求，但她施以援手有两个条件，一是诊治要以村民为先，二是要让苏提住进位于德尔巴哈利的神庙[①]疗养。相关卫生部门答应了她的要求。苏提，这名奇迹般被治愈的战场英雄，就此成了医学界的荣耀。

德尔巴哈利的神庙中有一个礼拜堂，由岩石凿空而成。这里专用于供奉伊姆霍特普这位古王国时期的伟大的医生。所有医生都会到这里来静思，祈求获得先人的智慧，以便精进自己的医术。有时，处于康复期的病人也能住进这个神奇的地方，慢慢养病。他们漫步于廊柱之间，欣赏着那些描绘哈特谢普苏特女王功绩的浮雕，还可以在种满乳香树的庭院里散步，呼吸树脂散发的芬芳。这种树是特地从索马里海岸附近的神秘国度朋特引进的。庙里的铜管连接了地下的排水系统，将具有疗愈功效的水送到铜制容器中。苏提每天都要喝光二十几个容器里的水，以免感染或患上手术后的并发症。他拥有惊人的生命力，因此身体恢复得十分迅速。

[①] 位于底比斯河西地区，著名的哈特谢普苏特女王曾在此建了一座大神庙，至今到访的人仍络绎不绝。

帕扎尔和奈菲莉沿着斜坡上的花径走下台阶。

帕扎尔率先打破了沉默："你救了苏提一命。"

"我的运气不错，他也一样。"奈菲莉回答。

"他会有什么后遗症吗？"

"会留下几道疤。"

"这会增加他的魅力。"帕扎尔说完后，与奈菲莉相视而笑。

灼热的太阳高高地挂在他们的头顶。他们在斜坡下找了一片树荫，坐了下来。

"你考虑过我的话吗，奈菲莉？"

她没有回答。

她的回答将决定他一生的幸与不幸。

正午的阳光把一切都烤得懒洋洋的，毫无生气。田里的农夫在芦苇草搭起来的小棚子下吃午饭，他们饭后还得睡一个长长的午觉。这时候，奈菲莉闭上了眼睛。

"我真的全心全意地爱着你，奈菲莉。我希望能跟你结婚。"

"一起生活……我们做得到吗？"

"我绝不会再爱上其他女人了。"

"你怎么能这么确定？爱情之伤是很容易被遗忘的。"

"你实在太不了解我了……"

"我知道你很认真，所以我才害怕。"

帕扎尔遭到了拒绝，他突然有了一个想法："难道你另有意中人？"

"没有。"

"要真的是那样，我会受不了的。"

"你会嫉妒？"

"不只是嫉妒，还是一种无法形容的感觉。"

"你把我想象成了一个十全十美、毫无缺点、具备一切美德的女人。"奈菲莉叹了口气说。

"你并不是一个梦。"

"你把我想得太好了，等梦醒了，你会失望的。"

"我看到了你鲜活的模样，闻到了你的香味，你就在我身旁……这难道都是假象吗？"

"我觉得害怕。假如你搞错了，假如我们都搞错了，那时我们的痛楚将会令人难以忍受。"

"我永远不会对你失望。"面对奈菲莉的疑虑，帕扎尔依旧斩钉截铁。

"我不是女神，等你了解了真相，就不会再爱我了。"

"不要再说服我放弃了。我第一次看到你，就知道你是我生命中的太阳。奈菲莉，你光芒四射，你知道吗？没有人能否认这一点。无论你愿不愿意，我的生命都已经属于你了。"帕扎尔激动地说出了心里话。

"你错了。我们未来的事业在不同的地方，你在孟斐斯，我在底比斯。我们隔得很远，你必须接受这个事实。"奈菲莉却仍像往常一样冷静而理性。

"我的事业不重要！"

"不要违背你的使命。再说，你想要我放弃我的志向吗？"

"只要你要求我，我就能做到。"

"这不是你的本性。"

帕扎尔的声音不再像刚才那样高亢，而是变得温柔起来："我唯一的希望是能一天比一天更爱你。"

"你太极端了……"

"如果你拒绝我的求婚，我就再也活不下去了。"

"要挟似乎不是你的作风。"

"我绝对没有这个意思。"帕扎尔不愿让她误解，急忙辩解，又接着问道，"你愿意爱我吗，奈菲莉？"

她睁开眼睛，忧伤地望着他："我不能骗你。"

说完，她便迈着轻盈优雅的步子离开了。

此时，尽管烈日炎炎，帕扎尔仍然感到浑身冰冷。

第 29 章

庙宇庭院中的平和与宁静，苏提这样的人无法长久忍受。虽然女祭司们都很美丽，但是她们并不负责照顾病人，还老是躲得远远的，因此他每天能接触到的只有那个帮他换药、性情粗暴的男护士。

术后不到一个月，他便已经耐不住寂寞了。当奈菲莉来给他做检查时，他早已坐立不安。

"我已经康复了。"

"你还没完全康复，不过你的情况的确好极了。缝合的地方没有崩开，伤口也愈合得很好，一点都没有感染。"

"这么说我可以出去了！"

"你得答应我好好保重自己才行。"

苏提按捺不住兴奋之情，在她两边的脸颊上各亲了一下："你救了我一命，我不会忘记你的恩情。只要你一句话，我一定赴汤蹈火。英雄说话算话！"

"你只需要带一罐有治疗功效的水回去，每天喝三小杯。"奈菲莉笑着说。

"可以喝啤酒了吧？"

"啤酒、葡萄酒都能喝，但是要节制。"

苏提挺起胸、伸出双臂高呼："重生的感觉真好！这些日子里我受的苦，只有女人能帮助我忘掉。"

"你不打算结婚吗？"

"求哈托尔女神保佑,可别让我遭受那样的灾难!要我守着一个忠实的妻子和一大群叽叽喳喳的小孩?我才不呢。我要一个情妇换一个情妇再换一个情妇……这样的人生才美妙。姑娘们各有风情,各有不为人知的秘密。"

"你跟你的朋友帕扎尔简直截然不同。"奈菲莉不禁莞尔。

"他看起来很保守,其实热情如火,和我比可能有过之而无不及呢。他要是敢向你表白就好了……"

"他表白了。"

"他可不是随便说说的。"

"他的话让我感到害怕。"奈菲莉老老实实地说出自己的感觉。

"帕扎尔这一辈子只会爱一个人。像他这种人,一旦坠入情网,便是一生的挚爱。这一点女人总是无法理解,因为女人面对感情,总是需要时间,才能适应、投入。帕扎尔的感情就像一股源源不断的激流,那不是一时的激情,而是一种不会消退的热情。他太真诚了,以至于无论他是太胆怯还是太热切,都显得有些笨拙。他不屑于拥有短暂的爱情和稍纵即逝的激情,只钟情于那种轰轰烈烈的一生挚爱。"

"要是他弄错了呢?"

"他会一直努力,直到他的理想实现为止。想让他妥协,根本是不可能的。"

"你觉得我的顾虑有道理吗?"奈菲莉若有所思地问。

"谈到爱情,理智完全派不上用场。不管你作出什么决定,我都祝福你。"

苏提十分理解帕扎尔的感受,奈菲莉确实光彩照人。

他一直坐在棕榈树下,什么东西也没有吃。他的头垂落在膝上,像是哀悼着什么,白昼与黑夜对他而言已没有区别。他静若磐石,

第29章 257

连孩子们也不敢过去逗弄他。

"帕扎尔！是我，苏提。"

他没有反应。

"你以为她不爱你。"

苏提在好友身边坐了下来，靠在树干上，继续说："你心里不会再有第二个女人了。我知道，我也不想试着去安慰你，别人无法分担你的痛苦。但是，别忘了，你还有任务没有完成呢。"

帕扎尔还是一言不发。

"我们不能让阿舍逍遥法外，否则在另一个世界的法庭上，我们将再度被判处死刑，而且，对自己的软弱，我们将毫无辩驳的余地。"

帕扎尔依旧没有动。

"随便你吧，你就在这里想她，直到饿死为止好了。我一个人去对付阿舍。"

帕扎尔这才恢复冷静，看着苏提说："他会毁了你的。"

"每个人都有自己无法忍受的东西。你忍受不了奈菲莉对你的冷漠，我则无法忍受杀人魔的面孔夜夜出现在我的梦中。"

"我会帮你的。"帕扎尔想站起来，不料起身后一时觉得天旋地转，脚下一个踉跄，差点儿跌倒，苏提连忙扶住他。

"对不起……"

"你常常跟我说，做人不能食言。所以当务之急就是你快点让自己恢复元气。"

他们搭上了渡船，船上还是那样拥挤。帕扎尔勉强吃了点面包和洋葱。风呼呼地打在他脸上。

"看看尼罗河，"苏提对他说，"尼罗河是圣洁的化身，面对河水，每个人都显得那么微不足道。"

帕扎尔听从好友的建议，注视着清澈的河水。

"你在想什么，帕扎尔？"

"还用问吗……"

"你怎么能确定奈菲莉不爱你？我跟她谈过，她……"

"没有用的，苏提。"帕扎尔还是想不开。

"溺死之人或许真的能得到福报，但是他们毕竟还是死了。何况你还答应我要将阿舍绳之以法呢。"

"要不是你，我一定会放弃的。"

"你已经不是从前的那个你了。"苏提带着责备的口吻说。

"不，现在的我才是真正的我，我正独自沉沦于悲惨至极的寂寞世界。"帕扎尔悲观地说，他的心还是被忧伤的情绪占据着。

"你会忘掉这件事的。"

"你不懂。"

"时间是最好的解药。"

"但时间无法磨灭记忆。"

船刚一靠岸，乘客便纷纷赶着驴子、羊和牛下船了。他们等人群散了，才爬上梯子，来到底比斯大法官的办公室。

他们问了问，并没有给帕扎尔的信。

"我们回孟斐斯去。"苏提说。

"你就这么着急吗？"帕扎尔哀怨地瞪了他一眼。

"我等不及要见到阿舍。你能简单跟我说说你调查的结果吗？"

帕扎尔有气无力地复述着自己调查的经过，苏提则一心一意地听着。

"跟踪你的人是谁？"

"不知道。"

"像是警察局长干的吗？"

"有可能。"

苏提想了想，说道："我们先去找卡尼，再离开底比斯。"

帕扎尔顺从地答应了。他依然游移在现实的边缘，对一切都漠不关心。奈菲莉的拒绝使他心灰意冷。

卡尼不再是自己照顾园子了。园中多了一套灌溉系统。这里大部分的人都集中在菜园里，而他独自照料着药草。卡尼的肩背越来越厚实，皱纹也越来越多，只见他挑着两个重重的水桶，行动十分缓慢。不过他宁愿自己辛苦一些，也不愿意让其他人碰这些植物——这是他最心爱的东西。

帕扎尔向他介绍了苏提。

他上下打量着苏提，问道："他是你的朋友？"

"在他面前，你有话尽管说，不用避讳。"

"我还在打听那名退役军人的消息。细木工、木工、挑水工、洗衣工、农夫……各行各业都没有漏。最后只得到了一个很细微的线索：你们要找的人在失踪前曾经当过几天修车工人。"

苏提听了却说："这线索也不算太细微。至少我们知道他还活着！"

"但愿如此。"卡尼说。

"他会不会也被杀了？"苏提问道。

"不知道，总之，我就是找不到他。"

"继续找。"帕扎尔说，"第五名退役军人还活着。"

底比斯的夜晚，在北风送凉之际，三两好友一同坐在藤架与花棚下喝啤酒，欣赏着夕阳西下的美景——世上还有比这更惬意的事吗？肉体上的疲倦消失了，心灵上的折磨也停息了，西方酡红色的天空中显现出了沉默女神的美丽容颜。暮色中飞过了几只鹦。

"奈菲莉，明天我就要回孟斐斯去了。"

"是工作需要？"

"苏提目击了一个叛贼的罪行。"帕扎尔迟疑了一下接着说，"为了你的安全着想，我还是不多说了。"

"情况有这么危急吗？"

"和军方有关。"

"你也要想想自己，帕扎尔。"奈菲莉不由得关心地说。

"你也会关心我的遭遇吗？"

帕扎尔苦涩的语气让奈菲莉的脸涨得通红。

"不要挖苦我。我多么希望你能幸福啊。"

"你是唯一能让我幸福的人。"

"你太极端了……"面对这个固执的人，她真不知道该说什么好。

"跟我一起走。"

"不可能。我的感觉不像你那般强烈。承认吧，我跟你是不一样的，我的性格一向温吞。"

"事情很简单：我爱你，你不爱我。如此而已。"

帕扎尔把感情简单地一分为二，奈菲莉对此非常不以为然："不，没有这么简单。白天和黑夜不能绝对地一刀两断，季节的分野也没有那么明晰。"

"那我还有一点希望？"

"我如果说有，那一定是骗你的。"

"你看吧。"帕扎尔原本燃起的希望又熄灭了。

"你的感情太强烈、太急迫了……你不能要求我以同等的热情回应你啊！"

"你不用再解释了。"

"我心里是怎么想的，我也不清楚，又怎么能给你肯定的答案呢？"奈菲莉也开始心慌意乱了。

"我这一走，我们就再也不会见面了。"

帕扎尔拖着沉重的脚步离开了。他暗暗希望奈菲莉能出声挽留自己，但最后，他再一次失望了。

书记官亚洛职权不大，因此这段时间也没有出现什么严重的过失。整个辖区都很平静，没有发生什么重大的案子。帕扎尔将一些工作的细节处理好，应警察局长的传唤前往他的住处。

孟莫斯说话还是像往常一样，带着浓重的鼻音，并且十分急切，但这次他看起来却比平常更加笑容可掬。

"亲爱的法官！真高兴再见到你。你出远门了？"

"是职务上的需要。"帕扎尔面无表情地回答。

"你的辖区是最安全的辖区之一，看来你的名声确实发挥了一定的影响力，大家都知道你绝对依法办事。"局长顿了一下，看着他又说，"恕我冒昧，你好像很疲倦。"

"没什么大不了的。"

"是，是……"

"你找我来有什么事吗？"

"这件事很敏感，也很令人遗憾。关于那个可疑的储粮塔，我完全遵照你的意思行事了。你记得吗？我曾经质疑你的计谋能否奏效。告诉你一个秘密，我想的并没有错。"

"总管逃走了？"帕扎尔吓了一跳。

"不，没有……完全不关他的事。意外发生时他并不在现场。"

"什么意外？"

"储藏塔在一夜之间被盗走了半数的粮食。"

"你开什么玩笑？"帕扎尔简直不敢相信自己的耳朵。

"唉，这可不是玩笑！而是悲哀的事实。"

"可是你派人守在那里了呀。"

"的确如此。可是有人在谷仓附近打架闹事，卫兵不得不前去干涉，这又怎么能怪他们呢？结果，他们回去后，就发现粮食被偷了。实在不可思议！现在，储藏塔的情况确实和总管的报告吻合了。"

"有嫌疑犯吗？"

"现场没留下任何有用的线索。"

"没有目击者?"

"谷仓附近人一向不多,窃贼的行动又无懈可击。想要找出窃贼,恐怕没那么容易。"

"我想你已经出动最优秀的警力了吧?"

"这一点你可以放心。"

帕扎尔突然变了个口气问道:"孟莫斯,老实告诉我,你觉得我是个什么样的人?"

"这个嘛……"孟莫斯听到这个突如其来的问题,有些不知所措,"我认为你是一个十分尽责的法官。"

"你觉得我还算有一点智慧吧?"

孟莫斯嘿嘿干笑了两声说:"亲爱的帕扎尔啊,你这么说也太低估自己了吧!"

"这么说来,你就应该知道,我压根儿不相信你刚才说的话。"

西尔基斯又开始烦躁不安了,她正在接受一名解梦师的细心治疗。诊所内部的墙被漆成了黑色,一片昏暗。每个星期,西尔基斯都会到这里来,躺在草席上向解梦师描述自己的梦魇,寻求他的建议。

这个解梦师是个叙利亚人,在孟斐斯已定居多年。他用诸多魔法书与解梦书吸引了不少贵妇和富裕的中产阶级妇女,她们是他的主要顾客。他收取的费用极高,但他也抚慰了这些可怜女人脆弱的心灵啊。

解梦师表示治疗没有截止时间。是啊,人怎么可能不做梦呢?但只有他才能解读在睡梦中侵扰人们大脑的那些幻象。如果有病人主动接近他,对他表示爱意,他会谨慎地推辞掉——他只接受那些风韵犹存的寡妇的示好。

西尔基斯此刻正咬着手指。

"你和你丈夫吵架了吗?"解梦师问。

"为了孩子的事。"

"这孩子犯了什么错?"

"她说谎。可是并没那么严重嘛!我丈夫却大发雷霆,我护着孩子,他就冲我大吼。"西尔基斯仿佛有一肚子的委屈。

"他会打你吗?"

"偶尔会,但是我会还手。"

"他对你的身材还满意吗?"

"很满意!他总是不停地抚摸我……有时候,我叫他做什么他就做什么——只要我不去管他的事。"

"你对他的事有兴趣吗?"

"一点儿也没有。只要我们有钱就够了。"

"这次争吵后,你有什么反应?"

"和以前一样,我在房间里大喊大叫。然后就睡着了。"

"你做了很长的梦?"解梦师开始切入正题。

"梦中的情景都是一样的。一开始,我看到河面飘起一团雾。然后,有个东西,应该是一艘船,想穿过这团雾。结果太阳出来了,雾也散了。我还看到一个巨大的男性生殖器,正直直地向我迎过来。我连忙回头,想躲进尼罗河畔的一间屋子里去,可是那屋子却变成了一个女性的生殖器,我觉得好奇,又感到害怕。"西尔基斯喘着气。

解梦师对她说:"你要小心。解梦书上说,梦见男性生殖器是失窃的前兆。"

"那梦见女性的生殖器呢?"

"预示着贫困。"

西尔基斯顾不得散乱的头发,立刻赶往仓库。

她的丈夫正在责备两个人，他们则摇晃着双手，一脸为难与无奈。

"对不起，亲爱的，打扰一下。你要小心——我们可能会失窃，变得一无所有。"

"你的提醒太迟了。"贝尔·特兰愤愤地说，"这两名船长和其他船长一样，都说没有船能帮我把莎草纸从三角洲运到孟斐斯。我们的仓库还要继续空下去。"

第 30 章

帕扎尔法官安抚了愤怒的贝尔·特兰，问道："你想要我怎么做？"
"我要你允许商品自由流通。订单一张接一张，我的货却送不出去。"
"一有空船就……"
"不会有空船的。"贝尔·特兰立刻打断法官的话。
"有人在恶意阻挠？"
"你去查查就知道了。每耽搁一小时，都会带给我极大的损失。"
"你明天再来一趟。希望我能找到一些具体的实证。"
贝尔·特兰这才感激地说："我不会忘记你为我做的这些事。"
"我是为了司法正义，贝尔·特兰，不是为了你。"

凯姆对这次的任务很感兴趣，狒狒也是如此。他和狒狒依照贝尔·特兰提供的运输商名单一一进行造访，询问他们拒绝运货的理由。
运输商们要么拉拉杂杂地解释一大堆，要么就露出无奈和惋惜的表情，有人明显是在说谎。这让凯姆更加确定，贝尔·特兰的怀疑并没有错。
午休时分，在一个码头上，凯姆找了一个工头问话——他们的消息向来都很灵通。
"你认识贝尔·特兰吗？"
"听说过。"

"没有船能运他的莎草纸吗?"

"好像是的。"

"可是你的船正空空地停在那里啊。"凯姆指着停在港口边的船说,狒狒则开始朝工头龇牙。

"把这个畜生拉开!"工头又惊又怕。

"你老老实实地说,我们就不再烦你。"

"德内斯已经把所有船都租下来了,租期是一个星期。"

当天晚上,帕扎尔法官便依据例行程序亲自讯问了船主,并要求他们出示租约。

租约上都签了德内斯的名字。

船员们从有帆的平底驳船上,将食物、瓦罐与家具卸到另一艘货船上,准备出发。他们要到南方去。

货船上的船夫不多。巨大的船身几乎被存放货物的隔间占满了。船尾处负责操控舵桨的舵手已经就位,还差船头的船夫。这个船夫必须不时用长竿子测测水深。

码头上,德内斯正在和船长说话,周围人声嘈杂,闹哄哄的:有船员在唱歌或互相斥骂,有木工在修理帆船,还有石匠在修整码头。

帕扎尔在凯姆和狒狒的陪同下,上前问道:"我能请教你一件事吗?"

"当然可以,不过要等一下。"德内斯并没有多加理会。

"抱歉,这件事很紧急。"

"也不至于急到要耽误船起航吧?"

"确实有这个必要。"帕扎尔严肃地说道。

"为什么?"

帕扎尔随即打开了足足有一米长的纸卷:"我已经把你的罪状

全部列出来了：强行租赁货船、恐吓船主、企图垄断市场、妨碍货物流通。"

德内斯仔细地看了看，所有的指控都有理有据，但他还是强词夺理道："我要抗议，你的指控太过夸大其词了。我租这么多船，是因为要运送特殊货物。"

"什么货物？"

"各种各样的原材料。"

"太笼统了。"

"做我这一行，总是要有备无患嘛。"

"你这样做伤害了贝尔·特兰的利益。"

德内斯一听到贝尔·特兰的名字，便立刻表现出一副"果然不出所料"的样子："你看看！我就说嘛，他的野心太大，终究是要失败的。"

"不论如何，你企图垄断的事实已经很明显了，因此我要动用征调权。"

"请便，西码头的船全部任你调用。"

"你这艘船最合适。"

德内斯迈出一大步，挡在舷梯前，喝道："不许你碰这艘船！"

"我会当作没听到你这句话，阻碍执法的罪名可不轻。"

德内斯态度不再那么强硬："你要讲道理……底比斯那边的人还在等着这批货呢。"

"贝尔·特兰所蒙受的损失是由你引起的，依据法律，你必须予以赔偿。为了以后还有合作的可能，他答应不告你。但是他被耽误的货物实在太多了，需要用这艘大货船，即便用了也只能勉强运完。"

帕扎尔、凯姆和狒狒一起上了船。帕扎尔此举是凭直觉行事，想还贝尔·特兰一个公道。

船上有几个隔间，木隔板上都打了洞，以便通风，里面圈着马、牛等牲畜。这些动物有的可以自由活动，有的则被绳子拴在甲板的扣环上，不怕晕船的动物还可以在船头附近闲逛。其他隔间则只是几个构造简单、有顶棚的木架子，里面放了矮凳、椅子和独脚小圆桌。

船尾有三十多个被遮在一块大篷布下的小型筒仓。

帕扎尔把德内斯叫了过来，问道："这些麦子是从哪儿来的？"

"从仓库里运来的。"

"是谁运来的？"

"这要问工头。"

工头被质问后拿出一份公文，盖在上面的章模糊难辨。这么平常的货物，有什么值得大惊小怪的？德内斯一年到头都会向缺粮的省份运送粮食。多亏有储藏塔，全国各地的人才免于饥荒。

"是谁下令运的？"

工头说他不知道。帕扎尔转身看了德内斯一眼，德内斯立即把他带到了自己在港口边的办公室。

"我没什么好隐瞒的。"德内斯烦躁地说，"没错，我是想给贝尔·特兰一点教训，可是那只是开个玩笑。为什么你会觉得我的货有问题？"

"这是职务机密。"

货物建档完整。德内斯迫于无奈，连忙将法官要看的黏土记录板抽了出来。

原来下令运粮的是哈图莎，那个赫梯公主，掌管底比斯后宫的埃及第一嫔妃，拉美西斯大帝通过政治联姻娶的妻子。

托阿舍将军的福，亚洲各附属国又恢复了往日的宁静。他也再度证明了自己熟知这些地方。他回到埃及两个月后，时值仲夏，尼罗河刚刚涨完水，为两岸的农田带来了肥沃的河泥，民众便欢欢喜喜地为他举办了一场盛大的庆典。阿舍带回的贡品多么丰富啊！除了一千匹马、五百名俘虏、四百头牛、四十辆敌军的战车，还有数以百计的长矛、剑、甲胄、盾牌和二十万袋粮食。

王宫前聚集了负责守护法老、维持秩序的精英部队，以及阿蒙神、拉神、普塔神与赛特神等四支重要军团的代表队，其中有战车部队、步兵队与弓箭队。所有高级将领都到了。埃及军人以最大的阵仗展现着强大的兵力，借此向埃及的最高统帅致以最高的敬意。拉美西斯大帝赐给他五个金项圈，并下令让全国人民欢庆三天。阿舍就此成了埃及的栋梁，也成了埃及巩固统治地位、抵御外敌的主力。

苏提也参加了庆典。将军赏了他一辆全新的战车，并让他也加入了阅兵方阵，因此他不必像大部分军官那样，还要自行添置车辕和车轴。拉车的两匹马由三名士兵照料。

游行之前，将军前来向最近一次战役中的英雄道贺："继续为国家效命吧，苏提。我保证你前程似锦。"

"我心里觉得很不安，将军。"苏提故意说道。

"为什么这么说呢？"

"只要一天不抓到阿达飞，我就一天无法安眠。"

"你真是个伟大而勇敢的战士。"

苏提又故作狐疑："真奇怪……我们已经把他包围了，他怎么还能逃出去呢？"

"这个无赖很狡猾的。"阿舍将军顺嘴便说，并没表现出什么怪异之处。

但苏提不死心，仍想继续探他的口风："他简直完全掌握了我们的动向。"

阿舍将军皱起了眉头："听你这么说，我倒有个想法……我们之中出现了奸细。"

"不太可能。"

"事实已经证明了。你放心，我会和参谋长好好研究这个问题。我们不会让那个卑鄙的叛贼逍遥太久的。"

阿舍拍了拍苏提的脸，便和另一名战士攀谈起来。

这番刺探虽然明显，却没有让他露出马脚。

苏提一度怀疑也许是自己弄错了，然而那恐怖的一幕，至今仍深深印在他的脑海中。他竟然期望这个冷血的叛贼会因为自己的几句话而惊惶失措。他未免也太天真了。

法老发表了一篇长文，由传令官将重点传达到每一个村镇。他以埃及军队统帅的身份向埃及人民保证，军队将继续严守边防，维系和平。四大军团的两万名战士将会保护埃及免遭任何侵扰。埃及的战车队和步兵队中有许多努比亚人、叙利亚人与利比亚人。这些队伍关系着埃及人民的幸福安乐，因此，尽管这些战士所面对的入侵者是自己昔日的同胞，但他们仍会与之奋战到底。法老绝不容许发生任何违反纪律的情况，首相也会遵从王令，严格把关。

为了嘉勉阿舍将军忠诚而杰出的表现，法老特派他负责训练军官，这些军官将来会带领队伍完成在亚洲收集秘密情报的任务。他的经验对这些军官而言是很珍贵的。身兼国王右侧持扇者一职的阿舍将军，如今还将获得另一个头衔——资深战略顾问。

帕扎尔打开卷宗，又合上了。他整理的都是那些早已整理过的文件，下的命令也总是和书记官相左，甚至忘了遛狗。亚洛不敢问他问题，因为他总是答非所问。

阿舍逍遥法外，苏提越来越难以忍耐，他对帕扎尔也越来越没有耐心，天天都在他耳边催促他完成自己的使命。

帕扎尔却不断地说，要慢慢处理这件事，他也没有具体的计划，甚至逼好友发誓，绝不采用激进手段。倘若轻率地攻击阿舍将军，结果必然是失败。

苏提发现帕扎尔对他的提议根本没兴趣。他迷失在痛苦的思绪中，一天比一天消沉。

帕扎尔原以为工作的压力能让自己忘记奈菲莉，不料两人的分离，竟又加剧了他的悲痛。他知道这种痛苦会随着时间日益累积，于是他决定让自己变成幽灵。

向勇士和北风道别后，他离开了孟斐斯，往西边的利比亚沙漠走去。他已经身心俱疲，临走时也没有告知苏提，因为苏提一定会搬出一堆道理来劝他。

他心有所属，却又无法和对方在一起，这样的人生已经成了一种折磨。

在炽烈的太阳下，帕扎尔走在滚烫的沙地里。他爬上一座小山丘，坐在一块石头上，双眼凝视着苍茫的大地。天地会将他覆灭，热浪会让他干枯，土狼和秃鹫会让他尸骨无存。他决意无视自己即将葬身于其中的这座坟场，心里仍咒骂着诸神，并给自己判了第二次死刑，希望自己永世不得超生。其实，没有奈菲莉陪伴的永恒，不正是一种残酷至极的惩罚吗？

帕扎尔失魂落魄地坐着，风夹杂着细沙地打在他脸上，即便感到刺痛，他也无动于衷，四周的一切渐渐变得虚无缥缈，虚无的太阳、静止的光线……然而想就此消失也没那么容易。帕扎尔一动不动，他觉得自己正逐渐睡去，最后一次……

当布拉尼尔把手搭在他肩上时，他依然没有反应。

"我都这把年纪了，走这段路可真累。从底比斯回来后，我原本打算好好休息，而你却逼我跑到这片沙漠中找你。来，喝一点水吧。"

布拉尼尔将装了清水的羊皮袋递给帕扎尔。帕扎尔犹豫了一下，把羊皮袋放到苍白的唇边。他一口气喝光了那袋水，然后用一种平淡却坚定的语气说："我如果拒绝，对你是一种侮辱，不过我不会再有任何让步了。"

布拉尼尔则不以为意："你的耐力真好，皮肤没有什么灼热感，声音抖得也不怎么厉害。"

"沙漠会结束我的生命。"

"它不会让你死的。"

帕扎尔浑身打战："我会耐心等着。"

"耐心也没有用，因为你是个背信之徒。"

帕扎尔吓了一跳，结结巴巴地说："你，老师，你……"

"事实总是伤人的。"

"我从未食言！"

布拉尼尔直视着他的双眼说道："你真没记性。你在孟斐斯第一次接受这项职务时，曾以石为证发过誓。你看看我们周围的沙漠，那方石头已经化为无数的沙砾，就是为了提醒你，不要忘了曾当着神灵和众人许下的神圣诺言。你知道的，帕扎尔，法官并不是普通人。你的生命已经不属于你了。你非要蹉跎和践踏自己的人生，那也无关紧要，但是违背誓言的人死后注定要四处游荡，与那些心中充满仇恨的幽灵互相残害。"

帕扎尔并没有因此而振奋精神，他的语气依旧落寞："我不能没有她。"

"你要尽一个法官的责任。"

"即使没有快乐与希望？"

"司法需要的不是情绪，而是公正。"

"我忘不了奈菲莉。"

"跟我说说你调查的事吧。"布拉尼尔换了话题。

斯芬克斯像惨案之谜、第五名退役军人、阿舍将军、被偷的粮食……帕扎尔一一陈述事实,一并说出了内心的怀疑与不确定。

听完他的话,布拉尼尔语重心长地说:"你只是个地位很低的小法官,命运却将这项如此艰难特殊的任务交给了你。这些事比你的生命更重要,可能还关系到埃及的未来。你难道要视若无睹吗?"

"既然你希望我有所行动,那我会这样做的。"这句承诺不免带着一点妥协与无奈。

"这是你的职责所在。你以为我的担子比你的轻吗?"

"你很快就能在隐秘的神庙中享受宁静了。"

"我要享受的不是宁静,而是庙里的所有活动。虽然我不愿意,却还是被任命为卡纳克神庙的大祭司。"

帕扎尔的眼神一亮:"你什么时候接受那枚金戒?"

"几个月之后。"

两天来,苏提找遍了孟斐斯的大街小巷,他知道帕扎尔很可能会想不开,不由得心急如焚。

帕扎尔再度出现在办公室时,脸上全是被太阳晒伤的痕迹。晚上,苏提拉着他去参加一个热闹的酒会,会上有很多他们的熟人,勾起了他们不少的童年回忆。到了早上,他们一起泡在尼罗河水中。

"你躲到哪儿去了?"

"在沙漠里沉思。是布拉尼尔带我回来的。"

"你做了什么决定吗?"

"尽管前路暗淡无光,我还是会谨守就职时的誓言。"

苏提知道他还没有恢复心神,便轻声劝慰着:"幸福会到来的。"

帕扎尔却不相信幸福了:"你明知道这是不可能的。"

"我们会一起迎接这样的战斗。你要从哪里开始?"

"底比斯。"

"因为她?"

"我不会再去见她了。我必须去查明一起小麦非法交易案,还要找到第五名退役军人。他的证词非常重要。"

"要是他死了呢?"

"据布拉尼尔所说,他还活着,我想他只是躲起来了。布拉尼尔的感应力从未出过差错。"

"你可能要找很久……"苏提提醒他。

"你去看住阿舍,仔细留意他的一举一动,想办法找出漏洞。"

苏提的车驶过,扬起了一大片灰尘。这名新上任的战车尉嘴里唱着一首下流的歌,歌唱的是女人的不贞。

苏提很是乐观。尽管帕扎尔依然精神萎靡,但他早知道帕扎尔不会食言的。如果有机会,苏提打算给他介绍几个轻佻的欢场女子,让好友见识一下,保证让他忧愁尽消。

阿舍绝对逃不过法律的制裁,苏提一定要讨回这个公道。

车子路过了两座界碑,驶入农场。此时农场里热气逼人,大部分农夫都在树荫下乘凉。农场前发生了一起意外:有一头驴子把它驮的东西给弄翻了。

苏提立即停车跳了下来,拉开那个正挥着棍棒处罚驴子的主人。他上前轻轻拉了拉驴子的耳朵,一边抚摸一边柔声安慰,那受惊的驴子这才安静下来。

"驴子是不能打的。"他责怪主人。

"我没了一袋谷子呢!你没看到它把谷子弄翻了吗?"

"这不是驴子的错。"一名少年反驳说。

"那是谁的错?"

"是那个利比亚女人。她老喜欢用棍子戳驴子的屁股。"

"原来是她!那她比驴子还应该挨打。"主人恍然大悟之后,更加气愤。

"她在哪儿?"苏提问道。

"在池塘边。如果我们抓她,她就会爬到柳树上。"主人似乎拿她无可奈何。

"交给我吧。"苏提拍了拍胸脯保证道。

他刚一靠近,豹子便一溜烟地爬上树,躺在一个粗粗的树枝上。

"下来。"

"走开!都是因为你,我才变成奴隶。"

"我本来都已经没命了,是你救了我,记得吗?现在我来救你了。跳到我怀里来吧。"

她想也不想就往下跳。苏提被她撞得跌倒在地,背重重地撞了一下,不禁面露苦笑。豹子用手指轻轻抚摸着他的伤疤,问道:"别的女人不要你?"

"这段时间,我需要一个尽心尽力的护士。你来帮我按摩吧。"

"你浑身都是尘土。"

"我迫不及待想见你,就快马加鞭地赶来了。不过你说得对,我应该先洗个澡。"他站起来,搂着豹子便往池塘里冲,跳下水时,他们的嘴唇已经紧紧地黏在一起了。

内巴蒙一顶一顶地试戴美发师为他准备的华丽假发,但他都不满意,觉得不是太重,就是太过花哨。对他来说,追求时髦越来越困难了。他每天都忙得不可开交,要应付那些想通过重塑身形来保持魅力的富家太太,要担任多个行政委员会的主席,还要打发无数个想接替他职位的人,他多么希望身边能有一个像奈菲莉一样的女人。然而,他屡次遭到拒绝,这怎能不让他心生怨恨?

他的私人秘书行了个礼,然后说道:"我已经打听到你想知道的消息了。"

内巴蒙没有注意到秘书的表情,淡淡地问:"她放弃行医了吗?"

"没有。"

"你开玩笑吗?"御医总管这才开始认真。

"奈菲莉在乡下创办了一个诊所和一个实验室,还给病人动手术,现在极受底比斯卫生部门的重视。她的名气越来越响了。"

"太荒谬了!她根本没有钱,怎么买得起那些稀有珍贵的药材?"

秘书听罢得意地笑了笑:"你一定会对我的办事能力感到满意。"

"快说!"

"我追查到了一条奇怪的线索。你听说过莎芭布这个名字吗?"

"她不是在孟斐斯开了一家啤酒店吗?"

"而且是最有名的一家。那家啤酒店生意兴旺,而她却突然抛下生意,不知所终。"

说了半天,内巴蒙还是一头雾水:"这跟奈菲莉有什么关系?"

"莎芭布不仅是奈菲莉的病人,也是她的资金提供者。莎芭布为底比斯的客户提供年轻漂亮的女孩子,从中赚取佣金,这也让在她的羽翼下得到庇护的奈菲莉受益颇多。这不是对道德的一大讽刺吗?"

"医生受妓女的资助……这下总算被我逮到了!"内巴蒙心里又有了盘算。

第四幕

正义之声永不沉寂，
其守望者不会妥协，
必将从混沌中寻回失落的和谐与秩序。

第 31 章

"你真是美名远扬。"内巴蒙对帕扎尔说,"你不稀罕财富,也不向强权低头,总之,法律是你每天的饮食,廉直是你的第二天性。"

听了御医总管这番诣媚的话,帕扎尔只是冷面以对:"这不是当法官最基本的条件吗?"

"当然,当然……所以我才会选择你。"内巴蒙有点儿尴尬。

"这么说我应该受宠若惊了?"

"我相信你一定会秉公办事。"

帕扎尔从小就不喜欢笑容虚伪、态度造作、满口甜言蜜语的人,他对这个御医总管简直反感到了极点。

"有一个天大的丑闻就要被曝光了。"内巴蒙压低了声音,仿佛不愿让书记官听到,"这个丑闻将影响医疗界的整体形象,使所有医生蒙羞。"

"请你说得清楚一点。"

听了他的话,内巴蒙却转身看了亚洛一眼。于是,帕扎尔便打手势让亚洛退下。

内巴蒙这才问道:"起诉,开庭,烦琐的行政程序……这些形式化的工作难道不能免除吗?"

帕扎尔没有搭话。

"你肯定想多了解一点内情,我明白。但是,你能答应我保密吗?"

帕扎尔尽量克制着不发火。

"我有一个学生,奈菲莉,因为犯了错而遭到了我的处罚。到了底比斯,她本应更加谨慎,多向能力更强的同人讨教,不料,她令我极为失望。"

"她又犯了什么错吗?"

"她错得更加离谱了。不但乱收治病人,开出不当的处方,还设立了私人实验室。"

"这犯法吗?"

"没有,但是以她的财力,根本不可能做到这些事。"

"这是众神对她的眷顾。"

"帕扎尔法官,不是众神,而是一个卑贱的女人,莎芭布,她是孟斐斯人,经营了一家啤酒店。"

内巴蒙严肃地说完了,本以为帕扎尔会义愤填膺,然而,他似乎毫不在意。

"现在的情况很让人担心。"内巴蒙又说,"总有一天真相会暴露,这将会连累一些颇有名望的医生。"

"比如说你吗?"帕扎尔语气中不无讽刺。

"当然了,因为我是奈菲莉的老师!我不能再保持沉默,这样太过冒险了。"

"我很同情你,但是我不知道自己该扮演什么角色。"

内巴蒙这才说出了来找帕扎尔的目的:"你只要暗中强加干涉,就能解决掉这个麻烦了。莎芭布的酒店在你的辖区内,她又以假身份在底比斯工作,你何愁找不到起诉理由。如果奈菲莉依然故我,不收敛一点,你可以用重罚威胁她。她有了戒心后,便能安分守己地在村子里当个小医生了。不过呢,我当然不会让你免费帮忙。我会给你一个晋升的好机会,你的前途也会更加光明。"

"那我真是感激不尽。"

"我就知道跟你说得通。你年轻、聪明、有野心,不像其他那些法官,什么都要讲法律,甚至到了不合理的地步。"

"我要是失败了呢?"帕扎尔故意问道。

"我会出面状告奈菲莉,由你来开庭审理,我们一起决定陪审团的人选。但是我不希望走到这步,因此你得发挥你的说服力。"

"我一定尽力而为。"

内巴蒙松了一口气,非常认可自己的做法。他没有看错这个法官:"我很高兴找对了人。在我们这种高层人士之间,什么困难都能排除。"

神奇的底比斯!在此,他尝到了幸福与悲痛。迷人的底比斯!梦境般的夜晚过后,便是璀璨光辉的黎明。无法逃避的底比斯!命运之神几度让他故地重游,调查真相,偏偏真相又如受到惊吓的蜥蜴,早已逃得无影无踪。

他在渡船上遇到了奈菲莉。帕扎尔紧张又担心,但她并没有赶他走。

"我当初不是随便说说的——我们本来不应该再见面的。"

"你没有那么想我了吧?"

"我对你的感情一点儿也没有变。"

"你这是在折磨自己。"她不由得叹了口气。

"为了你,又有什么关系呢?"

"看到你痛苦,我也会难过。我们再度见面只会徒增感伤,你觉得有必要吗?"

帕扎尔不愿让她误以为自己又要来纠缠她,赶紧澄清:"我这次完全是以法官的身份来见你的。"

"我犯了什么罪?"

"接受一名妓女的慷慨馈赠。内巴蒙想阻止你扩大行医范围,而且让你把重症患者交给其他医生诊治。"

"否则呢?"

"否则他会以违反医德为由,禁止你继续行医。"

"对他的威胁,我应该严阵以待吗?"

"内巴蒙很有影响力。"

内巴蒙不肯善罢甘休,对此奈菲莉也只能表示无奈:"之前他没有击垮我,现在他又不许我与他抗衡。"

帕扎尔小心翼翼地问:"你要放弃吗?"

"你觉得我会怎么做?"

"内巴蒙认为我能说服你。"

"他不了解你。"

"所以我们运气不错。你信任我吗?"

"绝对信任。"

帕扎尔听着她温柔的声音,感到无比陶醉。她这不就抛去了冷漠的外表,用另一种不那么拒人于千里之外的眼神看他了吗?

"奈菲莉,不用担心,我会帮你的。"

他陪着她走回村子,内心只希望这条路永无尽头。

暗影吞噬者放心了,帕扎尔这次出门似乎完全是出于私人原因。他并不是要找第五名退役军人,而是想追求美丽的奈菲莉。

因为凯姆与狒狒也在,暗影吞噬者行动时不得不万分谨慎。最后,调查结果让他相信,第五名退役军人可能已经死亡,或者逃到了南方,再也不会有人提起这个人了,反正只要这个军人不说话就行了。

然而,暗影吞噬者仍然要继续跟踪帕扎尔,以防出什么差错。

狒狒显得焦躁不安。凯姆环顾四周,只看到了农夫和驴子、修筑堤防的工人，此外并没有发现什么异样。但是狒狒嗅到了危险的气息。

于是凯姆更加小心，向帕扎尔与奈菲莉走去。这是他第一次仔细地打量自己的上司。这名年轻的法官是理想的化身，是乌托邦的使者，他既坚强又脆弱，既踏实又爱做梦，但无论如何，他从不偏离正道。他一个人并不能灭绝人性的邪恶，但是他能遏制这股恶势力的蔓延，让那些蒙受冤屈的人有了希望。

凯姆真希望他不要插手管这么危险的事，再这样下去，他迟早会被毁灭的。可是，那些可怜的家伙们死得不明不白，凯姆又怎么能怪帕扎尔插手呢？只要平民百姓死后不遭人唾弃，只要法官不让财大气粗的人物享有特权，那埃及的光芒便能继续照耀大地。

奈菲莉和帕扎尔都没有说话。帕扎尔一直都梦想着能和她手牵手散步，就像今天这样，只要他们在一起，什么话也不必多说。他们步伐一致，仿佛默契十足的伴侣。他何其有幸，能偷得片刻宛若做天神般的幸福，窃取一个比真实更为可贵的奇迹。

奈菲莉轻快地走着，轻得像空气一样。她的脚好像在地面上飘似的，一路走来，毫不疲惫。能够陪她散步，帕扎尔感到无上的荣幸。若非自己必须坚守岗位，对抗即将来临的风暴，他真想就此隐姓埋名，全心全意地为她服务。不知是不是他的错觉，他觉得奈菲莉没那么排斥他了。或许她需要的是两个人在一起时的这种沉默，或许她会渐渐习惯他的热情，只要他不再贸然开口。

他们走进了实验室，正在挑拣药草的卡尼兴冲冲地对他们说道："收成太好了。"

"恐怕它们没有用了。"奈菲莉遗憾地说，"内巴蒙想阻止我继续行医。"

"要不是法律不允许给人下毒，我就……"

"御医总管不会如愿以偿的。我会插手管这件事。"帕扎尔十分坚定地说。

"他这个人比毒蛇还恐怖,只要招惹了他,他就会咬你。"卡尼虽然气愤,却也着实为法官担心。

"有新药材吗?"

"神庙给了我一大块地种植药草,现在我是他们正式的药草供应者了。"

"这是你应得的,卡尼。"

"我没有忘记调查的事。之前一次,我刚好有机会和负责人口普查的书记官聊天。据他说,这六个月以来工坊和农场都没有雇过孟斐斯的退役军人。老兵退伍后一定要报到,不然就会丧失退伍军人的权益,那样就等于让他自己陷于绝境了。"

"这个老兵太害怕了,他宁愿忍受贫困也不敢公然现身。"

"万一他去其他地方了呢?"

"我相信他一定还躲在河西地区。"帕扎尔依旧十分肯定。

心中的矛盾令帕扎尔苦不堪言。一方面,他觉得很轻松,甚至几乎是快乐的;另一方面,他又觉得消沉和难过。再次见到奈菲莉,她变得更和善、更容易亲近了,这让帕扎尔感到重生般的喜悦。但是他也知道,她永远不会嫁给他,因此不免感到失落和绝望。

不过幸运的是,因为她,因为苏提,因为贝尔·特兰的事情,他暂时没有时间多想。布拉尼尔的话提醒了他,埃及的法官理应为他人献身。

这一天,底比斯西区的后宫举行了宴会,人们聚到一起庆祝去亚洲远征的队伍凯旋,埃及人民得以重享太平,并齐声赞颂伟大的拉美西斯大帝与大功臣阿舍将军。织布女工、乐师、舞者、珐琅大师、教师、美发师、插花艺术家都在花园里漫步,她们一边闲聊一边享用点心。这些后宫中的女人欣赏着别人的服饰，相互嫉妒、相互讥讽。

帕扎尔来得真不是时候。不过他还是见到了艳光四射的后宫女主人哈图莎，她让众人黯然失色。妆容无懈可击的哈图莎，对那些贵妇不尽完美的妆容表现得很不屑。身边众人的阿谀奉承，也都被她用一句句带刺的话给驳了回去。

"你不是孟斐斯的那个小法官吗？"见到帕扎尔，她难掩惊讶。

"很冒昧在这样的时刻来打扰你，但能否请王妃殿下移驾，我们私下谈谈？"

"太好了！这些社交活动真是无聊死了。我们到池塘边去商谈吧。"

这个正经庄重的法官是何等人物！竟三言两语便征服高高在上的王妃。哈图莎很可能只是想跟他玩玩，然后便会像对待断了手足的玩偶一样丢弃他。毕竟，这名外国女子的荒诞行径实在令人难以预料。

水池里一朵朵白莲花与蓝莲花在微风中摇曳。哈图莎和帕扎尔走到遮阳伞下的帆布折叠椅边坐了下来。

"我们如此不遵守礼仪，一定会招来闲言碎语的，帕扎尔法官。"王妃打趣说。

"我很感激你。"

"这么说，你开始喜欢我这座富丽堂皇的后宫了？"

对哈图莎刻薄戏谑的言语，帕扎尔置若罔闻："你听过贝尔·特兰这个名字吗？"

"没有。"王妃有些无趣地回答。

"德内斯呢？"

"也没有。你是来审讯我的吗？"

"我十分需要你的证词。"

"据我所知，他们并不是我手底下的人。"

"德内斯是孟斐斯的主要运输商之一，他接到了你的一道命令。"

"那又怎么样？你以为我会在乎这些小事？"哈图莎开始有些不耐烦。

"可是，就在前往底比斯的货船上，我发现了失窃的官粮。"

"你到底想说什么。"

"货船、粮食和你盖了章的运输令都被查封了。"

哈图莎觉得帕扎尔意有所指，不禁提高音量喝道："你是在指控我偷窃吗？"

帕扎尔则温言答道："我希望你能对此解释一下。"

"是谁派你来的？"

"我自己要来的。"

哈图莎不敢相信一个小小的法官能有这种胆量："你自己要来的……我不信！"

"那你就错了。"

"他们又想害我，这次利用的是一个什么都不知道，并且容易操控的小法官！"

"侮辱并恶意中伤法官，必须接受杖刑。"

哈图莎简直气疯了，帕扎尔竟如此不把自己放在眼里："你疯了！你知道你在跟谁说话吗？"

帕扎尔秉承一切依法行事，并不在意王妃的要挟："王妃犯法与庶民同罪，更何况你还涉嫌侵占国家的官粮。"

王妃哑了一声，然后说："我才不管这些事呢。"

帕扎尔仍耐着性子解释："有嫌疑不代表会被定罪。所以我等着听你为自己辩护。"

"我是不会低头的。"

"如果你是无辜的，又有什么好怕的呢？"

"你竟敢怀疑我的清白!"

"事实就摆在眼前。"

"你太过分了,帕扎尔法官,实在是太过分了。"她怒气冲冲站起身,头也不回地往前走。一旁的大臣纷纷回避,唯恐这把怒火烧到自己身上。

三天后,底比斯大法官接见了帕扎尔。大法官是个正值壮年、头脑冷静的人。他仔细地将文件看了一遍,对帕扎尔称赞道:"你做得非常好,文件的内容和形式,都非常用心。"

"这里不是我的辖区,所以接下来的工作就交给你了。如果你认为我有必要参与,我会立刻开庭。"

"你对此有什么看法?"

"粮食的非法交易确实存在。不过,似乎与德内斯无关。"

"警察局长呢?"

"他可能知情,至于知道多少,我也很难说。"

"哈图莎王妃呢?"

"她坚决不作出任何解释。"

"这可就麻烦了。"大法官沉吟道。

"公文上的确有她的章,作不了假。"

"当然,但是,是谁盖的章呢?"

"是她自己。那是用她戴在手上的印章戒指盖的。和宫里其他重要人物一样,她的印章戒指是从不离身的。"

"接下来我们将步履维艰。"大法官说出了自己的疑虑,"哈图莎在底比斯并不受人民爱戴。她太高傲、太爱批评、太专横了。不过,即使众人有这样的看法,法老还是会袒护她的。"

"盗取国家的粮食,是很重的罪啊。"

"我知道,但我希望不要公开起诉她,以免损害法老的声誉。

而且，根据你的记录，你的初步调查还没有结束。"

帕扎尔看起来脸色凝重。

"你不用担心，帕扎尔法官。身为底比斯的大法官，我绝不会将你的卷宗闲置于成堆的档案中。我只是希望起诉原因能更充分一些，毕竟，原告可是以国家的名义啊。"

"谢谢你想得如此周到。至于公开地庭审……"帕扎尔迟疑了一下。

"还是不公开好一些，我明白你的意思。但你究竟是想了解事实，还是想要哈图莎王妃的命？"

"我对她毫无敌意。"帕扎尔连忙辩解。

"我会试着让她说出真相，必要的话，我也会正式传唤她。我们就把她交给命运之神，好吗？她如果有罪，必然会付出代价。"

帕扎尔见大法官说得十分诚恳，便勉强问道："你需要我的帮助吗？"

"目前还不需要，而且，孟斐斯那边有急事需要你回去处理。"

"我的书记官找我了吗？"

"是门殿长老。"

第 32 章

涅诺法夫人实在难消心中的怒气。她不明白丈夫怎会蠢到如此地步。他老是看错人，又总是不吸取教训，这次他竟然以为贝尔·特兰会毫无反击，乖乖地束手就擒。结果呢，这次娄子可捅大了——他们要打一场官司，有一艘货船被征调，涉嫌偷窃，还让那只小鳄鱼逮个正着。

"你的战绩可真是辉煌！"

德内斯面不改色地说："再吃点儿烤鹅吧，味道很好。"

涅诺法再也忍不住了，破口大骂："我们丢尽了脸，还差点破产了，都是你害的。"

德内斯却安慰妻子："放心，我们会时来运转的。"

"时运会变，你这笨脑袋却改变不了！"

"只不过是一艘船被扣留了几天，有什么要紧的？反正货已经被搬到了另一艘船上，马上就能到底比斯了。"

"那贝尔·特兰呢？"

"他不告我们。我和他已经达成协议，就此停战，并且要以双方最大的利益为先，进行分工合作。他取代不了我们的地位，这次我们算给了他一个教训。以后我们还要用公道的价格替他运送一部分货物。"

"那盗粮的案子呢？"

"不会立案的。人证物证都表明我是清白的。况且，我多少也得负点儿责任。我被哈图莎利用了。"

"帕扎尔的控诉呢?"

提到帕扎尔,德内斯可就不那么轻松了:"他那边是有点儿麻烦,这一点我得承认。"

涅诺法的脾气不禁又发作了:"这下好了,官司打不赢,声誉也毁了,还要交罚款!"

"事情还没到那个地步。"

"你以为会发生奇迹吗?"

"只要稍作安排,又有什么难的?"

西尔基斯高兴得手舞足蹈——她刚刚收到一株很大的芦荟,顶端还开着黄色、橙色、红色的花。芦荟的汁液中含有一种特殊物质。用芦荟的汁液涂抹生殖器可以避免病毒感染。自打丈夫患上皮肤病,腿上就经常会起红色的疙瘩,芦荟可以治疗这种皮肤病。此外,她还会帮他涂上由蛋白和金合欢花调成的药膏。

贝尔·特兰得知自己被传唤入宫的消息,身上又开始发痒了。他只得忍着痒,带着焦虑和不安入宫。

西尔基斯一边等丈夫回来,一边准备止痒的香膏。

午后,没过多久,贝尔·特兰便回来了。他对妻子说:"我们不用马上回三角洲了,我会在那里找个负责人。"

"许可证被吊销了吗?"西尔基斯担心地问。

"刚好相反。王宫方面祝贺了我在孟斐斯的成功经营与扩张。事实上,那些人已经密切注意我的纸厂有两年了。"

"是谁想毁了你?"西尔基斯一听,更惊慌了。

"毁了我……不是的!是谷仓总管注意到我事业发展得很快,便想了解我还能有什么作为。他看我工作如此勤奋,所以才让我跟着他干。"

西尔基斯听后又惊又喜。谷仓总管负责制定税率、征收各项税款、给各省分配税额，还负责指挥一群书记官，监督各省的税务中心，将收上来的税务报表递交给白色双院这个负责管理全国财政的机构。

"让你跟着他……你是说……"

"他任命我为谷仓总财务官。"

"太好了！"她兴奋地抱住丈夫，带着憧憬问，"那我们以后会更有钱了？"

"很有可能，不过我的工作也会更忙。我会常常到外省出差，孩子们就要麻烦你照顾了。"

"我太骄傲了……家里的一切就放心交给我吧。"她拍拍胸脯保证。

书记官亚洛和驴子一起坐在帕扎尔法官办公室的门外。大门上贴着几张封条。

"是谁敢这么做？"帕扎尔又惊又怒地问。

亚洛则苦着一张脸，有气无力地说："门殿长老下令了，是警察局长亲自来贴的。"

"为什么？"

"他不愿意跟我说。"

"这样做是违法的。"

"我能怎么办？总不能揍他吧！"

帕扎尔立刻去找门殿长老。他等了好长一段时间才获得接见。

长老一见到帕扎尔就说："总算找到你了，帕扎尔法官！你出门真频繁。"

"都是为了公务。"

"现在你可以休息了！我想你也已经发现了——你被停职了。"

"为什么?"

"年轻人真是懵懂无知!当法官不代表你能凌驾于法律之上。"长老严厉地训斥道。

"我犯了什么法?"

门殿长老的声音突然变得凶恶:"你违反了税法。你忘了缴税。"

"我没有收到通知啊!"

"三天前我亲自给你送过去的,可是你不在。"

"可缴税期有三个月。"

"那是在外省,在孟斐斯,你只有三天的时间。时间已经过了。"

帕扎尔大吃一惊,问道:"你为什么要这么做?"

"我只是依法行事。法官必须以身作则,你却没有做到。"

帕扎尔强忍上升的怒气,因为攻击门殿长老会让情况变得更复杂:"你这是在迫害我。"

"不要乱加罪名!无论如何,我都必须让那些没有按时缴税的人付清税款。"

"我已经准备好清偿债务了。"

"让我看看……总共是两袋稻谷。"

帕扎尔一听,松了口气,但门殿长老接着说:"罚款就不止这点东西了。我看……就算一头肉牛吧。"

帕扎尔愤慨地抗议:"这差得也太多了!"

"由于你身份特殊,我不得不严格一点。"

"是谁在背后指使你的?"

门殿长老没有回答,只是伸出手指着门,冷冷地说:"出去!"

苏提发誓要飞奔到底比斯,深入后宫,给那个赫梯女人点颜色看看。这般不可思议的惩罚,除了她还能有谁?一般来说,税收制度是固定的,毫无转圜的余地。这次对帕扎尔的控诉实在太罕见了,简直就像蓄意欺诈。她用迂回的方式打击帕扎尔，还想利用孟斐斯这个大都市的特殊条例，迫使这个小法官闭嘴。

"我建议你三思而后行。如果那么做，你将会丧失军官的身份，一旦开庭，你说的话再也不可信了。"帕扎尔反过头来劝他。

"开什么庭？你已经没有能力开庭了。"

"苏提……我该认输吗？"

"几乎是的。"

"几乎——你说得对。不过，这样的攻击确实太不公平了。"

"你怎么还能如此冷静？"

"厄运与逆境让我懂得了思考，你的热情接待，功劳也不小。"帕扎尔还有心情开玩笑。

苏提当了战车尉，分到了一栋有四个房间的大房子，房前还有花园，可以让帕扎尔的驴子和狗睡个够。豹子每天都心不甘情不愿地做家务，但苏提常常会让她停下手边的工作，拉她玩一些有趣的游戏。

帕扎尔则不出房门一步。他努力地回想着相关重要文件中的各个要点。好友和他美丽情妇的调情、嬉戏，他完全视若无睹。

"想、想、想……你想出什么结果没有？"苏提问道。

"我们或许能借助你的力量推动事情进展。牙医卡达什曾潜入一个军营，想偷取铜料，而那个军营刚好是化学家谢奇进行秘密实验的地方。"

"他要制造武器装备？"

"绝对错不了。"

"是阿舍将军手底下的人吗？"

"我不知道。我不太相信卡达什的说辞。他为什么会在那个地方游荡？据他说，是军营的负责人向他泄的密。这一点由你来查证，应该不难。"

"交给我吧。"苏提毫不犹豫便接下了这个任务。

帕扎尔喂了驴子、遛了狗,便和豹子一起吃饭。

"我有点儿怕你。"豹子老老实实地说。

"我很可怕吗?"

"你太严肃了。你从来没恋爱过吗?"

"我爱人的程度不是你能想象得到的。"帕扎尔略带伤心地回答。

"那就好。你跟苏提不一样,可是他非常崇拜你。他对我说了你的烦恼。你打算如何支付罚款?"

"老实说,我也不知道。必要的时候,我会到田里工作几个月。"

"你一个法官去种田?!"豹子难以置信。

"我是在农村长大的。播种、翻地、收割,这些都难不倒我。"

"要是我,就去偷。征税机构不就是一个大贼窟吗?"

"外界的诱惑太多,所以才需要法官。"

"你呢,你一直都很诚实吗?"豹子不以为然,便反问道。

"这是我最大的理想。"

"那他们为什么要排挤你?"

"因为权力斗争。"

"埃及王宫中也有腐败堕落的事情吗?"

"我们埃及人并不比其他地方的人更好,但是我们都知道这一点。一旦出现腐败现象,我们便会进行消毒、净化。"

"你要独自去做吗?"

"我和苏提一起。即使我们失败了,还会有其他人来接替我们的。"

豹子用手支住下巴,赌气般地说:"我要是你,就跟着他们一起腐败。"

"法官如果堕落,就等于国家堕落了一大步。"

"我们国家的人都很喜欢打斗,但你们不是这样的。"

"这是缺点吗？"帕扎尔似乎无法理解她语气中的遗憾。

她乌黑的双眼突然亮了起来："对我而言，人生就是一场非赢不可的仗，不论用什么方法或是付出什么代价。"

苏提兴奋地喝下了半罐啤酒，骑在花园的矮墙上，欣赏着落日的余晖。帕扎尔则盘坐在一边，轻轻抚摸着勇士。

"我的任务完成了！军营的负责人为能招待我这个最后一次战役中的英雄而感到十分荣幸。而且，他也说了很多话。"

"他的牙齿怎么样？"

"非常健康。他从来没找卡达什看过牙。"

苏提和帕扎尔击掌祝贺，因为这明显戳破了一个弥天大谎。

"不仅如此。"

"快说，别吊我的胃口了。"帕扎尔急得连声催促。

苏提这下可神气了，他故意慢条斯理地说话。

帕扎尔又说："你想让我求你吗？"

"英雄本来就应该得到适量欢呼。军营的储藏库里有上等的铜。"

"我知道。"

"可你不知道，在被你讯问后，谢奇偷偷命人搬走了一个箱子。箱子里装了很重的东西，四个人才能勉强抬起来。"

"四个士兵？"

"是被编派在谢奇手下的卫兵。"

帕扎尔觉得很奇怪："箱子被搬到哪里去了？"

"不知道。我会找出答案的。"

"谢奇制造坚固的武器需要什么材料？"

"是最稀有也最昂贵的材料：神铁。"

"我也是这么想的。"帕扎尔点点头说，"如果我们没有猜错，这就是卡达什觊觎的宝贝！神铁制的牙科器材……他以为这样就能重获灵巧的技术。现在我们需要知道，是谁把储藏神铁的地点告诉他的。"

"你问谢奇时，他的态度如何？"苏提问道。

"他一再强调要保密。他没有告卡达什。"

"这样确实有点儿奇怪。抓到窃贼，他应该很高兴才对。"

"也就是说……"

"……他们是同谋！"

他们有同样的看法，但帕扎尔却顾虑得更多一点："我们毫无证据。"

"事情的经过大概是这样：谢奇将储藏神铁的地点透露给卡达什，卡达什便想偷出一部分自己用，但是他失败了。谢奇本来应该出庭作证，但他却不愿意将同党送上法庭。"

苏提分析得头头是道，可是帕扎尔还是觉得有疑点："实验室、神铁、武器……所有的证据都指向军方。我不明白的是，谢奇一向不多话，他为什么会把这个机密泄露给卡达什呢？一个牙医又怎么会扯上军事阴谋呢？这真是荒谬！"

"我们拼凑出的信息也许还不够完整，不过多少也揭示了一些真相。"

"我们的方向错了。"帕扎尔断言。

"别老是这么悲观！现在的关键人物是谢奇。我会日夜监视他，并会向他周围的人打听，即便他再聪明、再谨慎、再低调，我也会凿穿他筑起的高墙。"

"真希望我也能参与行动……"

"你再忍耐一下。"

帕扎尔随即抬起充满希望的双眼看着好友，问道："你还有什么办法？"

"我可以卖掉我的车。"

帕扎尔摇摇头说:"那样你会被逐出军队的。"

苏提握起拳头,重重地锤在矮墙上,咬着牙说:"无论如何,我都要让你脱离困境,而且要尽快!不然去找莎芭布?"

"别打她的主意。法官的债务怎么能由妓女偿还?那样的话,门殿长老会立刻将我撤职的。"

勇士听完两人的对话,趴了下来,两只眼睛骨碌碌地转着,似乎充满了信心。

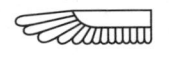

第 33 章

勇士还是怕水。因此它总是和河岸保持一定的距离。它一会儿跑得上气不接下气，一会儿又折了回来，四处嗅嗅，然后到主人脚边撒个娇，便又跑开了。

灌溉河的四周没有什么人，静悄悄的。帕扎尔想着奈菲莉，想着她的一举一动，希望从中发现一点点希望。她似乎对自己有了新的感觉，至少她已经愿意听自己说话了，不是吗？

一棵柽柳后面似乎有人影晃动。勇士并没有注意到，帕扎尔也还在安心地散着步。多亏苏提帮忙，调查终于有了进展。但是他还能走得更远吗？一个毫无经验的小法官只能任由上级摆布。当初门殿长老传唤他时，不就是毫不尊重他吗？

布拉尼尔也在不断安慰和鼓舞帕扎尔。如果有必要，他会将房子卖掉，帮学生还债。不过，还是要谨防门殿长老的干涉。执拗又顽固的长老为了训练和磨砺年轻的法官，必定会出面抨击。

勇士突然停了下来，向上抬起头。

人影在暗处出现，向帕扎尔走去。勇士低声咆哮，帕扎尔则拉着它的项圈安抚道："别怕，我们在一起呢。"勇士听后便用鼻子碰了碰主人的手。

那是一个女人！一个瘦瘦高高的女人，她用黑纱蒙住了脸。她步伐坚定，在距离帕扎尔一米处停了下来。

勇士感到惊恐。

"你用不着害怕。"那个女人拿下了面纱。

"夜晚很舒服,哈图莎王妃,很适合沉思冥想。"

"我要单独见你,一个证人都不能有。"

"你现在应该在底比斯。"

"你果然反应敏捷。"

"你的报复计划生效了。"帕扎尔苦笑道。

"我的报复?"哈图莎好像不明白他的话。

"我已经如你所愿,被停职了。"帕扎尔便向她说明。

"我不明白你的意思。"

"你别再开玩笑了。"

"我以法老的名义发誓,我没有插手找你的麻烦。"

哈图莎说得很认真,不过帕扎尔并不是很相信:"你不是说过我太过分了吗?"

"你的确让我恼怒,可是我很欣赏你的勇气。"

"那么你承认我所采纳的法律依据了?"

"我已经和底比斯的大法官谈过了,这样应该够了吧?"

"结果如何?"

"他问明了真相,事情也告一段落了。"

"在我这里,这件事还没有结束。"

帕扎尔的纠缠不休让她实在不知如何是好:"你上级的意见还不足以让你罢手?"

"在这个案子里,确实不行。"

"所以我才来找你。大法官认为我有必要和你见一面,他的顾虑果然没错。我可以将真相告诉你,但是你必须保密。"

"我拒绝接受任何要挟。"

"你真难对付。"哈图莎又叹了一口气。

"你希望我妥协?"

她没有回答,只是幽幽地说:"你不喜欢我,跟你们大多数的同胞一样。"

帕扎尔纠正了她的说法:"你应该说:我们的同胞。不要忘了,你现在已经是埃及人了。"

"谁会忘记自己的根呢?"王妃缓缓道出了事情的经过,"有一些赫梯人以战俘的身份被带到了埃及,他们的生活都由我照料。有些人很快便融入了这个社会,有些人却难以适应。我有义务帮助他们,因此我从后宫的粮仓拨了一些粮食出来。后来总管告诉我,我们储备的粮食在下次收割前便会用完,他建议我和孟斐斯的某位粮仓总管商量,先安排一下,我答应了。因此,这次运粮的问题,我要全权负责。"

"警察局长知道吗?"

"当然知道,他觉得供应粮食给穷人并不犯法。"

哪个法庭会判她的刑呢?他只能以行政工作存在过失的罪名起诉她,更何况罪责可能会落到两名总管身上。孟莫斯是不会承认的,运输商也将被无罪释放,至于哈图莎,甚至都不用出庭。

"底比斯与孟斐斯的大法官都已经将文件合法化了。"她补充道,"如果你认为程序不合法,大可出面干预。没错,我的确没有遵守法律条文,但是遵循法律的精神行事,这不是更重要吗?"

她竟然在他的专业上击垮了他。

"我那些境遇悲惨的同胞并不知道粮食的来路,我也不希望他们知道。你能给我这个特权吗?"

"卷宗已经在底比斯被处理过了,不是吗?"帕扎尔正直不阿,不肯退让。

她微微一笑:"你的心不会是石头做的吧?"

"但愿不是。"

勇士这时才放下了心,开始蹦蹦跳跳,还不时嗅一嗅地面。

"最后一个问题,王妃,你见过阿舍将军吗?"

刹那间,她整个人变得僵硬,声音也沙哑了:"他死的那天,我一定会好好庆祝一番。但愿地狱的魔鬼将这个屠杀我族人的刽子手碎尸万段。"

苏提的日子过得逍遥自在。由于他战绩辉煌,且身负重伤,上级特许他休息几个月再归队。

豹子乖乖地当着他的"贤妻",但是从她做爱时的激情奔放中可以看出,她的性情一点儿也没有变。他们之间的竞赛每天晚上都要重演。有时候她胜利了,便满脸得意地抱怨爱侣雄风尽失,不过,第二天可能就又换成她大声求饶了。然而,豹子总是说她绝不会爱上埃及男人,苏提也坚称自己讨厌蛮族女子。

当苏提说要离开很长一段时间,不知道何时回来时,豹子立刻跳到他身上用力捶打他。苏提把她压在墙上,用力地吻她,这是他们同居以来最长的一个吻。

"你不能走。"豹子像是在命令,又像是在哀求。

"这是秘密任务。"

"你要是敢走,我就杀了你。"

"我会回来的。"

"什么时候?"

"不知道。"

"你骗人!你有什么任务?"

"这是秘密。"苏提还是不松口。

"你对我从来就没有秘密。"

苏提扑哧一笑:"别这么自大。"

"不然你带我去吧,我可以帮你。"

苏提倒是没有想过可以这么做。监视谢奇想必须要很长的时间,可能会很无聊,况且在某些情况下,多个人也能多个帮手。于是,他事先声明:"你要是敢背叛我,我就砍下你一只脚。"

"你不敢。"

"你又错了。"

他们只花了几天就摸清了谢奇的作息规律和行动路线。每天上午,他都会待在王宫的实验室里,和几名埃及顶尖的化学家一起工作。下午就会去偏僻的军营,每次都要待到天亮才离开。别人对他的评价,大多是赞赏之词:勤奋、能力强、谨慎、谦卑。要说缺点,大概只有过于沉默,以至于经常让人忽略他的存在。

豹子很快就厌烦了。这件事既没有什么实际行动,也不刺激,每天只是守在那里,观察谢奇。这样的任务很无趣。连苏提也觉得气馁。谢奇谁也不见,只顾埋头苦干。

圆圆的满月照亮了孟斐斯的夜空。豹子缩在苏提身边睡着了。这将是他们最后一个监视谢奇的夜晚。

"他出现了,豹子。"

"我想睡觉。"

"他好像很紧张。"

豹子撇着嘴,朝谢奇看去。

谢奇走到军营门口,骑上了驴子,两脚有气无力地垂着。那畜生开始往前走。

"天快亮了,他又要回实验室里去了。"

豹子却似乎十分讶异。

苏提又说:"我们的任务结束了。监视谢奇这条路行不通。"

"他是在哪里出生的?"豹子突然问道。

"在孟斐斯吧,我想。"

"谢奇不是埃及人。"

"你怎么知道?"

"只有贝都因人才会那样上驴子。"

苏提的车停在皮托姆城沼泽区附近的边防哨所外。他把马交给马夫之后,便飞快地去找移民书记官。

凡是想在埃及定居的贝都因人,都必须在这里接受详细的盘问。在某一段时间里,则完全不允许贝都因人进入埃及。许多由孟斐斯相关部门的书记官提出的申请,都被驳回了。

"我是战车尉苏提。"

"我听说过你的辉煌战绩。"

"有一个贝都因人,他应该已经入籍很久了,我想查一下他的档案,不知道你能不能帮忙?"

"这有点不符合规定。你的动机是什么?"

苏提低下了头,故作尴尬:"是为了爱情。我如果能向我的未婚妻证明他原籍不是埃及,她就会回到我身边了。"

"好吧……他叫什么名字?"

"谢奇。"

书记官翻了翻档案。

"这里是有一个谢奇。他的确是贝都因人,原籍叙利亚。他申请进入埃及已经是十五年前的事了。因为当时形势还算缓和,就让他通过了。"

"有没有什么可疑之处?"

"他没有闹事的记录,也没有参加过任何对抗埃及的战斗行动。委员会经过三个月的调查,给予了他极高的评价。他后来改名为谢奇,在孟斐斯当起了冶金工人。他定居埃及前五年的监控记录显示,他从未违法乱纪。你要找的这个谢奇恐怕已经忘记他的根了。"

勇士乖乖地睡在帕扎尔的脚边。

帕扎尔用最后的一点精力勉强支撑着。他拒绝了布拉尼尔的好意，虽然布拉尼尔一再坚持，但是帕扎尔总觉得卖掉老师的房子太可惜了。

"你确定第五名退役军人还活着吗？"

"如果他死了，我会感应到的。"

"他既然放弃退休金，隐姓埋名，就必然得工作来赚取生计。可是卡尼已经认真地进行了深入的调查，却还是没有结果。"

帕扎尔从高高的阳台上凝视着孟斐斯。突然间，他有一种不祥的预感——这座城市的宁静似乎即将受到威胁，一种潜藏的危机好像正逐渐蔓延开来。如果孟斐斯被攻占，底比斯也会跟着投降，然后整个国家就完了。由于内心不安，他便坐了下来。

"你也感觉到了，是吧？"布拉尼尔看透了他的心思。

"真是一种可怕的感觉！"帕扎尔有些恍惚。

"而且危机还在扩大。"

"这不会是我们幻想出来的吧？"

"你所体验到的是一种深入骨髓的不安。一开始——大约在几个月前——我以为这感觉只是个噩梦，但是它一再出现，而且越来越频繁、越来越沉重。"

"这到底是什么？"

"一股无法辨识的暗流。"

帕扎尔打了个寒战。刚才不安的感觉暂时平息了，但是他的身体却不会忘记。一辆战车在屋前骤然停下。苏提跳下车便往二楼跑。

"谢奇是贝都因移民！可以赏我一瓶啤酒吗？对不起，布拉尼尔，我忘了向你问好。"

帕扎尔搬出了啤酒，让好友喝个痛快。苏提则边喝边说："我从哨所回来的途中想过了。卡达什是利比亚人，谢奇是原籍为叙利亚的贝都因人，哈图莎是赫梯人！他们三人都是异族人。卡达什虽然成了有名的牙医，但还是会和同胞跳那种猥琐的舞蹈；哈图莎一直不喜欢她的新生活，一心只为自己的族人着想；谢奇则老是一个人做一些奇怪的研究。这就是你在找的阴谋！背后主谋——阿舍，正是他在全盘控制。"

布拉尼尔没有说话。苏提的这番话，是否为他们所忧心的谜题提供了答案呢？帕扎尔表示怀疑。

"你的结论下得太快了。哈图莎和谢奇，以及哈图莎和卡达什之间，有什么关联呢？"

"对埃及的恨。"苏提斩钉截铁地说。

"哈图莎厌恶阿舍。"

"你怎么知道？"

"她亲口说的，我相信她。"

"放聪明点，帕扎尔，你的观点太幼稚了。只要认真想想，马上就能得到结论。是哈图莎和阿舍出主意，卡达什和谢奇负责执行。谢奇现在所准备的武器可不是供一般的军队用的。"

"你是说有叛乱？"

"哈图莎希望有人侵行动，阿舍负责筹划。"

苏提和帕扎尔同时转向布拉尼尔，迫不及待地想听听他的意见。

"拉美西斯大帝的势力尚未减弱。他们即使有这样的企图，也难以得逞。"

"可是计划正在进行中啊！"苏提说，"我们必须展开行动，趁计划还在萌芽阶段，就将它扼杀掉。假如采取司法途径，他们会知道事情败露了，进而开始害怕。"

帕扎尔却不赞成如此贸然的做法："如果我们的指控被视作无中生有、意图污蔑，我们将会被处以重刑，而他们也就更自由了。我们一定要一击即中。现在，只要能找到第五名退役军人，阿舍将军的声誉便会遭受重创。"

"你要等着灾难降临吗?"

"让我考虑一个晚上,好吗,苏提?"

"随便你,你要想一年也没关系。你现在根本没有权力开庭。"

布拉尼尔开口说道:"帕扎尔,这一次你不能再拒绝我的房子了,你得尽快清偿债务,重新执法。"

帕扎尔独自在黑暗中走着。生活的压力压得他喘不过气来,也逼得他不得不专心细想这场曲折离奇、日益严重的阴谋,然而此时此刻,他却只希望能想一想自己心爱又不可得的女子。

他放弃的是幸福,而不是正义。

他所忍受的痛苦使得他越发成熟。有一股力量隐藏在他内心深处,经久不息。他将利用这股力量来为自己所爱的人做点事。

月亮,这所谓的"战士",如一把刀,割开大片的乌云,又像一面镜子,映照出众神的美。他祈求月亮赐给他力量,让他也能拥有和这"夜晚的太阳"一样敏锐的目光。

他的思绪又回到第五名退役军人身上。一个不想引人注意的人会从事什么职业呢?帕扎尔将底比斯西区居民的职业全部列了出来,又一一否定。从屠夫到播种者,各行各业都必须接触人群。因此,倘若那士兵从事这些职业,卡尼不可能探听不到消息。

只有一种情况例外。有一种职业既不需要与人接触,又可以在众目睽睽之下现身,可以说那职业是最佳掩护。

帕扎尔抬起头,看着青金石般的穹苍开启了一扇扇星星状的小门,亮光从门内洒了出来。他若是能接住这些光线,就能知道第五名退役军人在哪里了。

第 34 章

分配给新任谷仓总财务官的办公室宽敞又亮堂，还有四名常驻专业书记官听候他的差遣。贝尔·特兰身着一条新的缠腰布和一件不合身的短袖亚麻衬衫，脸上容光焕发。生意的成功，他当然很满意，但是能够进入政府部门行使公权力，却是他自读书识字以来就有的愿望。他出身卑微，受教育程度又不高，以前这对他来说简直是遥不可及的梦想。然而，他的积极勤奋让行政部门注意到了他的能力，如今他下定决心要大展身手。

他和同事打了招呼，并强调自己十分重视秩序及工作态度认真与否，然后便开始看上级交给他的第一份文件：一份迟缴税款的纳税人名单。

他一向按时缴税，看着这份文件，心里倒觉得有趣。名单上都有哪些人呢？有一个财主、一个军队书记官、一个细木工坊的负责人……和帕扎尔法官！核查员注明了法官迟缴税款的时间、罚款额度，还注明警察局长已亲自查封了他的大门。

午餐时间，贝尔·特兰去找书记官亚洛，向他询问帕扎尔目前的住处。到苏提家时，贝尔·特兰只见到了战车尉和他的情妇。帕扎尔刚刚出门，去了码头。那里的船往来于孟斐斯与底比斯。

贝尔·特兰及时追上了帕扎尔。

"我得知了你的麻烦。"

"那确实是我的疏忽。"帕扎尔坦言道。

"太不公平了。小小的过失竟然处罚得这么重。你可以去申诉。"

"这本来就是我的错。何况诉讼程序一向冗长,那样做对我又有什么好处呢?也许那样惩罚会减轻,却可能会招来许多敌人。"

"门殿长老好像并不欣赏你。"

"他一直都很喜欢考验年轻的法官。"

贝尔·特兰诚恳地看着他:"在我有困难的时候你帮过我,现在我也希望能回报你。让我替你还清罚款吧。"

"我不能答应。"

"就算我借你的,怎么样?当然了,我不需要利息。总不至于要我贪朋友的这点小便宜吧?"

"我用什么还你呢?"

"用你的专业知识还。我刚当上谷仓总财务官,以后经常要借助你的专业知识。你自己算算,两袋稻谷和一头肉牛相当于几次的咨询费用。"贝尔·特兰回答得很爽快。

"那以后我们会经常见面喽。"

"这是你的财物所有权证明。"

贝尔·特兰与帕扎尔便这样达成了协议。

门殿长老正在准备明天要审理的案子:偷鞋案、遗产纠纷、意外事故赔偿……都是一些简单且容易解决的案子。这时候来了一个令他好奇的访客。

"帕扎尔!你是换了职业,还是来缴纳罚款?"

帕扎尔开玩笑地说:"答案是第二个。"说完他自己也笑了。

长老愉快地看着冷静的帕扎尔:"很好,你还有点儿幽默感。这份工作不适合你,以后你就会感激我的严厉了。回你的村子去吧,在乡下找个好女孩结婚,跟她生两个孩子,把法官、司法这些事全忘了。这个世界太复杂了。我很懂得人心,帕扎尔。"

"那我应该恭喜你。"

"你终于理性一点了!"

"这是我要给你的东西。"

长老看了财物证明,不禁哑然。

"我已经将两袋稻谷放在你的门口,肉牛也安置在税务局的牛栏中了。你还满意吗?"

一看孟莫斯就知道他的情绪不好:脑袋发红,五官纠结在一起,加上浓浓的鼻音,他那烦躁、没耐心的神色一览无余。

"帕扎尔,我今天见你完全是出于礼貌。要知道,你现在只不过是个市井小民。"

"如果真是这样,我也不敢来打扰你。"

孟莫斯不由得抬起头来,疑惑地问道:"什么意思?"

"这是门殿长老签了字的文件。我欠税务局的税款已经还清了。他还说我的那头肉牛比一般的牛还大得多,因此把一部分算到了我明年的预付税当中。"

"你怎么……"

"希望你能尽快把我大门上的封条揭下来,我将感激不尽。"

孟莫斯态度马上有了一百八十度的转变。他赔着笑脸说:"当然了,法官大人,当然没问题!其实,发生这次不幸后,我也为你说了不少好话。"

"我绝对相信你。"

"我们将来的合作……"

"我们一定能合作无间。还有一件小事,关于那些被挪用的粮食,事情都已经解决了。我也知道了整件事来龙去脉,只不过你知道得要比我早。"

帕扎尔复职后，一切又恢复了平静，他立刻搭上快船前往底比斯。凯姆陪着他一起。狒狒在如摇篮般的小船上，枕着一个小包袱，睡得正香呢。

"你太让我惊讶了。"凯姆对上司说，"大多数人都无法通过你所经历的考验。"

"也许是因为运气吧。"

"应该说是因为一种冀望。这种强烈的冀望使所有的人、事、物都不得不向你低头。"凯姆佩服地说。

"你太高估我的能力了。"

船顺流而下，他们离奈菲莉越来越近。御医总管内巴蒙很快就要跟她算账了，但她不会缩小行医范围。看来冲突是免不了的了。

船在傍晚时分抵达底比斯。帕扎尔避开人群，独自坐在河堤上。太阳缓缓西沉，染红了西山。原野上，牧童吹出凄清的笛音，赶牲畜回家。

搭乘最后一班渡船的乘客不多。凯姆和狒狒坐在船尾，帕扎尔则靠到艄公身边。他戴了一顶老式假发，遮去了半边脸。

"摇船摇得慢一点。"帕扎尔对艄公说。

艄公的头还是斜靠在船舵上。

"我有话跟你说。在这里你很安全，回答问题的时候不要看我。"

谁会注意到一个艄公呢？每个人都急着赶到对岸去，有些人在交谈，有些人在睡觉，没有人会向掌舵的船夫看上一眼。他一个人生活，需要的东西并不多，很容易便可以满足，这样还能离群索居。

"你就是第五名退役军人，斯芬克斯惨案唯一的生还者。"

艄公没有否认。

"我是帕扎尔法官，我想知道事情的真相。你的四个伙伴死了，很可能是遭到了谋杀，所以你才躲起来。如此可怕的屠杀背后，必然大有隐情。"

"我怎么知道你不会害我?"艄公终于开口了。

"我要是想杀人灭口,你早就死了。相信我吧。"

"对你来说,当然简单……"

"实际上并非如此。你究竟看到了什么残酷的事实?"

"我们当时有五个人……五名退役军人,负责在夜晚守护斯芬克斯像。本来这只是我们退休前所担任的一项荣誉性职务,毫无危险。我和另一名同伴坐在斯芬克斯像的围墙外。那天,我们又和往常一样睡着了。我的同伴因听到声响而惊醒,但是我想继续睡觉,便安抚他说没事。不过他还是很担心,坚持要去看看,于是我们走到围墙内,不料竟在斯芬克斯像右侧发现了一具同伴的尸首,然后又在另一侧发现了第二具。"

他喉头一紧,说不下去了,沉默了片刻才继续说道:"接着我听到一阵呻吟声……直到现在那声音仿佛还常常会出现在我耳边!那是我们的卫兵长,他倒在斯芬克斯像的两爪之间,已经奄奄一息。血从他的嘴里流出来,他还是用力地想说话。"

"他说了什么?"

"他说有人攻击他,他已经尽力抵抗了。"

"是什么人呢?"

"一个裸体的女人和几名武装男子。'夜里怪异的话语',他最后只说了这几个字。我和我的同伴吓坏了。为什么他们如此残暴……我们商量是否要通知负责监守此处的士兵?我的同伴不赞成通知,他担心这会给我们带来麻烦,说不定还会让我们惹祸上身。另外三名退役军人死了……我们最好什么也别说,应该假装什么都没看见、什么都没听见。天亮后,值早班的卫兵来接替我们时,发现了那几具尸体,我们俩便也假装自己刚刚发现,惊慌失措。"

"你们遭到处罚了吗?"

"完全没有。我们正式退休,回到了老家。我的同伴当起了面包师傅，而我打算靠修车维生。他被暗杀后，我只好躲起来了。"

"暗杀？"帕扎尔注意到了他特殊的措辞。

"他一向非常小心，尤其是面对火炉时。我确信他是被人蓄意推进去的。我们仍旧逃不过斯芬克斯像带来的祸端。有些人不相信我们，觉得我们知道的太多了。"艄公越说越害怕。

"在吉萨，是谁讯问的你们？"

"一个高级军官。"

"阿舍将军和你们接触过吗？"

"没有。"

"开庭时，你的证词将具有决定性的关键作用。"

"开什么庭？"艄公怀疑地问。

"将军签署了一份文件，证明你和你的四名同伴都在一次意外当中身亡了。"

这个消息让艄公松了一口气："那样最好，就当我这个人再也不存在了。"

"我能找到你，他们一样可以。只有出庭作证，你才能重获自由。"

渡船靠岸了。

"我……我不知道。别再烦我了。"

帕扎尔还是想尽力说服他："这是唯一的办法了，为了你死去同伴的名声，也为了你自己。"

艄公想了想才说："明天早上第一班渡船出发时，我再答复你。"

艄公跳上岸，把绳索绕在木桩上，帕扎尔、凯姆和狒狒则渐渐走远了。

"今天晚上要好好监视这个人。"帕扎尔吩咐凯姆。

"那你呢？"

"我会在离这里最近的村子过夜，天亮时再过来。"

凯姆犹豫了。他不喜欢这道命令，要是艄公已经向帕扎尔透露了些什么，那帕扎尔也有危险。

而他却无法同时兼顾两人的安全。

最后，凯姆选择了守护帕扎尔。

暗影吞噬者也在夕阳西下时搭上了这一班船。凯姆坐在船尾，帕扎尔则坐在了艄公旁边。

船上乘客不多，每个人都能拥有宽敞舒适的空间，奇怪的是，帕扎尔和艄公两人肩并肩坐在一起，看着河对岸。

他为什么非要紧挨着艄公坐？除非他是想和艄公说话。

艄公……这是最光明正大却也最不引人注目的职业。

暗影吞噬者纵身跳入河中，随着水流游过尼罗河。

到了另一边，他在芦苇丛中躲了许久，并暗中观察周围的动静。艄公睡在岸上一间由木板搭成的小屋里。

附近没有凯姆和狒狒的踪迹，他又耐心等了等，确定小木屋周遭确实没有人监视，然后迅速地溜进屋内，拿一条皮带往艄公的脖子上一套，艄公立刻就惊醒了。

"你要是再动一下，就会马上没命。"

艄公无力抵抗，便举起右手表示投降。暗影吞噬者稍微松了松手，问道："你是什么人？"

"我是……艄公。"

"再不老实我就勒死你。你是退役军人吗？"

"是的。"

"是哪支部队的？"

"亚洲军团。"

"你的最后一项任务是什么？"

"做守护斯芬克斯像的荣誉卫兵。"

"你为什么要躲起来？"

"我害怕。"

"怕什么?"

艄公顿了一下说:"我不知道。"

"你有什么秘密?"

"我没有秘密!"

脖子上的皮带又勒紧了。艄公不得不说实话:"在吉萨,有人袭击……屠杀事件……有人侵入金字塔,还杀了我的同伴。"

"他们是什么人?"

"我什么都没看到。"

"法官讯问你了吗?"

"是的。"

"他问了些什么?"

"和你问的是一样的问题。"

"你是怎么回答的?"

"他用法律威胁我,可是我什么也没说。我不想惹上麻烦。"

"你都跟他说了些什么?"

艄公这回撒了个谎:"我说我是船夫,不是退役军人。"

"好极了。"

皮带终于松开了。退役军人正兀自抚摸隐隐作痛的脖子喘息时,太阳穴上却又被暗影吞噬者打了一拳,昏死过去。暗影吞噬者将船夫拉出小屋,拖到河边,然后把船夫的头按在水中停了许久,等船夫没了动静才松开手。尸体最终漂在渡船边上。

一起单纯的溺水事件——谁说不是呢?

奈菲莉又为莎芭布配了一剂处方。莎芭布非常仔细地进行护理,因此她的病康复得很快。

她又觉得自己活力十足了,不再因关节炎而感到灼痛难忍,便请求医生让她和啤酒店的门房做爱,那个年轻人是努比亚人,身体十分健壮。

"可以打扰一下吗?"帕扎尔问道。

"我的工作也差不多结束了。"奈菲莉显得疲惫不堪。

"你的工作量太大了。"帕扎尔怜惜地说。

"只是一时疲劳罢了。有内巴蒙的消息吗?"

"他还没有表态。"

"这只是暂时的平静。"

"恐怕是的。"

"你的调查怎么样了?"

"向前迈进了一大步——虽然我被门殿长老停职了。"

"怎么回事?"

她一边洗手,一边听帕扎尔讲述事情的经过。然后用羡慕的口吻对他说:"你有许多好朋友,比如我们的老师布拉尼尔、苏提、贝尔·特兰……你的运气真好。"

"你觉得孤单吗?"

"村民虽然会帮我,可是当我有困难时,却找不到人寻求意见。有时候我感觉压力好大。"

他们一起坐在席子上,面对大片的棕榈树林。

"你好像很兴奋。"

"我刚刚找到一个重要的人证。我想立马告诉你。"

奈菲莉没有避开他的目光。

在她的眼里,他看见了一种关注,或许是爱。

"你可能会受到阻挠,是吗?"

"我不在乎。我相信司法,就如同你相信医药一样。"

他们的肩膀无意间碰到了一起。帕扎尔抽动了一下,紧张得连气也不敢喘。奈菲莉却似乎没有感觉,身子也没有移开。

"为了追求真理，你会牺牲生命吗？"她看着远方问道。

"如果必要的话，我决不犹豫。"

"你还会想我吗？"

"每分每秒。"

他的手拂过奈菲莉的手，然后轻轻地搂着她，轻得几乎感觉不到。

只听奈菲莉轻轻地说："每当我觉得疲倦时，就会想到你。无论发生什么事，似乎都打不倒你，你总是会继续走你该走的路。"

"那只是表象，我心中常常会有疑问。苏提就经常说我太天真了。对他来说，冒险和迎难而上才是最重要的事。一旦觉得可能落入庸常的窠臼，他什么疯狂的事都做得出来。"

"你也害怕庸常吗？"

"习惯和我不犯冲。"

"感情可能会持续多年吗？"

帕扎尔用一种诚恳无比的声调说："如果不只是感情，而是全身心的投入，是人间的天堂，是晨曦与夕阳所见证的结合，甚至可以持续一辈子。会褪色的爱情只是一种战利品。"

奈菲莉把头靠在他的肩膀上，秀发轻轻掠过他的脸颊。她梦呓般地说："你拥有一股多么奇怪的力量啊，帕扎尔。"

这只是一场梦，就像底比斯夜里的黄萤般转瞬即逝，然而虽然那光十分微弱，却照亮了他的生命。

帕扎尔平躺着，双眼盯着繁星，他就这样在棕榈树林中度过了一个不眠的夜晚。他希望能趁奈菲莉心情十分轻松，没有撵他走并重新关上心门之前，好好把握这短暂的时刻。她是否已经对他产生了爱意？或者只是疲倦了？他一想到她愿意接受他的存在与感情，整个人便轻飘飘的，犹如春天的云，又激动得好似初涨的潮水。

几步之外，狒狒警察刚吃了几颗枣子，正在吐枣核。

"是你？你怎么……"

狒狒背后响起了凯姆的声音："我决定保护你的安全。"

"快到河边去，快点！"

天亮了，河岸上聚起了一大群人。

"让开！"帕扎尔大声喊道。

艄公的尸体随河水漂走了，又被一名渔夫带了回来。

"他可能不会游泳。"

"也许是不小心滑落的。"

身边的人七嘴八舌，帕扎尔却只是自顾自地检查着尸体。

"这是谋杀。"他宣布道，"他脖子上有细绳的勒痕，右边的太阳穴上有遭到猛烈撞击的痕迹。他是被人勒住并打昏之后，才被推入水中的。"

第 35 章

帕扎尔简直愤怒到了极点。艄公的尸体被运到最近的警局后，那专横的负责人竟草草写了报告，就此了事。他害怕被降级，怎么也不肯承认他的辖区内发生了谋杀案。因此他推翻了法官的结论，坚称艄公落水溺毙。他认为死者脖子和太阳穴上的伤痕都是意外导致的。帕扎尔则详细地反驳了这一说法。

向北方出发之前，他只是迅速地见了奈菲莉一面。因为一大早，便有许多病患前来求诊。他们只能进行几句简单的对话并交换一些眼神，但他能感觉到他们的默契与她的鼓励。

北风驮着纸笔和文具盒带领帕扎尔来到孟斐斯近郊。如果北风走错了路，苏提就会纠正它，不过这头四脚畜生认路的本领果真名不虚传。凯姆和狒狒也跟在它后面，一队人马浩浩荡荡地朝谢奇做实验的军营走去。清晨，谢奇通常会在王宫内工作，没有人会碍事。

苏提简直欣喜若狂，这回好友总算决定行动了。

这座军营与孟斐斯其他重要的军事机构相比，位置特别偏僻，营区内死气沉沉。没有操练的士兵，也没有接受训练的马。

苏提雄赳赳、气昂昂地来到门口，四下寻找站岗的卫兵。没有人阻止他们进入那栋有些破旧的建筑。他看到两个老人坐在石井边闲聊，便上前问道："是哪支军队在这里驻扎？"

年纪比较大的那个人突然放声大笑："是退伍与伤残军团啊，

小伙子！上面先把我们这些人安置在这里，以后再遣返我们回乡。亚洲的行军路线、强行军、不足的配给……一切都结束了。很快我们就会有一个小花园、一个女佣，以及新鲜的牛奶和蔬菜了。"

"军营的负责人呢？"

"在水井后面的木板房里。"

帕扎尔找到了一名疲惫的军官。

"很少有访客到这里来。"

"我是帕扎尔法官，我想搜查你们的储藏库。"

"储藏库，为什么？"

帕扎尔道出了原委："有一个叫谢奇的人在这个军营里建立了一个实验室。"

"谢奇？我不认识。"

帕扎尔大致描述了化学家谢奇的模样。

"哦，是他啊！没错，他每天下午都会来，晚上就在这里过夜。他到这里来是上面的命令，我听命行事。"

"帮我把营房打开。"

"我没有钥匙。"

"那就带路吧。"

谢奇的地下实验室有一扇坚固的木门，他们进不去。帕扎尔在一块黏土板上记录了这次调查的日期，并对地点作了描述。然后命令道："开门。"

"我不能开。"

"出了事由我承担。"

苏提也动手帮忙。他们用一把长矛强行撬开了木门。帕扎尔和苏提进入实验室，凯姆和狒狒则负责把风。

壁炉、熔炉、木炭与棕榈树皮等燃料，还有模具、铜制工具等，谢奇实验室的装备十分齐全。这里井井有条、一尘不染。他们快速地搜查了一下，苏提找到了那个辗转于各个军营间的神秘箱子。

"我兴奋得就像个第一次约会的小男孩。"

"等等。"帕扎尔及时制止了就要动手开箱的苏提。

"目标近在眼前了，总不能就此罢手吧。"

"我要写报告，记下现场的情况和可疑物品的位置。"

帕扎尔刚写完，苏提便迫不及待地掀开了箱盖。

"是铁……铁条！而且不是普通的铁。"

苏提拿起一根铁条掂了掂，又敲了敲，用唾液沾湿铁条，再用指甲抠了抠，断言："这不是由东部沙漠的火山岩炼制而成的，而是坊间传说的神铁。"

"也就是陨铁。"帕扎尔说。

"我们的运气真是太好了。"

"'生命之屋'的祭司们就是用神铁制造金属绳让法老升入天堂的。一个小小的化学家怎么会有这么贵重的物品？"

苏提惊讶得目瞪口呆，喃喃道："我听说过神铁的魔力，但没想到竟能亲手摸到它。"

"这不是我们的。"帕扎尔提醒他，"这是物证，谢奇必须说明它的来源。"

箱底有一把神铁制成的锛子，这是在复活仪式中细木工匠为木乃伊开眼与开口的工具，这样死者才能转变为光明体。

帕扎尔和苏提都不敢去碰它，因为如果锛子已经在仪式中使用过，便会带有超自然的力量。

"真是荒谬。这只不过是一种金属罢了。"苏提自嘲道。

"也许你说得对，但是我不想冒险。"

"那你说该怎么办？"

"我们等嫌疑犯回来。"

谢奇是独自来的。

当他看到实验室的大门开着时，转身就想逃，不料却一头撞到了凯姆身上，于是又被押了回去。狒狒泰然自若地在一旁吃着葡萄干，这表明附近并没有谢奇同党的踪迹。

"我很高兴再见到你。"帕扎尔对化学家说，"你好像很喜欢搬家。"

谢奇的视线落在箱子上，质问道："谁允许你这么做的？"

"我有权搜查。"

这个留着小胡子的化学家并没有什么激烈的反应，他仍然沉静、冷漠地说："搜查是非常特殊的程序。"

"跟你秘密进行的活动一样特殊。"

"这里是我的附属实验室。"

"你很喜欢军营嘛。"

"我正在制造未来的新武器，所以才向军方申请了这个地方。你可以去查查，这些实验地点都有记录，而且我的实验也受到了官方的肯定。"

"这一点我相信，但是你不能使用神铁。这种金属专供神庙使用，藏在箱底的锛子也是。"

"那不是我的。"谢奇矢口否认道。

"你不知道箱底藏着这把锛子吗？"

"是有人偷偷放进去的。"

"不对。"苏提插嘴道，"这些是你自己下令运来的。你以为藏在这个偏远的角落就安全了。"

"你监视我？"

"这些神铁是哪儿来的？"帕扎尔问道。

"我拒绝回答你的问题。"

"那你会因盗窃、藏匿赃物，以及妨碍司法调查的罪名被逮捕。"

"我会否认的,你的起诉也不能成立。"
"你还是乖乖地跟我们走吧,否则我就让警察把你的双手绑起来。"
"我不会逃走的。"

书记官亚洛的女儿由于舞蹈班结业时成绩优异,在街区的主广场上举办了一场演出,然而亚洛却因要做审讯记录而无法到现场为女儿打气。他不甘心地留在了办公室,偏偏又派不上用场——谢奇根本不回答任何问题,只是静静地和他们对坐着。

帕扎尔并没有气馁,依旧耐着性子问:"你都有哪些同谋?私自占用神铁这种事不可能是你一个人做的。"

谢奇半眯着眼睛看向帕扎尔,他简直就像"统治者之墙"的城堡那样牢不可破。

"有人把这么珍贵的材料交给了你,他的目的是什么?你的研究有了结果之后,你就以卡达什企图偷窃为由,谴责同事办事不力,并将他们辞退。这样就再也没有人可以监督你了。这把锛子是你制造的,还是偷来的?"

苏提真想痛打一顿这个装聋作哑的小胡子,可是那样帕扎尔一定会出面制止的。

"卡达什和你是老朋友了,对吗?他早就知道你有这些宝贝,所以才想来偷。要不然就是你们串通好了演这出戏,这样你就有借口赶走实验室里所有碍事的人了。"

谢奇坐在席子上,盘起双腿,态度丝毫未改。他知道法官无权使用暴力。

"谢奇,就算你一直不说话,我也会找出真相的。"

谢奇仍然毫不动摇。

帕扎尔让苏提绑起他的双手,然后把绳子系在墙壁上的环扣上。

"对不起,亚洛,但是我得请你监视这名嫌疑犯。"

"需要很久吗？"

"我们会在天黑前回来。"

孟斐斯的王宫中有一个由十来个部门组成的行政系统，各个部门都有很多位书记官。管辖几位化学家的是一名王宫实验室总管。这位总管五十来岁，高大瘦削。看到法官来访，他十分诧异。

"战车尉苏提是我的助手，也是我所有指控的证人。"

"指控？"

"你的属下谢奇将被逮捕。"

"谢奇？不可能！这当中一定有什么误会。"总管简直不敢相信自己的耳朵。

"你手下的化学家们会使用神铁吗？"

"当然不会。神铁很稀有，因此专供神庙的宗教仪式使用。"

"但是谢奇手中有大量的神铁，这一点你如何解释？"

"这一定是误会。"总管依旧只是这么说。

"你是不是给他分派了一项特别的任务？"帕扎尔又问。

"他要与军方高层联系，负责监控铜的质量。我确实可以为谢奇的信誉、技术与人格担保。"

"你知道他在一个军营里设立了地下实验室吗？"

"这是军方的命令。"

"是谁签署的？"

"一群高层军官，他们要求相关专家为军队制造新式武器。谢奇便是其中一位。"

"但神铁的使用并不在计划之中。"

"这一定事出有因。"

"即便事出有因，谢奇也坚持不肯说。"

总管仍旧十分维护自己的属下："谢奇一直都不多话，他就是这样沉默寡言的性格。"

"你知道他的原籍吗？"

"我记得他好像是在孟斐斯地区出生的。"

"你能查出证据吗？"

"这一点很重要吗？"

"可能十分重要。"

"我得去查查档案。"

总管查了一个多小时。

"找到了：谢奇是孟斐斯北边一个小村子里的人。"

"鉴于他职务特殊，你应该早就查过了。"

"军方调查过了，并没有发现异常之处。核查员也都按规定盖了章，因此我便放心地把工作交给了谢奇。我希望你能尽早释放他。"

"他的罪名不少，不但偷窃，而且说谎。"

听了法官对谢奇的指控，总管的口气开始严厉："帕扎尔法官，你未免执法过度了吧？你要是多了解一下谢奇，就会知道他根本不可能有任何不轨行为。"

"他如果是清白的，法律自会还他公道。"

亚洛坐在门槛上啜泣。驴子直盯着他。

苏提去推他的时候，帕扎尔才发现谢奇不见了。

"发生了什么事？"

"他来了，说要看笔录，结果发现漏了两段，便说笔录不合法，他警告我要小心，然后就把犯人放了。他的话没错，我只好听从。"

亚洛没头没脑地说着，帕扎尔不免一头雾水："你说的是谁啊？"

"警察局长孟莫斯。"

帕扎尔看了看笔录。亚洛确实没有注明谢奇的职务与所属部门，也没有注明法官在没有第三方参与的情况下，预先进行了问讯。这样一来，整个程序就是无效的。

阳光穿过石窗，照在孟莫斯涂满香膏的油亮的光头上。他的嘴角带着微笑，故作殷勤地招呼着帕扎尔："我们的国家真是太美好了，不是吗，亲爱的法官大人？没有人会因执法过度而遭受迫害，因为我们都会为公民的权益严格把关。"

"'执法过当'的说辞似乎很流行，实验室总管也用了同样的说辞。"

"他并没有错。在查找档案时，他叫人通知了我谢奇被捕的事。我相信其中一定有什么误会，因此立刻赶到了你的办公室。事情果然不出我所料，所以我马上释放了谢奇。"

"我的书记官确实犯了明显的错误。"帕扎尔承认，"不过，你为什么对这名化学家这么感兴趣？"

"因为他是军事专家。他和他的同事都直接由我监管，一切问讯都必须先经过我的同意。我相信你可能不知道这点。"

"盗窃的罪名已经让谢奇丧失了一部分豁免权。"

"这项指控毫无根据。"

"形式上的遗漏并不代表控诉无效。"

孟莫斯郑重其事地说："谢奇是埃及最优秀的武器专家之一。你以为他会用这么笨的方式毁掉自己的前途吗？"

"你知道被偷的是什么吗？"

"是什么都无所谓！我不相信他会偷窃。你不要再想尽办法为自己树立'青天'的美名了。"

"你把谢奇藏到哪里去了？"

"藏到了一个就算越权的法官也无计可施的地方。"孟莫斯得意地说。

苏提也赞成帕扎尔的想法——现在唯一的办法就是开庭，只能孤注一掷了。证据和法庭辩论将具有决定性的作用，只要陪审团没有被对方收买就行。帕扎尔不能撤换掉所有的陪审员，否则将要交出审理权。无论如何，他们还是相信在公开法庭上呈现的真理，必定能启发所有愚昧的心灵。

帕扎尔向布拉尼尔说明了他的策略。

"你这样做十分冒险。"布拉尼尔有些担心。

"难道还有更好的路可走吗？"

"那就随着你的心去做吧。"

"我想有必要果断行事，以免再将精力浪费在不重要的细节上。我现在如果针对重点出击，就更容易应对谎言与卑劣之举。"

布拉尼尔不禁叹道："你从来都不会敷衍了事，总是会竭心尽力。"

"我难道做错了吗？"

"这次开庭需要一个成熟老练的法官，但众神将此重任托付给你，并且你也接受了。"

"装着神铁的箱子现在由凯姆监管，他用木板盖住了箱子，还让狒狒坐在上面。没有人能接近它。"

"你打算什么时候开庭？"

"最晚一个星期以后。由于这次法庭辩论性质特殊，所以我会加速推进程序。你觉得那股四处游走的邪恶气息已经被我控制住了吗？"帕扎尔抱着希望问道。

"你已经接近成功了。"

"我能不能请你帮个忙？"

"谁能拒绝呢？"

"我知道你即将接受一项新的使命，不过我还是想问——你愿意屈尊当我的陪审员吗？"

老医生注视着他的守护星土星，忽然看到一道不寻常的光芒。他反问道："你觉得我会拒绝吗？"

第36章

勇士并不习惯和狒狒同处在一个屋檐下,不过既然主人都允许了,它也就不再显露敌意。沉默的凯姆表示,这次开庭太疯狂了。他总是觉得,尽管帕扎尔很勇敢,但毕竟太年轻了,胜算实在不大。帕扎尔知道凯姆极力反对,但他还是让亚洛提供了所有经过确切查证的表格与登记簿,继续全心全意准备作战。门殿长老绝对不会放过文件上的任何缺失。

御医总管内巴蒙的到访似乎极为冒失。他戴了一顶散发着香气的假发,保持着一贯的优雅,却显得不甚愉快。

"我要和你单独谈谈。"

"我现在很忙。"

"是很紧急的事。"

于是帕扎尔放下了手边的卷宗。这个案子是一个贵族假借国王的名义,开垦了一些不属于自己的土地。他身居高位,却因此丧失了所有的家产,并被流放到外地。他申请上诉,二审还是维持了原判。

帕扎尔和内巴蒙走在一条没有阳光的安静小巷里。几个小女孩在路边玩娃娃,一头驴子驮着蔬菜篮从他们身边走过,一个老人正坐在自家的门前打盹儿。

"亲爱的帕扎尔,我的话也许说得不够明白。"内巴蒙语气中不无责备。

"我跟你一样,也很遗憾莎芭布还继续从事她不道德的职业,但是她并没有违反任何法律条文。她按时缴税,也没有妨碍公共秩序,我甚至敢说,有几个著名的医生也常常光顾她的啤酒店呢。"

"那奈菲莉呢?我让你去威胁她的。"

"我答应你会尽力而为。"

内巴蒙哼了一声说:"你也太尽力了吧!我在底比斯的同僚本来打算让她进德尔巴哈利医院工作,幸好我及时阻止了。你知不知道她已经让不少执业医生恐慌了?"

"这么说你也承认她能力很强喽。"

"就算她再有天分,也只是个二流角色。"

"我不这么觉得。"

"我不管你怎么想。你想施展抱负,就必须听从有影响力的人的指示。"

"你说得对。"

"我可以再给你一次机会,不要再让我失望。"

"我不值得你如此信任。"

内巴蒙以为帕扎尔是因为自责而气馁,便安慰道:"忘了这次的失败,尽力去行动吧。"

"我心里还有疑问。"

"关于哪方面的?"

"关于我的前途。"

"只要遵从我的建议,就没有什么好担心的了。"

"我只想好好当个法官。"

"我不明白……"内巴蒙深感讶异。

"不要再去骚扰奈菲莉了。"帕扎尔坚决地说。

"你疯了?"

"别以为我是开玩笑的。"

这下内巴蒙恼羞成怒:"你的行为实在太愚蠢了,帕扎尔!你不应该支持一个注定要失败的年轻女子。奈菲莉毫无未来可言，和她同一阵线的人也一定会被消灭。"

"怨恨已经蒙蔽了你的理智。"

"你竟敢对我说这种话！我要你立刻道歉。"

"我只是想帮助你。"

"帮助我？"

"我觉得你正渐渐走向身败名裂。"

"你会后悔说了这些话的！"内巴蒙咬牙切齿地说。

德内斯在码头上监视着驳船卸货的情况。船员们纷纷加快了动作，因为明天船刚好能顺着水流回到南方。这一船的家具与香料就存放在德内斯刚刚购买的仓库内。不久后，他还要并购一名与他竞争最为激烈的对手的产业。他以后要留给两个儿子的运输王国规模越来越大了。有赖于妻子的人脉，他与行政部门高层的联系也一天比一天密切，因此扩张的计划必定会畅通无阻。

门殿长老从来没有在码头散步的习惯。因为痛风又发作了，他便拄着拐杖一跛一跛地向德内斯走去。

"不要站在这里，他们会撞到你。"

德内斯说着，便挽起了门殿长老的手臂，带他来到仓库一个已经堆好货的角落。

"你怎么会来找我？"

"要发生祸事了。"

"跟我有关？"

"没有，但是你得帮我消除祸端。明天帕扎尔就要开庭了。他会照规定公开一切，我没有办法阻止他。"

"谁是被告？"

"被告和原告他都保密。据说和国家的安危有关。"门殿长老显得忧心忡忡。

"那是别人造谣。他这么个小法官怎么可能办那么大的案子?"

长老不像德内斯这么乐观:"你别看他外表稳重,其实骨子里天不怕地不怕,一旦决定往前冲,什么困难也阻止不了他。"

"你在担心吗?"

"他是个危险的法官。他把这项职务看得极为神圣。"

德内斯还是不当一回事:"以前不是也有过这样的人吗?可是他们很快就都销声匿迹了。"

"帕扎尔比岩石还要坚定。不久前,我刚好有个机会测试他,结果发现他的耐力真是非比寻常。要是换作其他年轻的法官,一定会放弃的。相信我,他是个大麻烦。"

"你太悲观了。"

"不是我悲观。"

"那你要我怎么帮你?"

"既然我答应让帕扎尔在门殿审理本案,就必须指定两名陪审员。我已经挑中了孟莫斯,我们需要这么一个理性的人。另一个如果是你,我会更放心。"

"明天不行,我要进一批货,是一些贵重的瓶罐,我得亲自一一验收。不过我的妻子也是陪审员的绝佳人选啊。"

帕扎尔亲自将通知送给了孟莫斯。

"本来让我的书记官来就可以了,不过看在我们的交情上,我还是自己来吧,这样更有诚意。"

孟莫斯没有请他坐下。帕扎尔便又说道:"谢奇必须以证人的身份出庭。既然只有你知道他在哪里,就麻烦你把他带到法庭上来。否则,我们只好动用警力找他了。"

"谢奇是个讲理的人。如果你也跟他一样,就会中止这次审讯。"

"门殿长老认为可以继续。"

"你这是在自毁前程。"

"现在很多人都很关心我的前程啊。那我还需要为此而烦心吗？"

"倘若你失败了，孟斐斯人民都会嘲笑你的，你也将被迫辞职。"

"既然你被指定为陪审员，就不要拒绝聆听事情的真相。"帕扎尔对警察局长的警告一笑置之。

"我，陪审员？"贝尔·特兰惊讶极了，"我从来没有想到……"

"这次的案子非常重要，后果难以预期。"

"我一定要接受这项任命吗？"

"当然不是。门殿长老可以指定两人，我也可以指定两人，另外四人则要从出席过的要人中挑选。"

"我必须坦承我的忧虑。参与司法判决对我来说比卖纸困难多了。"

"担任陪审员，你就要决定一个人的命运。"

贝尔·特兰考虑了很久，才说："你的信任让我很感动。我接受了。"

苏提这次做爱时的激动，就连对他的热情习以为常的豹子都感到惊讶。他仿佛永远无法满足似的紧紧地搂着爱人，狂热地吻她，并一再抚遍她的全身。善于挑逗的豹子也懂得在激情后显露出温柔的一面。

"你这么狂热，就像是马上要出远门一样。你有什么事瞒着我？"

"明天就要开庭了。"

"你担心结果？"

"我宁愿赤手空拳地打一架。"

"你的朋友让我害怕。"

"帕扎尔有什么好怕的？"苏提哑然失笑。

"凡是犯了法的人，他都不会饶恕。"

"你会背着我陷害他吗？"

她让苏提转过身来，然后爬上去，趴在他身上。"你什么时候才不再怀疑我？"

"我永远都不可能信任你。你是一只母兽，最危险的那种，而且你还发誓要让我痛不欲生。"

"你的法官朋友比我更可怕。"

"你有事情瞒着我。"

她翻身滚到一边，离苏提远远的：''也许吧。"

"看来我审讯技术不佳，没法好好地盘问你，让你说出自己的秘密。"

"但你很了解怎么让我的身体说话。"豹子笑着说。

"而你还是保留了自己的秘密。"

"否则我在你眼里还有价值吗？"

他扑了上去，让她动弹不得。

"你该不会忘记你是我的俘虏吧？"

"随便你怎么想。"

"你打算什么时候逃走？"

"当我恢复自由身的时候。"

"那是由我决定咯。我应该去相关部门办理手续，让你恢复自由。"

"那你还等什么？"

"我这就去办。"

苏提匆匆忙忙地裹上了最好看的缠腰布，然后戴上一条坠着金蝇勋章的项链。

他进办公室时，离办事员的下班时间还早，但对方却已经准备离开了。

"明天再来吧。"办事员不耐烦地说。

"不行。"苏提的语气中带着威胁。

金蝇勋章表示这名身材健壮的年轻人是个英雄，而英雄可能会使用暴力。于是书记官开始了例行问话："你要申请什么？"

"上一次亚洲战役后，将军赏给我一名叫豹子的利比亚女子，我要让她恢复自由。"

"你能保证她品行良好吗？"

"简直完美。"

"她打算从事什么工作？"

"她在农场已经有工作了。"

苏提填好了表格，心里有点儿后悔没和豹子再亲热一次。以后的情妇可能没有人能比得上她。算了，既然迟早都要走到这一步，还是早一点把关系断了比较好，避免让这段感情变得太稳定。

回家的路上，他回忆起几次自己在性爱场上的征战，他的战绩之辉煌不亚于战场上最伟大的征服者。他从豹子身上感受到，女人的胴体其实是一个天堂，充满了变幻莫测的景致，每次欣赏都能获得新的乐趣。

房子里是空的。

苏提后悔自己的仓促。他真希望能和她一起度过开庭前的这一夜，沉醉在她的香味中，将翌日的斗争全都抛诸脑后。现在只好用陈年美酒聊以自慰了。

"把另一杯也斟满。"豹子从身后抱住他，低声说道。

卡达什把所有铜制工具都冲墙砸去，诊所里也早已被他砸得不成样子。他收到出庭通知后，整个人便陷入了疯狂之中。

没有神铁，他就再也无法开刀了。他的手抖得太厉害了。有了那神奇的金属，他才能像神一样，找回年轻时的活力与精准。现在谁还会尊敬他呢？谁还会为他歌功颂德呢？他在别人口中已经成了过去式了。

他能减缓衰老的速度吗？他必须抗争，拒绝衰老。目前最重要的就是消除帕扎尔法官的疑虑。为什么他不能拥有帕扎尔法官那样的精力、干劲和果断呢？

总之，拉拢帕扎尔是不可能的。他注定要和他的公理正义一起灭亡。

再过几个小时就要开庭了，帕扎尔带着勇士和北风在河堤上散步。吃过了丰盛的晚餐，还能享受黄昏时的漫步，勇士和北风高兴地玩闹了一通，但它们不会跑得离主人太远。北风走在前头带路。

帕扎尔疲倦又紧张，不禁自问会不会是自己弄错了，是不是太急躁了？自己是否正一步步走向无底的深渊？其实这都是些无聊的顾虑。公理就像神圣的河川一样，自有必然的规律可循。帕扎尔并不是它的主宰者，只是它的仆役。无论开庭的结果如何，庭审终究会揭开一些神秘的面纱。

他要是被革职了，奈菲莉该怎么办？御医总管必定会继续打击她，不让她行医。幸好还有布拉尼尔。等他当上了卡纳克神庙的大祭司，就能安排奈菲莉进入神庙医护团队，她就再也不会被内巴蒙骚扰了。

想到她不再会被厄运威胁之后，帕扎尔突然生出了一股勇气，足以对抗整个埃及。

第 37 章

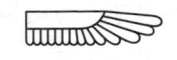

案件依照既定程序开庭了。"在司法大门前,法官将倾听所有原告的控诉,从中分辨真伪,并在这个伟大的地点保护弱者不受强权欺压。"① 这一次,毗邻普塔神庙塔门的法庭范围扩大了,以便容纳许许多多的要人,以及对这起事件感到好奇的群众。

帕扎尔与助理书记官站在法庭最里面,帕扎尔右侧是陪审团,成员包括警察局长孟莫斯、涅诺法夫人、布拉尼尔、贝尔·特兰、普塔神庙的一名祭司、哈托尔神庙的一名女祭司、一名大地主和一名细木工匠。被某些人视为哲人的布拉尼尔也在场,体现了本案的重要性。门殿长老坐在帕扎尔左侧,他以最高级别法官的身份出席,以确保法庭辩论的合法性。两名法官穿着白色的亚麻长袍,戴着朴素的旧式假发,眼前摊着一卷纸,上面的内容歌颂了宇宙和谐女神玛特统治下的黄金时期。

"本人,帕扎尔法官,宣布开庭,本庭原告战车尉苏提,被告法老右侧持扇者兼亚洲军团军官训练官阿舍将军。"

旁听群众听罢纷纷交头接耳。若非法庭气氛庄严肃穆,大多数人一定觉得他是在开玩笑。

"请战车尉苏提出席。"

战争英雄一出现,立刻引起一阵喧哗。他既英俊又充满自信,

---

① 这是刻在司法大门上的铭文。

完全不像是一个偏执狂或是与上级决裂的颓丧士兵。

"你愿意发誓你在法庭所言句句属实吗？"

苏提便依照书记官出示的誓言格式宣誓："本人以永恒的阿蒙神之名，以及永恒的法老之名发誓……并祝愿拥有比死亡更可怕的力量的法老万寿无疆，国运恒昌，永世不变……绝无虚言。"

"陈述你的指控吧。"

"我控告阿舍将军渎职、叛国与谋杀。"

旁听席上的群众又惊又怒，不由得嘘声四起。

门殿长老立刻出声制止："为了尊重玛特女神，各位请于辩论期间保持安静，否则将立刻被逐出庭外，并被罚以重金。"

长老的警告生效了。

"战车尉苏提。"帕扎尔继续问道，"你有证据吗？"

"有。"

"我已经依法展开调查。"帕扎尔指出，"调查后发现了一些奇怪的事实，我认为这些事实与本次诉讼有关。因此我怀疑这之中隐含着一场针对埃及并危及全埃及人民的阴谋。"

至此，法庭上的形势更紧张了。在场的显要看到这么年轻的一名法官，竟能如此威严，且态度如此坚定，说话如此有分量，无不啧啧称奇。

"请阿舍将军出席。"

无论阿舍的身份有多么显赫，依据法律还是必须亲自出庭，不能请人代劳。身材矮小、皮肤粗糙的将军上前宣誓。他身上穿着战服，有短短的缠腰布、胫甲、锁子甲。

"阿舍将军，你对刚才的指控有什么话说？"

"战车尉苏提由我亲自任命，他非常勇敢，我还给他颁发了金蝇勋章。在上一次亚洲战役期间，他几度表现杰出，的确是个功不可没的英雄。我还认为他是军队里顶尖的弓箭手之一。他对我的指控并无根据，我绝不承认。我想他应该只是一时失去理智吧。"将军毫无惧色，侃侃而谈。

"你是说，你是清白的？"

"是的。"

苏提坐在一根柱子底下，面向几米外的法官。阿舍则坐在另一侧，靠近陪审团，这样陪审员便容易观察到他的举止与表情。

帕扎尔说："本庭是为了重现事实。若罪行得到确证，则将移交首相处置。现在请牙医卡达什出席。"

卡达什神色紧张地在庭上宣誓后，法官问道："你是否承认自己曾经侵入化学家谢奇的实验室企图行窃？"

"不承认。"

"你为什么会出现在那里？"

卡达什力图镇定地回答："因为我当时刚买了一批上等铜料，可是交易上出了点问题。"

"是谁告诉你那里有这种金属的？"

"军营的负责人。"

"这不是事实。"

"是真的，我……"

他刚要急着辩解，帕扎尔便打断了他："本庭已经掌握了军营负责人的书面证词，在这一点上，你说谎了。而且你还在宣誓之后再度说谎，你已经犯了伪证罪。"

卡达什不由得浑身发抖。要是遇到严格的陪审团，他将会被判到矿坑服劳役。若是陪审员宽大一点，也会判处四个月的农作劳役。

"你之前的回答暂且存疑，"帕扎尔继续说，"我再问你一次：是谁把有贵重金属的信息与其所在位置告诉你的？"

卡达什仿佛痉挛一般半张着嘴巴，没有出声。

"是化学家谢奇吗？"

卡达什满脸泪痕,瘫软下去。帕扎尔做了个手势让书记官把他扶回位子上。

"请化学家谢奇出席。"

等了一会儿,帕扎尔还以为这个留着黑色小胡子、满脸病容的科学家不会出现了。不过,他最后还是来了,警察局长说得没错,他是个明理的人。

此时将军突然要求发言:"请容我插一句话。这不是另一件案子吗?"

"我觉得这些人都与我们现在处理的案件脱不了干系。"

"可是卡达什和谢奇都不是我的手下。"

"请你再忍耐一下,将军。"

阿舍在气恼之余,斜着眼看了看谢奇。谢奇似乎十分轻松。

"你确实在一所研究实验室里专门为军方改良武器装备,对吧?"

"是的。"

"事实上,你拥有两份职务:一份是白天在王宫实验室里的正式工作,另一份则比较隐秘,工作场所更是要以军营为掩护。"

谢奇点点头。

"后来,由于牙医卡达什行窃未遂,你便移走了一切装备,并且没有提起诉讼。"

"因为我必须保密。"

"你是熔制与铸炼金属的专家,因此你有来自军方的材料,你会把它们储藏起来并列出清单。"

"当然了。"

"可你为何藏有供宗教仪式专用的神铁,以及一把神铁制的锛子?"

此话一出,四座皆为之震惊。无论是神铁或锛子,都不能离开神庙的神圣领域。盗窃者更是可能会被处以极刑。

"我不知道这些宝贝的存在。"谢奇依然冷静地说。

"可是它却在你的实验室中出现,这一点你怎么解释?"

"是别人恶意栽赃。"

"你有敌人吗?"

"如果要陷我入罪,我的研究计划必将停摆,埃及就危险了。"

"你并不是埃及人,而是贝都因人。"

在帕扎尔的厉声逼问下,谢奇只是淡淡地说:"我已经忘了。"

"你向实验室总管谎称出生在孟斐斯。"

"他误会了。我的意思是说,我觉得自己就像是一个孟斐斯人。"

"军方依照程序检查并证实了你的身份信息。阿舍将军,负责查验的部门应该是由你管辖的吧?"

"应该是的。"阿舍嘟囔了一声。

"也就是说,你为一个谎言作出了担保。"

"不是我,而是我手下的人所为。"

"你必须为那些手下的错误负起法律责任。"

"这一点我承认,但是谁会去注意这种琐事呢?"将军不由得喊冤,"书记官写报告,时常会出错,何况谢奇已经是百分之百的埃及人了。他现在的成就证明了我们没有看错人,他的确值得信任。"

"不过还有另外一种说法:你早就认识谢奇了,你早年征战亚洲时便与他相遇,他在化学方面的能力让你很感兴趣。因此你帮助他进入埃及,为他隐瞒过去,并安排机会让他从事武器制造。"帕扎尔的语气有点儿咄咄逼人。

"这完全是捏造事实。"

"神铁可不是捏造的。你究竟有什么打算?为什么要把神铁给谢奇?"

"简直是无稽之谈。"阿舍将军对帕扎尔的追问只是嗤之以鼻。

帕扎尔随后转身面向陪审团说道:"请各位注意一点,卡达什是利比亚人，谢奇是原籍叙利亚的贝都因人。我相信这两人必定是同谋，与阿舍将军也必然有关联。他们已经策划了许久，并打算利用神铁通过一道重要的门。"

"那只是你的想法，你完全没有证据。"将军反驳道。

"我承认我只掌握了三个应该予以处罚的事实：卡达什做了伪证，谢奇谎报原籍，你所属部门存在行政工作上的过失。"

将军傲慢地抱着手臂。到目前为止，这个法官都只是在自取其辱。

帕扎尔慢条斯理地接着说："我调查的第二个重点是斯芬克斯像惨案。一份由阿舍将军签署的公文显示，五名负责守护斯芬克斯像的荣誉卫兵，都在一次意外事件中身亡了。是这样吗？"

"我的确盖了章。"

"可是公文所陈述的内容却与事实不符。"

阿舍满脸疑惑地放下手臂，回应道："军方已经付罹难者丧葬费了。"

"那只是其中三人，也就是卫兵长与另外两名住在三角洲的卫兵，而我找不出他们确切的死亡原因。至于另外两名，则被遣送回底比斯地区养老。因此，在那次所谓死亡意外事件后，他们还活得好好的。"

"这就奇怪了。"阿舍将军坦言道，"我们可以听听他们怎么说吗？"

"他们两人现在也都死了。第四名老兵在一次意外中丧命，但很可能是有人把他推进了面包炉。第五名老兵由于心生恐惧，便隐姓埋名，当起了艄公。后来他也淹死了，或者应该说是被谋杀了。"

"抗议。"门殿长老说，"当地警察送到我这里来的报告显示，那起事件的确是意外。"

"无论如何，五名卫兵中至少有两名并非像阿舍将军所声称的那样，是在斯芬克斯像附近坠落身亡的。而且，第五名老兵死前曾经向我透露，其他的卫兵是因遭到几名武装男子和一名女子的攻击而死的。他们说的是外族语言。这就是将军在报告中所隐瞒的事实。"

门殿长老皱起了眉头。虽然他厌恶帕扎尔，但是对他在大庭广众下所说的话，他向来深信不疑，尤其是他所披露的事实，严重性实在不可忽视。就连孟莫斯也深受震撼。于是，真正的审判开始了。

将军激动地为自己辩护道："我每天要签那么多份公文，无法每件事都亲自查证，而且我也很少管退役军人的事。"

"陪审团想必会觉得有趣，因为谢奇藏匿那个装着神铁的箱子的实验室，就在一个退役军人的营区中。"

"那又有什么关系？"阿舍气愤地说，"已经有人调查过那起意外事件了，我只不过是签署了一份行政公文，以便尽快举行葬礼。"

"别忘了，你宣过誓。"帕扎尔先作出警告，接着又问道，"现在我问你，你否认曾被告知负责守护斯芬克斯像的卫兵受到攻击一事吗？"

"我否认。而且我拒绝承担这五人死亡的任何直接或间接责任。这桩悲剧与其后续事件，我都完全不知情。"

将军振振有词地为自己辩护，也赢得了大多数陪审员的认同。法官的确揭露了一桩惨案，但是阿舍的过错充其量是一次不重要的行政工作上的过失，不至于涉及一起或多起血案。

门殿长老说："我并非想将这些奇怪的现象扯进本案，但是我觉得有必要展开进一步的调查。此外，第五名退役军人的话难道毫无疑点吗？他难道不会为吸引法官的注意而捏造事实吗？"

"他和我谈完话，几个小时后，就死了。"帕扎尔提醒道。

"那只是不幸的巧合。"

"如果他是被谋杀的，就表示有人不想让他透露更多的消息，也不想让他有机会出庭。"

"就算你说得都对，和我又有什么关系？"将军问道，"我要是去查证，也会和你一样发现荣誉卫兵并没有在那场意外中丧生。那段时间里，我一直在准备亚洲的征战事宜，完全投入了这项重要的工作中。"

帕扎尔明知可能性不大，还是希望将军能稍稍失控，然而将军抵挡住了自己的攻势，即便是最锋利的言辞也没有伤他分毫。

"请苏提出席。"

战车尉神色严肃地站起来。

法官问道："你还是不撤销指控吗？"

"是的。"

"请说出理由。"

苏提娓娓道出那件事情的始末："我第一次出征亚洲时，和长官一同前去与阿舍将军率领的军团会合，但长官在途中因中了敌人的埋伏而丧命。当时我独自行经一个不太安全的区域，原以为自己迷路了，不料，就在那个时候，我目睹了可怕的一幕。离我几米远的地方，有一个埃及士兵在遭受折磨后被杀了。我当时已经筋疲力尽，攻击他的人又多，我实在帮不了他。其中一个人先问了他话，然后便残暴地割断了他的喉咙。这名罪犯，这个叛国贼，正是阿舍将军！"

被告听了这番言论，依旧神色木然。

旁听群众却都目瞪口呆，个个屏息以待。陪审员的脸色也突然凝重起来。

"这番可耻的言论完全是信口胡诌。"阿舍将军用一种几近庄严的语气说。

"否认没有用。我亲眼看见了，你这个杀人凶手！"

"冷静一点。"帕扎尔命令道，"这番证词证明阿舍将军与敌人串通，因此利比亚叛贼阿达飞至今仍下落不明。他的同谋事先向他通报了我们军队的位置，并且和他一起计划着侵略埃及。阿舍将军的这项罪行，不得不让人怀疑他与斯芬克斯像惨案有瓜葛。他是不是借着杀这五名卫兵，来测试谢奇制造的武器呢？也许，进一步调查之后，我们便能将我刚才所说的事件——串起来，事情的真相也就大白了。"

"你不能依此判定我有罪。"阿舍冷静地说。

"你在质疑苏提说的话？"

"我相信他说的是真的，但是他弄错了。根据他自己的证词，当时他已筋疲力尽，有可能眼花了。"

"杀人凶手的模样深深地烙在我脑海中。"苏提肯定地说，"我还发过誓要找到他。那个时候，我并不知道他就是阿舍将军。当我们第一次见面，他赞扬我的战功时，我马上就认出他来了。"

"你有没有派侦察兵潜入敌区？"帕扎尔问将军。

"当然有了。"阿舍回应道。

"派出了多少人？"

"三个人。"

"他们的名字都会登记吗？"

"严格按照规定登记了名字。"

"最后一次战役后，他们都活着回来了吗？"

阿舍将军首次露出了不安的神色："没有……其中一个人死了。"

"那就是被你亲手杀死的那个人，因为他发现了你的真实身份。"

"不是这样的，我是清白的。"

陪审员们都注意到将军的声音在发抖。

"你，集无数荣耀于一身，甚至肩负教育军官之责，竟然以最卑劣的手段背叛了自己的国家。你该认罪了，将军。"

阿舍的眼神顿时显得茫然。这一回，他几乎就要认输了。

"苏提弄错了。"

"请允许我带领几名军官与书记官前往现场。"苏提提议道，"我一定能找到当时那人被草草掩埋的地点。我们可以带回他的遗体，请人认尸，然后再为他举行一场隆重的葬礼。"

"我命令你们立刻出发。"帕扎尔宣布，"阿舍将军暂时先被收押在孟斐斯的主军营中，由警察看守。苏提回来之前，不得与外界有任何接触。届时我会再度开庭，陪审团也将作出判决。"

第 38 章

此次庭审在孟斐斯依然余音缭绕。有些人已经把阿舍将军视为罪大恶极的叛国贼，并盛赞苏提的勇气和帕扎尔法官的能力。

其实，帕扎尔很希望能问问布拉尼尔的意见，但是依据法律，法官不能在案件结束前与陪审员交谈。他谢绝了一些名人的邀请，把自己关在家中。不到一星期，他派遣的小组就会带回被阿舍将军杀害的那个士兵的遗体，到时候将军便会窘状毕露，并被判处死刑。苏提也会晋升高位。最重要的是，阿舍的阴谋将被粉碎，埃及也将从这场表里受敌的危机中得救。即使谢奇会成为漏网之鱼，至少那个大的目标已经被击中了。

帕扎尔并没有骗奈菲莉。他的确无时无刻不在想她。即便是在庭审过程中，她的脸也一直盘踞在他的脑海中。因此他必须更加专注于每一句话，以免一不小心坠入只有她一人存在的梦境。

帕扎尔将神铁与镣子交给门殿长老之后，长老立刻把它们送交给普塔神庙的大祭司。法官将在各神庙的协助之下，追踪这箱神铁的来源。帕扎尔心里有个小小的疑惑：为什么没有神庙报告有圣物失窃呢？由于这些东西极为特殊，所以他的侦查立刻转向了一座富有、有权，且唯一有能力拥有这些东西的圣殿。

帕扎尔让亚洛和凯姆休了三天假。亚洛便急急忙忙地赶回家去了，因为他家中又出了大事——他女儿开始拒绝吃蔬菜，只吃甜点。亚洛可以接受女儿的任性，他妻子却不能接受。

凯姆则未曾远离办公室。他根本不需要休息，何况他还得保证法官的安全。就算没有人敢动法官，小心一点总是没错的。

一个留着光头的祭司想进入法官家中，凯姆便上前盘问。祭司答道："我有口信要传达给帕扎尔法官。"

"我可以转达。"

"我必须亲自告诉他。"

"等一下。"

虽然这个人没有带武器，又长得十分瘦弱，凯姆却还是有一种不踏实的感觉。他通报的时候，还不忘提醒道："有一名祭司想和你说话。你要小心点。"

"对你来说哪里都有危险！"

"至少让狒狒陪着你吧。"

"好吧。"

祭司进了门，凯姆则留在门后。狒狒事不关己般地嚼着坚果。

"帕扎尔法官，明天天一亮，有人会在普塔神庙大门前等你。"祭司面无表情地说。

"是谁想见我？"

"我没有其他的话要说了。"

"那人为什么要见我？"

"我再说一次：我没有其他的话要说了。请你剃除体毛，禁绝女色，静思并缅怀先人。"

"我是法官，我并不想成为祭司。"

"请你务必做到。愿众神保佑你。"

理发师在凯姆的监督下，帮帕扎尔除掉了体毛。

"你现在浑身光滑，符合神庙的规定了！这下我们会不会少一个法官，多出个祭司呢？"理发师认真地问。

"这只是出于卫生的考虑。那些贵人不都会定期除毛吗？"

"你也成为显贵了，真的！这样最好。"理发师兴奋地说，"孟斐斯的大街小巷，人人都在谈论你。谁敢去惹权势滔天的阿舍将军呢？现在，大家都坦白了，没有人喜欢他。听说他还折磨过一些小兵呢！"

昨天还被谄媚阿谀之言包围，今天便遭众人辱骂诋毁，阿舍在短短几个小时内，从天堂掉进了地狱。外头的谣言更是把他说得甚为不堪。帕扎尔也由此得到了一个教训：没有人躲得过卑劣人性的陷阱。

"如果你不是去当祭司。"理发师又说，"那一定是去约会。有很多女人就喜欢全身剃得干干净净的男人，像祭司一样……或者本身就是祭司！她们当然也可以和普通人谈恋爱，不过能经常和这些离众神这么近的人接触，不是更刺激吗？我向孟斐斯最有名的制造商买了一种用茉莉和莲花制成的乳液，抹到皮肤上可以香上好几天呢。"

帕扎尔答应试一试。他十分确定，这位理发师一定会到处宣扬这个大新闻——孟斐斯最强硬的法官也是个有情趣的情人。他的意中人是谁呢？那就需要大家自己去猜了。

多嘴的理发师离开后，帕扎尔读了一篇关于玛特女神的文章。这位远古的女神是欢乐与和谐的源泉，是光明之女，本身也代表了光明，凡是为女神效力的人都能得到女神的帮助。

于是帕扎尔请求玛特女神让自己永远正大光明。

即将破晓时，在孟斐斯渐渐苏醒之际，帕扎尔到了普塔神庙的铜制大门前。一名祭司带他走进了仍旧是一片漆黑的侧殿。凯姆极力反对帕扎尔去赴这个奇怪的约会，因为以他的职务层级来说，他并无权进入神庙中调查。可是，也许是有某位神职人员想提供一些关于神铁与锛子失窃的线索呢。

帕扎尔万分感动。这是他第一次进入神庙。在这几道阻隔了俗世的高墙里面，便是职业祭司维护并传布神力，使人类与造物者之间的联系延绵不绝的宗教世界。当然，神庙也是一个经济中心，这里的工坊、面包坊、肉店和仓库网罗了全埃及最优秀的人才。此外，高墙里的第一个露天大庭院在节日期间也会向上流人士开放。然而，穿过这个庭院，便是一个神秘的领域，在这里，任何人都不得大声说话，这样才能聆听众神的声音。

带路的祭司沿着外侧的围墙来到一扇小门边，小门上有一个当水闸用的铜轮。转动铜轮后，水流了出来，他们便用水洗了脸和手脚。之后，祭司让帕扎尔在柱廊入口处的黑暗中等着。

有几名穿着白色亚麻服的隐士，从住处走到湖边汲水，进行清晨的沐浴净身。随后，他们排队将蔬菜与面包置于祭坛上，而大祭司则以法老之名①点亮灯火，开启神像所在的内室，给这里熏香，然后便和埃及其他神庙中那些正在进行同一个仪式的大祭司同时念诵道："平静地醒来吧。"

庙内的一座殿堂中，聚集了九个人，他们是首相、传旨官、白色双院（即财政部）院长、运河官兼水居督、文书总管、农田总管、情报局长、地政书记官与法老总管，这九位"法老的友人"组成了一个委员会。每个月，他们都会在这个远离自己办公室与下属的秘密地点会面并商讨事宜。圣地的宁谧使他们能够心无旁骛地思考。

自从法老下达那些不寻常的命令，仿佛国家已经岌岌可危之后，他们的工作压力便与日俱增。每个人都要对自己的管辖范围进行系

---

① 从某种意义上来说，法老是埃及唯一的"祭司"。只有他能维系社会与神的关系。在埃及的各个神庙内，专职祭司是由法老授权，代他举行各种宗教仪式的人。

统的检查，以确保所有高层管理者都是正直清廉的。拉美西斯大帝要求尽快见到成效。一切不合法或纵容之事，都必须尽全力扫除，所有不称职的公务员全部要被撤职。这九个人会见法老之后，都认为法老看起来十分忧虑，甚至十分焦躁。

经过一夜的长谈后，这九人便各自告退。一名祭司在巴吉耳边低声说了几句话，巴吉立刻向柱廊走去。

"谢谢你过来，帕扎尔法官。我是首相。"

帕扎尔本已经因庙中庄严的气氛而深受感动，如今见到首相，心中的感觉更是无以名状。

他只是孟斐斯的一个小法官，竟能有如此的荣幸面见首相巴吉这个威震朝野的大人物。

巴吉比帕扎尔还高一些，脸形微长，面容严峻，声音低沉，略带沙哑，说话的口气是命令式的，带着冷漠。

"我在这里见你是因为希望没有外人知道。如果你觉得于法不合，可以离开。"

"有话就请说吧。"帕扎尔恭敬地回答道。

"你知道这次开庭有多么重要吗？"

"阿舍将军是个重要人物，但我想我已经揭露了他渎职的事实。"

"你信吗？"首相问帕扎尔。

"苏提的证词不容置疑。"

"他是你最好的朋友吗？"

"是的，但是我们的友谊不会影响我的判断。"帕扎尔说得斩钉截铁。

"那样的错误是不可饶恕的。"

"我觉得罪证确凿。"

"这应该由陪审团来决定吧？"

"我会尊重他们的决定。"

首相又说出了另一个疑虑:"你攻击阿舍,会波及埃及在整个亚洲的防卫政策,我们的军心将会受到影响。"

"倘若不揭发事实,国家将遭遇更大的危机。"

"有人企图妨碍你调查吗?"

"军方曾经设下一些陷阱,而且我相信一定有人被谋杀。"

"第五名退役军人?"

"这五名退役军人都是暴力的受害者,其中三人在吉萨遇害,另外两名则在自己的村子里遇害。这是我个人的想法,接下来的调查工作就落在门殿长老身上了,可是……"

"可是什么?"

帕扎尔迟疑了。首相就在他面前。轻率的言论可能会导致严重的后果,隐藏自己的想法又等于说谎。从前那些欺骗过巴吉的人,现在都已经离开了政府部门。

"可是我觉得他并没有积极展开调查。"最后,他还是老老实实地说出了自己的想法。

"你这是在指责孟斐斯最高级别的法官无能吗?"首相质问他时,眼中射出了一道锋芒。

"我觉得他已经没有兴趣再对抗黑暗势力了。他的经验让他预见到了太多令人忧心的结果,因此他宁愿选择退缩,也不愿去冒险。"

"这是很严厉的批评。你认为他受贿了?"

"他只是与一些重要人物关系密切,所以不愿得罪他们罢了。"

"这样有违司法正义。"

"这也是我不愿看到的。"

巴吉想了想说道:"阿舍将军如果被判有罪,他会上诉的。"

"这是他的权利。"

"无论判决的结果如何,门殿长老都不会让你移交本案,并会命你继续追查疑点。"

"这一点我实在不敢肯定。"

"你错了,因为我会命令他这么做。我要知道一切真相,帕扎尔法官。"

"苏提昨晚就回来了。"凯姆向帕扎尔说。

帕扎尔深感惊讶。

"那他怎么没来找我?"

"他被扣留在主军营了。"

"这是违法的!"

帕扎尔立刻赶到主军营,见到的是这次指挥该小组的书记官。帕扎尔愤愤地说:"我要你解释清楚。"

"我们到了现场。战车尉苏提认出了确切的地点,但是我们怎么也找不到那个士兵的遗体。因此我认为有必要拘留战车尉。"

"只要仍在开庭期间,你就不能这样做。"

书记官承认法官说的有理,便马上释放了苏提。

两个朋友一见面便紧紧拥抱在一起。帕扎尔关心地问:"你没有受刑吧?"

"没有。跟我一起上路的同伴都相信阿舍有罪,没找到遗体,他们都很失望。那些人为了消灭所有线索,连那个洞都捣毁了。"

"可是我们一直都很保密呀。"帕扎尔实在不懂。

"阿舍和他的同党这么做是以防万一。帕扎尔,我竟也跟你一样天真。只凭我们两人的力量是打不倒他们的。"

"我们还没有败诉,而且,我现在可以全权处理此案了。"

第二天,庭审再度开始,帕扎尔传苏提出庭。

"请你叙述一下你们前往犯罪现场的情况。"

"在那些宣誓过的证人面前,我发现遗体失踪了。现场也全被破坏了。"

"可笑。"阿舍说道,"战车尉分明捏造了事实,现在又想辩解。"

"你仍不愿撤销你的指控吗,战车尉苏提?"

"我的确亲眼看到阿舍将军折磨并谋杀了一名埃及人。"苏提的态度依旧坚决。

"那遗体呢?"被告讥讽地问。

"你把遗体搬走了。"

"我堂堂亚洲军团的指挥官会犯下这种卑鄙无耻的罪行,谁会相信呢?其实还有一种可能——难道不是你串通贝都因人,杀害了你当时的长官?难道不是你这个杀人凶手为了保住自己的名声而血口喷人?你拿不出证据,就表示一切都是你在搞鬼。因此我一定要惩罚你。"

苏提握紧了拳头,怒道:"你有罪,你心知肚明。你杀害了自己的部下,还让自己的士兵自投罗网,你怎么还有脸教导我们部队中的精英人才?"

阿舍以低沉的声音说道:"你接着说吧,陪审员对你这番越来越荒谬的言论一定会感兴趣的。是啊,我很快就会被视作埃及军队的毁灭者了。"

将军脸上嘲弄似的微笑,博得了陪审团的信任。

"苏提已经宣过誓了。"帕扎尔提醒道,"而且你也承认他是个优秀的军人。"

"正是他的英雄主义让他昏了头。"

"遗体不见了并不表示战车尉的证词无效。"

"但是,帕扎尔法官,你该承认证词的有效程度确实大大减少了!我也一样宣过誓啊。我说的话可信度难道比不上苏提说的吗?如果他真的看到了谋杀,那可能是他看错人了。只要他立刻公开向我道歉,我愿意原谅他一时的疯狂行为。"

于是帕扎尔问原告:"战车尉苏提,你愿意接受这项提议吗?"

"自打我从死亡边缘脱逃后,我就发誓要将那个卑鄙的人绳之以法。阿舍真的很狡猾,他让整个事件依旧疑云重重。现在,他竟让我否定自己说过的话!可是,就算我只剩最后一口气,我也要实话实说。"

"面对一个失去理智、冥顽不灵的士兵的控诉,本人——将军兼法老右侧持扇者,坚称是清白的。"

此时的苏提真想冲向将军,勒得他喘不过气,但看到帕扎尔注视着自己,他只得强忍下来。

"在场的诸位有谁要发言吗?"

大家都没有说话。

"既然如此,就请陪审团开始商议吧。"

陪审团成员在王宫中的一个房间里进行商议,由法官担任主席,但是法官在辩论时无权发言。他只负责指定发言人,避免团员间的冲突,并维持法庭的秩序与尊严。

首先发言的是孟莫斯,他十分客观、沉稳。他说完之后,结论也大致确定,其他人只是陆续又补充了一些细节,并没有大幅的变动。不到两个小时后,帕扎尔便宣读了判决,由亚洛负责记录。

"牙医卡达什犯了伪证罪。由于他的谎言并不严重,加上他有过辉煌的行医记录,又已年迈,因此判他给神庙供奉一头肉牛,并给退役军人营区一百袋粮食,以赔偿他不当的打扰。"

牙医松了一口气,拍了拍双膝。

"牙医卡达什,你是否接受判决?还是希望上诉?"

卡达什站了起来,说道:"我接受,帕扎尔法官。"

"化学家谢奇无罪释放。"

留着黑色小胡子的化学家毫无反应,脸上甚至看不到一丝笑容。

"阿舍将军确实犯了罪，不过只是两次行政工作上的过失，并未影响亚洲军团的运作。此外，他的辩词亦可成立。因此只给予他一次警告，以防他再犯同样的过失。陪审团认为，谋杀的指控并不具体，因此目前不宜将阿舍将军视为叛臣或杀人犯，但也不宜将战车尉苏提的证词视为诽谤。由于几个重要事实尚有疑点以待查明，陪审团也无法作出确切的判决，因此我要求延长调查，以便尽早查明真相。"

第 39 章

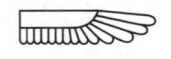

门殿长老正在给木槿林间的鸢尾花坛浇水。五年前,他的妻子去世后,他就一个人住在南区的别墅里。

"你这样做会感到骄傲吗,帕扎尔法官?你玷污了原本人人敬重的将军的声誉,闹得人心惶惶,也无法让你的朋友苏提获得胜利。"

"这不是我的目的。"

"那你想要什么?"

"事情的真相。"

长老故作恍然:"哦,事情的真相啊!你不知道真相比泥鳅还滑溜且难以掌握吗?"

"但我不是也披露了一场对国家不利的阴谋吗?"

长老不耐烦地说:"别再说这些蠢话了。还是先扶我站起来吧,然后慢慢地给鸢尾根部浇点水。这样能够化解一点你平日里的戾气。"

帕扎尔照做了。

长老问道:"你安抚我们的英雄了吗?"

"苏提怒气难消。"

"他想怎么样?他以为草率行事就能推翻阿舍?"

"你跟我一样知道他有罪。"

"你太不谨慎了,这又是一个缺点。"长老摇着头说。

"我的法庭辩论会使你感到不安吗?"帕扎尔反问道。

"到了这把年纪,什么也无法打动我了。"

"我认为恰恰相反。"

"我累了,已经不能再进行长时间的调查工作了。既然你开始了,就继续做吧。"长老懒懒地说。

"我应该没听错吧……"帕扎尔有点儿怀疑自己的耳朵。

"你完全没听错。我已经决定了,就不会再变卦。"

消息在王官和各个部门很快传开了。出乎人们意料的是,高层竟然没有让帕扎尔法官移交阿舍一案。虽然这次的案子并没有成功,他的严格却让不少达官贵族对他另眼相看。

他既不偏袒原告,也不袒护被告,预审中所有的缺漏之处他都直言不讳。有些人觉得他年纪虽轻却前途无量,不过从被告的性格看来,他也应该多少会受影响吧。或许帕扎尔不该太相信苏提的证词,他毕竟只是个昙花一现、性情怪异的英雄。即便那些相信将军无辜的人,在细想之后,也都觉得法官发掘了一些事实。就算那五名退役军人的死和神铁的失窃并非与一场阴谋有关,这几宗引起争议的案件也不该被忽略。无论如何,国家、司法机关、达官显贵和全国人民都期待帕扎尔法官能早日揭发真相。

虽然帕扎尔受命继续调查平息了苏提的愤怒,但苏提还是窝在豹子怀中,希望能借此忘却失落。他答应帕扎尔,在尚未想出对策之前不会轻举妄动。他仍然保有战车尉一职,不过得等到案子正式宣判之后,才有机会再度参与执行任务。

沙漠与采石场上的沙石在夕阳下闪着金光。工人的工具不再发出声响,农夫回到了农场,驴子也卸下重担休息了。孟斐斯的居民们都在屋顶的平台上,一边乘凉,一边吃干酪、喝啤酒。

勇士伸直了身子躺在布拉尼尔的阳台上,回味着刚吃完的烤牛肉。远方，吉萨高原上的那几座金字塔，就像几个完美的三角形，矗立在亘古不变的天际，在一片暮色中忽隐忽现。这一夜的埃及，也将如同拉美西斯大帝统治下的每一夜那样，静静地入睡，等待太阳战胜深渊之蛇①之后再度升起。

"你已经越过了那道屏障。"布拉尼尔说。

"这还谈不上是成功。"帕扎尔不同意老师的说法。

"现在人人都认为你是一个正直的、有能力的法官，你还能心无旁骛地继续追查真相，还奢求什么呢？"

"阿舍发了誓却又说谎，他不但是个杀人凶手，还是个背信弃义之人。"

"陪审员并没有指责你。不论是警察局长还是涅诺法夫人，都没有试图为将军脱罪。他们让你得以执行天命。"布拉尼尔试图安慰他。

"门殿长老很想让我交出这个案子。"

"其实他对你的能力很有信心，而且首相也希望获得更充足的信息，以便进行适度干预。"

"阿舍已经有所防范，销毁了所有的证物。我的调查恐怕不会有太大的收获。"

"你未来的道路既险又长，但你一定能到达终点的。不久，你将获得卡纳克神庙大祭司的支持，庙里的档案信息将随时供你取用。"

布拉尼尔的任命一旦生效，帕扎尔就能马上调查神铁与锛子失窃的案子了。

"帕扎尔，你终于能完全自主查案了。你要明辨公理，不要因受到那些正邪混淆、对错不分的人的蛊惑而误入歧途。这次的审讯只不过是个小小的开始，真正的冲突还在后面呢。奈菲莉一定也会

---

① 传说，每晚太阳都必须在地下世界对抗并击败巨蛇阿普皮斯，这条巨蛇在埃及神话中以龙的形态出现。

以你为傲的。"

夜空的星光中闪烁着圣哲的灵魂。帕扎尔不由得感谢诸神,让他在人间也能遇到布拉尼尔这么睿智的一个人。

北风是一头静默、喜欢沉思的驴子。只有极为特别的时刻,它才会发出驴子特有的嘶叫声,又尖锐又刺耳,几乎可以把整条巷子的人全都吵醒。

帕扎尔惊醒了,那的确是北风的叫声,这时天才刚刚亮,他和勇士本来打算多睡一会儿的。

帕扎尔打开了窗户。屋外聚集了二十来个人。只见御医总管在前面挥舞着拳头吆喝道:"帕扎尔法官,这些都是孟斐斯最优秀的医生!我们要告奈菲莉医生制造危险药品,还要把她赶出医生委员会。"

帕扎尔于最热的时刻在底比斯西区上了岸。他调用警方的车前往奈菲莉所在的村庄。原本在挡雨檐下睡午觉的司机,只好听令火速出发。

一切都在太阳的掌控之下,时间停滞不前,棕榈树仿佛将永远这般青涩,人们也陷入了无声的昏沉状态。

奈菲莉不在家,也不在实验室里。

"她在运河边。"被唤醒的老人说。

帕扎尔不再乘车,而是独自沿着麦田穿过有林荫的庭院,循着小径来到村民经常前来沐浴的运河。他走下坡,穿过一片芦苇丛,才看到她。

她正赤裸着身子游泳,姿态优雅,仿佛没有任何阻力,只是随着水波前进。她把头发拢在由芦苇编成的泳帽里,因而能在水中穿梭自如。她脖子上挂了一条绿松石珠子穿成的项链。

他本该出声叫她,然后闭上眼睛,转过身去,然而奈菲莉实在太迷人了,他愣在那里,一句话也说不出来。

她看到帕扎尔后,还是继续游泳,并向他招呼道:"水里好舒服啊,下来泡一会儿吧。"

帕扎尔便褪去缠腰布向她游去,浑然不觉河水的清凉。他握住了她伸出的手,内心激动难抑。忽然一个浪打来,拉近了两人的距离。当她的胸部碰触到他的胸膛时,她并没有退缩。

于是帕扎尔放大了胆子把嘴唇贴上她的唇,然后紧紧地抱住她。

"我爱你,奈菲莉。"

"我会学着爱你的。"

"你是我的第一个女人,以后也不会再有第二个了。"

他姿势有点儿笨拙地吻了她,随后,两人相拥着上了河岸,躺在芦苇丛中的沙滩上。

"我也是第一次,还是处女。"奈菲莉轻轻地说,带着点羞涩。

"我要把一生献给你。明天我就到你家去提亲。"

她笑了笑,全身散发着一种被爱情征服的慵懒:"来爱我,好好地爱我。"

他翻身压在她身上,凝视着她湛蓝的双眼。他们的身与心在这正午的阳光下结合了。

奈菲莉静静地听着父母的训示。她的父亲以制造门闩为生,母亲则在底比斯市中心的一家工坊当织布工。他们都不反对这门亲事,但是他们希望先见见未来的女婿。当然了,奈菲莉结婚并不需要征得他们的同意,但她对双亲的尊敬使她无法忽视他们的意见。母亲对帕扎尔持保留意见——他会不会太年轻了?至于他的未来,疑虑就更大了。而且,今天是提亲的日子,他竟然还迟到了!

他们的烦躁也感染了奈菲莉。她脑中忽然闪过一个可怕的念头——若是他已经不爱她了呢？若是不像他所说的那样，他其实只想追求一段短暂的激情呢？不，不会的，他的爱必定会坚若底比斯山。

他终于出现在奈菲莉双亲简朴的住处。为了使这一刻显得更正式和郑重，奈菲莉必须保持冷淡的态度。

"很抱歉，我在巷子里迷路了。我的方向感实在不太好，平常都是我的驴子给我带路的。"

"你有驴子？"奈菲莉的母亲惊讶地问。

"它叫北风。"

"它年轻又健康吗？"

"它从来没有生过病。"帕扎尔笑着说。

"你还有什么财产？"

"下个月我在孟斐斯就有房子了。"

"法官是个不错的职业。"父亲说道。

"我们的女儿还很年轻，你不能再等一等吗？"母亲坦白地问。

"我爱她，我希望马上和她结婚，一刻也不想等了。"帕扎尔的神情十分严肃且坚决。奈菲莉深情地凝视着他，分明已经深陷情网。她的双亲也只好同意了。

苏提的车飞速驶过孟斐斯主军营的大门，卫兵急忙丢下长矛立即倒地，以免被马车碾得粉碎。苏提没有勒马便纵身跳上台阶，马则继续飞奔进大中庭。他三步并作两步，直奔位于高级将领区里阿舍将军的住处。苏提用胳膊往第一个警卫背上一撞，解决了他，然后一拳击倒了第二个警卫，接着又一脚踢中了第三名警卫的命根子。这个时候，第四名警卫趁机拔剑，伤了苏提的左肩。剑伤的痛楚让苏提怒气激增，他双手一握，便将对手捶昏。

阿舍将军坐在一张草席上，面前摊着一张亚洲地图，转过头来问苏提："你来做什么？"

"杀了你。"苏提恨恨地说。

"你冷静一点。"

"你逃得过法律的制裁,却逃不过我的制裁。"

"你要是攻击我,就无法活着离开这个军营。"将军语带威胁。

"你的双手沾了多少埃及人的血?"苏提咬牙切齿地说。

"你当时太累了,所以才会眼花。你认错人了。"将军仍旧矢口否认。

"你明知道不是这样的。"

"我们和解吧。"

"和解?"

"最完美的解决方案是我们公开和解。这样一来,我可以继续安稳地当我的将军,你也能获得晋升。"

他话刚说完,苏提便扑了过去,拼命掐住他的脖子:"去死吧,败类!"

阿舍将军宽宏大量,并没有对苏提提起诉讼。他表示,虽然苏提认错了人,但是自己也能理解,换作是他,他也会有相同的反应。这番言论为他博得了不少人的好感。

从底比斯回来后,帕扎尔千方百计地想救出被拘留在主军营中的苏提。阿舍甚至答应,只要苏提主动辞掉军职,他便不再追究苏提违抗命令与侮辱长官的罪行。

"接受吧。"帕扎尔建议道。

"对不起,我没有遵守承诺。"

"对你的错误,我总是太宽容。"帕扎尔苦笑着说。

"你打不倒阿舍的。"苏提十分沮丧。

"我会坚持下去。"

"他太狡猾了。"

"别再想军队的事了。"

"反正我一向讨厌纪律的束缚。我还有其他的计划。"

帕扎尔对他的计划恐怕心里有数。他不愿再谈这个,便问道:"你可以帮我准备一场宴会吗?"

"什么宴会?"

"我的婚宴。"

阴谋者们在一个废弃的农场里重聚了。他们都十分小心,防止自己被跟踪。

自从掠夺了大金字塔,盗走法老正统地位的象征之物后,他们只是冷眼旁观。最近发生的一连串事件,让他们不得不作出决定。

只有拉美西斯大帝一人知道,他的王位很可能朝不保夕了。只要他的力量开始消减,就必须举行再生仪式,届时他就不得不向诸位大臣与全国人民承认他已经不再拥有众神的遗嘱了。

"国王比我们想象得要有耐心。"第一个人说。

"耐心等待,这才是我们最好的武器。"另外一个人安抚他。

"已经过了好几个月。"第一个人依然不安。

"我们有什么损失呢?法老现在已经束手束脚了。他虽有所行动,对官员采取强硬态度,却找不到可以信任的人。他现在很坚定,但终究会渐渐软弱。他已经走投无路了,他自己知道的。"

"可是我们丢失了神铁和锛子。"

"那只是一时失算。"安抚者已经快失去耐心了。

"我很害怕。我们应该就此罢手,把偷来的东西还回去。"

"笨蛋!"

"眼看就要成功了,不能轻言放弃。"第三个人说,"埃及已经在我们的手中了。用不了多久,整个国家和财富都将属于我们。你难道忘了我们伟大的计划了吗?"

"任何征战都难免会有牺牲，这次的牺牲将更大！我们不能因为内疚而前功尽弃。几具尸体又算什么呢？最重要的是要完成我们的大业。"第四个人劝着第一个人。

"帕扎尔法官的确是个危险人物。我们今天聚会，就是因为他紧追不舍。"

"他会慢慢松懈的。"第四个人既冷静又威严。

"你错了，他的顽强绝非其他法官可比。"

"他什么都不知道。"

"第一次主持那么大的庭审，却毫无惧色。他的直觉很可怕。他搜集到了不少重要证物，很可能会坏我们的事。"

"他初到孟斐斯时，只是一个人。现在却拥有不可忽视的支持之力。如果他再往正确的方向踏出一步，谁还能阻止他？我们一定要阻止他后续的动作。"

"现在还不算太迟。"胜利者绝不会自乱阵脚。

第 40 章

来自底比斯的船靠岸了,苏提在码头上等着奈菲莉:"你简直是全世界最美的人!"

"在英雄面前,我应该脸红吗?"

"看到你,我宁愿去当法官。来,把你的行李给我,我相信驴子一定会很乐意帮你驮着的。"

奈菲莉似乎有点儿担心:"帕扎尔呢?"

"他还在打扫房子,所以我来接你。我真替你们高兴!"

"你的身体还好吗?"

"你真是个神医。我已经恢复体力,而且打算大显身手了。"

"你没有闯什么祸吧?"奈菲莉调侃他说。

"放心。走吧,别让帕扎尔等太久。从昨天开始,他就开始担心风向不利、船会误点,还有一大堆可能会耽误你行程的突发状况。他为了爱情如此痴狂,真是让人觉得不可思议。"

北风稳稳地在前面带路。

帕扎尔给书记官放了一天假。他在门前装饰了许多花,室内还用烟熏过。空气中飘着淡淡的乳香与茉莉花的香气。

帕扎尔将奈菲莉抱在怀中时,两人养的绿猴和狗正在以一种不信任的眼神互相对视。这个街区的居民一向对不寻常的气氛十分敏感,这一次自然也不例外。

"我把村子里的病人丢下不管了,实在有点儿担心。"

"他们得去找另一个医生啊。三天后，我们就要搬进布拉尼尔家了。"

"你仍然想娶我吗？"

他没有回答，只是将她抱起来，迈过小屋的门槛。在这里，他曾经度过了许多个对她魂牵梦萦的夜。

外面响起了欢呼声。从这一刻起，帕扎尔和奈菲莉开始住在同一个屋檐下，也就正式成了夫妻。

与街区里的居民一夜狂欢之后，他们相拥着入睡，一直睡到第二天中午。帕扎尔一醒来，便以怜爱的眼神注视着奈菲莉，他实在不敢相信幸运之神竟如此眷顾他。而她紧闭着双眼，拉起丈夫的手放在自己的胸口，柔声说道："你要发誓，说我们永远也不分开。"

"但愿众神让我们合而为一，让我们的爱情永世不渝。"

在他们配合得天衣无缝的躯体内，都有一种欲望在颤动着。他们所领略到的不只是感官上的欢愉，也不只是年轻肉体的激情与饥渴，实际上，他们已经超越了灵肉的界限，到达了另一个永恒的时空。

"帕扎尔法官，我们什么时候开庭？我听说奈菲莉已经回孟斐斯了，想必她已经准备好了吧。"

"奈菲莉现在是我的妻子了。"

内巴蒙叹息："可惜她会被判刑，有损你的声誉。如果为你的前途着想，就应该尽早离婚。"

"你还是坚持要告她吗？"

内巴蒙放声大笑；"你被爱情冲昏头了吗？"

"我这里有奈菲莉在实验室制造的药品清单。药材是由卡纳克神庙的园丁卡尼供应的。你也应该看得出来，药剂完全是根据药典上记载的方法配制的。"

"你可不是医生,帕扎尔。再说,这个叫卡尼的,他的证词也说服不了陪审团。"

"那你觉得布拉尼尔的证词会更有效吗?"

内巴蒙那张带着笑容的长脸变得有点僵硬:"布拉尼尔已经不再执业了,他……"

"他将担任卡纳克神庙的大祭司,而且会出面为奈菲莉作证。布拉尼尔一丝不苟与正直的个性是众所周知的,他检查了你所说的那些有毒的药物,并没有发现任何异常之处。"

内巴蒙愤怒极了,布拉尼尔的威望将会使奈菲莉的名声更响亮:"我真是低估你了。你的确足智多谋。"

"我只是用事实来抵抗你毁灭奈菲莉的欲望罢了。"

"今天算你赢了,明天恐怕就要让你失望了。"

奈菲莉先睡了,帕扎尔还在一楼研究卷宗。忽然间,驴子大叫了起来,他知道应该是有人来了。

他走出去一看,并没有人。而地上有一张莎草纸,纸上的笔迹很潦草,看起来是匆忙写就的。

"布拉尼尔有危险。快来。"

帕扎尔立刻连夜赶了过去。

布拉尼尔住处周围显得很平静,然而,都这么晚了,大门却还开着。帕扎尔穿过第一个房间,看见布拉尼尔正靠墙坐着,头垂在胸前。

他的脖子上插了一根贝壳做的细针,上面染有血迹,脉搏已经不再跳动了。帕扎尔大惊失色,但不得不接受这个事实——布拉尼尔被谋杀了。

突然有几名警察冲进来围住帕扎尔。带头的是孟莫斯,他大声喝道:"你在这里做什么?"

"有人写了纸条告诉我,说布拉尼尔有危险。"

"纸条呢?"

"我把它丢在我家门前的路上了。"

"我们会查清楚的。"

"你的语气里为什么带着怀疑?"

"因为我认为你有谋杀之嫌。"

孟莫斯大半夜叫醒了门殿长老。长老正低声抱怨时,才惊讶地发现帕扎尔两侧各站了一名警察。

"在事实公开之前,我想先征求你的意见。"孟莫斯对长老说。

"你逮捕了帕扎尔法官?"

"发生了血案。"

"他杀了谁?"长老不敢相信。

"布拉尼尔。"

"你的说法太荒谬了。"帕扎尔插嘴道,"他是我的老师,我向来很尊敬他。"

"你怎么能如此肯定,孟莫斯?"长老也觉得不太可能。

"我当场目睹,帕扎尔将一根贝壳做的细针插进了布拉尼尔的脖子。死者流的血不多。当我和手下进屋时,他刚刚做完这个动作。"

"你错了。"帕扎尔反驳道,"那时我也刚刚发现遗体。"

"你找医生验尸了吗?"长老问孟莫斯。

"是的,内巴蒙亲自验尸。"

尽管感到心中感到一阵刺痛,帕扎尔还是试着反击:"孟莫斯,你在这个时间带着这队人去布拉尼尔家,实在有点奇怪。这一点你作何解释?"

"我们在进行夜间巡逻。有时候,我会和下属一起行动。这是了解警察队伍存在的问题并加以解决的最佳方法。今天我们的运气不错，逮到了一个现行犯。"

"是谁指使你来的，孟莫斯？这个圈套是谁设下的？"

见帕扎尔情绪激动，两名警察连忙抓住他的手臂。

门殿长老将警察局长拉到一边说："孟莫斯，你老实告诉我，你真的是碰巧到那里去的吗？"

"也不尽然。昨天下午我在办公室收到一封匿名信，所以天一黑，我就到布拉尼尔住处附近蹲守了。我看到帕扎尔进屋，便立刻上前盘问，可是已经太迟了。"

"你确定是他杀的吗？"

"我并没有看到他把针插进死者的身体，不过，当时只有他在现场。"

"差之毫厘，谬以千里。继阿舍的丑闻之后，又发生了这样的事情，还涉及我手下的法官！"

"司法有司法的职权，我也有我的责任。"

"还有一个疑点：他的动机是什么？"门殿长老总觉得事有蹊跷。

"这个不重要。"

"当然重要了。"

见门殿长老似乎有点儿慌乱，孟莫斯便提出建议："先把帕扎尔藏起来。对外宣称他为了调查阿舍将军一案，已经离开孟斐斯前往亚洲了。这里太危险了。他很可能会死于意外或遭到刺杀。"

"孟莫斯，你该不会……"

"长老，我们认识很久了。国家的利益一直是我们唯一的目标。难道你真的希望我去找给帕扎尔送匿名信的人？这个小法官是个讨厌的家伙。孟斐斯需要的是平静的生活。"

帕扎尔打断了他们的谈话："你这样打击一个法官是不对的。我还会再回来重新挖掘真相的。我以法老的名义发誓，我一定会再回来的！"

门殿长老闭上了眼睛，捂住了耳朵。

奈菲莉担心得几乎要疯了，她到处询问街区的居民，有人确实听到了北风的叫声，但没有人能提供任何有关帕扎尔失踪的线索。苏提得到消息后，也四处打探，却一无所获。布拉尼尔的住处门窗紧闭。心烦意乱的奈菲莉也好去找门殿长老。

"帕扎尔失踪了。"

门殿长老露出了万分惊讶的神情："别胡思乱想！你放心，他只是在执行一项秘密的调查任务。"

"他在哪里？"

"就算我知道，也不能告诉你。但实际上，他也没有透露具体的细节，所以我并不知道他去了哪里。"

"他什么都没跟我说啊！"奈菲莉实在不相信帕扎尔会这样离开了她，什么也没有说。

"他做得没错。若是泄了密，他可就真该受罚了。"

"但是他怎么可能半夜一句话也没有交代就走了？"

"他可能不想让你尝到离别时的痛苦吧。"

"我们后天就要搬进布拉尼尔家了。我想找老师谈谈，但是他已经出发，前往卡纳克了。"

门殿长老的声音突然沉了下来："可怜的孩子……你还不知道吗？布拉尼尔昨晚去世了。他以前的同事将会为他举办一场盛大隆重的葬礼。"

第41章

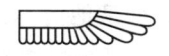

绿猴不再嬉戏,狗也不再吃东西,驴子那双大眼睛更是充满了泪水。布拉尼尔死了,丈夫又不知所终,遭逢剧变的奈菲莉已经没有行动的力气了。

苏提和凯姆前来帮她。他们跑一个个军营,查一个个行政机关,一个一个地问公职人员,只希望能探听到和帕扎尔执行任务有关的消息,哪怕一点也好。然而,他们敲不开任何一扇门,也问不出任何一句话。

奈菲莉惊慌失措之余,才知道自己有多么爱帕扎尔。长久以来,她一直隐藏着自己的感情,生怕太轻易地投入。是他的坚持,一天天开启了她紧闭的心扉。她已经和帕扎尔完全结合在一起了。如今分隔两地,他们都会日渐衰颓。没有他在身边,她的人生也失去了意义。

在苏提的陪同下,奈菲莉在布拉尼尔坟墓的礼拜堂内献上莲花。

老师不会消失的,他的心意将与重生的太阳相通,灵魂也将因此获得能量,不断往返于冥世与黑暗的陵墓之间,并散发出无限的光芒。

苏提太过紧张,根本无心祈祷。他走出礼拜堂,捡起一块石头扔向远方。奈菲莉把手放在他的肩膀上,毫不犹豫地说:"我相信他一定会回来。"

"我有好几次都差点儿把那个该死的门殿长老逼问得无言以对。可是他简直比蛇还要狡猾。'秘密任务'——他只会说这四个字。现在他连我的面也不见了。"

"你有什么计划？"

"我要到亚洲去找帕扎尔。"

"就这样毫无头绪地去找？"

"我在军队还有一些朋友。"

"他们能帮你吗？"

苏提低垂着双眼，黯然说道："他们什么也不知道，帕扎尔就好像在空气中消失了一样！你能想象当他得知布拉尼尔的死讯时，有多么忧伤和沮丧吗？"

奈菲莉浑身不禁生出寒意。他们一起离开了墓园，两颗心都揪得更紧了。

狒狒警察狼吞虎咽地吃了一只鸡腿。身心俱疲的凯姆则在木桶里泡了个芳香的温水澡，然后换上了干净的缠腰布。奈菲莉已经帮他准备了一些肉和蔬菜。

"我不饿。"凯姆说。

"你已经多久没睡了？"奈菲莉看着他，不忍心地问道。

"三天吧，也许还要更久。"

"没有结果吗？"

"没有。我可是铆足了全力，但我的线人们都守口如瓶。我只能确定一件事——帕扎尔已经离开了孟斐斯。"

"所以他可能到亚洲去了……"

"不告而别吗？"就连凯姆也不相信。

普塔神庙顶上，拉美西斯大帝正凝神注视着这个偶尔焦躁不安，但大多数时候都充满欢乐的城市。白色的城墙外,是一大片绿油油的农田,再远一点便是死者栖息的沙漠。主持了十几个小时的漫长仪式之后,法老独自在屋顶上享受着夜晚凉爽宜人的空气。

王宫里、法庭上、各省内,一切如常。那股威胁的力量似乎随着水流离开了。然而,拉美西斯大帝想起了先哲伊普乌尔的预言,他说盗贼将日渐增多,有人会侵入金字塔,而且权力的秘密将会落入某些小人手中,为了满足对权力的欲望与疯狂的念头,他们将摧毁埃及的千年文明。

小时候,每当他在教师的严格教导下学习这篇著名的文章时,总会因字里行间的悲观感到愤慨不平。只要他登基,一定会将这篇预言所说的危险永远灭除!他太过自负、太过轻浮,竟然忘了谁都无法拔除人类内心邪恶的根,即使法老也一样!

如今,虽然有数百位大臣的恭维奉承,但是他却如迷失在沙漠中的旅人。他必须独自捣散那片黑压压的乌云,否则太阳很快就会被遮住。拉美西斯大帝太清醒了,因此这绝不可能是幻觉。其实这场仗已经未打先输,因为他根本不知道敌人的面貌,更谈不上采取主动攻势。

他,成了这个国家的囚犯,一场最可怕的废黜行动中的牺牲者。他的心灵仿佛因患上不治之症而饱受啃噬,他曾经是埃及最受赞扬的国王,如今只得如此黯然下台,就像沉入泥泞的沼泽一般。为了保住自己最后的尊严,他必须坦然接受命运的安排,不能发出懦弱的哀求。

阴谋者们再度聚会时,每个人的嘴角都带着真诚的微笑。他们庆幸计策成功了,这让他们向美好的未来又迈进了一步。机会,不正是属于胜利者的吗?尽管他们互相批评过,抨击过某个人的行为,谴责过某个人的疏忽,但是在这个胜利时刻,在新国家即将诞生的前夕，一切嫌隙都烟消云散了。流过的鲜血在记忆中不复存在，最后的一丝内疚也随风而散。

他们每个人都做好了自己分内的工作，谁也没有被帕扎尔法官击倒。这群没有因惊慌而误事的阴谋者，展现出了非凡的凝聚力，而这股珍贵的力量，在不久的将来进行权力分配时，更是不可或缺的。

现在只剩下最后一道手续，他们便能永远铲除帕扎尔法官了。

驴子的叫声使奈菲莉警觉——有来意不善的人出现了。此刻已经是半夜，她点亮灯，推开窗子往路上看。

有两名士兵在敲她的门。他们听到开窗户的声音，抬起头来，问道："你就是奈菲莉？"

"我是，可是……"

"请跟我们来。"

"有什么事情？"

"是上级的命令。"

"如果我不去呢？"

"我们只好用强硬手段了。"

勇士低声咆哮着。

奈菲莉本可以大声叫醒邻居，但是她却安抚了狗，披上披肩走下楼来。

这两名士兵的到来应该和帕扎尔的任务有关。她顾不上自己的安全了，只要能打听到一点可靠的消息就行。

他们三人迈着僵硬的步伐穿过熟睡中的市区，往主军营走去。平安抵达之后，士兵将奈菲莉交给一名军官，那个军官一言不发，便带着奈菲莉来到阿舍将军的办公室。

阿舍坐在草席上，身边散落一地的草纸。他继续专注于工作，头都不抬便说:"奈菲莉,你坐吧。"

"我还是站着吧。"

"你要喝点温牛奶吗?"

奈菲莉没有回答,直接问:"你为什么这么晚找我过来?"

将军突然用凶狠的口气问道:"你……你知道帕扎尔离开的原因吗?"

"他还来不及跟我说就走了。"

"他实在太固执了!他不愿接受失败的事实,所以想亲自去找那具压根不存在的遗体。他为什么这么恨我,非咬着我不放呢?"

"帕扎尔是法官,他有责任寻找真相。"

"庭审的时候已经揭露真相了,但是他不认可这个真相。他非要弄得我职位不保、身败名裂才甘心。"

"将军,我对你的感受不感兴趣。你没有其他的话要说吗?"

"有的,奈菲莉。"阿舍摊开了一张纸说,"这份文件门殿长老已经盖章。内容已经确认。我收到它还不到一个小时。"

"里面……里面写了什么?"奈菲莉颤抖着声音问道。

"帕扎尔已经死了。"

奈菲莉闭上了眼睛。她真希望能像凋谢的莲花一样消逝,真希望能立刻被风吹得无影无踪。

"是意外。发生在一条山路上。"将军解释,"帕扎尔不熟悉地形。他还是和平常一样莽撞,但是他这次冒的险实在太大了。"

奈菲莉感觉到自己所说的一字一句,都像火一样灼烧着喉咙,但她还是问:"什么时候可以把遗体送回来?"

"我们还在继续找,不过希望很渺茫。那一带水流湍急,峡谷的地形又十分险要,无法深入搜寻。我十分替你感到难过,奈菲莉。帕扎尔是个很优秀的人。"

"世上已经没有公理了。"凯姆边说边缴出武器。

"你后来看到过苏提吗?"奈菲莉担心地问道。

"他说就算把脚走断了,也要找到帕扎尔。他相信他的好友并没有死。"

"但是假如……"凯姆摇摇头。

"我会继续他未完的调查工作。"她坚定地说。

"没有用的。"

"不应该让邪恶胜利。"

"但胜利的一般都是邪恶的一方。"

"不,凯姆。倘若真是如此,埃及就不会存在了。这个国家建立在司法正义的基础上,这也是帕扎尔想要继续发扬光大的。我们没有权力向谎言屈服。"

看奈菲莉说得正气凛然,凯姆不禁打心里佩服:"我会支持你的,奈菲莉。"

奈菲莉坐在运河边,那是她和帕扎尔第一次见面的地方。

冬天的脚步近了。强劲的风,吹得奈菲莉脖子上的绿松石项链左右摇晃。为什么那宝贵的护身符没有发挥作用保护他呢?奈菲莉迟疑了一下,开始用大拇指和食指抚摸这颗宝石,心里则想着绿松石之母、爱的女神哈托尔。

星星出现了,仿佛从另一个世界进出来似的。她有种强烈的感觉,心爱的人就在身边,生死间的界限好像忽然模糊了。

有一个奇怪的念头让她重新有了希望:惨遭杀害的老师布拉尼尔的灵魂,也许会守护他的学生呢!

是的,帕扎尔会回来的。

是的,这名埃及的法官一定会扫除黑暗,让光明再度降临。